HEYNE <

ANNA TODD

NOTHING less

Roman

Band 7 der AFTER-Serie

Aus dem Amerikanischen von
Anja Mehrmann und Sabine Schilasky

WILHELM HEYNE VERLAG
MÜNCHEN

Die Originalausgabe *Nothing Less* erschien bei Gallery Books,
a division of Simon & Schuster, Inc., New York

Zitat S. 323:
Joanne K. Rowling: *Harry Potter und die Kammer des Schreckens.*
Aus dem Englischen von Klaus Fritz. Hamburg: Carlsen 2000, S. 343

FSC
www.fsc.org
MIX
Papier | Fördert
gute Waldnutzung
FSC® C014496

Penguin Random House Verlagsgruppe FSC® N001967

8. Auflage
Deutsche Erstausgabe 01/2017

Redaktion: Catherine Beck
Printed in Germany
Umschlaggestaltung: Zero Werbeagentur, München
Umschlagabbildung: © FinePic, München
Satz: satz-bau Leingärtner, Nabburg
Druck und Bindung: GGP Media GmbH, Pößneck
ISBN: 978-3-453-41971-1
www.heyne.de

Für alle Landons dieser Welt,
die immer zuerst an die anderen denken.
Das Karma ist auf eurer Seite <3

Playlist Landon

Years & Years – Without
Nelou – Echo
Halsey – Ghost
Zayn – TiO
Jess Glynne – Take Me Home
Arcade Fire – Crown of Love
Kevin Garrett – Control
John Mayer – Assassin
Bon Iver – I Can't Make You Love Me
One Direction – What a Feeling
Emily Wolfe – Never Let Me Go
Ruelle – War of Hearts
John Mayer – Edge of Desire
Nick Jonas – Chainsaw
Zayn – wRoNg
The Weeknd – As You Are
One Direction – Something Great
Nick Jonas – Unhinged
Mads Langer – Death Has Fallen in Love
Mads Langer – Last Flower
Taylor Swift – I Know Places
Young the Giant – Cough Syrup
Zayn – iT's YoU
Emily Wolfe – Heavy
One Direction – Wolves

Prolog

Die nicht allzu ferne Zukunft …

»Daddy?«, erklingt eine zarte Stimme in der Dunkelheit des Schlafzimmers.

Ich beuge mich zur Seite, schalte die Nachttischlampe ein und blinzle im plötzlichen Licht.

»Adeline? Was ist los?« Ich setze mich auf und ziehe die Bettdecke bis zur Brust hoch, weil mir einfällt, dass ich darunter nichts anhabe. Dann sehe ich zu meiner Frau rüber, die nackt neben mir liegt, auf dem Bauch ausgestreckt wie üblich.

Eine kleine Hand reibt über verschlafene braune Augen. »Ich kann nicht schlafen.«

Erleichterung überkommt mich. »Hast du schon Schäfchen gezählt?«, frage ich. In letzter Zeit hat sie oft Probleme mit dem Schlafen, und ich versuche, mir deshalb keine allzu großen Sorgen zu machen. Der Arzt sagt, dass es ihr einfach schwerfällt, nachts ihre wilden Fantasien abzustellen, was in ihrem Alter ziemlich normal ist.

Adeline nickt. »Und Ponys. Ich habe auch Ponys gezählt. Ein blaues, ein rotes und ein mürrisches gelbes.«

Ich muss mir das Lachen verkneifen. »Ein mürrisches *gelbes Pony?«*

»Ja. Das hat dem blauen die Kekse geklaut.«

Die Mom meines kleinen Mädchens regt sich im Schlaf, wacht aber nicht auf. Ich ziehe die Decke über ihren nackten Rücken, für den Fall, dass sie sich umdreht.

Dann sehe ich wieder meine Tochter an, die meine Augen hat, und kann mich nur über ihre lebhafte Fantasie amüsieren. Sie ist so kreativ für ihr Alter, erzählt dauernd Geschichten von Prinzessinnen, Kobolden und anderen Fantasiewesen.

Lächelnd strecke ich ihr eine Hand entgegen, und sie klemmt ihren Teddy unter den anderen Arm, bevor sie meine Hand nimmt. Der arme Stoffteddy fällt fast auseinander, denn außer in die Schule geht sie nirgends ohne ihn hin, und an manchen Tagen finde ich ihn sogar in meiner Tasche, wenn ich in der Schule ankomme.

»Wie wäre es, wenn wir uns in die Küche setzen und du mir erzählst, wie es weitergeht?«, schlage ich vor.

Sie nickt, und ich küsse Adelines Hand, ehe sie sie zurückzieht. »Ich bin in einer Minute bei dir, Süße«, sage ich, damit ich mir etwas überziehen kann.

Adeline sieht hinüber zu ihrer Mom, dann wieder zu mir und geht zur Tür. Dort dreht sie sich um. »Können wir dabei einen Keks essen?«, fragt mich die kleine Feilscherin.

Auch da ist sie wie ich: Immer will sie etwas Süßes.

Ich blicke zur Uhr auf dem Nachttisch. Es ist halb eins, und sie muss morgen in die Schule. Da ich ihr Lehrer bin, sollte ich ihr eigentlich keine Süßigkeiten mitten in der Nacht erlauben …

»Bitte, Daddy?«

Sechs Stunden vorm Aufstehen sollte ich wirklich keinen Zuckerschub unterstützen. Ihre Mom bringt mich um, aber letztlich würde sie auch nachgeben. Diese großen braunen Augen und der Teddybär in ihren Armen – sie wird nicht für immer ein Kind sein.

Adeline wartet.

»Hol mir auch einen. Bis du die Kekse für uns aus dem Glas ausgesucht hast, bin ich da«, antworte ich.

Sie grinst, als hätte sie nie an meinem Ja gezweifelt.

»Die kleinsten Kekse, die du finden kannst, okay?«, wiederhole ich schmunzelnd.

Sie nickt und geht aus dem Schlafzimmer. Ich stehe auf und hebe meine Jogginghose vom Boden auf.

»Weichei«, murmelt meine Frau verschlafen.

Ich ziehe die Jogginghose hoch. »Du bist wach?«, frage ich mit gespielter Überraschung.

Sie rollt sich herum und hebt die Arme über den Kopf, sodass die Decke bis zu ihren Hüften rutscht. »Natürlich«, antwortet sie mit einem schläfrigen Lächeln auf ihrem schönen Gesicht.

»Feigling«, necke ich sie.

»Umfaller.« Sie grinst, und ich bemühe mich, nur ihr Gesicht anzusehen. Wenn ich mir erlaube, ihre nackten Brüste zu bewundern, schaffe ich es nie aus diesem Zimmer.

Sobald ich angezogen bin, beuge ich mich übers Bett, ein Knie auf die Kante gestützt, und küsse sie sanft auf die Stirn. Ihre Augen sind schon wieder geschlossen, als ich mich aufrichte, die Lippen sind zu einem wohligen Lächeln geformt.

In der Küche hält Adeline ihren Teddy in einer kleinen Hand und einen großen Keks in der anderen.

»Der sieht nicht aus wie der kleinste Keks«, sage ich, öffne den Kühlschrank und nehme die Milch heraus.

Adeline lächelt, und ihre Zunge spitzt zwischen den fehlenden Zähnen heraus. Sie wird viel zu schnell groß.

»Ich dachte, du hast gesagt, die größten*«, schwindelt sie.*

1

Landon

Ich habe Ellens Geburtstagskuchen schon in den Händen und will ihn nach unten tragen. Nora steht an der Tür und winkt Posey und Lila zum Abschied. Ich sehe, wie sie ihre Socken mit dem Pizza-Muster in ein Paar schlichte weiße Sneaker schiebt.

»Bist du so weit?«, frage ich und stelle die Torte auf dem Tisch am Eingang ab.

Sie nickt.

Seit unserem Gespräch im Badezimmer ist sie still, und ich weiß nicht, wie wir da jetzt wieder anknüpfen sollen. Ich habe versprochen, dass ich nicht versuchen würde, sie zu therapieren, nicht darauf dränge, ihre Geheimnisse zu erfahren oder ihr den Ballast abzunehmen. Immer wieder hat sie mich gewarnt, dass sie nicht gut für mich ist und nicht die sein kann, die ich brauche.

Aber wie kann das stimmen, wenn ich gar keine Ahnung habe, was ich brauche?

Ich weiß nur, dass ich gern mit ihr zusammen bin und sie noch besser kennenlernen möchte. Für mich ist es okay, das Ganze langsam angehen zu lassen; die besten Geschenke sind normalerweise die, auf die man am längsten warten muss.

Ich nehme den Kuchen wieder, gehe schweigend zum Fahrstuhl

und drücke den Knopf. Das Rauschen und Rumpeln des Aufzugs sind die einzigen Geräusche im stillen Flur.

Als wir in die kleine Kabine gehen, stellt sich Nora in die hinterste Ecke.

Ich lasse ihr den Raum und versuche, sie nicht anzusehen, solange sie mich anschaut. Zwar spüre ich ihren Blick auf mir, aber ich fühle auch deutlich, dass sie heute nicht mehr reden will.

Meine Arme kommen mir trotz des Kuchens leer vor, so als fehlte ihnen etwas. Vielleicht Nora? Mit jeder Sekunde in ihrer Nähe scheine ich mehr Kontrolle über meinen Körper zu verlieren. Nora fasst sich an ihren Zopf, und mein Blick begegnet ihrem. Der Fahrstuhl hat sich noch keinen Millimeter bewegt. Ich kann nicht mal schätzen, wie lange wir hier schon stehen, doch mir kommt es vor wie Minuten, dabei könnten es auch nur Sekunden sein.

Ihr Blick hält meinen fest, betrachtet mich prüfend, als versuche sie, mich zu verstehen.

Ich bin nicht der mit den Geheimnissen, will ich ihr am liebsten sagen.

Ich denke an Dakota und letzte Nacht. Daran, wie beschämt und verlegen ich war, als ich nicht konnte. Und wie ich hinterher im leeren Badezimmer stand, weil meine Ex über die Feuerleiter verschwunden war. Es war nur eine Nacht, und jetzt bin ich hier bei Nora und will *ihr* nah sein.

Offenbar habe ich wohl doch Geheimnisse.

»Ist der kaputt?«, fragt Nora, und ich werde kurz panisch, weil ich denke, dass sie von meinem Schwanz redet.

Als mir klar wird, dass sie den Aufzug meint, muss ich fast lachen.

»Weiß ich nicht.« Ich drücke noch einmal auf den Knopf fürs Erdgeschoss. Jetzt bimmelt der Aufzug, und die Tür öffnet und schließt sich wieder. Dann setzt er sich in Bewegung, und ich zucke mit den Schultern. Hatte ich vergessen, den Knopf zu drücken? Ich weiß es nicht mehr.

Als wir unten ankommen, warte ich, dass Nora als Erste aussteigt. Ihr Ellbogen berührt meinen Arm, und ich trete zurück, um ihr Platz zu machen. Meine Haut ist warm, und einen Augenblick lang wünsche ich mir, ich könnte in einer anderen Wirklichkeit leben. In einer Dimension, in der ich Nora anfassen und festhalten darf. In jener Welt vertraut Nora mir und zeigt mir Seiten von sich, die niemand sonst kennt. Sie könnte einfach lachen, ohne zu zögern, und würde nicht mehr versuchen, irgendwas zu verbergen. Aber mit jedem stummen Schritt durch die Eingangshalle wird diese imaginäre Welt wieder blasser.

»Ich habe kein Geschenk für Ellen besorgt«, erinnere ich mich laut.

Nora dreht sich um und wird langsamer, bis ich neben ihr bin. »Sicher reichen der selbst gebackene Kuchen und die Zeit, die du ihr schenkst.« Sie holt tief Luft. »Mir würde so ein Geschenk gefallen«, sagt sie und geht weiter.

Wenn sie solche Sachen sagt, verwirrt mich das nur noch mehr.

»Aber du magst doch keine Geburtstage.« Ich erwarte zwar keine Erklärung, hoffe aber auf zumindest eine Andeutung. Sie hat nächste Woche Geburtstag, und ich musste ihr versprechen, dass ich nichts für sie vorbereite.

In letzter Zeit verlangt sie mir eine Menge Versprechen ab. Ich kenne sie erst ein paar Wochen und habe ihr schon zu viel versprochen.

»Nein.« Nora öffnet die Tür und hält sie mir auf.

Statt nach dem Grund zu fragen, beschließe ich, über meine schönsten Geburtstagserinnerungen zu reden. »Als ich noch klein war, hat meine Mom zu meinem Geburtstag immer einen Riesenaufstand gemacht. Die ganze Woche wurde gefeiert. Sie hat mir alle meine Lieblingsgerichte gekocht, und wir sind jeden Abend lange aufgeblieben.«

Nora sieht zu mir auf. Wir nähern uns der Tür des Eckladens. Ein Paar geht Hand in Hand an uns vorbei, und ich frage mich unwillkürlich, ob Nora schon jemals einen festen Freund hatte. Es macht mich irre, dass ich nichts über sie weiß. Sie ist fünfundzwanzig, also muss sie doch schon Beziehungen gehabt haben.

»Sie hat immer diese Cupcakes in Eiswaffeln gebacken und in die Schule gebracht. Sie dachte, dann würden die anderen Kinder mich mögen, aber sie haben sich nur noch mehr über mich lustig gemacht«, erzähle ich. In meinem ersten Jahr an der Highschool wollte keiner in meiner Klasse die Kuchen mit den bunten Streuseln auch nur anrühren.

Keiner außer Dakota und Carter. Wir drei bemühten uns, so viele wie möglich auf dem Heimweg zu essen, damit meine Mom glaubte, alle hätten die Kuchen super gefunden und meinen Geburtstag mit mir gefeiert.

Als wir an unserer Straße ankamen, waren noch fünf übrig. Am Ende ließen wir die restlichen Kuchen auf einem Holzstück am Rand der Kippe – einem kleinen Waldstück, in dem Drogensüchtige und sonstige Pechvögel campierten: leere Mägen und leere Leben. Wir haben uns eingeredet, dass wir wenigstens fünf von ihnen an dem Tag sattbekommen hatten.

»Ich hätte einen gegessen«, sagt Nora und sieht an mir vorbei.

Sie erzählt nicht, warum sie ihren eigenen Geburtstag hasst. Das hätte ich auch nicht erwartet. Das war nicht der Grund, weshalb ich ihr etwas aus meiner Vergangenheit erzählt habe.

Nora öffnet die Ladentür, die kleine Glocke läutet. Dann folge ich ihr nach drinnen und lächle, als Ellen uns mit dem Kuchen in der Hand sieht und sich anstrengen muss, um nicht zu strahlen.

2

»Wir haben so viel Kuchen übrig«, sagt Nora, als wir wieder zu Hause sind, und hebt eine Plastikgabel an den Mund.

Kleine Teigkrümel und grüne Glasur rieseln auf den Tresen zwischen uns. Wie sich herausgestellt hat, mag Ellen eigentlich nichts Süßes. Und sie hat uns erklärt, dass sie auch keine Blumen mag, als ich sagte, ich hätte ihr wohl lieber die kaufen sollen. Aber keinen Kuchen? Ich weiß nicht, was in sie gefahren ist, aber ich esse ihn gern für sie.

Obwohl sie die meisten Sachen hasst, hatte sie trotzdem Spaß mit uns. Und so sehr sie sich auch bemüht hat, nicht zu grinsen – es hat nicht geklappt. Nora hatte das Schild in der Ladentür auf GESCHLOSSEN gedreht, und wir haben »Happy Birthday« gesungen. Dabei haben wir festgestellt, dass ich ein furchtbarer Sänger bin. Aber selbst ohne richtige Melodie oder Kerzen haben wir Ellen spüren lassen, dass uns ihr Geburtstag nicht egal ist.

Nora hat einen Pop-Sender auf ihrem Handy gestreamt, und Ellen hat mehr mit ihr geredet als jemals mit mir. Unsere improvisierte Party ging nur ungefähr eine halbe Stunde, dann wurde Ellen nervös, weil der Laden geschlossen war. Ich hatte auch das Gefühl, dass sie nicht mehr über sich sprechen wollte, was ein Jammer ist. Ich stelle oft fest, dass die Leute, die ungern über sich selbst reden, die sind, mit denen ich mich am liebsten unterhalte.

»Mehr für uns«, sage ich, nehme mir eine frische Gabel vom Tresen und steche mir eine Ecke vom Kuchen ab. Nora sitzt auf dem Stuhl neben mir, ein Bein auf der Sitzfläche angewinkelt. Die kleinen Pizzastücke auf ihren Socken sind schräg und anbetungswürdig zugleich. Ich strecke einen Arm aus und tippe ihr auf den Fuß.

»Was hat es eigentlich mit denen auf sich?«, frage ich.

Sie leckt sich die Lippen. »Das Leben ist zu kurz, um langweilige Socken zu tragen«, antwortet sie achselzuckend und nimmt noch eine Gabel voll Kuchen.

Ich sehe auf meine Socken, die weiß sind, mit Grau an den Fersen und Zehen. Sie sind langweilig. Und vor allem sind es *Kniestrümpfe*. Kein Mensch trägt mehr Kniestrümpfe.

»Ist das dein Lebensmotto?«

Sie nickt. »Eins von mehreren«, sagt sie mit vollem Mund.

Da ist Kuchenglasur an ihrer Lippe, und ich wünschte, wir wären in einer romantischen Komödie, wo ich sie einfach mit dem Finger wegwischen könnte. Nora würde ganz verträumt schauen, und wir beide hätten Schmetterlinge im Bauch, während sie sich an mich lehnt.

»Du hast Glasur an der Lippe«, sage ich, was das genaue Gegenteil einer romantischen Geste sein dürfte.

Sie wischt sich mit dem Daumen über den Mund und verfehlt die Stelle.

»Willst du sie nicht für mich abwischen? In Filmen ist das die beste Einleitung zu einem Kuss.«

Also denkt sie dasselbe wie ich, und aus irgendeinem Grund finde ich das angenehm.

»Das habe ich auch gerade gedacht. Wäre das hier ein Film, würde ich mich vorbeugen und sie dir abwischen«, erkläre ich lächelnd.

Nora grinst, immer noch mit der Glasur an der Lippe. »Du würdest sie von deinem Finger lecken, und ich würde beobachten, wie sich deine Lippen öffnen.«

»Und dabei würde ich dich ansehen«, ergänze ich.

»Ich würde seufzen, wenn du dir den Finger ableckst, ohne den Augenkontakt zu unterbrechen.«

In meinem Bauch regt sich ein Flattern. »Du hättest Schmetterlinge im Bauch.«

»Aber so wilde, tobende, die mir das Gefühl geben, ich würde verrückt werden.« Nora sieht mir in die Augen. Sie lächelt, und sie ist so unglaublich hübsch.

Ich mache weiter: »Ich würde dir sagen, dass ich eine Stelle übersehen habe, und mich wieder vorbeugen. Dein Herz würde ganz schnell schlagen.«

»So laut, dass du es hören könntest.«

Ich wiederhole ihre Worte im Kopf und verliere mich in ihnen. »So schnell, dass ich es hören könnte. Dann würde ich deine Wange berühren.«

Noras Brust hebt und senkt sich langsam. »Ich würde es zulassen.«

»Deine Augen würden sich schließen, wie immer, wenn ich dich anfasse.«

Jetzt sieht Nora mich erstaunt an, als wäre ihr das nie bewusst gewesen.

Ich betrachte ihren Mund, während sie spricht, und frage mich, was sie wohl denkt.

»Ich würde dich näher zu mir heranziehen und mir die Lippen lecken«, baut sie unsere kleine Geschichte aus.

Mein Herz schlägt so hektisch, dass ich das Blut in meinen Ohren rauschen höre. Nora ist ein Stück näher gekommen. Sie hat es nicht mal bemerkt, glaube ich.

»Ich würde mit meinen Lippen über deine streichen. Zuerst so leicht, dass du es kaum merkst. Dann würde ich deinen Mund mit meiner Zunge öffnen und dich küssen.«

Noras Augen sind jetzt halb geschlossen, und ihr Blick ist auf meinen Mund gerichtet. »Du würdest mich küssen, wie ich noch nie zuvor geküsst worden bin – und wahrscheinlich bin ich das auch nicht, nicht so, wie du mich küsst. Es wäre wie mein erster Kuss, selbst wenn es nicht der erste ist.« Ihre Stimme ist nur noch ein Flüstern, und ich kann sie einfach nicht *nicht* küssen.

Also beuge ich mich näher zu ihr, sodass uns nur noch Zentimeter trennen. »Du *bist* noch nie zuvor geküsst worden.« Sie ist so nah, dass ich ihren Atem auf meinen Wangen spüre. »Nicht so, wie ich dich küssen würde. Du würdest jeden Kuss vergessen, den es vor meinem gab, und jede Berührung. Wirklich jede.«

Ich atme ein, und ihre Lippen sind auf meinen, bevor ich ausatmen kann. Sie schmecken nach der Glasur. Ihre Zunge ist warm in meinem Mund, und ihre Hände greifen gierig in mein Haar. Sie zieht mich näher heran.

Ich lege die Arme um ihren Körper und ziehe sie von ihrem Stuhl auf meinen. Sie setzt sich auf meinen Schoß, ihre Schenkel zu beiden Seiten von mir. Und sie küsst mich, wie *ich* noch nie geküsst worden bin, und *ich* will jeden Kuss, jede Berührung, die vorher war, vergessen.

Ihr weicher Körper drängt sich an meinen, während sie mir auf die Lippe beißt. Ich fühle, wie ich unter ihr hart werde, und zu meiner Verblüffung ist es mir kein bisschen peinlich. Ich merke es, als sie mich berührt, spüre, wie sie nach Luft schnappt und die Arme um meinen Hals schlingt. Sie verlagert ihre Position so, dass sie spürt, wie ich mich an ihr reibe. Ihre Hose ist so dünn, und meine Jogginghose verbirgt letztlich nichts.

Als sie sich an mir reibt, ihre Pussy an meinem Ständer, stöhne ich. Ich kann nicht anders. Selbst komplett angezogen fühlt es sich so gut an.

Fuck, meine Gedanken überschlagen sich geradezu, und jetzt küsst sie meinen Hals. Ihr Mund scheint genau zu wissen, wo er küssen und lecken und wo an meinem Hals er saugen muss. Ich packe ihre Hüften und drücke sie sanft, um sie dorthin zu führen, wo ich die Reibung am meisten brauche.

Sie bewegt ihre Hüften unglaublich verführerisch. Sie ist eine Göttin, schlicht und ergreifend. Sie ist eine Göttin, und ich bin ein verdammter Glückspilz. Irgendwas in dieser Küche bewirkt, dass wir völlig verrückt nacheinander werden. So hatte ich mir den Abend garantiert nicht vorgestellt – nicht dass ich mich darüber beschweren würde.

Nora löst ihren Mund von meinem Hals, reibt sich aber immer noch an meinem Schwanz. »Gott, wenn du doch bloß nicht Tessas Mitbewohner wärst!«

Wieder saugt sie an meinem Hals. Ich drücke ihre Hüften, und sie sagt: »Ich würde dich ficken – *ficken* – dich gleich hier ficken.«

Das vertraute Kribbeln eines nahenden Orgasmus kriecht meine Wirbelsäule hinauf. Sie ist so sexy, so hemmungslos, und sie macht mich wahnsinnig. Ich bin vollkommen wild nach ihr.

»Wir können so tun, als wäre ich es nicht«, sage ich halb im Scherz.

Lachend drängt sie sich an mich. »Ich komme gleich. Fuck, Landon. Das … zählt nicht …« Ihre Worte klingen so kehlig und sinnlich, und ich kann kaum atmen, während sie mich reitet und ihre Hüften gegen meine prallen lässt.

Ich lege meine Hände auf ihren Rücken, um sie zu stützen, und ich bin kurz davor, mit ihr zu kommen. Ich will nicht darüber nachdenken, will den Moment nicht kaputtmachen. Stattdessen will ich sie einfach nur spüren, sie zum Orgasmus bringen und mit ihr zusammen hineinstürzen.

»Ich auch. Ich komme gleich«, stöhne ich an ihrem Hals. Könnte ich doch nur so gut mit Worten umgehen wie sie. Ich küsse ihre Halsbeuge, ohne genau zu wissen, was ich da mache, aber ihr Laut, als sie kommt, verrät mir, dass ich etwas richtig gemacht habe.

Mein Verstand setzt aus, da sind nur noch Gefühle. Sie schafft es immer wieder, meine Gedanken zum Schweigen zu bringen, und das hier fühlt sich so gut an. *Sie* fühlt sich so gut an – auf meinem Körper und auch für meinen wirren Kopf.

Als sie wieder runterkommt, wird ihr Atem ruhiger. Sie lehnt den Kopf an meine Schulter, und ich spüre die Feuchtigkeit zwischen uns, doch es scheint uns beide nicht zu stören.

»Das war …«, setzt sie an. »Ich …«

Ihr Satz wird von der Wohnungstür unterbrochen, die ins Schloss fällt.

»Landon?« Tessas Stimme kommt aus dem Flur, durchschneidet unser schweres Atmen ebenso wie unsere euphorischen Gedanken.

»Scheiße«, murmelt Nora, klettert von mir runter und kippt fast um. Ich fange sie am Ellbogen ab und helfe ihr, sich aufzurichten.

Als ich stehe, wandert Noras Blick zu dem feuchten Fleck in meinem Schritt.

»Geh«, sagt sie, und ich eile in Richtung Bad.

Tessa kommt in die Küche, als ich am Durchgang zum Flur bin, doch sie hält mich zurück. Wenigstens stehe ich mit dem Rücken zu ihr.

»Hey, ich habe versucht, dich anzurufen«, sagt sie.

Ich will mich nicht umdrehen. Auf keinen Fall!

»Ich wollte dich fragen, ob du mir meine anderen Schuhe zur Arbeit bringen kannst. Jemand hat mir eine Schüssel Salatsauce auf die Schuhe gekippt, und ich muss heute Abend zumachen«, erklärt sie.

Auch ohne sie anzusehen, merke ich, dass sie gestresst ist, aber ich bin gerade nicht in der Verfassung, sie oder überhaupt irgendwen zu beruhigen. Hastig sehe ich mich nach etwas um, das ich mir vorhalten kann, aber da ist nichts außer einem Karton Lucky Charms.

»Na egal«, fährt Tessa ein wenig lockerer fort. »Was treibt ihr so?«

Ich schnappe mir die Frühstücksflockenpackung, halte sie vor meinen Schritt und drehe mich zu Tessa um. Ihr Blick fällt sofort auf den Karton, und ich umklammere ihn noch fester.

»Wir haben …« Ich suche nach einer Ausrede, nach irgendwas, und habe Angst, dass mir der Karton aus meinen nervösen Händen rutscht.

Tessa sieht Nora an und dann mich. »Oh, hi, was machst du denn hier?«, fragt sie unschuldig.

Ich hätte gern Hilfe von Nora, doch sie bleibt stumm. Anscheinend gehe ich mit diesem sinkenden Schiff unter, und mein einziger Verbündeter ist der Kobold auf der Packung.

»Na ja«, sage ich, obwohl ich nach wie vor keinen Schimmer habe, was ich antworten soll. Tessa steht da mit den weißen Flecken auf ihren Schuhen, und sie ist nicht die Einzige, die mit Flecken zu kämpfen hat …

»Wir wollten kochen«, sage ich und danke Tessa im Geiste, dass sie die große Familienpackung Lucky Charms gekauft hat.

»Kochen?« Sie sieht Nora an, und ich kann ihre Miene nicht deuten.

Nora tritt vor. »Ja, Hühnchen und …« Sie sieht mich an. »Lucky Charms?« Sie klingt so unsicher, dass ich wetten möchte, Tessa merkt es.

»Für die Panade. Du weißt schon, so wie die Cornflakes für die Schnitzel bei der Arbeit. Ich wollte es mal mit Lucky Charms ausprobieren«, erklärt Nora.

Fast glaube ich ihr, und vor allem scheint Tessa es zu tun.

»Musst du zurück zur Arbeit?«, fragt Nora. »Dann hole ich dir mal Schuhe.« Immerhin lenkt sie Tessa ab.

»Ich bin gleich wieder da«, sage ich.

Das ist so peinlich. Warum ist alles in meinem Leben immer so verdammt peinlich? Zum Glück lügt Nora besser als ich, und ich verschwinde in dem kleinen Flur, immer noch mit dem Karton in den Händen.

»Was ist denn mit dem los?«, höre ich Tessa fragen. Ich warte Noras Antwort nicht ab.

3

Mein Zimmer ist still.

Es kommt mir klein vor.

Oder vielleicht komme ich mir auch klein vor, nachdem ich wieder einen peinlichen Moment mit Nora hatte. Diesmal war es höchstens deshalb nicht ganz so schlimm, weil es uns beiden unangenehm war.

Ich kann ihren Körper noch an mir fühlen, wie er sich zielstrebig und voller Verlangen bewegt. Ich kann ihr Stöhnen in meinem Ohr hören und ihren heißen Atem auf meiner Haut spüren.

Jetzt kommt mir mein Zimmer warm vor.

Zu warm.

Ich gehe zum Fenster. Auf meinem Schreibtisch herrscht Unordnung. Bücherstapel und ein Gewirr aus Post-its verdecken die Holzplatte. Na ja, der Schreibtisch ist von Ikea und hat keine hundert Dollar gekostet, also ist es wohl eher kein echtes Holz. Unwillkürlich tippe ich mit dem Finger auf das dunkelbraune Fastholz, und es klingt hohl. Ich wusste doch, dass es nicht echt ist.

Meine Hand zittert, als ich durch die Jalousien greife, um das Fenster zu öffnen. Das Fensterbrett ist von abgeblätterter Farbe und Staub bedeckt, in dem sogar eine tote Fliege liegt. Tessa würde sich schütteln, und ich nehme mir vor, hier nächste Woche zu putzen. Jetzt zerre ich an dem störrischen Holzrahmen, bis das Fenster endlich aufgeht.

Ich ziehe es weit nach oben und begrüße die Geräusche der Stadt in meinem Zimmer. Ich mag den Lärmpegel hier in Brooklyn. Da sind Autos und normalerweise auch Stimmen von Leuten unten auf der Straße, aber es ist nicht ganz so verrückt. Hupende Taxis sind hier deutlich seltener zu hören als in Manhattan. Dieses ganze wütende Gehupe werde ich nie verstehen. Mir ist unbegreiflich, wie die Leute auf die Idee kommen, dass Hupen in irgendeiner Weise den Verkehr flüssiger machen könnte. Dieser unverschämte Lärm bewirkt nur, dass andere erst recht sauer werden und die Stimmung auf der Straße noch mieser wird.

Wahllos umherschweifende Gedanken lenken mich von dem ab, was Nora und ich gerade getan haben. Aber jetzt denke ich natürlich doch wieder daran. Wie konnte es von diesem Zusammenspinnen einer kleinen Filmszene dahin kommen, dass sie mich auf einem Stuhl geritten hat? Ich ziehe meine Hose und die Boxershorts aus und werfe sie in den Wäschekorb.

Dann ziehe ich mir saubere Sachen über und setze mich auf die Bettkante, dicht am Fenster. Mein Handy ist zum Aufladen eingestöpselt und liegt auf dem Nachttisch. Ich greife danach.

Hardin meldet sich nach dem zweiten Klingeln.

»Jetzt ist es zu spät, mir den Besuch noch ausreden zu wollen. Ich bin am Freitag da«, ist das Erste, was er sagt.

Ich verdrehe die Augen. »Hi, mir geht's gut. Danke.«

»Alles klar. Und womit kann ich dir helfen?«, fragt Hardin. Im Hintergrund piept die Alarmanlage eines Autos.

»Nichts. Da ist was Schräges …« Ich weiß nicht, wie ich es erklären soll oder warum ich Hardin angerufen habe, um darüber zu reden.

Er lacht. »Ein bisschen mehr sollte ich schon wissen.«

Während ich ins Telefon seufze, lausche ich. Ich kann Tessas und Noras gedämpfte Stimmen aus der Küche hören.

»Okay, also du kennst doch Tessas Freundin Nora. Na ja, du hast sie als Sophia kennengelernt, aber Tessa sagt, dass sie lieber Nora genannt wird. So oder so wirst du ihren Namen wieder zu irgendwas anderem verdrehen.«

Er schweigt, und ich frage mich, ob ich zu laut war. Von dem, was die Frauen im Flur sagen, kann ich nichts verstehen, daher hoffe ich, dass sie mich noch viel weniger hören.

»Ja, gut möglich.«

»Okay, also wir hatten gerade Sex.« Ich ziehe am Band der Jalousie, um sie aufzuziehen. »Eigentlich keinen richtigen Sex, aber sehr dicht dran.«

»Und?«

Natürlich reagiert Hardin mit *Und?*

Ich flüstere fast. »Die Sache ist die: Nora hat mir so oft gesagt, dass wir nur befreundet sein können, und wir haben bloß geredet, wie sonst auch, und auf einmal ist sie auf meinem Schoß, und ich komme, und gleich danach kommt Tessa rein, und jetzt bin ich in meinem Zimmer und flippe total aus, weil ich nicht weiß, was ich tun oder sagen soll.«

»Wow! Tessa ist reingeplatzt? Und die Schnecke hat dich auf einem Stuhl geritten? Tja, dann ist Leugnen wohl nicht mehr drin. Warte mal, du hast sie auf einem Küchenstuhl gefickt? Oder hat sie einfach dich geritten, bis sie gekommen ist?«, fragt er cool. Sein Mundwerk ist so schmutzig wie ein öffentliches Klo.

»Ähm, das Zweite. Wir hatten keinen Sex, nicht wie der, bei dem man etwas in etwas anderes steckt ...«

»Echt jetzt?« Seine Stimme klingt ruhig und amüsiert. »Hast du das gerade wirklich gesagt? Genauso gut könnte ich dich bitten, mir an einer Puppe zu zeigen, wo sie dich angefasst hat.«

»Ich weiß gar nicht, wieso ich angerufen habe«, stöhne ich, lehne mich zurück und starre meinen komisch bunten Deckenventilator an.

Hardin lenkt ein bisschen ein. »Also magst du sie? Ich meine, warum sollte es sonst ein Problem sein, mit ihr rumzumachen? Du bist Single, sie ist Single. Richtig?«

Ich muss kurz nachdenken. *Bin* ich Single?

Ja, Dakota und ich haben vor Monaten Schluss gemacht.

Die unangenehme Tatsache, dass sie erst gestern hier war, wird mir klar.

Mann, bin ich ein Arsch! Ich sollte Nora erzählen, dass Dakota hier war. Das wäre nur fair. Ein netter Kerl würde das tun, und ich bin ein netter Kerl.

»Wir sind beide Single. Aber Dakota war letzte Nacht hier«, sage ich.

Ich hasse es, das zuzugeben.

So ein Typ bin ich nicht.

Wirklich nicht.

»Igitt. Delilah auch? Was geht denn da eigentlich ab?«

Ich erspare mir, Dakotas Namen zu korrigieren. »Weiß ich nicht. Aber erzähl es nicht Tessa. Im Ernst, sie hat schon genug Stress, und Nora will auf keinen Fall, dass sie was mitbekommt. Das meine ich ernst. Selbst wenn Tessa nackt ist und dich bittet, ihr zu verraten, was los ist – tu lieber so, als würdest du von nichts wissen.«

»Wenn sie nackt ist, kann ich gar nichts versprechen.«

»Hallo?«

»Na gut. Na gut. Ich sage nichts. Hast du schon mit ihr über ihren Dienstplan geredet?«

Nein, weil ich so ein Riesenschisser bin.

»Noch nicht. Sie arbeitet in letzter Zeit so viel. Ach, und ich muss dich vorwarnen, aber flipp nicht aus.« Ich stocke. »Ernsthaft, das darfst du nicht. Versprich es«, sage ich leise. Ich will nicht, dass Tessa oder Nora hören, wie ich bei Hardin über sie tratsche.

»Was? Was ist los?«, fragt Hardin. Ich höre ihm an, dass er das Schlimmste vermutet.

»Versprich es«, wiederhole ich.

Er schnaubt gereizt. »Ja, klar, ich versprech's.«

»Du erinnerst dich doch an diesen Kellnertypen von dem Wochenende am See? Als du und Tessa euch die ganze Zeit gestritten habt?«

»Wir haben uns nicht *die ganze Zeit* gestritten.« Jetzt klingt er beleidigt. »Aber, ja, was ist mit dem?«

»Er ist hier.«

»In eurer Wohnung?« Seine Stimme kippt fast, und vielleicht war es doch keine so gute Idee, es ihm jetzt und so zu sagen.

»Nein, in New York. Sie arbeiten zusammen.«

Er stöhnt, und ich kann mir sein Gesicht gut vorstellen. »Sind sie ... du weißt schon ... zusammen oder so?«

Ich schüttle den Kopf, obwohl er es nicht sehen kann. »Nein, nichts in der Richtung. Ich wollte es dir nur erzählen, weil ich glaube, es ist für dich am besten, wenn du kein großes Ding daraus machst. Du weißt schon ... zeig Tessa, dass du reifer wirst und so«, sage ich.

Und weil ich nicht will, dass meine Wohnung in ihrem privaten Weltkrieg niedergebrannt wird. Andererseits hätte ich dann nicht mehr jedes Mal das Problem mit Nora und mir, wenn wir zusammen in der Küche sind ...

»Reifer? Ich bin schon sehr reif. Arschloch.«

»Ja, das erkenne ich doch gleich an deinem großen Wortschatz, Arschloch«, erwidere ich.

»Hör zu, Alter. Ich bin stolz auf dich, weil du fluchst und halbwegs diese Naomi oder Sarah oder wie auch immer gefickt hast, oder wie sie eben heißt. Ihr Name wird sich sowieso nächste Woche ändern, aber ich erwarte einen Anruf«, sagt Hardin.

Ich kann nicht anders, als zu lachen.

»Danke für deine Hilfe«, sage ich.

Er schweigt sekundenlang, bis er sagt: »Wenn du wirklich darüber reden willst, kann ich dich zurückrufen.«

Das klingt so ernst und kommt so unerwartet, dass ich mich aufsetze. »Nein, schon gut. Ich muss sowieso gleich raus hier und mich dem Eiertanz stellen.«

»Hoffentlich zu Death Metal.«

»Halt die Klappe«, sage ich, aber die Leitung ist schon tot.

4

Als ich aus meinem Zimmer komme, ist Tessa schon wieder zurück zur Arbeit, und ich finde Nora allein auf der Couch vor, die Beine auf einem Berg von Sofakissen. Sie lehnt mit dem Rücken an der Armlehne der Couch und hat die Fernbedienung in der Hand.

»Ist Tessa weg?«, frage ich, als hätte ich nicht extra gewartet, bis die Wohnungstür zugefallen ist, ehe ich mich aus meinem Zimmer getraut habe.

Nora nickt. Sie drückt den Pfeil auf der Fernbedienung und scrollt durch den Programmführer. Dabei sieht sie mich nicht an. Mir fällt auf, dass auch sie eine andere Hose anhat. Hatte sie Wechselsachen mitgebracht, weil sie geahnt hat, dass sie die ihre einsauen würde? Ich hoffe es fast.

Bei der Vorstellung rast mein Herz, und ich versuche, nicht zu viel darüber nachzudenken, bei was Tessa uns um ein Haar erwischt hätte.

»Glaubst du, sie weiß es?«, frage ich. Eigentlich wollte ich das Thema subtiler ansprechen, aber mein großes Maul hat offensichtlich andere Pläne.

Noras Daumen drückt immer wieder auf die Fernbedienung, doch jetzt sieht sie zum Durchgang zwischen Wohnzimmer und Flur, wo ich stehe.

»Hoffentlich nicht.« Sie verstummt und holt tief Luft. »Hör

zu, Landon«, sagt sie in diesem Ton, der eindeutig nach Abschied klingt. Und das, obwohl wir uns kaum richtig begrüßt haben.

»Warte«, unterbreche ich sie, ehe sie sich selbst ausredet, mir eine Chance zu geben. »Ich weiß, was du sagen willst. Dein Ton und dass du mich nicht richtig ansehen willst, sind schon ziemlich deutliche Hinweise.«

Nora sieht mir in die Augen, und ich gehe weiter ins Wohnzimmer, um mich in den Sessel neben der Couch zu setzen. Nora richtet sich zum Schneidersitz auf und greift nach einem Kissen. Zufällig ist es das Kissen, das mir Kens Mutter letzten Herbst geschenkt hat. Nora legt es sich in den Schoß. »Landon«, sagt sie sanft, und ich mag es, wie sich mein Name mit ihrem Atem vermischt. »Ich will nicht ...«

»Lass es«, falle ich ihr ins Wort. Es ist unhöflich, aber ich weiß ja, was sie sagen will, und ich möchte wirklich, dass das hier anders läuft. »Jetzt willst du mich wieder warnen und mir sagen, dass du nicht gut für mich bist und so. Aber nicht heute. Heute reden wir darüber, warum du das denkst, und überlegen uns, wie es weitergeht.«

Als ich fertig bin, fühle ich mich, als wäre ich high. Es geht mir gut damit, dass meine Gedanken zu Worten geworden sind, und mir ist, als wären mir gerade ein paar Brusthaare gewachsen.

Nora sieht mich ganz ruhig an. »Hier geht nichts weiter. Ich habe dir doch gesagt, dass wir nicht zusammen sein können ... Wir könnten nie richtig zusammen sein. Ich will nicht noch eine Beziehung.«

Ihre Direktheit erwischt mich eiskalt. Normalerweise gibt es solche unangenehmen Dialoge in Büchern oder Filmen, wo sich der Zurückweisende dann abwendet und auf seine Fingernägeln blickt oder so.

Nora nicht. Die unverblümte Nora sieht mich nur an und macht mich ein bisschen nervös. Mein Hoch ist wieder vorbei, mein Brusthaar schrumpelt zusammen und löst sich auf, und mein Mund ist ganz trocken.

Nora sprach von *noch einer Beziehung*. Wie lange ist denn ihre Letzte her? Ich bin sehr sicher, dass sie es mir nicht näher erklären wird, frage sie aber trotzdem. »Wann war deine letzte Beziehung?«

Ihre Augen verengen sich, doch sie sieht nicht weg. »Das ist kompliziert.«

»Ist es das nicht immer?«

Darüber muss sie grinsen.

»Erzähl mir davon, denn ich will mehr über dich wissen«, ermuntere ich sie.

»Und ich will nicht, dass du mehr über mich weißt«, sagt sie, und ich merke, wie ernst sie es meint. Das tut irgendwie weh.

Unweigerlich runzle ich die Stirn. »Warum nicht?«

Jetzt bedeckt das Kissen ihre Brust, und ihre Finger krallen sich in die oberen Zipfel. Ich erinnere mich daran, wie Gran, Kens Mom, mir das Kissen geschenkt hat. Sie erzählte, dass sie das Gleiche für Hardin gekauft hätte, doch als Ken an dem Tag den Müll rausbrachte, entdeckte er das blau-gelbe Kissen in der Tonne. Meins habe ich behalten, und ich bin sicher, dass Hardin, wenn Ken es ihm eines Tages zurückgibt, auch bereit sein wird, es zu behalten.

Dass Nora nicht antwortet, macht mich wütend. »Warum? Verrate mir, warum du nicht willst, dass ich dich besser kenne. Du magst mich, Nora. Ich bin vielleicht nicht so erfahren wie all die anderen Typen da draußen, aber so viel erkenne ich trotzdem. Warum lässt du nicht einfach zu, dass ich dich kennenlerne?«

»Weil du mich dann nicht mehr mögen würdest. Wenn du weitergräbst, wird dir das, was du entdeckst, nicht gefallen.«

Nora steht auf und wirft das Kissen auf die Couch. Es fällt runter, aber wir machen beide keine Anstalten, es aufzuheben.

»Ich habe dir von Anfang an gesagt, dass das hier nirgends hinführt«, sagt sie.

Ich bleibe im Sessel sitzen. Wenn ich aufstehe, wird sie mich ohrfeigen oder küssen, und so sehr mir auch beides momentan gefallen würde – einfach irgendeine Form von Nähe –, müssen wir jetzt mal ein echtes Gespräch führen.

»Das sagst du«, setze ich an und halte den Blickkontakt, »aber dann küssen wir uns oder … du weißt schon. Wenn du mir einfach verrätst, warum du auf Abstand zu mir bleiben willst, könnten wir das zusammen klären.«

Als sie mich nur stumm ansieht, macht mich allein mein Frust mutiger. »Das ist genau das, was ich an Leuten nicht kapiere. Ich werde nie verstehen, warum sie nicht einfach sagen können, was sie fühlen, und stattdessen Mist reden. Ich begreife das nicht. Nichts kann so übel sein. Nichts ist so schlimm, dass man es nicht klären kann. Ich bin nicht irgendein Arsch, der so tut, als würde er immer für dich da sein, und dann abhaut.«

Ich stehe auf, um ihr näher zu sein, und sie tritt einen Schritt zurück.

»Ich habe nichts vor, ich will dir nur nahe sein. Glaub mir. Oder lass es mich wenigstens versuchen«, bitte ich sie.

»Du weißt ja nicht, was du redest. Du weißt nichts von mir. Bis vor zwei Wochen ist dir kaum aufgefallen, dass es mich überhaupt gibt«, entgegnet Nora. Ihre Hände sind zu Fäusten geballt, und sie macht zwei Schritte auf mich zu.

»Kaum aufgefallen, dass es dich überhaupt gibt?«, wiederhole ich ihre absurde Behauptung.

Nora atmet schnaubend aus. »Du warst so sehr mit Dakota beschäftigt, dass nichts anderes eine Rolle gespielt hat. Ich weiß nicht, warum wir darüber reden. Wir sind befreundet, sonst nichts.«

»Aber …«

»Kein beknacktes Aber!«, zischt sie. »Ich habe es satt, dass mir Leute erzählen, was ich tun, wie ich mich verhalten oder fühlen soll. Wenn ich sage, dass wir Freunde sind, dann *sind* wir verdammte Freunde. Wenn ich sage, dass ich dich nie wiedersehen will, dann sehe ich dich nie wieder. Ich kann sehr gut selbst über mich entscheiden, und nur weil du dich für einen bescheuerten Therapeuten hältst, muss ich noch lange nicht mit dir reden. Nicht jeder will vor einem Fremden seine beknackte Seele auskotzen!«

»Ich bin kein Fremder. Das kannst du dir einreden, aber ich weiß, dass ich es nicht bin«, versuche ich, die Mauer zu durchbrechen, hinter der sie sich versteckt. Und ich bin kein Therapeut, bloß weil ich kein Problem damit habe zu sagen, was ich fühle.

»Ach *wirklich*?«, schreit Nora fast.

»Ja, wirklich!« Ich möchte ihre Wut ins Lächerliche ziehen, aber es klappt nicht. Alles war wie weggeblasen, als ich sah, wie verletzlich sie gerade *wegen* ihrer Wut ist. Da läuft etwas in ihr ab, das ich nicht verstehe.

»Wie oft hast du mich gesehen, bevor du hergezogen bist?«, fragt sie.

Was hat das denn mit irgendwas zu tun?

Ehe ich antworten kann, sagt sie: »Denk nach, bevor du antwortest.«

Ich hatte sie ein- oder zweimal gesehen. Ich erinnere mich, dass sie mindestens einmal bei meiner Mom zu Hause war. Ken kennt ihren Dad von irgendwoher.

Sie lacht, aber es klingt kein bisschen amüsiert. »Siehst du!« Jetzt fuchtelt sie mit den Händen herum, als wollte sie mir Luft zuschieben.

Ich blicke ihr weiter in die Augen, obwohl ich am liebsten wegsehen möchte.

»Achtmal«, fällt ihre Stimme in die Stille hinein. »Achtmal haben wir uns gesehen. Mich wundert nicht, dass du dich nicht erinnerst.«

»Kann nicht sein. Das wüsste ich noch.«

»Ach ja? Erinnerst du dich, wie wir über Hardin geredet haben? Ich hatte echt gehofft, dass du dich daran erinnerst. Ich war da, als er dich bei deinen Eltern gegen die Wand geknallt hat. Ich erinnere mich, wie er mit der Faust ausgeholt hat, dich aber nicht schlagen konnte, weil er dich so liebt. Ich erinnere mich, wie ich ein paar Tage vorher an eurem Küchentisch gesessen habe und du mit mir über das College geredet hast, und wie sehr du gehofft hast, dass Tessa an der NYU angenommen wird. Ich erinnere mich an das Blau deines Shirts und die honigbraunen Flecken in deinen Augen. Ich erinnere mich, dass du nach Sirup gerochen hast und rot geworden bist, als deine Mom sich den Finger angeleckt und damit deine Wange abgewischt hat. Ich erinnere mich an jede Kleinigkeit – *und weißt du, warum?*«

Ich bin stumm vor Staunen.

»Frag mich, warum!«, fordert sie.

»Warum?« Ein erbärmlicher Laut aus dem Mund eines Idioten.

»Weil ich aufgepasst habe. Ich habe immer auf alles um dich herum geachtet. Der süße und sexy, irgendwie beschränkte Junge, der in ein Mädchen verliebt war, das seine Liebe nicht erwiderte. Ich habe mir eingeprägt, wie du die Augen schließt, wenn du guten Kaffee trinkst. Und ich habe es geliebt, mit deiner Mom zu kochen und dich und deinen Dad nebenan irgendwelchen Sport im Fernsehen bejubeln zu hören. Ich dachte …« Sie stockt, blickt sich im Zimmer um und sieht wieder mich an. »Na ja, irgendwie dachte ich, du würdest auch aufpassen, aber das hast du nicht. Ich war bloß eine Ablenkung von Dakota, die übrigens *eine krasse Bitch* ist.«

»Sie ist keine Bitch«, sagt der Idiot in mir.

Nora reißt die Augen weit auf. »Das alles …« Sie schließt die Augen und öffnet sie langsam wieder.

»Ich sage das alles, und dir fällt nur ein, Dakota zu verteidigen? Du kennst sie nicht mal so gut, wie du glaubst. Seit sie hergezogen ist, macht sie für jeden Kerl die Beine breit, der sie auch nur anlächelt, und du bist so besessen von ihr, dass du nicht mal versuchst zu begreifen, wie furchtbar sie ist.«

Ihre Worte treffen mich tief, ich bin sprachlos. Zu viele Gedanken wirbeln mir durch den Kopf, alles, was sie in den letzten fünf Minuten gesagt hat, ist zu viel.

»Das … das würde sie nicht tun«, murmle ich.

Nora seufzt und schüttelt den Kopf. Verärgerung und Mitleid. Als sie zur Tür geht und in ihre Sneaker schlüpft, stehe ich stumm da. Sie sagt nichts, und ich finde keine Worte.

Ich stehe mitten im Wohnzimmer und sehe zu, wie sie geht. Wäre das hier ein Film, würde ich ihr nachlaufen und ihr alles erklären. Ich wäre mutig und würde die richtigen Worte finden, um ihren Schmerz und ihre Wut zu lindern.

Aber das Leben ist kein Film, und ich bin nicht mutig.

5

Fünf Tage sind vergangen, seit ich Nora gesehen oder von ihr gehört habe. Fünf Tage, und sie ist in meinem Kopf präsenter denn je. Vor allem das, was sie über Dakota gesagt hat. Es kann einfach nicht wahr sein, und dennoch läuft es in einer Endlosschleife in meinem Kopf ab. Warum sollte Nora so etwas sagen? Und so giftig?

Tessa hat zufällig erwähnt, dass sie gestern Abend die Schicht mit Nora zusammen hatte und sie sehr abgelenkt wirkte und kaum geredet hat. Sie wusste nicht, warum, fand es aber seltsam.

Abgelenkt von mir?

Unwahrscheinlich.

Mir ist klar, dass ich Nora kaum kenne. Vielleicht hat sie recht – vielleicht würde ich sie sogar weniger mögen, wenn ich sie besser kennen würde. Sie ist so schnell aggressiv geworden. Einen Moment lang überlege ich, sie künftig *Sophia* zu nennen. Ich kannte Sophia nicht, nicht so, wie ich Nora jetzt allmählich kenne. Und wenn ich die beiden voneinander trenne, könnte ich vielleicht zugeben, dass ich dieses Mädchen nicht kenne, und zu Sophia zurückkehren.

Dann würde ich mich aber immer noch dafür hassen, dass sie dachte, ich hätte sie wegen Dakota ignoriert. So war es nicht, jedenfalls nicht absichtlich. Ich war schon in Dakota verliebt, als ich sie zum ersten Mal gesehen habe, und bin gar nicht auf die Idee gekommen, mich für sie zu interessieren.

Mir war nicht klar, dass sie meine Aufmerksamkeit wollte. Für mich war sie Sophia, die ältere, schöne Köchin, die mich nicht mal mit dem Hintern anschauen wollte. Aber hier in der Stadt ist sie zu Nora geworden, der umwerfenden und rätselhaften Freundin von Tessa, die so verletzende Dinge über Dakota sagt … und es verdammt gut schafft, dass ich mich in sie verliebe.

Verlieben ist vielleicht zu krass ausgedrückt, aber sie interessiert mich, und ich fühle mich sehr zu ihr hingezogen. Aber sie will mich nicht und hat mir im Grunde gesagt, ich soll mich verziehen. Dazu kommt ihre Eröffnung, dass ich mich um meinen eigenen Kram kümmern muss. Und sie hat mir erzählt, dass Dakota mich betrogen hat, und das mehr als einmal.

Mir brummt immer noch der Schädel. Bisher konnte ich mich nicht entscheiden, ob ich Dakota nach der Wahrheit fragen will oder nicht. Ein Teil von mir denkt, dass Nora einfach wütend war und hitzig irgendwas herausgeschleudert hat, von dem sie glaubte, es würde mich zutiefst verletzen. Der Teil ist allerdings nicht groß genug, um zu ignorieren, dass eine Menge Mühe und emotionale Verrenkungen nötig sind, um ihr *nicht* zu glauben. Vielleicht spielt sie auch nur mit meinen schlimmsten Ängsten, aber was sie sagt, *fühlt* sich wahr an.

Tessas Stimme lässt mich aufschrecken. »Hast du tatsächlich schon wieder Wäsche gewaschen?«

Ich lege den Handtuchstapel ab und drehe mich zu ihr um. Sie steht im Flur und trägt die grelle limonengrüne Krawatte.

»Ja, es wird Zeit, dass ich dir mehr im Haus helfe. Na ja, in der Wohnung«, korrigiere ich mich.

Während ich den Wäscheschrank öffne, lehnt sich Tessa an die Wand. Heute ist sie geschminkt, hat ihre Augen mit Eyeliner umrahmt und glänzende Lippen. Es ist eine Weile her, seit ich sie zuletzt mit Make-up gesehen habe. Sie ist schon ohne sehr schön, doch heute sieht sie sogar ein bisschen weniger traurig aus als in den letzten paar Monaten.

Hardin landet jede Minute, und ich frage mich, ob beides zusammenhängt. Ich hatte mit einer heftigeren Reaktion gerechnet, als ich es ihr erzählt habe, zombiemäßiger. Aber sie wirkt irgendwie strahlender, ihr Gang leichter.

»Du hilfst doch. Und du weißt, dass ich gern putze«, sagt Tessa.

»Klar«, stimme ich ihr halbherzig zu.

Dieser kleine Schrank im Flur ist zu so gut wie nichts zu gebrauchen. Die drei Regale sind richtig klein, und der untere Teil ist von dem Staubsauger und dem Besen komplett belegt. Ich stopfe die Handtücher hinein und hoffe, dass sie nicht wieder rausfallen, ehe ich die Tür schließen kann. Aber natürlich tun sie es, und ich hebe sie wieder auf.

»Ist es seltsam, dass ich nervös bin?«, fragt Tessa leise. »Ich sollte nicht nervös sein, oder?«

Ich schüttle den Kopf. »Nein, überhaupt nicht seltsam. Ich bin auch nervös.«

Obwohl es gar kein Scherz ist, lache ich und schiebe die Handtücher zurück in den Schrank. Ich passe auf, dass sie gefaltet bleiben.

»Ist es auch wirklich okay für dich? Denk dran, dass Sophia dir angeboten hat, das Wochenende bei ihr zu wohnen, wenn es dir hier zu unangenehm ist.«

Der Name Sophia fühlt sich in meinem Mund komisch an, aber sie so zu nennen, hilft mir, mich beim Klang ihres Namens nicht innerlich zu krümmen.

Tessa nickt. »Ist schon okay, ehrlich. Ich muss sowieso die meiste Zeit arbeiten.«

Ich kann mir überhaupt nicht vorstellen, wie die nächsten paar Tage werden. Entweder läuft alles gut, und die beiden hüpfen Händchen haltend ihrer Versöhnung entgegen, oder einer von ihnen steckt die Bude in Brand. Hardin ist bekannt dafür, Gebäude abzufackeln, aber die Geschichte spare ich mir für ein anderes Mal auf. Und ich habe das Gefühl, dass Tessa ein paar neue Tricks auf Lager hat, also ist sie als Brandstifterin noch nicht aus dem Rennen.

»Er nimmt ein Taxi von Newark, damit müsste er in ungefähr einer Stunde hier sein, je nach Verkehr.« Ich schließe die Schranktür und sehe Tessa an. Panik brodelt in meiner Brust.

Es ist unfair, ihr zuzumuten, dass sie ihn hier duldet. Ich hätte ihm sagen müssen, dass er in ein Hotel gehen soll; in der Stadt gibt es Hunderte. Tessa ist meine beste Freundin, und ich hätte dafür sorgen sollen, dass er sich eine andere Unterkunft sucht. Andererseits könnte ihn nicht mal das Höllenfeuer von ihr fernhalten, also wozu die Mühe?

Ich reibe mir die Stoppeln am Kinn. »Irgendwie habe ich kein gutes Gefühl. Ich hätte ihm nie zusagen dürfen.«

Tessa zieht meine Hände von meinem Gesicht weg. »Ist schon gut«, sagt sie und sieht mich an. »Ich bin ein großes Mädchen und kann mit ein bisschen Hardin Scott umgehen.«

Ich seufze. Sicher kann sie mit ihm umgehen. Sie ist sogar der einzige Mensch im Universum, der es kann. Das ist nicht das Problem. Es ist vielmehr, dass ihr Zusammentreffen gewöhnlich Krieg bedeutet. Ich versuche, mir das Ganze als Schlacht vorzustellen. Auf der einen Seite Tessa, das Schwert gezückt, Nora und ihre Armee von Cupcakes hinter sich. Auf der anderen Seite Hardin mit versteinerter Miene, allein, sein Panzer bereit, jeden zu überrollen, der sich ihm in den Weg stellt. Und ich stehe in der Mitte zwischen den beiden, schwenke eine mickrige weiße Fahne und bereite mich auf ein Blutbad vor.

Ich folge Tessa ins Wohnzimmer, um die restliche saubere Wäsche wegzusortieren.

»Wird Du-weißt-schon-wer am Wochenende da sein? Ich bin nicht sicher, wie das laufen würde ...« Ich stelle mir Robert vor, den hübschen Kellner, zerquetscht von Hardins Panzer. Wenn Tessa arbeitet, ist Robert dann auch da? Falls ja, muss ich Hardin weit, weit weg vom Restaurant halten.

Tessa greift nach ihrer schwarzen Schürze oben auf dem Wäschehaufen. »Nein, er arbeitet auch das ganze Wochenende.«

Macht es das jetzt besser oder schlechter? Im Grunde bedeutet es, dass er das ganze Wochenende bei ihr sein wird. Soll ich anbieten, Robert übers Wochenende zum Mars zu schießen?

Ich hasse es, zwischen ihnen zu stehen, und gebe mein Bestes, um möglichst neutral und beiden ein guter Freund zu sein. Tessa arbeitet sowieso das ganze Wochenende – mit Robert zusammen. Tja, das ist wohl doch schlimmer. Sie werden zusammen sein, und Hardin wird die ganze Zeit daran denken.

Dakota ist mir hier in New York vermutlich fremdgegangen, obwohl ich nur ihretwegen hergezogen bin, und Nora ist wütend aus meiner Wohnung geflüchtet – mein Leben hat sich in ein Teenie-Drama verwandelt. Nein, keins für Teenies. Ich bin jetzt erwachsen. Zumindest irgendwie. Also ist es ein New-Adult-Drama. Ist »New Adult« ein eigenes Genre? Darüber haben sich neulich zwei Frauen im Grind gestritten, dem Coffee-Shop, in dem ich arbeite. Eine war klein, hatte braune Locken und ein zweihunderttausend Worte starkes Manuskript, und sie war stinksauer, weil eine Zwanzigjährige einen Verlag für etwas gefunden hatte, das sich »New Adult« nennt.

»Was soll denn dieses New Adult überhaupt sein?«, hatte die andere sie gefragt, um sie erst recht auf die Palme zu bringen.

»Irgendeine beschissene Untergattung, die sich Verlage ausgedacht

haben, um ihre beschissensten Stoffe zu verkaufen. Zu jung für Romance, aber nicht jung genug für Young Adult«, hatte die Möchtegern-Autorin geschimpft.

Während ich die Kaffeeränder vom Nachbartisch wischte, dachte ich, dass ich gern mal ein paar New-Adult-Bücher lesen würde. Eine Menge von dem, was ich lese, gilt als »Young Adult«, aber was ist mit den Lesern, die sich etwas Ernsteres wünschen? Etwas, das einen klareren Bezug zu ihrem echten Leben hat? Nicht jeder Underdog kann die Welt retten, und nicht jede Liebe ist magisch und lebensverändernd. Manchmal ziehen sogar die netten Typen den Kürzeren – mich eingeschlossen. Wo sind *diese* Bücher?

»Habt ihr irgendwelche Pläne fürs Wochenende?«, fragt Tessa. Sie müht sich mit ihrem Schürzenband auf dem Rücken ab, doch als ich ihr helfen will, bekommt sie die Schleife doch selbst hin.

»Nicht dass ich wüsste. Ich glaube, er will nur hier schlafen und reist Montagnachmittag wieder ab.«

Tessa bemüht sich, eine neutrale Miene zu wahren. »Okay. Ich mache heute eine Doppelschicht, also warte nicht auf mich. Vor zwei bin ich bestimmt nicht zu Hause.«

Seit sie im August angekommen ist, arbeitet Tessa wirklich pausenlos. Ich weiß, dass sie sich damit ablenkt, glaube aber nicht, dass es ihr wirklich hilft. Und auch wenn sie mich wieder unterbrechen wird, halte ich ihr meinen üblichen Vortrag.

»Ich würde mir wirklich wünschen, dass du nicht so viel arbeitest. Du musst hier nichts bezahlen. Mein Stipendium reicht vollkommen aus, und du weißt doch, dass Ken mich so oder so kaum etwas bezahlen lässt«, erinnere ich sie zum zehnten Mal, seit sie hier eingezogen ist.

Tessa zupft an ihren Haaren und sieht mich an. Ihr Lächeln

verrät mir, dass sie mir eigentlich sagen will, ich soll den Mund halten. »Fangen wir nicht wieder davon an«, erklärt sie kopfschüttelnd.

Ich beschließe, mir meine Energie für das Wochenende aufzusparen und ihr ihren Willen zu lassen. »Schreib mir, wenn du Schluss hast, ja?« Ich nehme ihre Schlüssel vom Haken und gebe sie ihr.

»Ich komme klar«, sagt sie, als wir beide ihre zitternde Hand ansehen.

Nachdem sie gegangen ist, springe ich unter die Dusche und rasiere mich. Manchmal möchte ich mir einen Bart stehen lassen, aber kaum zeichnet sich einer ab, rasiere ich mich wieder. Ich kann mich einfach nicht entscheiden. Mit Bart werde ich vielleicht in den geheimen Kreis der Hipster in Greenpoint eingeladen. Andererseits … will ich eine solche Verpflichtung überhaupt? Wohl kaum.

Ich wickle mir ein Handtuch um die Hüften und putze mir die Zähne. Noch kann ich nicht sagen, ob es mir gefällt, erwachsen zu sein. Warum muss New York so weit weg von Washington liegen? Ich sollte Mom anrufen …

Das Klopfen an der Tür hallt durch die Wohnung.

Hardin. Es muss Hardin sein. Warum ist mir so unwohl, weil er kommt?

Ich ziehe die Tür auf und wünschte, ich hätte mir vorher etwas übergezogen, denn garantiert wird er irgendwelchen Mist ablassen, wenn er mich nur mit dem Handtuch sieht.

Mein Blick begegnet Dakotas, und ich trete einen Schritt zurück – eher vor Schreck, als um sie hereinzulassen. Sie ist der letzte Mensch, mit dem ich gerechnet hätte; und ich bin nicht sicher, ob ich bereit bin, sie zu sehen …

»Was ist los? Warum bist du hier?«, frage ich. Unsere letzte

Begegnung war nicht gerade angenehm, und hinterher war Nora mit einem Karton voller Sachen von ihr hier aufgekreuzt.

Sie sieht mich an, ja, fast durch mich hindurch, und ihre Augen wirken schwarz. »Es ist …«, beginnt sie heiser. Ihre Unterlippe bebt. »Mein Dad. Er … er stirbt«, sagt sie und hält sich eine Hand vor den Mund. Ein kleiner Schrei entfährt ihr. »Jetzt ist es noch schlimmer, weil ich es gesagt habe. Er stirbt, Landon, mein Dad – er wird sterben. Ich fahre nicht mal hin, und bald ist er tot. Ich …«

Automatisch strecke ich die Arme nach ihr aus und ziehe sie an meine Brust. Ihre Wangen fühlen sich feucht auf meiner Haut an, und sie zittert am ganzen Leib, als sie zu schluchzen anfängt.

»Was ist passiert?«, frage ich. Ich weiß nicht, welcher Gedanke schlimmer ist: dass ich keinerlei Trauer um ihn empfinde oder dass sich Dakota in meinen Armen wie eine Fremde anfühlt.

Ihre Hände bewegen sich an meinem nackten Rücken nach oben, und ich streiche ihr über das lockige Haar.

»Seine Leber versagt. Sie sagen, es ist alkoholbedingte Hepatitis. Ich weiß nicht, was das genau heißt, aber seine Leber ist voller Narben. Ich wusste immer, dass uns die Flasche einen nach dem anderen umbringt. Carter, meinen Dad … bestimmt bin ich die Nächste.«

Ich drücke sie fester und versuche, ihre finsteren Gedanken zu vertreiben.

»Erzähl mir alles, was sie gesagt haben«, sage ich und führe sie zur Couch, ehe ich die Tür schließe und mich zu ihr setze. Sie zittert immer noch, schmiegt und klammert sich an mich, als würde sie ins Bodenlose stürzen, wenn sie mich loslässt.

Sie erklärt, dass die Schwester nicht viel gesagt hat, abgesehen von den medizinischen Fachausdrücken, die Dakota weder verstanden noch behalten hat. Sein Körper versagt schnell, und er hat kaum genug Geld zum Leben, geschweige denn für die hohen Krankenhauskosten. Es kommt mir beklemmend und ungerecht vor, dass ein Mann – egal, wie unangenehm oder ätzend er sein mag – sein ganzes Leben lang arbeiten kann und am Ende kaum genug abgesichert ist, um sich retten zu lassen.

»Willst du zu ihm fahren? Hast du das vor?«, frage ich.

Meine Finger streichen tröstend an ihren Armen entlang. »Kann ich nicht. Ich habe noch Mietschulden und komme gerade mal so über die Runden.«

Ich sehe sie an, doch sie wendet das Gesicht ab und vergräbt es in meiner Brust.

»Ist das der einzige Grund? Ist Geld der einzige Grund, weshalb du nicht hinfährst?«, frage ich.

Bei ihrer Familiengeschichte würde mich nicht wundern, wenn Dakota den Mann nicht noch mal sehen will, bevor er stirbt. Ich würde es ihr nicht vorwerfen.

»Ich will nicht, dass du das bezahlst«, sagt sie, ehe ich es ihr anbieten kann. Dakota hebt den Kopf und sieht mich an. »Tut mir leid, dass ich hergekommen bin. Ich wusste nicht, wo ich sonst hinsollte. Meine Mitbewohnerinnen würden es nicht verstehen, und Maggy ist nicht so toll darin, sich die Probleme anderer anzuhören.«

»Schhh.« Ich streichle ihren Rücken. »Entschuldige dich nicht.« Ich hebe ihr Kinn an.

»Muss ich überhaupt traurig sein?«, fragt sie. »Ich kann mich nicht entscheiden, ob ich traurig bin oder erleichtert. Der einzige Grund, weshalb ich traurig bin, ist der, dass er der Letzte aus meiner Familie ist. Wenn er stirbt, existiere ich dann eigentlich noch? Ich habe *niemanden*, Landon.«

Ich sage ihr nicht, dass sie ihn genau genommen schon nicht mehr hatte, seit sie ein kleines Mädchen war. Und ich erzähle ihr auch nicht, dass ich tief im Innern kein bisschen traurig bin, weil er stirbt.

Stattdessen sage ich ihr, dass es okay ist, egal, wie sie empfindet. Und dass sie keinem eine Erklärung für ihre Reaktion schuldet.

»Wenn ich nicht hinfahre, wird es sonst keiner tun. Er würde nicht mal eine Beerdigung bekommen. Wie zahlen Leute für Beerdigungen?« Dakotas Stimme bricht, und ich halte sie weiter fest.

Dabei denke ich an ihre Verwandten, die ich von früher kenne. Sie hat eine Tante irgendwo in Ohio, die Schwester ihres Dads. Ihre Großeltern väterlicherseits sind tot, und von der Familie ihrer Mom spricht keiner mehr mit ihr. Nachdem ihre Mom gegangen war, hatten sie jede Woche angerufen, aber bald wurden die Anrufe seltener, bis sie ganz aufhörten. Wir dachten, sie hätten die Hoffnung aufgegeben, dass Yolanda jemals aus Chicago zurückkehren würde. Mit Dakota zu sprechen, muss sie immer an den Verlust ihrer Tochter erinnert haben, und egoistisch, wie sie waren, zogen sie sich von ihren Enkelkindern zurück.

Bei Carters Beerdigung war so gut wie niemand, nur Dakota und ich in der ersten Reihe. Einige wenige Lehrer von der Schule waren gekommen und ein paar Minuten geblieben, und natürlich war Julian aufgekreuzt, aber fast sofort wieder unter Tränen verschwunden. Drei Arschlöcher von unserer Schule kamen und wurden von Dakota rausgeworfen, noch ehe sie sich hingesetzt hatten. An jenem Tag in der kleinen Kirche gab es keine Vergebung. Alle waren weg, bevor die Trauerfeier anfing.

Dakotas Dad war gar nicht erst gekommen, genauso wenig wie Yolanda. Niemand weinte, niemand erzählte Geschichten aus glücklicheren Tagen. Der Pastor bemitleidete uns, das war offensichtlich, aber Dakota wollte die volle Stunde bleiben, um ihrem Bruder zu gedenken.

»*Glaubst du, er kommt in den Himmel? Mein Dad sagt, Gott lässt Leute wie ihn nicht in den Himmel.*« Dakotas Stimme war so matt gewesen wie ihre Augen.

Ich versuchte, leise zu sein, damit der Prediger meine Antwort nicht hörte. »*Ich glaube nicht, dass dein Dad eine Ahnung davon hat, wen Gott in den Himmel lässt. Wenn es einen Himmel gibt, ist Carter da.*«

»*Ich weiß nicht, ob ich an Gott glaube, Landon*«, sagte sie laut. Es war ihr nicht peinlich, so was in einer Kirche zu sagen.

»*Das musst du nicht*«, sagte ich zu ihr.

Ich hielt sie fest, und nach zehnminütigem Schweigen ging ich hinauf zur Kanzel und erinnerte uns an die besten Zeiten mit Carter. Nur Dakota war in der Kirche, und ich erzählte eine Stunde lang Geschichten von uns, unseren verrückten Abenteuern, unseren Plänen für die Zukunft. Ich hörte erst auf zu reden, als mir der Pastor einen höflichen Wink gab.

Die Beerdigung ihres Vaters würde ähnlich sein, nur dass Dakota diesmal allein wäre. Es wäre niemand da, um mit ihr Erinnerungen wachzurufen. Mir fällt nur eine positive Erinnerung an den Mann ein. Ich hasse ihn mehr, als ich es für möglich gehalten hätte, daher bin ich nicht sicher, ob ich mich dazu überwinden könnte, ein oder zwei respektvolle Worte über ihn zu sagen. Nicht mal im Tod.

»Komm mit mir. Kannst du mit mir kommen? Ich bezahle auch etwas davon. Irgendwas denke ich mir schon aus, wie ich einen Teil bezahle«, sagt Dakota plötzlich.

Mit ihr kommen? Nach Michigan?

»Bitte, Landon. Alleine schaffe ich das nicht.«

Bevor ich ihr antworten kann, klopft es an der Tür.

»Hardin«, sage ich. »Hardin ist übers Wochenende hier.«

Dakota löst sich von mir, und erst jetzt fällt ihr auf, dass ich praktisch nichts anhabe. »Ich gehe«, sagt sie, beugt sich vor und küsst mich auf die Wange.

»Denk bitte drüber nach. Ich würde am Montag fahren. Das Wochenende über werde ich versuchen, etwas Geld zusammenzukratzen. Bitte überlege es dir, und sag mir bis Sonntag Bescheid.«

»Okay«, antworte ich nur. Mir geht viel zu viel durch den Kopf, um noch mehr zu sagen.

Dakota folgt mir zur Tür, und als ich öffne, steht Hardin direkt vor mir, eine schwarze Reisetasche über der Schulter. Sein langes Haar ist zerzaust, und er kommt mir größer vor, als ich ihn in Erinnerung habe. Er mustert erst Dakota, dann mich, und zieht eine Braue hoch.

»Na hallo, Landon. Delilah.« Er geht an uns vorbei in die Wohnung.

Dakotas Augen sind geschwollen, und sie verzichtet auf eine Antwort. Ohne ein weiteres Wort umarmt sie mich fest und lässt mich an der Tür stehen. Nachdem ich ihr einen Moment lang hinterhergesehen habe, gehe ich wieder rein und schließe die Tür hinter mir.

Ein bisschen zu laut für meinen Geschmack fragt Hardin: »Warum war sie hier? Ich dachte, du fickst die andere.« Er wirft seine Tasche auf die Couch und geht das Wohnzimmer ab, als handele es sich um einen Tatort.

»Ich brauche deinen Rat«, sage ich seufzend.

Hardin bleibt bei einem Sessel stehen und berührt eine Pyjamahose von Tessa. Seine Finger gleiten über den flauschigen Stoff und malen die Konturen des Wolkenmusters nach.

»Zieh dir erst mal was an. Nackte berate ich nicht. Zumindest nicht dich.«

Ich verdrehe die Augen und gehe in mein Zimmer, um mich anzuziehen und für das Unwetter zu wappnen, das auf mich zurollt.

6

Ich kann nicht sagen, ob ich schlampig bin. Ja, ich trage oft Jogginghosen, aber vor allem, weil sie bequem sind. Wäre ich eine Frau, könnte ich nie hohe Schuhe und enge Kleider anziehen. Ich wäre wie Tessa, immer in Yoga-Pants und Träger-Tops. Während ich mir ein blaues T-Shirt und eine graue Jogginghose greife, beschließe ich, das Problem auf später zu vertagen.

Bei meiner Rückkehr ins Wohnzimmer sitzt Hardin auf der Couch, seinen Laptop aufgeklappt und einen Stift zwischen den Zähnen.

»Du arbeitest schon?«, frage ich.

An was arbeitet er eigentlich?

Ich setze mich in den Sessel und beobachte, wie er einen Stoß Papier auf dem Couchtisch durchsieht. Neben seinem leuchtenden Laptop steht ein halb voller Kaffeebecher. Ein Sticker, vermutlich von irgendeiner Band, überdeckt das Apple-Logo. Ich blicke zu meinem Laptop am Rand des Tisches und vergleiche die beiden. Auf Hardins klebt ein Sticker von einer Metal-Band mit Dornen und Rosen, auf meinem einer mit »HUFFLEPUFF FOR LIFE«. Zu meiner Verteidigung muss ich anführen, dass mein Sticker verdammt niedlich und auch witzig ist, weil ich kein Hufflepuff bin. Irgendein alberner Online-Fragebogen hatte ergeben, ich sei einer, also habe ich das übernommen. Ich habe den Sticker gekauft, obwohl ich im Grunde überzeugt war, durch und durch ein Gryffindor zu sein.

»Klar, du hast ja lange genug gebraucht, dich anzuziehen«, jammert er.

Hardin jammert? Was für eine Überraschung.

Ich werfe ein Kissen nach ihm, und er grummelt leise vor sich hin. »Wo ist Tessa?«

»Arbeiten. Sie beschäftigt sich anderweitig, solange du hier bist.«

Er schnaubt, bleibt ansonsten aber ruhig. Doch ich kann den Schmerz in seinen grünen Augen sehen. Und ich höre, wie sein Atem schneller wird, als er sie erwähnt.

»Wie beschäftigt? Wann kommt sie normalerweise nach Hause?«, fragt er.

Ich zögere. Jetzt sollte ich dringend neutral bleiben. »Heute Nacht wird sie gegen zwei zurück sein.«

Hardin klappt seinen Laptop zu und lehnt sich vor, als wollte er aufstehen. »Gegen zwei? Nachts?«

»Ja, sie macht heute zu. Und sie hat eine Doppelschicht.«

»Zwei Uhr nachts ist doch *lachhaft*! Es gibt keinen Grund, warum sie bis in die bescheuerten Morgenstunden arbeiten sollte.« Hardin rafft die losen Blätter zusammen und steckt sie zurück in seinen Hefter.

»Ich bestimme nicht, wie viel sie arbeitet«, sage ich. »Und du auch nicht«, ergänze ich.

Seufzend nickt er. Er will eindeutig keinen Streit. »Also, was ist mit dir los? Warum war Delilah hier und sah aus, als hätte gerade jemand ihren Welpen umgebracht?«

Ach ja, der allzeit feinfühlige Hardin Scott!

»Ihr Dad liegt im Sterben«, sage ich und sehe, wie er wenigstens ein klein wenig betroffen wird.

»Oh, wow, das ist übel.«

Ich schüttle den Kopf und lehne mich zurück. Als ich mir durchs Haar fahre, stelle ich fest, dass es völlig verwuschelt ist.

»Sie fährt nach Michigan und will, dass ich mitkomme. Am Montag.«

Hardin winkelt ein Bein an und lehnt den Knöchel auf sein Knie, bevor er sich das Haar nach hinten streicht. Seit dem letzten Mal, als ich ihn gesehen habe, hat er es sich nicht schneiden lassen. »Was ist mit Nora? Läuft das mit euch noch?«

Also erinnert er sich doch an ihren Namen …

»Nein. Sie ist vor ungefähr einer Woche hier rausgestürmt, weil sie meinte, dass ich viel zu sehr auf Dakota fixiert war, um zu erkennen, dass sie mich mochte. Seitdem war sie nicht mehr hier.«

»Na, dann ist das doch schon mal klar. Wenn sie seitdem nicht mehr hier war oder mit dir geredet hat, kannst du machen, was du willst. Falls du ein schlechtes Gewissen hast, frag dich selbst, warum.«

Okay: *Warum habe ich ein schlechtes Gewissen?* Nora war wegen etwas wütend auf mich, woran ich nichts ändern konnte. Wäre es ihr lieber, ich würde Dakota mit ihr betrügen? Ich konnte keine Rücksicht auf ihre Gefühle für mich nehmen, weil ich damals, in Washington, in Dakota verliebt war, und seit ich hergezogen bin, trauere ich dem Ende dieser Beziehung nach. Ich verstehe, wieso Nora sich erniedrigt fühlt und wütend ist, denn mir würde es genauso gehen, wenn man mich ignoriert. Aber es ist ja nicht so, als hätte ich es mit Absicht getan. Ich kann immer noch nicht glauben, dass sich jemand wie Nora überhaupt für mich interessiert. Aber so war es. Und irgendwie habe ich es geschafft, auch das zu versauen.

»Vielleicht muss ich mich einfach von beiden fernhalten. Single zu sein, ist nicht so übel«, sage ich.

Ich schließe die Augen und denke darüber nach. Vielleicht soll ich allein sein? Jemand wie ich kommt gut allein klar. Und es gibt schon genug Leute, über die ich mir Gedanken machen muss: Tessa, meine Mom, meine kleine Schwester, die in wenigen Wochen geboren wird, Hardin, Dakota … Kann ich noch einen Namen auf die Liste setzen?

Hardin funkt dazwischen. »Single sein ist scheiße, Alter. Glaub mir, es ist richtig scheiße.«

Ich öffne die Augen und sehe ihn an. »Du hättest lügen können, damit ich mich besser fühle.«

»Nein, ich kann nicht lügen.« Er hebt eine Hand, als würde er vereidigt.

Das bringt mich zum Lachen. »Lügner!«

Er zuckt mit den Schultern und grinst. »Ich schlage gerade einen neuen Weg ein.«

Einige Stunden später kehrt Hardin von einem Meeting zurück, über das er mir nichts erzählen will. Er sagt, dass er mich einweiht, wenn die Leute ihn nächste Woche anrufen. Und obwohl ich neugierig bin, möchte ich nicht noch etwas wissen, das ich vor Tessa verheimlichen müsste.

Da ich morgen arbeiten muss, überlege ich schon, wie Hardins Pläne fürs Abendessen aussehen, als er ohne anzuklopfen in mein Zimmer kommt.

»Ich gehe jetzt essen, kommst du mit?«, fragt er.

Ehe ich mich aufsetze, frage ich ihn, wohin er will.

»Ins Lookout«, antwortet er vollkommen ruhig.

»Da arbeitet Tessa.«

»Weiß ich«, sagt er achselzuckend.

Okay?

»Sie hat einen Grund, auf Abstand zu dir zu gehen. Ich glaube nicht …«

Er hebt eine Hand, um mich zu unterbrechen. »Hör mal, ich gehe hin, ob du mitkommst oder nicht. Ich wollte nur nett sein und dich einladen. Ich weiß, dass sie da arbeitet, und ich will da hin. Also gehe ich jetzt. Kommst du mit oder nicht?«

Stöhnend rolle ich mich vom Bett. »Na gut. Aber dieser Robert arbeitet auch da, der …«

»Ich weiß, wer er ist. Noch ein Grund mehr, dass ich da hingehe.«

Wenn Hardin sich etwas vorgenommen hat, zieht er es auch durch. So ist er nun mal.

Wow. Ich bin gut darin, Sachen zu erklären.

Weil ich keine andere Lösung sehe, nicke ich. »Lass mich nur meine Schuhe anziehen.«

Er mustert mich. »Das ziehst du an? Arbeitet Nadia nicht da?«

»Ja, *Nora* arbeitet da. Und ja, ich ziehe das an.«

Falls Nora heute arbeitet, bezweifle ich, dass sie mit mir redet, und meine Sachen sind bequem. Nicht so schick wie Hardins komplett schwarzes Outfit, aber wenigstens lässt meine Hose meinem Schwanz Luft zum Atmen, was man von Hardins enger Jeans nicht behaupten kann.

Zehn Minuten später habe ich eine dunkle Jeans und ein kariertes Hemd an. Das Hemd hat kurze Ärmel, und die Hose ist ein bisschen zu eng, aber Hardin saß auf der Couch und weigerte sich, mich »im Pyjama« losziehen zu lassen, und ich bin zu hungrig, um mich mit ihm zu streiten.

Auf dem Weg zum Lookout fragt Hardin mich nach meinen Kursen, meinem Job und jedem anderen Nicht-Tessa-Thema, das man sich denken kann. Er ist jetzt sehr viel gesprächiger als früher. Er hat sich auf jeden Fall verändert.

Wir sehen Tessa, bevor sie uns sieht. Das Lookout ist ein modernes Restaurant, im Industrie-Design gestaltet. Und als wir vorn am Eingangstresen ankommen, steht Tessa gerade hinter einem hohen Metallbaum, auf dessen Ästen Uhrwerke statt Laub sind. Die Dessert-Auswahl ist direkt neben dem Tresen, und ich kann nichts dagegen tun, ich suche nach Noras dunklem Haar. Ich sehe ein flüchtiges Aufblitzen von schwarzem Haar und oliv-brauner Haut, als Hardin Robert nach Tessas Service-Bereich fragt, aber sie ist schon weg, ehe ich richtig hinsehen kann.

Ironischerweise tut Hardin so, als hätte er keinen Schimmer, wer Robert ist.

»Ich bin gleich wieder zurück.« Robert sieht zu Hardin und dann zur anderen Seite des Restaurants. Der Laden ist nicht groß; nur ungefähr zwanzig Tische reihen sich an den Wänden.

»Was für ein beknackter Arsch«, sagt Hardin in Richtung von Roberts Rücken. Ich ignoriere es.

Nora erscheint hinter dem Tresen mit einem Tablett voller kleiner Kuchen. Ihr Haar ist stramm nach oben gebunden, doch einzelne Strähnen umrahmen ihr Gesicht. Sie sieht stur geradeaus.

Weiß sie, dass ich hier bin?

Interessiert es sie überhaupt?

»Tessa«, höre ich Hardin sagen.

Mein Blick bleibt auf Nora gerichtet. Sie öffnet ein großes Vitrinenfach und beginnt, die Kuchen hineinzustellen und säuberlich anzuordnen. Sie sieht nicht von ihrer Arbeit auf. Die Vitrine liegt ein wenig im Dunkeln, aber ich erkenne trotzdem, dass sie erschöpft ist. Ich erkenne, wie ihre Schultern herabhängen.

Aus dem Augenwinkel sehe ich Tessa näher kommen, und als ich ihr den Kopf zuwende, sage ich vorsorglich: »Hardin wollte herkommen.« Falls sie sich unwohl fühlte, soll sie wissen, dass es nicht meine Idee war. Ich bin bloß dabei, um notfalls Frieden zu stiften.

Tessa antwortet nicht, ihre Augen sind auf Hardin gerichtet.

»Wir müssen nicht zum Essen bleiben, wenn du zu viel zu tun hast«, biete ich an.

Ich kann die Schwingungen zwischen diesen beiden Irren unmöglich deuten.

Hardins Finger sind um Tessas Handgelenk geschlungen, und ihre Augen leuchten so hell wie seit Monaten nicht.

»Nein«, haucht Tessa. »Ist schon okay, ehrlich.« Sie zieht ihre Hand aus Hardins Umklammerung und nimmt zwei Speisekarten aus dem Fach hinter dem Empfangstresen.

Ich folge Tessa zu dem Tisch und blicke mich noch mal nach Nora um. Sie schaut mich immer noch nicht an. Ich weiß nicht, ob sie mich ignoriert oder einfach nur nicht sieht. Wie kann sie nicht merken, dass ich sie anstarre?

Hardin und Tessa machen Smal Talk, während ich in die Sitznische rutsche und Hardin so tut, als wüsste er nicht, wie lange Tessa arbeitet. Er gibt vor, dass es ihm nichts ausmacht, wie spät sie allein nach Hause läuft, und versucht, sich in ihrer Gegenwart normal zu verhalten.

»Hat Sophia viel zu tun?«, frage ich, als unser Essen kommt.

Tessa nickt. »Hat sie. Tut mir leid«, sagt sie und korrigiert mich nicht, weil ich ihren richtigen Namen benutze. Weiß sie, was los ist? Bin ich ein mieser Freund, weil ich das vor ihr verheimlichen will?

Tessa runzelt die Stirn, und Hardin beugt sich zu ihr. Fällt ihm eigentlich auf, wie sein Körper auf sie reagiert? Als Tessa unsere Bestellung notiert, beobachtet er sie aufmerksam, und seine Schultern heben und senken sich im Takt ihres Atems.

Die beiden machen mich krank. Ich bin ein einsamer Trottel, und diese zwei zieht es zueinander wie Magneten. Sie werden immer zusammen sein, das weiß ich mit absoluter Sicherheit.

Ich hingegen kann kein Magnet sein. Dazu braucht man einen Gegenpol.

Wie traurig ist das eigentlich? Sich zu wünschen, ein Magnet zu sein?

Als Tessa uns sagt, dass Nora unsere Rechnung fertig gemacht hat, lässt Hardin ein gigantisches Trinkgeld da, das Tessa mir zurück in die Tasche steckt, als wir gehen. Während des Essens konnte ich nur an Nora denken, die ganz in der Nähe war. Die ganze Zeit habe ich den Gang zur Küche beobachtet. Ich habe nicht mal gemerkt, dass ich meinen Teller leer gegessen hatte. Aber bestimmt war das Essen super.

Dass Nora weiß, dass ich hier bin, aber nicht an unseren Tisch gekommen ist, macht mich verrückt. Ich habe sie ja nicht absichtlich gekränkt, und ich verdiene eine Chance, das alles zu erklären. Sie hatte über eine Stunde Zeit, zumindest mal vorbeizulaufen, zu winken oder höflich zu lächeln.

Wir sind schon an der Tür, als ich an Hardins Ärmel zupfe.

»Wir sehen uns zu Hause«, sage ich.

Hardin stellt keine Fragen und bietet auch nicht an, noch zu bleiben. Er nickt bloß und geht. Darüber bin ich froh.

Ich setze mich auf die Bank vor dem Restaurant und checke die Uhrzeit auf meinem Handy. Es ist zehn nach neun, und ich habe keinen Schimmer, wann Noras Schicht endet. Ich beschließe, einfach draußen zu warten, bis sie Schluss hat. Und sei es bis zwei Uhr morgens.

Ich blicke mich auf der Straße um und lehne mich an die kühle Ziegelmauer. Die Herbstluft ist lau und angenehm. Auf den Gehwegen ist kaum etwas los, was an einem Freitagabend im September in Brooklyn nicht die Regel ist.

Während ich warte, überlege ich, was ich ihr sagen soll. Wie fange ich das Gespräch an?

Zwei Stunden später kommt Nora aus dem Lookout, und ich habe mich immer noch nicht entschieden. Sie geht direkt an mir vorbei. Ihr langes Haar wippt auf ihrem Rücken. An der Straßenecke löst sie ihren Zopf und schüttelt den Kopf. Sie ist atemberaubend, sogar im unbarmherzigen Licht der Straßenlaterne.

Ich sollte mich bemerkbar machen, ihren Namen rufen und mich ihr stellen, anstatt ihr stumm zu folgen. Aber irgendetwas in mir hält mich davon ab. Wo will sie überhaupt hin? Ist sie auf dem Weg zurück in ihre gemeinsame Wohnung mit Dakota?

Ich weiß es nicht, habe aber das Gefühl, dass ich es bald erfahren werde.

Nora geht durch die stillen Straßen, biegt in die kleinsten Seitengassen ein. Es ist besorgniserregend, dass sie mich nicht hinter sich bemerkt. Sie hat sich kein einziges Mal umgedreht, hat ihre Ohrstöpsel drin und scheint völlig unbekümmert um elf Uhr nachts durch Brooklyn zu laufen, ohne auf ihre Umgebung zu achten.

Sie überquert die Nostrand Avenue, und ich vermute, dass sie die U-Bahn nehmen will. Soll ich ihr wirklich folgen? Warum fühlt es sich nicht unheimlich an, sie zu beobachten und zu verfolgen wie ein Psychopath? So oder so gehe ich schon hinter ihr her und die Stufen des U-Bahn-Eingangs hinunter.

Ich bleibe hinter ihr, halte mindestens sechs Meter Abstand und lasse eine Gruppe zwischen uns. Nora bewegt den Kopf im Rhythmus ihrer Musik, während sie vor der Sperre steht, um ihre MetroCard vor den Scanner zu halten.

Der U-Bahn-Wagen ist fast leer, als ich einsteige, und würde Nora sich nur flüchtig umschauen, könnte sie mich sehen. Ich setze mich neben eine alte Frau, die Zeitung liest, und hoffe, dass sie die Sicht auf mich ein wenig versperrt. Im Wagen ist es unheimlich still, und als ich huste, wird mir bewusst, dass ich als Stalker denkbar unbegabt bin.

Nora nimmt ihr Handy aus der Tasche und blickt aufs Display. Sie wischt, seufzt und wischt wieder. Zehn Minuten später steht sie auf, und ich folge ihr. Wir steigen in eine andere Bahn um. Eine Dreiviertelstunde später sind wir am Grand Central Terminal. Ich habe nicht den leisesten Schimmer, wo die Frau hinwill oder warum ich ihr immer noch folge.

Wir steigen in die Metro North, und weitere dreißig Minuten vergehen, bis wir am Bahnhof Scarsdale ankommen. Ich weiß weder, wo Scarsdale ist, noch, warum wir hier sind. Draußen bleibt Nora an einer Bank stehen und knöpft ihre Arbeitsbluse auf. Drunter trägt sie ein schwarzes Trägerhemd aus einer Art Netzstoff. Ihr BH scheint durch, und ich versuche, nicht hinzustarren, als sie ihre Bluse in ihre Tasche packt und den Reißverschluss zuzieht.

Sie holt ihr Telefon aus dem vorderen Fach der Tasche, und ich verstecke mich hinter dem Schild einer Versicherung. »Ich bin hier und treffe den Fahrer vorm Bahnhof. Wie war sein Abendessen? Hat er überhaupt etwas gegessen?«, fragt sie wen auch immer.

Einige Sekunden vergehen. »Ja, ich helfe gleich. In fünfzehn Minuten bin ich da.«

Sie legt auf und dreht sich in meine Richtung. Ich ducke mich tiefer hinter das Schild.

Was habe ich jetzt vor? Wessen Fahrer holt sie ab?

Als ich gerade denke, dass ich in Sicherheit bin, höre ich Nora sagen: »Deine Füße gucken unter dem Schild raus, Landon.«

7

Ich linse um das Schild herum und sehe Nora auf mich zukommen. Ihr dunkles Haar wirft einen Schatten auf ihr Gesicht. Im grellen Neonlicht des Parkplatzes sieht sie aus wie ein weiblicher Film-Bösewicht. Sie trägt eine enge schwarze Jeans mit einem Riss auf einem Knie, und ihr schwarzer BH schimmert durch den Netzstoff ihres Tops. Darf sie als Konditorin eigentlich zerrissene Jeans tragen? Und warum denke ich ausgerechnet jetzt daran?

Ich bleibe regungslos stehen, als sie sich mir nähert, ihrer Beute, mitten im Nirgendwo. Ehrlich gesagt, macht mir das Bahnsystem in New York bis heute Angst. Ich kann die Anzeigetafeln nicht lesen, kann es nicht ausstehen, wenn Leute zusammengedrängt stehen wie die Ölsardinen, und ich hasse es, unter der Erde gefangen zu sein. Aber wenn ich überirdisch unterwegs bin, wird mir manchmal auch ein bisschen schlecht.

Wie zur Hölle soll ich wieder zurückfinden, wenn ich nicht mal kapiere, was auf den Anzeigetafeln steht?

Und wo zum Teufel ist Scarsdale?

Nora wartet darauf, dass ich aus meinem »Versteck« komme. »Hast du echt gedacht, ich merke nicht, dass du mir seit dem Lookout folgst?« Sie mustert mich fragend.

Sie wirkt, als würde sie ihre Umgebung komplett beherrschen.

Es würde mich fast nicht wundern, wenn sie eine Peitsche oder ein Schwert zückt. Sie ist kein bisschen schüchtern, sondern faszinierend, und mit ihr hier in der dunklen Nacht zu stehen, macht sie umso rätselhafter. Ich fühle mich wie in einem Film, und ihre dunkelgrünen Augen sehen fast schwarz aus, nicht braun-grün wie sonst.

Nora bleibt zwei Schritte vor mir stehen und zückt ihr Handy, kein Schwert, aus der Gesäßtasche. Hastig sieht sie aufs Display und steckt es wieder weg.

»Ich habe zwei Selbstverteidigungskurse gemacht«, setzt sie an und betont damit noch, wie grausam schlecht ich als Spion bin. »Ich habe dich gesehen, als wir auf die Nostrand gebogen sind, und habe gewartet, dass du mich ansprichst.« Jetzt grinst sie. »Aber du bist einfach weiter hinter mir her. Was soll das?«

Flüchtig berührt ihre Hand meinen Arm.

Entweder hält sie mich jetzt offiziell für wahnsinnig, oder sie ist vielleicht selbst ein bisschen irre.

Ich reibe mir den Nacken und versuche, mir eine Erklärung auszudenken. »Tja.« Nervös räuspere ich mich. »Na ja, ich wollte nach deiner Schicht mit dir reden.«

»Und warum hast du mich dann nicht angesprochen? Also, anstatt mich zu verfolgen?«

»Weiß ich nicht.«

Sie lächelt. »Doch, weißt du wohl. Sag es einfach. Sag einfach, warum du mir gefolgt bist. Ich habe diese besondere Fähigkeit zu erkennen, wenn Leute lügen. Die dürfte mein größtes Talent sein.« Ihre Augen sind direkt auf mich gerichtet. »Lass mich dich noch mal fragen: Warum bist du mir über eine Stunde lang nach Scarsdale gefolgt?«

Ohne länger zu überlegen, rede ich los: »Ich wollte schon vor Stunden mit dir sprechen, als ich in deinem Restaurant war, und ich weiß, dass du wusstest, dass ich da war. Aber du hast nicht mal Hi gesagt oder so. Du bist seit einer Woche nicht vorbeigekommen, hast nicht angerufen, nichts.«

»Ich habe deine Nummer nicht.«

Sie leckt sich die Lippen, und ich erinnere mich, wie sie schmeckt. An ihre Hände auf mir, an ihre Zunge, die meine sanft streichelt. Ein Glück, dass sie meine Gedanken nicht lesen kann!

»Du hast mir an dem Tag geschrieben, als wir zusammen weg waren.«

»Ach ja, das hatte ich vergessen«, sagt sie nachdenklich. Ihre Hand ist ruhig, als sie sich das Haar hinters Ohr streicht. »Okay, und worüber wolltest du reden?« Sie lehnt sich an die Mauer und winkelt ein Bein an – macht es sich gemütlich, bevor sie mich als Psycho entlarvt.

Worüber genau wollte ich reden? Soll ich ihr sagen, dass ich nach ihr sehen wollte? Dass sie mir gefehlt hat? Sie behauptet, dass sie es erkennt, wenn ich lüge.

Die Worte sprudeln mir nur so aus dem Mund – »Du hast mir gefehlt« –, und Nora richtet sich auf.

»Wo willst du hin? Wo *sind* wir hier?«, frage ich, nachdem wir ein paar Sekunden geschwiegen haben.

Ehe sie antwortet, spannt sie sich merklich an. Nora blickt zu mir rüber und dann an mir vorbei. Als ich mich umdrehe, sehe ich einen Mann in einem Anzug auf uns zukommen.

»Miss Crawford«, sagt der Mann. Er ist wahnsinnig kräftig, ein echter Riese.

Okay, vielleicht kein Riese, aber als er neben Nora steht, sieht er riesig aus.

»Chase«, entgegnet sie lächelnd. Es ist ein seltsames, unechtes Lächeln. »Ich komme. Ich wollte mich nur von meinem Freund verabschieden. Er hat mich den weiten Weg von Brooklyn hierher begleitet. Ein richtig netter Typ, o ja.« Ihr Blick huscht zu ihm und dann zurück zu mir.

Ich habe keinen Schimmer, was hier los ist.

Nora winkt mir zu und folgt dem Mann, bei dem es sich um den Fahrer handeln muss, den sie vor ein paar Minuten am Telefon erwähnt hat.

»War's das? Du willst nicht mit mir reden, nachdem ich den ganzen Weg bis hierher mitgekommen bin?« Ich werfe die Hände in die Luft.

Und starre Noras Rücken an. Sie dreht sich nicht zu mir um. »Ich bin dir sehr dankbar!«, ruft sie zurück.

Dann verschwindet sie um die Ecke, und ich stöhne vor Frust.

Warum zum Geier bin ich hergekommen? Jetzt muss ich um kurz nach Mitternacht allein nach Brooklyn zurückfinden. Ich hätte hinter ihr herlaufen sollen, statt hier rumzustehen und sie mit ihrem Bodyguard verschwinden zu lassen.

Wer ist der Typ überhaupt? Sie hatte ihre Bluse ausgezogen und ihre Haare aufgemacht. *Warum?*

Hat sie hier einen heimlichen Freund?

Ist sie eine Stripperin?

Ist sie in einer Sekte?

Hat sie eine multiple Persönlichkeit?

Wer weiß das schon?

Als ich zwei Stunden später zu Hause ankomme, ist die Wohnungstür abgeschlossen. Da ich Hardin den Schlüssel gegeben und ihn allein nach Hause geschickt habe, kann ich nur hoffen, dass er mir aufmacht. Zuerst klopfe ich leise an, doch es tut sich nichts, also klopfe ich lauter, und einige Sekunden später öffnet Hardin mir verschlafen und mit nacktem Oberkörper die Tür.

Er reibt sich die Augen. »Ich dachte, du liegst schon seit Stunden im Bett, Ninja.«

»Ich war noch mit Nora unterwegs«, sage ich und beschließe, die erbärmlichen Einzelheiten für später aufzusparen.

Hardin zieht eine Braue hoch und wirft sich zurück auf die Couch. Sie wirkt winzig, wenn er daraufliegt. Seine Füße hängen unten über den Rand. Mich erstaunt, dass er auf der Couch liegt und nicht in Tessas Zimmer, aber mir fehlt die Kraft, danach zu fragen, und er ist offensichtlich zu müde, um zu reden.

»Gute Nacht«, sage ich und gehe direkt in mein Zimmer.

Mein Kopf pocht wie verrückt, während ich versuche einzuschlafen.

Zehn Minuten bevor der Wecker klingelt wache ich auf und muss mich aus dem Bett zwingen. Ich kann kaum fassen, dass ich bis elf geschlafen habe. Von zwölf bis vier muss ich arbeiten. Es ist keine lange Schicht, wenn man bedenkt, dass ich samstags normalerweise von sechs bis zwei arbeite. Das heute wird also ein Spaziergang. Und noch viel weniger dramatisch, falls ich mit Posey statt mit Aiden arbeite, was ich sehr hoffe. Vier Stunden mit Aiden kommen mir vor wie acht. Mit Posey hingegen vergehen vier Stunden wie dreißig Minuten.

Beim Duschen ermahne ich mich, eine heitere Miene aufzusetzen. Ich darf bei der Arbeit nicht mürrisch herumlaufen. Zunächst kommt meine übliche Morgenroutine: Duschen, Bodylotion und Gesichtslotion, weil Tessa sagt, dass ich die benutzen soll. Kleidung: weißes T-Shirt und schwarze Jeans. Kaffee: schwarz und stark.

Auf dem Weg zur Küche sehe ich, dass Hardin nicht mehr allein auf der Couch ist. Seine Arme sind fest um Tessa geschlungen, und Tessa hat ihr Gesicht an seiner Brust vergraben. Es überrascht mich kein bisschen.

Ich muss eine Kleinigkeit essen, bevor ich zur Arbeit gehe, aber ich will die beiden nicht wecken. Die Bananen auf dem Tresen sehen gammelig aus, und ich sollte besser nicht versuchen, mir irgendwas zu braten. Also öffne ich den Küchenschrank und greife mir den ersten Cornflakes-Karton, den ich sehe.

Als ich gerade eine Hand hineintauche, höre ich das Schlurfen von Füßen auf den Holzdielen. Die Kaffeemaschine muss sie geweckt haben – oder das Knistern der Frosties-Tüte. Ich erinnere mich nicht, den Karton gestern schon hier gesehen zu haben, aber jeder, der Essen mit zu uns bringt, weiß, dass sich alle davon bedienen. Hastig esse ich die trockenen Cornflakes und bereue sofort, eine ganze Handvoll auf einmal verdrückt zu haben. Ich nehme meinen Kaffee vom Tresen und in den Flur. Dort entdecke ich Tessa. Als ich grinse, färben sich ihre Wangen dunkelrot.

»Was?«, fragt Tessa, kann mich aber nicht ansehen.

Ich hebe meinen Becher an. »Nichts, nichts.« Ich trinke einen Schluck, und Tessa verdreht mal wieder die Augen, ehe sie sich in ihr Zimmer zurückzieht, in das anscheinend auch Hardin verschwunden ist.

Als ich zur Arbeit komme, steht Aiden hinterm Tresen. Na super!

»Hey, Alter, harte Nacht gehabt?« Er will mich abklatschen, und ich mache widerwillig mit.

»Kann man wohl sagen.«

Ich stemple meine Karte und wünschte, wir hätten eine dieser Fernbedienungen aus dem Adam-Sandler-Film, mit der man die Zeit einfrieren kann. Nicht dass ich Aiden schlagen will oder so, aber ich sage auch nicht, dass es völlig ausgeschlossen ist.

»Ich auch, Mann, ich auch.« Die Türglocke bimmelt, und ich wende mich von dem Knutschfleck an seinem Hals ab. Warum muss er dauernd Knutschflecken haben? Wer macht das denn heute noch?

»Wow, sieh mal«, flüstert Aiden, und ich blicke zur Tür.

Nora kommt herein, das Haar offen und zerzaust. Sie trägt ein dünnes Jeanshemd, das sie in ihre weiße Hose gesteckt hat. Eine umwerfende Kombi.

»Hi«, sagt sie lächelnd zu mir, und ich höre, wie Aiden nach Luft schnappt.

»Hi.« Ich wische die Hände in meiner Schürze ab und drehe mich zu ihr um.

Aiden fragt sie schnell, ob sie etwas trinken möchte. Sie lächelt ihn an, und ich bemerke, wie er den Rücken gerader macht und sein Hemd in die Hose steckt. Nur für sie. Trotz des Knutschflecks an seinem Hals, der ihn nicht zu stören scheint.

»Was empfiehlst du denn?«, fragt sie ihn, und es nervt mich, obwohl es das nicht sollte.

»Hmm, tja, du siehst wie ein erfahrener Kaffee-Cond-ess-auer aus.« O Gott, hoffentlich erkennt sie, dass er es völlig falsch ausspricht! Jedenfalls unterstelle ich mal, dass er »Connaisseur« meinte.

»Was soll das sein? So was wie ein Dinosaurier?«

Warum habe ich das gesagt? Was stimmt mit mir nicht? Ich habe sogar kurz über meinen eigenen lahmen Witz gelacht.

Nora grinst, die Finger an die Lippen gepresst. Aiden lacht auch, aber ich habe den Eindruck, dass er entweder sauer ist oder nicht begreift, warum wir lachen.

»Ich würde empfehlen, unseren neuen Kokosmilch-Latte zu probieren«, sagt Aiden und greift nach einem Pappbecher und seinem Edding.

Nora tritt einen Schritt auf den Tresen zu. »Ich mag keine Kokosmilch.«

Ich verkneife mir ein Grinsen.

Aiden stutzt, und Nora sieht mich an.

»Wie heißt dieser Kaffee, den du für Tessa machst? Der mit Banane?«, fragt sie.

Ich spüre deutlich, wie Aidens Ego neben mir zusammenschrumpelt, und es ist ein tolles Gefühl.

»Das ist ein Macchiato mit Haselnuss und Banane. Ich kann dir einen machen.« Ich nehme Aiden Becher und Stift ab und schreibe Noras Namen drauf.

Nora bezahlt, und Aiden versucht sich weiter im Small Talk mit ihr, während ich den Sirup in ihren Becher pumpe.

»Wann ist deine Schicht zu Ende?«, fragt mich Nora, als ich ihr den Becher reiche.

»Um vier. Ich bin gerade erst gekommen.«

Nora nippt vorsichtig an dem Becher, nachdem sie hineingepustet hat. »Okay. Ich warte hier.«

Hat sie mich falsch verstanden? »Warten? Das sind noch vier Stunden.«

»Ja, weiß ich. So viel ist nicht los, da darf ich mich sicher an einen der Tische weiter hinten setzen, oder?« Sie starrt mich an, ohne Aiden eines einzigen Blickes zu würdigen.

So, wie sie mich ansieht, komme ich mir wichtig vor, und ich glaube, es gefällt mir, wie wahnsinnig es Aiden macht, dass eine Frau wie Nora mich anstarrt und nicht ihn.

»Ja, klar«, sage ich, und sie lächelt. Sie wusste sowieso, dass ich sie nicht wegschicken würde.

8

Entgegen Noras Vermutung wird es doch noch ungewöhnlich voll für einen Samstagmittag, und Aiden bewegt sich noch lahmer als sonst. Er hat zwei Bestellungen vergessen, drei Becher falsch beschriftet und eine Flasche mit Minzsirup auf den Boden fallen lassen. Ich war derjenige, der es aufgewischt hat.

Da Nora mich von der hinteren Ecke aus beobachtete, wartete ich nicht, bis er einen Wischeimer klargemacht hatte und in Zeitlupe den schmierigen Kram von den Fliesen aufwischt. Außerdem stank es sagenhaft. Von dem intensiven Minzaroma bekam ich sofort Kopfschmerzen, und ich wusste gleich, dass ich alles aufgewischt hätte, bevor er auch bloß Wischwasser eingefüllt hatte. Natürlich bedankte er sich nicht; vielmehr erinnerte er mich spöttisch daran, dass ich ja nicht das Schild mit der Warnung »Nasser Boden« vergessen soll.

Ich hatte gehofft, die Schlange vor dem Tresen würde mich davon ablenken, dass Nora hier saß und mich beobachtete, aber das hat nicht geklappt. Ihre Anwesenheit macht mich nervös, und ich kann nichts dagegen tun, dass ich alle paar Sekunden zu ihr hinsehe. Trotz der Ablenkung mache ich meine Arbeit gut, im Gegensatz zu Aiden. Offenbar kommt er mit dem Druck, ständig eine Schlange Koffein-Zombies vor sich zu haben, nicht klar. Ich erinnere mich nicht daran, wann mein Verstand umschaltet und ich nicht mehr genervt von ihm bin, sondern ihn als Konkurrenz sehe. Seltsam.

Ich gebe einer Frau namens Julie ihren Triple Skim Milk Latte und sehe wieder zu Nora hinüber. Sie schreibt etwas in ein Notizbuch und sieht nicht zu mir. Was sie schreibt, weiß ich nicht, doch es ist ein bisschen, als wäre sie eine Polizistin bei einer Observierung.

Ich gönne mir einen Moment, um ihren Anblick zu genießen. Sie ist entspannt, hält den Stift zwischen den Fingern, tippt damit einige Male auf das Papier und überkreuzt die Beine. Ich mag es, wie sie die Lippen schürzt. Ihre feminin geschwungene Oberlippe steht ein winziges Stück vor.

»Alter!« Aidens Stimme reißt mich aus meinen Träumen von Noras Lippen. Mir fällt auf, dass nur noch zwei Kunden auf ihre Getränke warten … aber meine Füße sind nass. Wieso?

Aiden zeigt auf den Krug in meiner Hand, aus dem grüner Tee auf den Boden und meine Füße rinnt. Ich reiße ihn nach oben und schließe den Deckel. Die Pfütze ist nicht allzu groß, und aus dem Krug fehlt bloß die Hälfte. Wieder sehe ich zu Nora hinüber, die mich jetzt lächelnd beobachtet. Meine Wangen werden heiß, und ich schnappe mir den Wischmopp. Dabei zwinge ich mein überlastetes Gehirn, nur ans Wischen zu denken. Wischen, wringen, wischen, eintauchen. Wringen, wischen.

Als es wieder ruhiger wird, sind erst zwei Stunden vergangen. Mein T-Shirt ist schmutzig vom Espresso-Mahlstaub, und meine Schuhe sind noch feucht vom grünen Tee. Das Gute ist, dass wir seit fast zehn Minuten keinen Kunden mehr hatten und Aiden ein Gesicht zieht, als wollte er bald wieder anfangen zu jaulen.

»Ich bin am Verhungern und muss noch einen Text für ein Vorsprechen lernen«, verkündet er wie aufs Stichwort. Seine Schultern hängen runter, und sein weißes Hemd ist mit braunen Streifen verschmiert. Wir sehen aus, als hätten wir »Die große Koffeinschlacht« ausgefochten und knapp überlebt. In dem Szenario wäre Nora die Königin, um die wir kämpfen, bis einer von uns die Krone nimmt und zu ihrem König wird.

Ehe meine Fantasie vollends mit mir durchgeht, kommt Aiden einen Schritt auf mich zu und wedelt mit der Hand.

»Ich mache Pause, okay?«

»Klar.« Ich sehe zu Nora rüber und nicke. »Meinetwegen. Hier ist sowieso nichts los.«

Ich muss den Boden fegen und die Muffin-Krümel sowie die Kaffeeringe von den Tischen wischen. Dann muss ich den Eisbehälter auffüllen und den Tresen abwischen. Die Liste geht endlos weiter.

Nora steht auf und fährt sich mit den Fingern durchs Haar. Ich nehme mir einen Lappen und gehe um den Tresen herum.

»Er ist nett, hm?«, fragt Nora und weist mit dem Daumen auf das Hinterzimmer, in dem Aiden verschwunden ist.

»Er ist ganz okay«, antworte ich schulterzuckend. Ich will nicht, dass Aiden uns über ihn reden hört. Er ist widerlich, aber trotzdem will ich seine Gefühle nicht verletzen. Schließlich weiß ich, wie es ist, wenn Leute über einen herziehen. Das ist ätzend, und ich wünsche es keinem. Na ja, vielleicht einigen wenigen Leuten, aber zu denen zählt Aiden nicht.

»Er erinnert mich an King Joffrey.« Nora lacht und hält sich eine Hand vor den Mund.

»Wer ist das?«

Nora reißt die Augen weit auf. »King Joffrey, der kleine blonde Vollpfosten.«

Hä?

»Du weißt wirklich nicht, von wem ich rede, oder?« Ungläubig starrt sie mich an.

Ich schüttle den Kopf.

»Hast du noch nie *Game of Thrones* gesehen?«, fragt sie.

»Äh, nein, noch nicht.«

»Gibt's nicht!« Nora kommt auf mich zugelaufen und packt meine Handgelenke. Sie riecht nach Kokos. »Sag mir bitte, dass das ein Scherz ist. Ich habe dich total falsch eingeschätzt. Unter welchem Stein bist du denn rausgekrochen, und wie konntest du dich von den Online-Spoilern fernhalten?«

Dem College-und-Job-Stein, will ich antworten. Aber das wäre unhöflich … und lahm.

»Ich hatte noch keine Zeit, aber ich will es mir noch ansehen. Alle reden darüber. Und ich habe keine Online-Accounts oder so.«

Ich klinge wie ein Roboter.

Genau genommen habe ich eine Facebook-Seite, für die ich allerdings das Passwort vergessen habe. Dort habe ich ungefähr zehn Freunde, von denen die Hälfte meine Verwandten sind. Die Facebook-Seite meiner Mom ist voller Baby-Updates und Ultraschallbilder, die von Tessa voll mit Pinterest-Posts. Meine Mom ist vollkommen wild darauf, mir Links dahin zu schicken – Bilder, Zitate, Welpenfotos. Als ich mich das letzte Mal eingeloggt habe, hatte sie Bilder von uns bei ihrer Hochzeit eingestellt und mich verlinkt. Es dauerte nicht lange, bis Kommentare von Moms sämtlichen Freundinnen folgten, so was wie:

»Ich erinnere mich noch, wie ich in diese süßen Wangen gezwickt habe, als er ein Baby war!«

»Der kleine Landon ist ja ein richtig hübscher junger Mann geworden!!!«

»Wann wird Landon denn heiraten, Karen?«

Auf den letzten Eintrag antwortete meine Mom: *»Wenn er und Dakota mit dem College fertig sind!«*

Im letzten Jahr war alles anders. Bis vor wenigen Monaten war mein Leben völlig anders als jetzt. Da war noch geplant, dass ich mit Dakota zusammenlebe und wir unsere gemeinsame Zukunft starten.

Genug von Dakota.

»Du musst das sehen«, beharrt Nora.

Ich stimme nur halb zu. »Mache ich vielleicht.« Ich weiß nicht mal, ob ich zwischen Schule, Arbeit, Nora, Tessa und Hardin, Dakota, meiner Mom, meiner kleinen Schwester und Ken überhaupt Zeit haben werde, Fernsehserien zu gucken.

»Was siehst du dir denn überhaupt an?«, fragt Nora. Sie hat mich wieder losgelassen und rollt ein Strohhalmpapier zwischen ihren Fingern.

Ich erzähle ihr, dass ich in letzter Zeit einfach das mitgucke, was Tessa gerade sieht. Sie setzt sich an den Tisch neben mir und sagt, dass ich mir keinen Gefallen damit tue, nicht *Game of Thrones* zu gucken. Dann erzählt sie noch, dass sie mit einer tiefen Hassliebe *Bachelor* guckt. Ich gestehe, dass ich davon auch noch keine einzige Folge gesehen habe. Die Gesichter der Stars prangen auf den Klatschmagazinen, wo ich sie natürlich sehe, wenn ich auf dem Weg zum College an den Zeitungsläden vorbeikomme, aber ich könnte keinen einzigen Namen nennen. Nora erzählt mir, dass jemand namens JoJo so idiotisch war, letzte Woche einen Cowboy aus Texas nach Hause zu schicken.

Ich höre ihr zu, und es ist schön, wie ihre Worte meinen Kopf ausfüllen. Sie redet mit den Händen, und das so geschmeidig, dass ich mir wünsche, sie würde niemals aufhören.

»Und was ist mit dir?«, fragt sie schließlich, und ich weiß gerade nicht mal genau, worüber sie geredet hat. Ich war so sehr auf ihre lebhaften Hände konzentriert und so ausgefüllt von ihren Worten, dass ich nicht gehört habe, was sie tatsächlich gesagt hat.

»Ähm«, stammle ich und feuere mein Gedächtnis an, mir auf die Sprünge zu helfen.

»Pläne für heute Abend?«, fragt sie halb schmunzelnd.

Nichts. Gar nichts.

Ich zucke mit den Schultern. »Weiß ich noch nicht genau. Hardin ist bis Montag in der Stadt.«

Sie nickt. »Weiß ich.«

»Also hängt es wohl davon ab, was Hurricane Hessa vorhat.«

Darüber muss Nora grinsen, und mir fällt auf, dass sie noch ein Strohhalmpapier in der Hand hat. Es ist zu einem Schwert gefaltet, und da sind zwei kleine Zuckerhäufchen auf dem Tisch. Nora hält ein leeres Zuckertütchen in der Hand. Die Zuckerhügel lassen mich sofort an meine erste Begegnung mit Poseys kleiner Schwester Lila hier denken. Da hat eine Flagge in einem der Zuckerhäufchen gesteckt.

Sie muss die gemacht haben. Wie konnte mir nicht auffallen, dass sie hier war?

»Tessa muss den ganzen Abend arbeiten«, sagt Nora und wischt ihre kleine Festung weg.

Ich lasse meinen Lappen auf dem Tisch liegen und gehe zur Bar. Dort hebe ich die Klappe hoch, greife nach einem kleinen Abfalleimer und bringe ihn zu Nora rüber. Sie schüttelt ihre Hände über dem Plastikeimer aus und wischt sie an meiner Schürze ab.

»Ich wollte dich heute Abend gern mit wohin nehmen«, sagt Nora leise.

»Und ich möchte mit wohin gehen«, antworte ich sofort.

Ich sehe sie an. Sie sieht mich an.

Dann räuspere ich mich. »Ich meine, ich möchte mit dir gehen, egal, wohin du mich mitnehmen willst.«

Nora fragt, wo der Besen ist, und sagt nichts mehr dazu.

9

»Habe ich noch Zeit, mich umzuziehen, bevor wir aufbrechen?«, frage ich Nora, als ich mich ausstemple. Posey steht im Pausenraum und bindet sich ihre Schürze um. Heute ist Lila nicht dabei, was hoffentlich bedeutet, dass es ihrer Grandma besser geht. Posey lächelt uns zu, als wir gehen, und ich bin froh, dass Cree, der neueste Mitarbeiter im Grind, in einer Stunde Aiden ablöst. Posey hält Aiden besser aus als irgendwer sonst, trotzdem ist die Arbeit mit Cree viel angenehmer.

Nora mustert mein fleckiges T-Shirt. »Nein. Keine Zeit zum Umziehen.«

Ich folge ihr nach draußen. Heute scheint die Sonne. Es ist nicht warm, aber auch nicht so kühl, wie es abends werden dürfte. Den September mag ich in New York am liebsten – Hockeysaison und gutes Wetter, was will man mehr? Allerdings habe ich bisher noch kein Spiel gesehen. Ohne Ken ist es einfach anders, denn wir haben uns die Spiele immer zusammen angeschaut. Sport war das Fundament für unsere Vater-Sohn-Beziehung. Na ja, zumindest für das, was in meinem Leben einer Vater-Sohn-Beziehung am nächsten kommt.

»Ich möchte dich anständig in Brooklyn willkommen heißen. Warst du schon mal bei Juliette in Williamsburg? Oder in dieser tollen Eisdiele?«

Stumm schüttle ich den Kopf. Seit ich hergezogen bin, habe ich insgesamt nicht viel unternommen. Ich bin viel in meinem Viertel herumgelaufen und gejoggt, aber in irgendwelchen Läden war ich eigentlich nicht, und erst recht habe ich mich nicht nach coolen Adressen umgesehen. Mit wem sollte ich da auch hingehen? Tessa ist mit ihrer Arbeit beschäftigt, und ich hatte noch keine Gelegenheit, neue Leute kennenzulernen. Auf dem Campus rede ich nicht viel mit anderen. Hin und wieder fragt mich jemand nach dem Weg zu irgendeinem Raum oder Hörsaal, aber das ist auch schon alles. An der WCU wäre es wahrscheinlich genauso gewesen, hätte Tessa mich nicht angequatscht.

»Von denen habe ich noch nie gehört«, sage ich, was Nora zu freuen scheint, und sie kann es offenbar nicht abwarten, mich dorthin zu bringen.

»Wo warst du gestern Abend? Als ich dir nachgegangen bin?«, frage ich, während wir an einer Ampel warten.

Sie lacht. »Ah, ohne Umschweife!«

Ich warte auf eine Antwort, doch sie schweigt. »Du verrätst es mir nicht, oder?«

Sie schüttelt den Kopf und tippt mir mit dem Finger auf die Nasenspitze. »Nein.«

Es sollte mich stören, dass sie mir etwas verheimlicht. Ich sollte mehr Fragen stellen. Ja, das sollte ich.

Stattdessen frage ich: »Und Juliette? Was genau ist das?«

Nora wirkt zufrieden, weil ich das Thema wechsle. Ich hatte ihr versprochen, dass ich nicht versuchen würde, sie zu therapieren, und das kann ich leichter halten, wenn ich nicht in ihrem Leben herumstochere.

Der Plan ist super, abgesehen von der winzigen Tatsache, dass ich alles über die Frau wissen will. Ich will wissen, wie viel Zucker sie in ihren Kaffee nimmt und was ihr Lieblingssong ist. Ich will hören, wie es klingt, wenn sie gedankenverloren singt, und ich muss wissen, wie lange sie morgens braucht, um aus dem Bett zu kommen. Ich habe das obsessive Verlangen, alles über sie zu erfahren, und sie macht mich völlig wahnsinnig, weil sie mir nicht gibt, was ich will.

Als wir bei dem französischen Bistro ankommen, das »Juliette« heißt, platzt Nora fast vor Begeisterung. »Das hier ist das beste Bistro überhaupt! Jeder behauptet, Le Barricou ist besser, aber glaub denen nicht. Nur weil Yelp es sagt, ist es nicht automatisch wahr.«

»Was ist Yelp?«, frage ich und versuche, mit Nora Schritt zu halten.

Auf der Kreidetafel vor dem Lokal steht: *Probieren Sie unseren toskanischen Grünkohl-Salat.* Daneben ist ein kleines grünes Blatt gemalt. Ah, die Franzosen haben sich also auch den kalifornischen Grünzeugjüngern angepasst. Okay, eine solche Sekte existiert nicht … oder womöglich doch, und ich habe nur keinen Beweis dafür. Und ist die Toskana nicht eine Region in Italien? Von wegen französisches Bistro …

Nora geht voraus. Drinnen dreht sie sich kurz vor dem Empfangstresen zu mir um.

»Du musst noch so viel lernen, mein Junge«, sagt sie grinsend und dreht sich wieder weg.

Ich blicke mich um, und Nora sagt der Kellnerin, dass wir einen Tisch für zwei brauchen. Die junge Frau nimmt zwei Speisekarten und beginnt, uns die Tagesgerichte zu erklären, während sie uns zu einem kleinen runden Tisch weit hinten im Lokal führt.

»Ist Ihr Dachgarten geöffnet?«, fragt Nora, ehe sie sich setzt.

Die Empfangskellnerin sieht sich um. »Noch nicht. Der öffnet um fünf. Aber Sie können auf der Terrasse sitzen.«

Nora lächelt und nickt. »O ja, bitte.«

Die Frau führt uns eine Treppe hinauf zu einem Bereich, der aussieht wie ein Garten. Pflanztöpfe hängen von der Decke bis auf die Tische. Die Terrasse ist fast leer, bloß ein Tisch besetzt.

»Perfekt, vielen Dank«, sagt Nora.

Mir gefällt sehr, wie freundlich sie zu der Bedienung ist. Es erinnert mich an meine Theorie, dass jeder mindestens einmal im Leben gekellnert haben sollte. Und es erinnert mich auch an Dakotas Ausraster im Steak'n Shake in Saginaw, weil Zwiebeln auf ihrem Hamburger waren, obwohl sie gesagt hatte, dass sie keine wollte. Mir war das peinlich, doch ich saß stumm da, während sie dem Manager gegenüber ziemlich laut wurde und verlangte, dass ihr Essen nicht berechnet würde.

Hinterher kam sie sich wie ein Arsch vor.

Und ich habe ihr nicht widersprochen.

Ich setze mich Nora gegenüber. Der Metallstuhl macht einen Höllenlärm, als ich ihn näher an den Tisch rücke. Die Karte ist klein, nur Mittagsgerichte. Und es gibt mehr Cocktails als Essen.

»Ich nehme immer das Gleiche«, sagt Nora, streckt einen Arm über den Tisch und zeigt auf ein Paprika-Sonstwas, dann ein Blumenkohl-Sonstwas. Ich kenne nur sehr wenig auf der Karte. Ist die auf Französisch?

»Ich nehme das Shishito-Paprika, Blumenkohl und Lauchgratin und Pommes. Hier ist alles lecker.« Lachend streicht sie sich die Haare hinters Ohr. »Und ich bestelle mir immer viel zu viel.«

»Ich ... ich nehme ...« Ich entdecke das Wort »Hamburger« und zeige drauf. »Ich glaube nicht, dass ich irgendwas auf dieser Karte verstehe.« Um die Peinlichkeit zu überspielen, lache ich.

Nora legt ihre Karte hin und rückt ihren Stuhl näher an den Tisch. Es macht viel weniger Lärm als mein Stuhl eben.

Die Kellnerin bringt uns einen Krug Wasser. In dem Krug

schwimmen Eiswürfel und Gurkenscheiben. Was ist das für ein Laden? Kann ich es mir überhaupt leisten, hier zu essen? Ich bin eindeutig nicht mehr in Saginaw.

Nora bedankt sich wieder, und die Kellnerin sagt uns, dass gleich eine Irene zu uns kommt. Je mehr ich mich umblicke, desto hübscher finde ich diese Terrasse. Fast alles hängt voll mit Körben, aus denen grüne Blätter quellen.

»Was verstehst du nicht?«, fragt Nora und hält meine Karte zwischen uns.

Ich sehe wieder hin. Worte wie »Croque Monsieur« und »Pommes de terre rôtis en huile« lachen mir hämisch entgegen.

»Eigentlich alles außer Burger«, gestehe ich.

Nora ist gelernte Köchin und hält mich wahrscheinlich für einen Idioten, auch wenn sie es nicht zeigt. Ihr Gesicht ist entspannt, ihre Lippen sind voll und rosig. Sie sieht mir in die Augen und benetzt ihre Lippen. Ich sehe weg, bevor ich noch meinen beknackten Namen vergesse.

»Die meisten Gerichte sind eher einfach. Restaurants benutzen bloß ausgefallene Namen, damit sie uns zwanzig Dollar für ein Schinken-Käse-Sandwich abknöpfen können. Das ist dieses hier.« Sie tippt auf das Croque-Ding. »Und das hier.« Wieder sieht sie mich an. »Diese Pommes de terre rôtis en huile sind nichts anderes als Pommes.«

Entweder habe ich einen Riesenhunger, oder Noras kulinarische Nachhilfe ist unglaublich heiß. Sie ist so klug, zu klug für mich, glaube ich.

»Du solltest den Hamburger nehmen. Ich bestelle ein paar Sachen, von denen ich möchte, dass du sie probierst – aber schlag die nicht in der Karte nach, denn sie hören sich scheußlich an.« Als sie mein besorgtes Gesicht sieht, lächelt sie. »Es ist auch nicht zu ausgefallen.« Wieder tippt sie mir auf die Nasenspitze.

Warum tut sie das immer? Und wieso finde ich es so bezaubernd?

Irene, unsere hübsche Bedienung mit dunklem Lippenstift und spanischem Akzent, nimmt unsere Bestellung auf. Nora tut mir den Gefallen, für uns beide zu bestellen. Dabei wird ihre Stimme zu einem wundervollen Singsang, und ich sitze stumm vor Staunen da, bis die Bedienung wieder gegangen ist und Nora ein neues Thema anschneidet.

»Warst du schon mal in Frankreich?«, fragt sie und betrachtet dabei die französische Dekoration an den Wänden.

Ich schüttle den Kopf. *Ob ich schon mal in Frankreich war?* Sie fragt das so beiläufig, als würden wir vom Gemüseladen um die Ecke sprechen.

»Nein, war ich nicht. Du?« Meine Stimme zittert.

Warum kann ich nicht ruhig und cool bleiben, nur ein wenig?

»Ja. Ich war zweimal mit meinen Eltern im Urlaub da. Aber ich habe nur die üblichen Touristensachen gesehen. Ich würde gern mal das echte Frankreich kennenlernen, die Orte besuchen, wo die Franzosen hingehen. Nicht die, wo man dreißig Dollar bezahlt, um die Beleuchtung des Eiffelturms bei Nacht zu sehen. Ich möchte echte Crêpes essen und versuchen, Französisch zu sprechen. Und einen Kaffee trinken, in den ich kein ganzes Paket Zucker schütten muss, damit er genießbar wird.«

Nora holt Luft und bedeckt ihren Mund. »Ich plappere zu viel«, sagt sie lachend.

»Reisen deine Eltern oft?«

Ich weiß sehr wenig über ihre Familie. Ja, ihre Eltern wohnen in derselben Straße wie meine Mom und Ken, ihr Dad ist Chirurg und wollte, dass sie auch Medizinerin wird. Sie erzählt nicht viel, und wenn, sind es winzige Andeutungen, die ich dann zu einem Bild zusammenfügen muss.

»Ja, tun sie. Im Moment ist meine Schwester schwanger, also verreisen wir nicht wie üblich zu Weihnachten, aber normalerweise machen wir ein bis zwei Reisen pro Jahr. Bei der Letzten war ich nicht mit, wegen ...«

Nora verstummt. Anscheinend hat sie das Gefühl, dass sie schon zu viel gesagt hat.

»Aber jetzt, wo Stausey schwanger ist und ihren Stichtag eine Woche vor Weihnachten hat, findet mein Dad es besser, dass wir alle hierbleiben.«

Da ist ein Anflug von Enttäuschung, aber wieder mal weiß ich zu wenig, um ihn einordnen zu können.

Weswegen?

Liegt es an der schwangeren Schwester?

»Wie alt ist deine Schwester?«, frage ich. Dieses Gespräch ist ein einziger Eiertanz.

»Dreißig. Fünf Jahre älter als ich. Es ist das erste Kind für sie und ihren Mann, Todd. Das Baby wird unfassbar verwöhnt werden.« Ihr Lächeln ist sanft, und ich sehe ihr an, dass ihr die Aussicht gefällt, Tante zu werden. »Apropos.« Sie streicht mit den Fingern durch den Kondenswasserfilm außen an ihrem Glas. »Du bekommst bald eine kleine Schwester. Wie geht es deiner Mom?«

Nora ist so geschickt darin, das Thema zu wechseln, dass ich es erst merke, als wir schon so gut wie aufgegessen haben. Wie sich herausstellt, hatte sie recht, was das Essen angeht. Alles hier schmeckt köstlich. Der Blumenkohl-Lauch-Auflauf ist mein Favorit, und dabei bin ich nicht mal hundertprozentig sicher, was Lauch eigentlich ist.

Ich habe ein schlechtes Gewissen, als ich meinen Hamburger verschlinge, weil ich weiß, dass Nora kein Fleisch isst. Das hatte ich beim Bestellen nicht bedacht. Erst als ich ihr anbot, von dem ziemlich blutigen roten Fleisch zu kosten, ging es mir wieder auf.

Trotzdem war es zu lecker, um es nicht zu essen. Ich habe einfach nur darauf geachtet, nicht mit vollem Mund zu sprechen.

»Das hier musst du noch probieren, und dann lasse ich dich in Ruhe«, sagt Nora, als ich meinen Teller leer gegessen habe. Dabei will ich gar nicht, dass sie mich in Ruhe lässt. »Nur fürs Erste«, ergänzt sie, und ich muss mir ein Grinsen verkneifen.

Sie tunkt ihre Gabel in eine Schale mit dunkler Käsekruste am Rand. »Mach die Augen zu«, sagt sie, und ich gehorche. Etwas Weiches und Warmes berührt meine Lippen, und ich öffne den Mund.

»Lass die Augen zu«, weist Nora mich an. Ich rieche Zwiebel, während ich das Essen mit den Zähnen von der Gabel ziehe. Dann kaue ich auf etwas Matschigem herum, das aber sehr gut schmeckt.

»Es ist nur Zwiebelsuppe, nichts allzu Ausgefallenes. Magst du die?« Noras Stimme klingt noch schöner, wenn ich sie mit geschlossenen Augen höre.

Ich nicke und öffne den Mund weiter. Die Augen lasse ich geschlossen, und Nora füttert mich mit noch einem Happen. Ich denke nicht an den Tisch zwischen uns, überlege nicht mal, dass die Bedienung jeden Moment kommen könnte. Im Moment bin ich ganz auf Noras Fähigkeit konzentriert, das Essen einer Zwiebelsuppe vollkommen erotisch zu gestalten. Ich schwöre, dass sie einen Baum anfassen könnte, und ich würde ihn verlockend finden.

Sekunden vergehen, Minuten vielleicht, ohne Unterbrechung. »Bist du schon gereist, Landon?«

Kopfschüttelnd öffne ich die Augen. »Ich war früher mal in Florida. Meine Tante Reese und ihr Mann sind mit mir nach Disney World gefahren. Aber am zweiten Tag hatte ich eine Lebensmittelvergiftung, und danach war ich die ganze Zeit krank. Am Ende habe ich mir vom Hotelbett aus Disney-Filme angesehen.«

Tante Reese hatte solches Mitleid mit mir, dass sie sogar Sachen in dem Geschenke-Shop besorgt hat, mit denen sie mein Zimmer dekorierte. Auf dem Nachttisch waren zwei Plüsch-Micky-Mäuse, und der Tisch selbst war mit einem Strandlaken mit Cinderellas Schloss drauf verhüllt.

»Das ist ja schrecklich«, sagt Nora. Auf einmal sitzt sie viel näher bei mir. Ihre Ellbogen sind auf dem Tisch, und sie beugt sich weit genug vor, dass ich mich nicht mal vorlehnen müsste, um ihr Gesicht zu berühren.

Sie ist so schön.

»Wenn du es dir aussuchen könntest, wohin würdest du reisen?«

Kurz bevor ich antworten kann, kommt Irene zurück und räumt unsere Teller ab. »Darf ich sonst noch etwas bringen? Möchten Sie die Dessert-Karte?«, fragt sie.

»Ich nehme einen Espresso«, antwortet Nora. »Möchtest du auch einen?«

»Klar.«

Irene lächelt mich an. »Zwei Espressi. Kommen sofort.«

»Das ist typisch europäisch. Dort trinken die Leute oft Kaffee nach dem Essen«, erzählt Nora.

»Ich finde es cool, wie viel du weißt«, sage ich, und Nora lächelt mich über den Tisch hinweg an.

Dann lehnt sie sich zurück, sodass sich der Abstand zwischen uns vergrößert. »Und ich finde es klasse, wie viel du weißt.«

»*Ich* konnte die Speisekarte nicht lesen«, erinnere ich sie lachend.

Sie senkt den Blick, ohne ihn von mir abzuwenden. »Du weißt eine Menge Dinge, die ich nicht weiß. Du bist ein guter Student und hast zehnmal mehr Bücher gelesen als ich. Dass du keine französische Speisekarte lesen kannst oder noch nicht um die Welt gereist bist, heißt nicht, dass du nicht klug bist.«

Ich hatte nicht erwartet, dass das Gespräch auf einmal so ernst werden würde, doch mir entgeht nicht, dass Nora bei den letzten

Worten traurig wirkt. Ihre Lippen sind geschürzt, und sie zieht die Brauen zusammen.

»Habe ich was Falsches gesagt?«, frage ich.

»Nein«, antwortet sie. Ich sehe zu dem Pflanzenkorb über uns auf und hoffe fast, dass er mir auf den Kopf knallt, damit diese Unterhaltung vorbei ist. »Na ja, doch. Du machst dich irgendwie dauernd klein. Ich weiß nicht mal, ob du es absichtlich tust, aber immer, wenn ich dir ein Kompliment mache, versuchst du, es zu leugnen. Wer hat dir gesagt, dass du nicht gut genug bist? Das würde ich ehrlich gern wissen.« Sie senkt die Stimme. »Damit ich mich mit denen mal sehr ausführlich unterhalten kann.«

Irene bringt unsere Espressi zusammen mit der Rechnung, nach der Nora und ich gleichzeitig greifen.

»Lass mich das übernehmen«, bitte ich sie und rechne schon mit heftigem Widerstand. Nora überrascht mich, indem sie nicht widerspricht.

Während wir unseren Kaffee größtenteils schweigend trinken, denke ich darüber nach, dass mir keiner je gesagt hat, was sie eben sagte. Jedenfalls erinnere ich mich nicht daran. Ich bin wirklich nicht der selbstbewussteste Typ aller Zeiten, aber mir war nicht bewusst, wie sehr ich mich selbst klein mache, und ich habe keine Ahnung, wie ich das korrigieren soll.

Als wir das Bistro verlassen, macht Nora ein Bild von der Fassade. Ich frage sie nicht nach dem Grund, und sie verrät ihn mir auch nicht.

»Also, ich würde sagen, dass wir die Eisdiele ausfallen lassen«, sagt sie, wobei sie sich auf den Bauch klopft. Ihr Jeanshemd ist zugeknöpft, doch jetzt im Sonnenlicht sehe ich die Umrisse ihres schwarzen BHs, die sich durch den Stoff abzeichnen.

Noras Handy klingelt, und als sie aufs Display sieht, verfinstert sich ihre Miene. »Verdammt. Ich muss weg.«

Jetzt gleich? Mitten in meiner Willkommen-in-Brooklyn-Tour?

»Sofort?«, frage ich, gehe auf sie zu und nehme ihre Hand. Ich habe Angst, dass sie ihren Arm gleich wieder zurückzieht, doch das tut sie nicht. Warm liegt ihre Hand in meiner.

Ich mache mich gerade und sehe zu ihr hinab. »Musst du sofort gehen?«

Sie nickt. »Ich muss nach Scarsdale. Ich hätte nicht den ganzen Tag weg sein dürfen.«

»Was ist in Scarsdale? Wohnst du jetzt da? Du hast mir nie erzählt, was mit Dakota und Maggy war.«

Nora schiebt die Schultern nach hinten und verschlingt ihre Finger mit meinen. »Und du hast mir nie erzählt, warum ihr zwei Schluss gemacht habt.«

Wieder einmal wechselt sie das Thema. »Ich will nicht über Dakota reden«, sage ich. Es gibt mindestens hundert Sachen, die ich lieber täte, nachdem wir so einen tollen Nachmittag hatten.

Nora reckt sich auf die Zehenspitzen, bis ihre Lippen nur noch Zentimeter von meinem Ohr entfernt sind. »Und ich will nicht über Scarsdale reden«, flüstert sie und lehnt sich an mich. Ich verschmelze mit der Wärme ihres Körpers.

»Ich möchte dich kennenlernen. Lass mich dich kennenlernen«, sage ich leise.

Nora sieht zu mir auf, und ich vergesse, dass wir auf einem belebten Gehweg stehen. »Ich versuche es.«

Ihre Lippen streifen meine sanft. »Ich werde«, sagt sie ganz zart, und beim Sprechen sind ihre Lippen auf meinen, »in ein paar Stunden bei dir vorbeikommen, okay?«

Ich nicke, weil ich unfähig bin, noch irgendwas zu sagen, und dann verschwindet sie.

10

Auf dem Weg zurück zu meiner Wohnung spüre ich Noras Lippen noch auf meinen, und ich rieche den Kokosduft ihrer Haare. Sie ist so verwirrend, so frustrierend, und sie macht mich so süchtig. Als ich im Aufzug bin, überlege ich kurz, umzudrehen und wieder zur U-Bahn zurückzulaufen. Jetzt, wo ich schon mal in Scarsdale war, würde ich den Weg sicher wiederfinden.

Ob sie sich dann aufregt?

Ja, ich bin sicher, sie würde sich aufregen.

Als ich in die Wohnung komme, ist sie leer. Ich weiß, dass Tessa auf der Arbeit ist, aber ich hatte angenommen, dass wenigstens Hardin da wäre. Andererseits bin ich irgendwie froh, dass ich eine Weile allein sein kann, um über Nora nachzudenken. Darüber, wer sie ist und was sie verbirgt.

Soll ich unser Essen heute als Date betrachten? Ich habe bezahlt, und sie hat mich gefüttert. Sie hat mich im wahrsten Sinne des Wortes gefüttert, und die Erinnerung daran verbrennt mich innerlich noch immer. Ich muss mich ablenken. Wenn ich weiter hier rumsitze und daran denke, wie Nora mich gefüttert und wie sie mich geküsst hat, verliere ich noch den Verstand.

Ich gehe in die Küche, nehme mir ein Gatorade und setze mich auf die Couch. Hardins Mappe liegt mitten auf dem Tisch. Ich schiebe sie zur Seite, und dabei fallen ein paar Seiten raus. Ich hebe eine auf, mache mir aber nicht die Mühe, seine kritzelige Handschrift zu entziffern. Was ist das alles?

Dann ist meine Neugier doch stärker als ich, und ich ertappe mich dabei, wie ich die Seiten durchsehe. Es scheint eine Art Tagebuch zu sein. Ich sollte wirklich nicht darin herumschnüffeln.

Von jenem Tag an flossen die Worte auf das Papier wie Blut aus seinen Adern. Unaufhaltsam quollen sie hervor, gleichgültig, wie viel Druck er auf die Wunde ausübte. Die Worte flossen aus ihm heraus und befleckten Seite um Seite mit seinen Erinnerungen an sie.

Ich lege die Seite auf den Tisch und schiebe sie wieder in die Heftmappe. Ich habe zwar keine Ahnung, was das sein soll, bin mir aber sicher, dass es Hardin so lieber ist.

* * *

Seit ich hier bin, sehe ich mir *Arrested Development* auf Netflix an und blicke immer wieder auf die Uhr am Fernseher.

In der Wohnung ist es ruhig. So sehr ich mich auch auf meine Gedanken zu konzentrieren versuche, die Zeit scheint kaum zu vergehen. Zeit ist eine der unabdingbaren Mächte, die der Mensch nicht kontrollieren kann. Eines von wenigen Dingen eigentlich. Wir sind besessen von der Zeit und von der Vorstellung, sie zu manipulieren. Einige der unglaublichsten Geschichten drehen sich um die Vorstellung von Zeit. Normalerweise geht es darum, dass jemand eine Zeitmaschine besitzt und die Vergangenheit und die Zukunft der Menschen verändern kann. Sie können reich und berühmt werden oder sogar die Welt beherrschen. Wenn ich genau jetzt eine Zeitmaschine hätte, würde ich nicht komplett durchdrehen und versuchen, mein ganzes Leben zu ändern oder die ganze Welt. Ich würde nur ein paar Stunden vorspulen, damit ich Nora sehen kann.

Das heißt, wenn sie immer noch vorhat zu kommen.

Jason Bateman versucht auf dem Bildschirm, seine dysfunktionale Familie zusammenzuhalten, und ich versuche, nicht ständig an Nora zu denken. Heute war sie offener als sonst. Sie hat mir von ihrer Schwester Stausey erzählt und von den Reisen ihrer Familie nach Europa. Es ist echt seltsam, sich ihre Familie in Europa vorzustellen, wo sie in der Sonne liegen, komische Sachen essen und schwarzen Kaffee aus winzigen Tassen trinken, während ich in meinem Viertel herumlaufe, mit Carter und Dakota herumhänge, Mike-Sell's Kartoffelchips esse und Wasser aus dem Hahn trinke. Manchmal gab es ein Mountain Dew, und das war dann schon etwas ganz Besonderes. Ihre Realität war Lichtjahre von meiner entfernt.

Jemand klopft, und ich bin sofort auf den Beinen. Als sich die Tür öffnet, ist die schöne Nora da, mit Lebensmitteltüten in beiden Händen. Seit sie mich vor Juliette's hat stehen lassen, hat sie sich umgezogen und trägt jetzt ein schwarzes T-Shirt und etwas weniger Make-up. Ihr Shirt ist so lang, dass ich nicht sehen kann, ob sie Shorts trägt … nicht dass es ein Problem für mich wäre, wenn sie keine anhätte.

Die Haare hat sie geflochten und über die Schulter gelegt. Sie trägt schwarze Sandalen mit zwei Riemchen.

Bevor ich es verhindern kann, sage ich: »Du bist so schön.«

Es scheint sie aber nicht zu stören, und mich auch nicht. Sie blickt zu Boden und lächelt. Zum ersten Mal, seit ich sie kenne, wirkt ihr Lächeln ganz ungeschützt. Es ist vollkommen natürlich, so wie Gehen oder Sprechen, es ist schön, und ich liebe sie.

Also, ich *liebe* sie nicht. Ich kenne sie schließlich kaum, aber sie hat ein Lächeln, das jeden Mann glauben lassen würde, dass er sie liebt.

»Hi, Landon.« Nora geht an mir vorbei. Die Energie in meiner Wohnung verändert sich mit jedem ihrer Schritte. Sie bringt alles zum Strahlen. Sogar die Decke wirkt höher, wenn sie da ist.

Aber statt ihr das zu sagen, antworte ich nur mit einem schlichten »Hi«.

Wir schweigen beide, während wir in die Küche gehen und ich die Tüten reintrage. Sie nimmt mir eine ab und stellt sie auf die Theke ganz nah neben den Herd, nur ungefähr einen Meter von mir entfernt. Ich fange an, Sachen aus den braunen Papiertüten zu holen, eine Zwiebel und eine Flasche Olivenöl.

»Was ist das alles? Hat Tessa dir gesagt, dass du beim Laden vorbeigehen sollst oder so?«, frage ich. Ich hole eine Rolle Käse heraus. Ziegenkäse, um genau zu sein.

»Nein. Ich will Cupcakes machen.« Nora öffnet den Kühlschrank und stellt eine Zweiliterpackung Milch in das oberste Fach.

Ich hebe den nächsten Gegenstand hoch und betrachte ihn. Feigenaufstrich.

»Mit Feigen?« Ich deute auf die Zwiebel auf der Theke. »Und einer Zwiebel?«

Sie nickt, schließt den Kühlschrank und kommt zu mir herüber. »Ja und ja.«

Klingt nicht gerade nach besonders leckeren Cupcakes, aber na ja …

Während sie sich in der Küche zu schaffen macht, betrachte ich sie und bin fasziniert von der Art, wie sie sich bewegt, so selbstsicher. Sie scheint sich in ihrer Haut total wohlzufühlen. Als sie den Arm hebt, um den Küchenschrank zu öffnen, blitzt eine schwarze

Jeansshorts unter dem Saum ihres übergroßen schwarzen T-Shirts hervor. Also hat sie drunter. Was ich … gut finde.

Seit mehreren Minuten hat sie jetzt keinen Ton mehr gesagt, sondern sich schweigend zum Ofen gedreht und meine Cupcake-Form mit Butter ausgestrichen.

Scheint so, als müsste ich das Gespräch beginnen. Sie steht vor dem Ofen, die Cupcake-Form hat sie auf der Kochplatte vor sich.

»Wie war Scarsdale?«, frage ich.

Sie dreht sich so, dass ich ihre Wange sehen kann. »Ziemlich Scarsdale«, sagt sie mit ausdrucksloser Stimme. »Wie ist Brooklyn?«

»Ziemlich Brooklyn«, sage ich und lächle.

Nora dreht sich wieder zum Ofen, aber ihre Schultern heben und senken sich kaum merklich, weil sie leise in sich hineinlacht.

Ich weiß nicht, worüber ich reden soll. Ich möchte über so vieles sprechen, aber das ist schwer, wenn man gleichzeitig einen emotionalen Drahtseilakt vollführt. Ich denke daran, wie wir das letzte Mal in dieser Küche waren, wie ihre Hände meine Oberarme gedrückt haben, als sich ihr Körper auf meinem bewegt hat. Der Geschmack ihres Munds, während sie in meinen hineinstöhnte. Ich erinnere mich an die Rundung ihrer üppigen Hüften, während sie sich auf meinem Schoß bewegt hat.

»Stimmt was nicht?«, fragt Nora, als mich noch mehr Erinnerungen überfluten. Mir fällt ein, wie sie mich zum ersten Mal berührt hat. Sie war so dreist und ist mir mit dem Finger über den nackten Bauch nach unten gefahren. Die Luft in der Küche ist vor verlegenem Schweigen und Anspannung so dick geworden, dass ich kaum noch atmen kann.

Ich schüttele den Kopf. Lüge.

Ich setze mich an den Tisch, und Nora geht um mich herum,

um einen Karton mit den Eiern aus dem Kühlschrank zu holen. Der Ofen piept und teilt uns mit, dass er jetzt die nötige Temperatur erreicht hat, um Noras geheimnisvolle Cupcakes zu backen.

Sie seufzt, und ich könnte schreien, weil ich so vieles sagen möchte, es aber einfach nicht kann. Ich möchte sie berühren, aber mir fehlt die Kraft.

»Bist du sicher?« Noras Stimme ist leise, ihre Schultern angespannt. »Du bist nämlich so merkwürdig still, und es *wirkt* tatsächlich so, als wäre irgendwas nicht in Ordnung.«

Ich schweige. Ich weiß nicht, was ich sagen soll, ohne sie vielleicht zu verjagen. »Wenn ich was sage, verschwindest du. Schon vergessen?« Meine Stimme klingt schärfer, als ich wollte.

Nora dreht sich um und sieht mich an. Sie wischt sich die Hände an einem Geschirrtuch ab und kommt zu mir an den Tisch. »Warum glaubst du das?«

Diese Frau ist verrückt. »Das hast du gesagt. Du hast gesagt, wenn ich versuche, dich zu ändern, dann verschwindest du. Das ist frustrierend.« Ich warte, bis sie mir wieder in die Augen sieht. »Es ist frustrierend, denn ich möchte bei dir sein, aber ich fühle mich, als müsste ich mit Spikes über rohe Eier laufen. Ich weiß nicht, wie ich mit dir reden und was ich sagen soll. Ich weiß, dass du noch nicht bereit bist, mich an dich heranzulassen, aber du musst die Tür wenigstens einen Spalt öffnen. Ich irre nämlich hier draußen herum und hoffe, dass du wenigstens *darüber nachdenkst*, mich hereinzulassen.«

Nora betrachtet mich prüfend. Ihr Blick schweift von meinem Mund zu meinen Augen und dann wieder zurück zu meinem Mund. Ihre Augen wirken jetzt sanfter, die Stirn ist leicht gerunzelt. »Landon«, sagt sie und setzt sich auf den Stuhl neben mir. »Ich wollte nicht, dass es so läuft. Ich will nicht, dass du deine Gefühle vor mir versteckst, oder dass du Angst hast, ich könnte von einem Moment auf den anderen verschwinden.«

Meine Finger streichen über das Furnier auf dem Tisch, das sich allmählich ablöst. Noch so ein Fake von Ikea, aber diesmal bin ich dankbar, weil es mir als Ablenkung dient.

»Landon, sieh mich an.« Noras Finger sind warm, als sie mein Kinn berühren und es anhebt. »Lass uns ein Spiel spielen, okay?«, fragt sie und dreht ihren Stuhl zu mir herum. Ich möchte ihre Finger wieder auf meiner Haut fühlen. Bevor ich einwillige, fängt sie an. »Die einzige Regel in diesem Spiel ist, dass wir die Wahrheit sagen, okay?«

Das klingt gut, aber es klingt auch zu einfach.

»Die Wahrheit?«, frage ich.

»Und nichts als die Wahrheit«, bringt sie den Spruch zu Ende.

»So wahr euch Gott helfe?«, frage ich, und sie schenkt mir wieder dieses Lächeln, das mich glauben lässt, sie zu lieben.

»Bis ans Ende eurer Tage?«, fragt Nora, und wir lachen beide. »Ich glaube, das ist das Eheversprechen.« Ihr Lachen ist so natürlich, genau wie ihre Schönheit. »Ups«, fügt sie lächelnd hinzu.

Ich versuche, mit dem Lachen aufzuhören, und sage: »Das Spiel an sich gefällt mir. Aber was gibt es dabei zu gewinnen?«

Nora leckt sich die Lippen und zieht die üppige Unterlippe zwischen die Zähne. Ich beobachte, wie sie daran saugt. »Die Wahrheit«, sagt sie.

Nichts würde ich lieber tun, als diese Lippen zu berühren. Mit meinem Mund, meiner Zunge. Sogar mit den Fingern. Ich will sie einfach berühren, ich muss sie berühren, so, wie ich auch atmen muss.

»Wessen Wahrheit? Meine oder deine?«, frage ich, weil ich weiß, dass sie sich unterscheiden.

»Beide«, sagt sie mit Bestimmtheit.

Ich blicke ihr fest in die Augen. »Und wann fangen wir an?«

Der Zopf auf ihrer Schulter löst sich auf, winzige Härchen stehen aus dem Strang hervor. Sie fährt mit der Hand darüber, als könnte sie meine Gedanken lesen. »Jetzt. Ich zuerst.«

Ich nicke. Von mir aus gern.

Sie atmet tief ein und zieht an ihrem Haargummi. Mit den Fingern fährt sie sich durch das dunkle Haar und entwirrt die Wellen. »Als wir an der Haltestelle in Scarsdale waren, hast du gesagt, du vermisst mich. Wahr oder falsch?«

Ich zögere nicht. »Ja. Wahr.«

Sie lächelt. Ich sehe zu, wie ihre Finger ihr dickes Haar wieder zu einem Zopf flechten.

»Ich bin dran«, sage ich und pule weiter an dem abgeplatzten Rand des Tisches herum. »Hast du mich vermisst? Wahr oder falsch?«

Sie nickt. Das hier fühlt sich verdammt nach Katniss' und Peetas Wahr-oder-nicht-wahr-Spiel an.

Ich blicke Nora an und warte, dass sie etwas sagt. Tut sie aber nicht.

»Worte sind erst real, wenn man sie ausspricht«, sage ich.

Genüsslich erwidert sie meinen Blick. »Falsch.« Als ich sie das sagen höre, tut mir die Brust weh. Sie hebt eine Hand. »Ich meine, was du gerade gesagt hast, ist falsch. Worte sind auch real, wenn wir sie aufschreiben. Sich die Zeit zu nehmen, sie dauerhaft festzuhalten, macht sie real.«

Ich schüttele den Kopf. »Wenn du etwas aufschreibst, kannst du es immer noch ausradieren. Aber was du aussprichst, bleibt für immer.«

Nora lehnt sich auf dem Stuhl zurück. »Die Worte existieren nur, bis du sie nicht mehr ernst meinst.«

Ich betrachte sie und denke gründlich nach, bevor ich antworte. »Ich verspreche dir, nichts zu sagen, was ich nicht ernst meine.«

Meine Hand greift nach ihrer, aber sie zieht sie zurück.

Einen Augenblick lang zögert sie, dann sagt sie: »Ich verspreche, nichts zu sagen, was ich später wegradieren möchte.«

11

Nora deutet auf die Butter und den Eierkarton, die sie auf die Theke gestellt hat. »Willst du mir bei den Cupcakes helfen?«

»Wenn du damit meinst, dass ich dich während des Backvorgangs emotional unterstützen soll, ja, dann helfe ich dir gern.«

Meine Antwort belustigt sie, und ich liebe es, wie ihr leises Lachen meine kleine Küche erfüllt. In der Küche bin ich keine große Hilfe, meine Mom kann das bezeugen. Nora stellt sich auf die Zehenspitzen, um weitere Zutaten aus den Schränken zu holen. Ich frage mich allmählich, warum sie die Lebensmittel eingeräumt hat, obwohl sie wusste, dass sie sie benutzen würde. Frauen sind echt merkwürdig.

»Lass uns mein Spiel noch einmal spielen«, schlägt Nora vor.

Ich stelle mich neben sie. Ihre Hände sind damit beschäftigt, weißes Pulver mit einer Tasse abzumessen. Mehl vielleicht?

Dass sie das Wahrheitsspiel noch einmal spielen will, bedeutet, dass sie bereit ist, mit noch mehr Wahrheiten herauszurücken. Das macht mich glücklich. Noch nie habe ich ein so verzweifeltes Bedürfnis verspürt, mehr über einen Menschen zu erfahren. Sie sagt so wenig, und doch empfinde ich so viel für sie. Wie kann das sein? Sie lässt mich alles infrage stellen, was ich dachte, über Beziehungen zu wissen. Mit Dakota war alles ziemlich einfach. Es hat Monate, vielleicht sogar Jahre gedauert, bis mir klar wurde, dass ich mehr für sie empfand als nur Freundschaft. Dakota hat mir ihre Gefühle zuerst gestanden, und das hat es mir leichter gemacht, ihr zu zeigen, wie es mir ging.

»Spielen wir stattdessen lieber ein Spiel von mir«, sage ich, ohne genau zu wissen, was für ein Spiel das eigentlich sein soll.

Nora dreht sich zu mir und leckt sich die Lippen. Als wüsste sie, wie sexy sie ist und als wolle sie mich quälen. Diese Frau wird mich noch verrückter machen, als ich mir sowieso schon vorkomme.

»Mein Spiel ...« Ich durchforste meine chaotischen Hirnwindungen. »Mein Spiel besteht darin, dass ich dir drei Fragen stelle. Du musst mindestens zwei davon beantworten, eine kannst du auslassen. Dann bist du an der Reihe, und ich mache dasselbe.«

Nora blickt mich stirnrunzelnd an und lehnt sich an die Theke. »Und was gibt es bei deinem Spiel zu gewinnen?«

Ich blicke sie an und hoffe, dass meine Stimme nicht verrät, wie aufgeregt ich bin. »Die Wahrheit, genau wie bei deinem.«

Sie nickt und mustert mich aufmerksam. »Du hast dich nicht umgezogen.« Sie zeigt auf mein T-Shirt voller Kaffeeflecken.

Ich blicke an mir hinab und frage mich, warum ich mich beim Nachhausekommen nicht umgezogen habe. Ich hatte Zeit, ich habe mindestens drei Stunden auf der Couch gelegen.

Moment mal ... Ich sehe sie an und schüttele den Kopf.

»Nicht ablenken.« Ich gehe einen Schritt auf sie zu. Ich durchschaue ihre Taktik, und diesmal werde ich mich nicht von ihr ablenken lassen. »Fürchtest du dich davor, ein albernes kleines Spiel mit mir zu spielen?«, frage ich leiser und sehe, wie sich ihr Hals bewegt, als sie schluckt.

Sie hat ein paar blasse Sommersprossen auf der Brust, die sich von ihrem Halsansatz bis über den Kragen ihres übergroßen Shirts ausbreiten. Ich folge der Wölbung ihres Halses bis zu ihrem Gesicht. Unsere Blicke treffen sich, und diesmal sehe ich nicht als Erster weg. Diesmal werde ich das Spiel beherrschen.

»Nora.« Ich mache noch einen Schritt auf sie zu. Mein Rücken prickelt, ich richte mich auf und frage mit fester Stimme: »Hast du Angst davor?«

Erneut schluckt sie. Ihre Augen sind ganz groß, sie hat die Hände hinter dem Rücken und hält sich an dem Tresen fest. Ihr Herz schlägt schnell, und ich könnte schwören, dass ich von hier aus ihr Blut hindurchrauschen höre. Ich strecke die Hand aus. Meine Finger streifen ihre Schulter, und ich bahne mir den Weg zu ihrer Brust hinunter, über die Stelle, an der ihr Herz liegt, und wieder hinauf zu ihrem Hals. Sie atmet schwer, ihre Brust hebt und senkt sich unter meiner Berührung. Mein Herz rast, genau wie ihres. Ich frage mich, ob sie den Puls in meinen Fingern fühlen kann.

Ich schließe die Lücke zwischen uns, und Noras Körper nähert sich meinem. Sie ist so nah. Ohne Unterbrechung blickt sie mir in die Augen, und ich möchte sie für den Rest meines Lebens küssen.

Nora blinzelt, und mein Herz bleibt stehen. *Habe ich das etwa laut ausgesprochen? Bitte, bitte, sagt mir, dass ich das nicht gesagt habe.*

»Ich zuerst.« Wieder blinzelt Nora und drängt sich an mir vorbei.

Erleichterung durchströmt mich. Wenn sie in der Nähe ist, kann ich mich nicht darauf verlassen, dass ich den Mund halte.

Sie öffnet einen der unteren Schränke und nimmt eine Rührschüssel heraus. »Wie lange willst du hier eigentlich leben, in New York? Welches Lied hast du zuletzt gehört? Wo ist dein leiblicher Vater?« Noras erste Runde von Fragen ist heftig, gelinde gesagt.

Über meinen Dad will ich nicht reden, aber ich kann keine Offenheit von ihr verlangen, wenn ich selbst nicht auch dazu bereit bin.

»Keine Ahnung, ich habe darüber nachgedacht, wieder nach Washington zu ziehen, aber inzwischen gefällt es mir hier ganz gut. Der letzte Song, den ich gehört habe, war …« Ich zögere, versuche mich zu erinnern. »Das war ›As You Are‹, von The Weeknd. Und mein Dad ist tot.«

Noras Miene verändert sich, und ich habe das Gefühl, dass sie geglaubt hat, ich würde die letzte Frage auslassen. Sie hätte es an meiner Stelle getan. Ich habe nur mit dem Gedanken gespielt.

»Jetzt ich«, sage ich, bevor sie mir ihr Beileid aussprechen kann. »Wie lange sind deine Eltern schon verheiratet? Welches Buch hast du zuletzt gelesen? Wie lange hat deine letzte Beziehung gehalten?«

Nora sieht mir ins Gesicht, und ich wende den Blick ab. Ich weiß, welche Frage sie auslassen wird.

Sie atmet tief ein und tut so, als würde sie sich völlig auf das Backen konzentrieren. Beim nächsten Atemzug fängt sie an zu reden. »Meine Eltern sind seit fast zweiunddreißig Jahren verheiratet. Ihr Hochzeitstag ist in wenigen Wochen. Das letzte Buch, das ich gelesen habe, hieß *Marrow*, und es war super, echt abgefahren. Und die letzte Frage überspringe ich.«

Ich nicke und lasse ihre Antworten auf mich wirken. Ich wünschte, ich hätte mich geirrt, aber ich werde mich nicht beklagen. Zumindest jetzt noch nicht.

Nora verschwendet keine Zeit und macht gleich weiter. »Was magst du lieber, Lesen oder Sport? Was ist deine Lieblingserinnerung aus der Kindheit, und wie ist dein Dad gestorben?«

Ich stehe einen Meter von ihr entfernt an den Küchentresen gelehnt.

»Lesen. Obwohl ich Sport fast genauso gern mag. Es fällt mir schwer, mich für eine Lieblingserinnerung zu entscheiden.« Im Geist gehe ich die glücklichsten Erinnerungen durch, die ich mir ins Gedächtnis rufen kann. »Das Erste, was mir einfällt, ist, wie meine Tante und ihr Mann mich immer zu Baseballspielen mitgenommen haben, als ich noch kleiner war. Wir gingen oft hin, und es war jedes Mal toll. Mein Dad ist an einer natürlichen Todesursache gestorben.«

»Im echten Leben stirbt niemand an einer natürlichen Todesursache.«

Der Duft nach Zwiebeln steigt mir in die Nase, und ich weiche leicht zurück. Nora hackt die Zwiebeln wie ein Fernsehkoch. Es sieht ziemlich cool aus.

»Mein Vater schon. Er hatte kurz vor meiner Geburt einen Herzinfarkt.«

Nora blickt mich schweigend an und lässt den Löffel schnell kreisen, um den Teig zusammenzurühren.

»Ich bin dran«, sage ich. »Wie haben deine Eltern sich kennengelernt? Wenn du keine Konditorin wärst, was würdest du dann gern tun? Warum hat Dakota dich aus der Wohnung geworfen?« Die letzte Frage habe ich ziemlich elegant eingeschoben, finde ich jedenfalls.

Mithilfe des Löffels befördert Nora den Mix in die Cupcake-Form. »Meine Eltern haben sich kennengelernt, als mein Dad in Kolumbien auf Geschäftsreise war. Er arbeitet häufig mit Charity-Organisationen, und er hatte ein Team, das in Bogotá in einem Krankenhaus dort vor Ort Chirurgen ausbildete. Mein Dad stammt aus Kuwait, aber er hat schon damals im Staat Washington gelebt. Meine Mom arbeitete in der Cafeteria in dem Krankenhaus in Bogotá, und mein Vater hat sich in sie verliebt.«

Ich blicke sie an, nehme ihre Gesichtszüge in mich auf. Was für eine wunderschöne ethnische Mischung sie ist.

Sie fährt fort: »Wenn ich keine Konditorin wäre, würde ich einen Imbisswagen eröffnen, wie die, die in Williamsburg auf den Straßen stehen. Dakota hat mich hinausgeworfen, weil sie sich von mir bedroht gefühlt hat. Sie hat mir befohlen, mich von dir fernzuhalten, aber ich habe mich nicht daran gehalten.« Nora lächelt, lacht leise. »Darum bin ich jetzt obdachlos.«

Ich runzele enttäuscht die Stirn. »Es ist nicht lustig, dass du aus deiner Wohnung geworfen wurdest.«

Nora verdreht die Augen und geht zum Ofen, die Form in der Hand. Ich öffne die Ofentür für sie. Sie stellt die Form auf den mittleren Einschub und schließt die Tür wieder.

Dann dreht sie sich zu mir um. »Ich bin dran«, sagt sie. »Mit wie vielen Menschen hast du geschlafen? Wie hast du Dakota kennengelernt? Wie oft denkst du daran, mich zu ficken?«

Das Geräusch, das ich bei ihrer letzten Frage gemacht habe, kann ich nicht beschreiben. Mein Körper spannt sich an, und das Blut fließt direkt in meinen Schwanz. Krampfhaft versuche ich, die Gedanken beiseitezuschieben, aber das Bild der rittlings auf mir sitzenden Nora lässt sich nicht so leicht abschütteln.

»Ich habe erst mit einem einzigen Menschen geschlafen, und du errätst sicher, wer das war. Dakota und ich haben uns schon als Kinder kennengelernt, sie hat nebenan gewohnt … Und die letzte Frage lasse ich aus.«

Sie wirft mir einen scharfen Blick zu. Allerdings eher angepisst, nicht so, als wollte sie mir die Klamotten vom Leib reißen.

»Hmm …« Sie schnurrt wie eine Katze und tippt sich mit dem Zeigefinger auf die Lippen.

Ich räuspere mich und bete, dass meine Jeans versteckt, woran ich gerade denke.

»Jetzt ich.« Ich kann den veränderten Ton in meiner Stimme hören. Sie ist belegt vor Verlangen und Begierde, und ich möchte wirklich am liebsten ihren weichen Körper an den Tresen drücken, ihr das Shirt über den Kopf ziehen und ihre Haut kosten.

Ohne irgendwas zu filtern, stelle ich die ersten Fragen, die mir in den Sinn kommen. »Wie hast du deinen letzten Freund kennengelernt? Stört es dich, dass ich nur mit Dakota geschlafen habe? Und wie oft denkst du daran, mit *mir* zu vögeln?«

Sie weicht meinem Blick aus, bringt die Rührschüssel zur Spüle und dreht das Wasser auf. »Ich habe ihn durch meine Eltern kennengelernt. Unsere Väter haben geschäftlich miteinander zu tun. Ja, es macht mir mehr aus, als du glaubst. Ich denke fast jede Minute an jedem Tag daran, mit dir zu vögeln.«

Mir bleibt die Stimme im Hals stecken, und ich bekomme keine Luft. In meinem Magen flattert es, als würden tausend wütende Nachtfalter darin umherschwirren. Ich weiß nicht, was ich zu Nora sagen soll, der fünfundzwanzigjährigen Frau, die aus irgendeinem Grund mit mir schlafen will. Ihre Worte treffen jeden Nerv meines Körpers; und ich weiß nicht, ob ich überhaupt mit ihr klarkommen würde. In meinen Gedanken liegt sie schon nackt auf meinem Bett und ruft nach mir.

O je, sie will mich wirklich. Sie denkt daran, mit mir zu vögeln. Und hat kein Problem damit, mir das zu sagen. Sie spielt in einer ganz anderen Liga als ich, und doch jucken mir die Finger, so sehr wünsche ich mir, sie zu berühren.

»Oh.« Ich balle die Hände zu Fäusten, um nicht nach ihr zu greifen.

Nora sieht mich nicht an, und ich traue meinem Körper nicht. Wer weiß, wie er reagiert, wenn sie sich umdreht. Sie wäscht die Schüssel ab und reibt sie mit einem Geschirrtuch trocken.

»Ich bin dran«, sagt Nora. »Vertraust du mir? Was ist deine Lieblingssendung im Fernsehen? Und …« Sie neigt den Kopf erst zu einer Seite und dann zur anderen und denkt nach. »Wenn Dakota in diesem Augenblick hereinkäme und dich anbetteln würde, wieder mit ihr zusammen zu sein, würdest du dann Ja sagen?«

Warum habe ich mir nur dieses dämliche Spiel ausgedacht?

Aber ich kneife nicht und stehe die Sache durch. »Ja. Ich weiß nicht, ob es gut ist, aber ich vertraue dir. Meine Lieblingssendung ist *Arrested Development*, und, nein, ich glaube nicht, dass ich es tun würde.«

Endlich dreht sich Nora um und sieht mich an. Ganz kurz nur treffen sich unsere Blicke, dann sieht sie schnell zu Boden. »*Glaubst* du das nur, oder würdest du es wirklich nicht tun? Du klingst nicht sehr überzeugend.«

Ich nehme einen Lappen vom Tresen, um meine nervösen Hände zu beschäftigen. »Ich würde es nicht tun.«

Nora nickt und bleibt stehen. Mit dem Rücken lehnt sie neben dem Kühlschrank an der Küchentheke. Ich stürze mich auf die nächsten Fragen und halte mich absichtlich einen guten Meter von ihrem Körper entfernt.

»Vertraust du *mir?*« Ich klaue ihr die Frage, und sie quittiert es mit einem Augenrollen. »Ist deine letzte Beziehung im Guten auseinandergegangen oder nicht? Und empfindest du etwas für mich? Abgesehen von … sexueller Anziehung?«

Noras Finger spielen mit ihrem Zopf. Ihre Fingernägel sind schwarz lackiert, und sie hat Mehlstaub auf den Fingerknöcheln. Ihre Nägel sind lang und mandelförmig gefeilt. Sie zupft an den losen Strähnen ihres Zopfs herum.

»Ich vertraue dir. Niemandem auf der ganzen Welt vertraue ich so wie dir, und das macht mir Angst, weil ich dich kaum kenne – und du kennst mich überhaupt nicht«, sagt sie.

Ich möchte sie unterbrechen und ihr sagen, dass ich sie besser kenne, als sie glaubt. Ich möchte ihr sagen, dass ich sie besser kennenlernen werde, als sie sich überhaupt vorstellen kann. Ich werde sie besser kennen als sie sich selbst, und ich bin bereit, dieses Spiel jeden Tag zu spielen, so lange, bis ich es geschafft habe.

Auf dem Papier könnte ich sie nicht beschreiben. Ich könnte

eine Liste mit Stichpunkten erstellen, aber ich könnte sie nicht in den lebhaften Farben beschreiben, die sie verdient. Immer wenn ich mit ihr zusammen bin, lerne ich mehr von ihrer Tiefe kennen, und es ist nicht gerade leicht, eine Mauer nach der anderen einzureißen, aber ich werde zu ihrer Seele vordringen. Ich werde jede Seite von ihr studieren, bis ich sie aus dem Gedächtnis aufsagen kann.

»Meine letzte Beziehung ist schlecht zu Ende gegangen. Schlechter als schlecht, um ehrlich zu sein. Und die letzte Frage überspringe ich.« Noras Hände fummeln immer noch an ihrem Haar herum, und sie scharrt mit den Füßen. Ich blicke auf sie hinab, und sie tut es wieder. Sie ist unruhig. Ich auch.

»Ich möchte noch einmal fragen. Danach bist du auch zweimal dran, okay?«, frage ich.

Sie nickt und schweigt.

Ich gehe einen Schritt auf sie zu. Hier in meiner Küche kommt sie mir auf einmal so klein vor, mit geröteten Wangen und gesenkten Lidern. Sie ist immer noch die Kriegerin, als die ich sie kennengelernt habe, aber jetzt ist sie unbewaffnet.

»Empfindest du außer Anziehung etwas für mich?«, frage ich noch mal und mache jetzt einen großen Schritt auf sie zu.

Sie zupft an ihrem Haar herum, rührt sich aber nicht von der Stelle. Dann nickt sie, und ich bleibe dicht vor ihr stehen.

Sie blickt zu mir auf, und ich berühre mit den Spitzen von Daumen und Zeigefinger ihr Kinn. Sie seufzt in meine Berührung hinein.

»Nächste Frage.« Ich beuge mich gerade so weit über sie, dass sich mein Gesicht genau über ihrem befindet.

Geduldig wartet sie ab und sieht mir dabei in die Augen. Ihre Wimpern beschatten ihre oberen Wangen, wenn sie blinzelt. Ich lasse die Finger an ihrem Kinn liegen, damit sie den Blick nicht abwenden kann.

»Macht es dir Angst, wie du für mich empfindest?« Meine Frage ist schwer, und ich spüre, wie sich ihr Gewicht auf Nora überträgt.

Sie nickt.

Nun liegt meine Hand an ihrer Wange. Ich lasse sie über die Haut gleiten und in ihrem Nacken liegen. Dann beuge ich mich tiefer über sie, so nahe, dass ich jeden Atemzug zwischen ihren Lippen hören kann. Von hier aus kann ich so viel sehen. Die Besorgnis in ihren Augen, die Form ihres Mundes. Ich versuche, meine nervösen Hände ruhig zu halten, während ich sie berühre. Ich lasse meine freie Hand hinter ihren Rücken gleiten und umklammere die Theke. Sie ist berauschend, so süß und so süchtig machend, dass ich den Blick nicht abwenden kann. Jetzt habe ich sie in die Enge getrieben, sie ist zwischen mir und der Theke gefangen.

Feuer rast mein Rückgrat hinauf und breitet sich in meiner Brust aus.

»Was ist deine letzte Frage?«, flüstert Nora, und ich kann ihren Atem schmecken.

Ich fahre mit der Hand an ihrem Arm herunter, berühre sie gerade genug, dass es auf ihrer Haut kitzeln muss. Sie bekommt eine Gänsehaut, und ein Schauer überläuft ihren Körper. »Möchtest du, dass ich dich küsse?«

12

Nora

Ich weiß, wenn ich jetzt nicke, ist alles möglich. Landon wird seinen Mund auf meine Lippen pressen, und das war's dann mit Reden. Das darf nicht sein. Nicht, weil ich es nicht will, denn *verdammt, ich will es.*

»Überspringen«, sage ich in seinen Mund hinein.

Kaum merklich senkt er den Blick, und ich verabscheue den Ausdruck, der jetzt in seinen Augen liegt. Ich habe ihn in Scarsdale gesehen, und als ich ihn vor Juliette's allein gelassen habe. Landon sollte niemals traurig sein, nicht er. »Ich überspringe die Frage, sonst reden wir nie wieder so wie jetzt«, sage ich. Jedes Wort brennt wie Chemie in meiner Kehle. Ich sehne mich nach seinen Händen auf mir und wäre niemals so dumm, zuzugeben wie sehr.

Immer wieder habe ich mir geschworen, auf Abstand zu ihm zu bleiben.

Er ist zu jung für dich, Nora. Zu jung.

Ich betrachte die dunklen Stoppeln an seinem Kinn. Gestern war er frisch rasiert. Ich kann kaum glauben, dass ich darauf überhaupt achte, aber ich kann nicht anders, es fällt mir eben auf. Die Haare um sein Kinn herum werden dicker. Jetzt, wo er vor mir steht und mich mustert, wirkt er gar nicht mehr so jung. Seine

Augen sind älter als sein Körper. Etwas Älteres, Weiseres liegt in seinem Blick. Ich weiß nicht, was es ist, aber irgendetwas hat ihn tiefer verletzt als nur die Trennung von Dakota.

»Du lässt die Frage aus?« Seine Lippen verziehen sich zu einem schüchternen Lächeln, und er schließt die Arme fester um mich. Immer noch umfasst er den Rand der Theke, aber der Sicherheitsabstand zwischen uns wird immer kleiner.

Ich nicke, und sein Lächeln wird breiter. Kaum merklich schüttelt er den Kopf.

Meine Güte, er ist so überzeugend.

Und wahnsinnig lieb.

Er ist zu lieb für dich, Nora.

Viel, viel zu lieb.

Fuck. Ich habe mich in die Art Frau verwandelt, die ich immer verachtet habe. Ich hasse solche Frauen, sie sind die allerschlimmsten.

So eine Frau funktioniert nämlich so:

Phase eins: Sie hängt mit ihren besten Freundinnen rum, und sie trinken Wein im Pyjama. »Ich bin mit so vielen Arschlöchern ausgegangen. Warum sind alle Männer solche Arschlöcher?«, heult sie in ihren billigen Muskateller. »Ich will keine Arschlöcher mehr«, schwört sie sich und hebt ihren Kaffeebecher voll Wein.

Phase zwei: Sie erscheint zum Kaffeetrinken mit ihren Freundinnen. Auf einmal mag sie schwarzen Kaffee, ihr neuer Lover mag ihn nämlich auch. Und der ist nett und clever, und sie wird nie wieder mit einem Arschloch zusammen sein. »Er ist so süß«, erzählt sie ihren Freundinnen. Und das stimmt – du wirst ihm nie an einem Freitagabend in einer Bar begegnen oder sehen, wie er am Samstagmorgen seinen Kater pflegt. Dafür siehst du ihn auf dem Gang der Filiale von *Anthropologie*. Er hält den Kaffee für sie, während sie jedes Teil im Laden anprobiert.

Phase drei: Sie sitzt mit ihren Freundinnen in einem Club, trägt ein neues schwarzes Kleid und hat sich zum ersten Mal seit einem Monat die Haare gemacht. Sie ist komplett geschminkt, aber nicht für ihren netten Typen, nicht einmal für sich selbst. »Irgendwie bin ich mir nicht mehr so sicher. Ich finde ihn irgendwie langweilig«, wird sie jammern und einen heißen Typen in der Menge anlächeln.

Phase vier (die letzte): Sie sitzt auf der Couch und guckt Wiederholungen von *Grey's Anatomy*, um sie herum ihre Freundinnen mit Weingläsern in der Hand. »Männer sind solche Arschlöcher«, sagt sie, denn der scharfe Typ aus dem Club hat sie betrogen, und jetzt befindet sie sich wieder in Phase eins.

Genauso eine Frau bin ich im Augenblick.

»Ich finde es nicht gerade fair von dir, diese Frage auszulassen.« Landons Mund berührt mein Ohr, und ich erschauere.

Mein Gott, dieser Typ.

Dieser Typ ist Tessas bester Freund.

Das muss ich mir ins Gedächtnis rufen. Es ist einer von tausend Gründen, warum ich dieses Chaos zwischen uns jetzt beenden muss. Er ist ihr allerbester Freund, der beste auf der ganzen Welt, und ich würde mir nie verzeihen, wenn ich ihr das kaputt mache.

Tessa hat dieses Jahr schon genug durchgemacht. Erst hat Hardin ihr Leben ruiniert, und an der NYU ist sie auch noch nicht angenommen. Sie hat ihren Dad und die Liebe ihres Lebens verloren, und ich weiß, wie sehr sie sich auf Landons Unterstützung verlässt. Wenn ich Tessa diesen Fels wegnehme, hätte ich ihn überhaupt nicht verdient.

»Nichts im Leben ist fair«, sage ich, gehe in die Knie und befreie mich geduckt aus dem Käfig seiner Arme.

Wenn Landon mir so nah ist, kann ich nicht klar genug denken, um auch nur halbwegs was auf die Reihe zu bekommen. Jedes Mal, wenn ich den Aufzug in diesem Gebäude betrete, ermahne ich mich, mich zusammenzureißen. Starr ihn nicht so lange an, frag Tessa nicht über ihn aus.

Jedes Mal, wenn ich zu ihr ging, habe ich gehofft, er wäre auch da. Und da wusste ich, dass ich ein Problem habe. Die rasende Enttäuschung, wenn er nicht da war, hat mir eine Scheißangst gemacht, und sie tut es immer noch.

»Wie gefällt es dir an der NYU? Bist du aufgeregt, weil deine Mom die kleine Abby bekommt? Wohin würdest du fliegen, wenn du überall hinkönntest, genau jetzt?«, frage ich in dem kläglichen Versuch, den Verlauf des Gesprächs zu ändern, um in dieser Küche nicht doch noch irgendwann auf den Knien zu landen.

Er starrt mich verärgert an, und ich entferne mich noch einen Schritt von ihm. »Es gefällt mir gut. Ja, bin ich. Spanien, zu einem Spiel von Real Madrid.«

Meine nichtssagenden Fragen machen Landon offensichtlich keinen Spaß, und ich bin eindeutig nicht gut darin, alles rein platonisch zu halten. Landon geht zum Kühlschrank und holt ein blaues Gatorade heraus. Ich verziehe das Gesicht, und er lächelt mich an.

Er dreht den Verschluss auf und blickt mich immer noch an. Er mustert mich aufmerksam, und ich ahne, dass er etwas ausheckt.

»Bei meinem Spiel gibt es eine Bonusrunde«, verkündet er.

Oh, na klar gibt es die.

»Tatsächlich?« Ich versuche, ihn nicht anzulächeln, aber ich schaffe es nicht. »Erzähl.«

Er lehnt sich an die Theke, und ich bleibe in sicherer Entfernung zu ihm. Anderthalb Meter, das reicht. Unter dem Vorwand, ein Glas Wasser zu brauchen, weiche ich noch ein Stück zurück.

Von hier aus sehe ich nicht mehr so deutlich, wie er mich anblickt. Ich kann nicht so intensiv die männliche Rundung seiner breiten Schultern betrachten. Ich kann mich nicht in die Beschäftigung mit seinen kräftigen Händen und Fingern hineinsteigern. Wenn ich auf Abstand bleibe, merkt er nicht, dass es mich juckt vor Lust, ihn zu berühren.

Tatsächlich ist es mehr als ein Jucken. Juckreiz lässt sich beseitigen, indem man sich kratzt, aber für mein Bedürfnis nach ihm gibt es keine so einfache Lösung. Ich werde die Gefühle für Landon aus meinem Körper herausbrennen müssen, damit sie sich beruhigen. Und dann werde ich einen Kilometer Verbandsstoff brauchen, um meine Wunden zu verbinden.

Landon trinkt einen großen Schluck, bevor er antwortet. Er stellt die Flasche auf die Theke und sieht mich an. Seine Küche kommt mir so verdammt klein vor.

»Okay«, setzt er an. »Es geht so: Du musst eine deiner ausgelassenen Fragen beantworten, sonst verlierst du.«

»Hmm.« Ich denke nach. Sonst verliere ich *was genau?*

Ich sehe Landon an. Den netten, fürsorglichen, sexy Typen im fleckigen T-Shirt, der es geschafft hat, mir unter die Haut zu kriechen, und ich versuche mich zu erinnern, welche Fragen ich übersprungen habe. Ein paar über meine letzte Beziehung, aber das war nur zu Landons Bestem.

Okay, vor allem war es zu meinem eigenen Besten, aber ein bisschen auch zu seinem. Ich will nicht, dass er diese Seite von mir kennt.

Ich habe auch die Frage zu meinen Gefühlen für ihn ausgelassen. Darauf sollte ich wirklich nicht antworten.

»Du hast nur eine Frage ausgelassen«, stelle ich fest.

Er nickt, denn er weiß verdammt genau, dass er sich diese »Bonusrunde« zu seinem eigenen Vorteil hat einfallen lassen.

Er grinst breit und hebt die Flasche wieder an den Mund.

Ich muss zugeben, ich möchte, dass er mich besser kennenlernt.

Er soll nicht das Gefühl haben, dass ich weglaufe, wenn er die falsche Frage zum falschen Zeitpunkt stellt. Aber ehrlich gesagt würde ich wahrscheinlich genau das tun. Es wäre leichter, und ein einziges Mal in meinem Leben würde ich gern den leichten Ausweg aus einer Sache nehmen. Wir spielen hier ein gefährliches Spiel, und ich bin nicht bereit, dabei zu verlieren.

»Ich werde auf eine Frage antworten«, sage ich.

Er nickt. »Ich suche aus, auf welche.«

»Sei nicht so gierig.«

Wieder schmunzelt er, und ich muss ein Stöhnen unterdrücken. Mein Körper schreit nach ihm, und ich kann mir genau vorstellen, wie er auf mir liegt, in mich hineinstößt, noch immer mit diesem albernen Grinsen in seinem unschuldigen Gesicht.

»Die Regeln sind eben die Regeln, junge Frau.«

Ich bin wie benebelt. Sein Lächeln ist jetzt breiter, mutiger. Es ist faszinierend, wie er sich vom Teenager in einen Mann verwandelt, in einer Sekunde unterwürfig ist und in der nächsten das Kommando übernimmt. Er kommt auf mich zu, streift den kleinen Jungen noch mehr ab und greift nach meiner Hand. Ich lasse es zu. Ich bin wie hypnotisiert.

Als er näher kommt, straffe ich den Rücken. Seine Hände fühlen sich kalt an, als er sie um meine schließt. Ich liebe es, wie klein ich mich bei ihm fühle, obwohl ich fast so groß bin wie er. Wegen meiner Größe bin ich immer unsicher gewesen. Ich erinnere mich noch, wie meine *abuelita* mir erzählt hat, dass Männer Frauen lieben, die sie in die Tasche stecken können. Sie war selbst eine winzige Frau, darum haben wir sie *abuelita* genannt, *kleine Oma.* In der Familie meiner Mutter sind alle Frauen winzig, mit kleinem Körper, schmalen Hüften, kleinen Füßen. Alle außer mir.

Mit einsdreiundsiebzig bin ich größer als meine Mutter und deren Mutter. Ich bin größer als Stausey, und meine breiten Hüften waren bei vielen Familienfeiern Gesprächsthema. Angeblich habe ich meine Figur von der *abuela* meiner Mutter geerbt. Es heißt, dass sie sich ihre Hosen selbst nähen musste, weil ihr Hintern so unglaublich groß war.

»Warum auf einmal so still?«, fragt Landon.

Wieder hat er mich in die Enge getrieben, aber er hat auch meine Hand losgelassen. Ich kann ihn berühren ... eine winzige Berührung wird schon keinen Schaden anrichten.

Ich hebe die Hand und berühre sein Gesicht, liebkose die Wölbung seiner Wange. Seine Wangenknochen stehen hervor, was mich manchmal irgendwie an einen Verbindungsstudenten erinnert. Landon hat das Aussehen eines Arschlochs und das Herz eines Welpen.

Ich sage, dass er zuerst die Frage beantworten muss. Ich will wissen, wie oft er daran denkt, mich zu ficken. Ich fahre mit einem Finger über seine weichen rosa Lippen und zeichne die Umrisse nach. Seine Nase ist ganz leicht gebogen, und als ich ihn berühre, schließt er die Augen.

»Wie oft denkst du daran, mich zu ficken?«, wiederhole ich.

Seine Lider flattern, aber er hält die Augen geschlossen.

»Genauso oft, wie ich an dich denke?« Meine Worte sind so leise wie ein Seufzen, aber ich weiß, dass er sie gehört hat. Noch immer berühre ich ihn, bewundere die klare Linie seines Kiefers. »Denn ich stelle mir vor, dass du mich auf viele verschiedene Arten fickst. Ich fasse mich an, wenn ich an dich denke, und es macht mir nichts aus, das zuzugeben.«

Ich beuge mich näher zu ihm, und seine Brust hebt und senkt sich.

Wir werden beide an der Spannung in diesem Zimmer ersticken.

»Tust du das auch, Landon? Denkst du darüber nach, wie es sich anfühlen würde?«

Ich nehme sein Gesicht in beide Hände, und er öffnet halb die Augen.

Seine Lider sind schwer, und sein Körper reagiert auf mich. Er verlagert das Gewicht und schiebt mir ein Knie zwischen die Schenkel. Er hebt das Bein an, sodass sein Oberschenkel zwischen meinen Beinen liegt. Das schmerzliche Verlangen in meinem Bauch wird stärker.

»Ja«, gibt er zu, und seine leise Stimme klingt ein bisschen rau. »Ich denke andauernd an dich. Das letzte Mal …« Er blickt zum Küchentisch, dann wieder in mein Gesicht, und sein Blick verweilt auf meinem Mund. Er ist so nah, dass ich die Süße seines Getränks auf seiner Zunge riechen kann.

»Das letzte Mal war …« Ich verstumme. Ich fühle mich benommen.

Landons Augen öffnen sich ganz, und seine Hände greifen nach meinen Hüften. Sein Mund ist auf meinem, bevor sich der Nebel in meinem Gehirn auflöst.

13

Landons Hände fahren durch mein Haar, ziehen mich näher heran. Sein Mund ist so weich, doch seine Berührung ist hart, dominant. Ich empfinde Ehrfurcht, und mein Verstand ist vor Lust wie vernebelt. Seine Hände bewegen sich zu meinen Hüften, und er hebt mich auf die Theke. Sein Körper ist zwischen meinen Schenkeln, und ich schließe die Beine um seinen Rücken. Ich wünschte, die Theke wäre niedriger, dann könnte ich fühlen, wie sich sein Schwanz an mich presst.

Warum landen wir immer hier? Mund auf Mund, und die Hände überall auf unseren Körpern?

»Nora«, sagt Landon in meinen Mund. Er spricht meinen Namen so zärtlich aus, dass ich stöhnen möchte. Ich unterdrücke den Drang, aber mein Verstand hat die Herrschaft über meinen Körper praktisch verloren.

Ich umschlinge seinen Nacken und ziehe ihn so fest wie möglich an mich.

»Versuch nicht, es zu unterdrücken«, sagt er, als wüsste er, dass mein Verstand sich mit aller Macht gegen ihn zu wehren versucht.

Ich nicke und löse meinen Mund von seinem. Mit den Lippen berühre ich sein Ohr. »Ich will, dass du mich fickst, Landon.« Langsam lasse ich die Lippen über seine Wange wandern, bis hinab zu seinem Kiefer.

Er zittert unter meiner Berührung, und ich ziehe ihm sein Hemd über den Kopf. Beim Anblick seines Körpers empfinde ich geradezu schmerzhaftes Verlangen. Seine Bauchmuskeln sind nicht allzu definiert, die Umrisse wirken weich und undeutlich, aber trotzdem stark. Ich möchte die Härchen auf seinem Bauch mit meinen Lippen berühren. Meine Hände wirken so klein, als ich nach dem Knopf seiner Jeans taste und ihn schnell aufspringen lasse.

Er trägt einen eng anliegenden schwarzen Slip. Warum ist er nur so heiß? Warum kann ich bei ihm nicht klar denken und will ihm nur noch die Klamotten vom Leib reißen? Ich habe genug Liebesromane gelesen und immer die Augen verdreht, wenn der Körper eines Mannes angeblich über die magische Fähigkeit verfügte, das Gehirn einer Frau in Brei zu verwandeln. Und jetzt stehe ich selbst mit einem Mann ohne Hemd da, ausgerechnet in einer *Küche,* und kann keinen klaren Gedanken mehr fassen.

Mir geht alles Mögliche durch den Kopf, und jeder Gedanke ist schmutzig.

Mein Mund wandert tiefer, ich sauge an der sanften Rundung des Muskels an der Stelle, wo die Schulter in seinen Hals übergeht. Er stöhnt, und ich sauge fester, ohne darauf zu achten, ob ich vielleicht einen Fleck hinterlasse. Wenn ich mein Zeichen auf ihm hinterlasse, gehört er dann mir? Wenn Dakota die Spur meiner Lippen auf ihm entdeckt, wird sie dann alles tun, um mich zu zerstören?

Wahrscheinlich.

Interessiert mich das?

Im Augenblick nicht.

Meine Hände bahnen sich den Weg über seine Brust, hinunter zum Saum seines Slips. Das Gummiband ist fest, aber ich schiebe die Hand hinein und umfasse ihn. Er ist hart für mich, so hart.

Landon atmet schwer und schmiegt den Kopf an meine Schulter. Sein Haar riecht nach Kiefer und Seife, eine erregende Mischung. Ich lege meine freie Hand an seinen Hinterkopf und halte ihn fest, während ich ihn mit der anderen Hand streichle. Langsam bewege ich meine Hand, pumpe auf und ab.

Er fühlt sich in meiner Hand so schwer an, und ich kann nur daran denken, dass ich ihm ins Gesicht sehen will, wenn er sich dem Orgasmus nähert. Ich liebe es, wie er die Augen schließt, wenn er kommt. Oft, sehr oft habe ich daran gedacht, wie er in seine Boxershorts gekommen ist, als ich auf ihm gesessen habe.

»Das ist besser, als es sich nur vorzustellen, oder?« Ich erkenne meine eigene Stimme kaum.

Landon hebt kaum merklich den Kopf, und seine Hände legen sich auf meine Hüften. Ich spüre, wie seine Finger an meinem Shirt ziehen, und ich hebe meinen Körper an, damit er es mir ausziehen kann. Als es auf dem Boden landet, ist sein Mund nur noch einen Zentimeter von meiner Brust entfernt. Mit großen Augen sieht er mich an, bittet um Erlaubnis.

Ich nicke, greife nach hinten und hake meinen BH auf. Meine Brüste hüpfen raus, und Landon blinzelt erwartungsvoll. Ich fühle mich so begehrt. Er lässt mich all die Jahre voller Verletzungen vergessen, die hinter mir liegen, und auch die, die ich mir immer noch selbst zufüge.

Begierig umfassen seine Hände meine Brüste, und ich bemerke, wie seine Hände zittern, als seine Finger kreisend meine Nippel reiben. Unter seiner sanften Berührung richten sie sich auf, und ich stöhne, als er mit Daumen und Zeigefinger hineinkneift. Landons Blick bleibt auf meiner Brust, während seine Hände mit mir spielen, meine Lust erkunden. Ich habe aufgehört, ihn zu streicheln, denn mein Körper kann unmöglich beides gleichzeitig verarbeiten.

»Du …« Landons heißer Atem streift meine Brüste. »Du bist so … es gibt keine Worte dafür, wie schön du bist.«

Seine Worte stürzen auf mich ein, hüllen mich ein, und ich sehe zu, wie er sich tiefer über mich beugt. Seine Lippen schließen sich um meinen Nippel, und er saugt daran. Als ich stöhnend seinen Namen sage, saugt er noch heftiger. Die andere Hand lässt er langsam kreisen, und jede Faser meines Körpers verlangt schmerzlich nach ihm.

Noch kein Mann hat mich mit solcher Zurückhaltung berührt. Landons Berührung ist gleichmäßig und sanft, fordernd und befreiend zugleich. Niemand hat sich je die Zeit genommen, mich zu bewundern, so, wie er es jetzt tut. Er hat den Schwanz draußen, er ragt schwer zwischen uns auf. Ich komme nicht an ihn heran, aber ich kann nicht sprechen, kann ihn nicht bitten, sich zu bewegen. Ich möchte jede Sekunde bewusst erleben, um mich später, wenn ich ihn nicht mehr berühren kann, daran zu erinnern.

Sein Mund wandert zu meiner anderen Brust. Es ist überwältigend, ihm zuzusehen und gleichzeitig die Vibrationen seines Stöhnens auf der Haut zu spüren.

»Ich möchte dir die Hose ausziehen«, sagt er leise.

Ich nicke, vermutlich kaum wahrnehmbar.

Er packt mich und hebt mich mühelos von der Theke. Seine Hände zittern nicht mehr, als er mir die Jeansshorts aufknöpft. Er zieht daran, aber sie rutscht nicht hinunter. Ich helfe ihm, ziehe an dem Stoff, und sobald die Hose über meinen Hintern gerutscht ist, fällt sie auf den Boden.

Landon hakt die Finger unter meinen Slip und kniet sich vor mich hin. Ich lege ihm die Hände auf den Kopf, streichle sein weiches Haar. Langsam bewegt er den Kopf über meinem Slip auf und ab. Ich fühle, wie feucht ich schon bin. Ich pulsiere.

Er atmet tief ein, und meine Knie geben beinahe unter mir

nach. Wie kann jemand, der so nett ist, gleichzeitig so sinnlich sein? Landon ist viel unberechenbarer, als er selbst glaubt.

Seine Nase reibt über meine Klit, sanft, ganz sanft, und ich stöhne auf. Seine Hände bahnen sich ihren Weg über meinen Körper, ziehen meinen Slip mit hinunter, während er sanft meine Beine berührt, und ich zittere.

Landon blickt zu mir auf, und seine Augen verraten mir, dass seine Nerven blank liegen. Er ist nervös. Natürlich ist er das, er war erst mit einer Frau zusammen. Er hat nicht so viel Erfahrung wie ich. Er ist rein, und ich bin voller Dreck. Ich muss ihm helfen, ihn ein bisschen mehr führen.

»Ich will dich. Ich vertraue dir«, versichere ich ihm, und sein Blick wird sanfter. »Koste mich.« Sanft zupfe ich an seinen Haaren. »Ich weiß, dass du meinen Geschmack auf deiner Zunge haben willst, Landon.«

Dann umfasst er die Rückseite meiner Schenkel mit beiden Armen, und ich spreize die Beine gerade weit genug.

Mein Kopf fällt zurück, als seine Zunge mich berührt. Meine Nässe vermischt sich mit seiner warmen, feuchten Zunge, und ich umklammere die Theke, um Halt zu finden. Vor Lust bin ich wie erstarrt, und seine Zunge gleitet so über meine empfindsamen Nervenendungen, dass ich mir auf die Lippe beißen muss, um nicht laut aufzustöhnen.

Mein Bauch spannt sich an, und ich spüre, wie der Orgasmus meinen Rücken hochkriecht. Ich bin überzeugt, dass er mich in den Wahnsinn treiben wird, er ist einfach zu viel für mich.

Landon Gibson ist die Definition von zu viel.

Mit der Zunge beschreibt er kleine Kreise, aber er entfernt sich nicht von der magischen Stelle. Immer wieder dringt sein Name über meine Lippen, und seine Arme sind stark, er hält mich, während mein Körper mit ihm verschmilzt. Als ich unter seiner Zunge komme, verliere ich die Kontrolle über meinen Körper. Er packt mich fester, und ich lasse seine Haare los und grabe die Fingernägel in die Küchentheke.

Als es vorbei ist, steht er langsam auf. Seine Wangen sind gerötet, und seine Lippen dunkelrosa, ein bisschen geschwollen und feucht von mir.

»Lass mich dich berühren. Ich will dich berühren«, stöhne ich. Ich brauche ihn. *Jetzt.*

Landons Blick ist intensiv und fließt geradezu in mich hinein. »Komm in mein Bett«, befiehlt er. Seine Stimme klingt fremd und so dominant, dass ich sofort nicke und ihm in sein Zimmer folge.

Der Weg über den Flur zu seinem Zimmer kommt mir endlos lang vor. Zwischen meinen Schenkeln pulsiert es schmerzhaft, und in meinem Kopf hämmert es. Meine Zweifel drohen über den Flur zu fegen und mich mit sich zu nehmen. Ich gehe zu weit, das weiß ich, aber ich kann das hier ebenso wenig aufhalten, wie ich einen dahinrasenden Zug aufhalten könnte.

Landons Zimmer ist schlicht. Sein Bett steht an der Wand, eine einfache graue Tagesdecke und nur zwei Kissen liegen darauf. Vollkommen nackt stehe ich in der Tür und versuche mich auf die Einrichtung des Zimmers und nicht auf das zu konzentrieren, was mir durch den Kopf geht. Ich weiß nicht, was ich tun soll. Ich weiß, was ich tun will, aber ich möchte, dass er die Führung übernimmt. Wenn dieses Schiff zerschellt, möchte ich mich weniger schuldig fühlen können, weil ich weiß, dass er mein zweiter Kapitän war.

Landon kommt zu mir und lehnt sich hinter mir an die Tür, damit sie sich schließt. Er schließt ab, und ein Klicken ertönt, als das Schloss einrastet. Mein Herz rast.

Wortlos legt er mir die Arme um die Taille und zieht mich an sich. Er trägt nur den Slip, aber den hat er zweimal hochgezogen, seit wir die Küche verlassen haben. Seine Härte drückt gegen mich, und ich küsse ihn. Ich kann mich selbst auf seiner Zunge schmecken, und er stöhnt, als ich ihn über dem Stoff seines Slips umfasse.

»Leg dich hin. Jetzt will ich dich schmecken«, sage ich.

Widerstrebend zieht er sich zurück, als wollte sein Mund sich nicht von meinen Lippen lösen. Die Vorstellung bringt mich in Stimmung, und ich koste sie voll aus.

Ungeduldig blicke ich auf Landons fast nackten Körper hinab und kann mich nicht gegen das überwältigende Bedürfnis wehren, auch den Rest von ihm zu sehen. Ich drücke gegen seine Schultern, und er bewegt sich auf sein Bett zu. Ich ergreife den glatten Stoff seines Slips und ziehe ihn hinunter. Zu seinen Füßen bleibt er liegen, und er schleudert ihn weg.

Mit beiden Händen drücke ich gegen seine nackte Brust und stoße ihn auf das Bett. Er atmet so schwer, dass ich ihm in die Augen sehe, bevor ich weitermache. Er spürt meine wortlose Frage, nickt und legt sich auf dem Bett zurück. Sein braunes Haar liegt zerzaust auf dem Kissen, und ich steige auf das Bett. Ich schlängele mich an ihm hinauf, drücke meine nackte Haut an seine, will ihn reizen.

Meine Lippen finden seinen Mund, und ich küsse ihn heftig. Ich küsse ihn, bis seine Schultern sich entspannen und ich seinen Seufzer schmecke. Ich drücke die Nässe zwischen meinen Schenkeln an seine Härte, und er stöhnt, ballt die Hände um die Decke zu Fäusten.

Ich reibe ihn, gleite auf ihn, bedecke ihn. Ich will ihn spüren lassen, wie sehr ich ihn begehre. Er stöhnt, mein Name kommt über seine Lippen, und er legt mir eine Hand auf den nackten Rücken. Seine Finger berühren mein Haar, und ich beuge mich über ihn und drücke meinen Mund auf sein Ohr.

»Zieh daran«, befehle ich ihm. Er blinzelt überrascht, und ich erhöhe den Druck auf seinen Körper. Wenn ich mich noch ein bisschen, ein winziges bisschen bewege, ist er in mir. »Zieh an meinen Haaren, Landon.«

Sein Kehlkopf bewegt sich, als er schluckt, und er zieht an meinem Haar. Ich lasse den Kopf zurückfallen, und er schiebt seine Hüften unter mich. Eine Hand legt er mir auf die Hüfte und hält mich fest. Sein Schwanz drückt sich an mich, genau an dem Punkt, wo ich ihn haben will.

Fuck, dieser Mann bringt mich um. Wieder zieht er an meinem Zopf, und ich sehe die Begierde, die in seinen Augen aufblitzt.

Er steigert sich vorsichtig, zieht stärker, und ich neige den Kopf zu seiner Brust. Ich küsse ihn dort, gleich unterhalb der Vertiefung seines Schlüsselbeins. »Du musst nicht sanft zu mir sein. Nicht, wenn wir beide uns gar nicht so fühlen.«

Ich küsse ihn auf den Hals, direkt unter dem Ohr.

»Du machst mich verrückt«, sagt er.

»Ich weiß.« Ich küsse ihn auf den Mund.

Noch einmal zieht er an meinem Haar, und ich stöhne, während ich ihn küsse.

»So etwas habe ich noch nie gefühlt«, gesteht er. Sein Mund berührt meine Lippen. »Die Dinge, die ich mit dir machen will … daran habe ich bisher noch nicht mal gedacht.«

Seine Ehrlichkeit versetzt mir einen Stich in die Brust.

»Mit mir kannst du sein, wer du sein willst, Landon. Du kannst neue Dinge ausprobieren.« Ich knabbere an seiner Unterlippe und spüre, dass er erneut seine Hüften bewegt. Wie auf ein Stichwort zieht er an meinen Haaren. Ich wusste, dass er es schnell begreifen würde.

Ich rutsche an seinem Körper hinunter, bahne mir mit Küssen den Weg, und seine Hände lassen mein Haar los.

»Du musst dich nicht schämen.« Ich küsse ihn direkt über dem

Nabel, und seine Muskeln ziehen sich zusammen. »Wenn du etwas tun willst, sag es einfach. So wie ich. Ich möchte deinen dicken Schwanz in den Mund nehmen und dein Sperma schmecken.«

Bei diesen Worten heben sich seine Hüften vom Bett, und sein Blick brennt sich in meinen.

»Willst du das?«, frage ich und küsse ihn etwas tiefer.

Er nickt heftig, und ich lächle. Ich folge der Linie aus Haaren mit dem Mund und küsse ihn ein letztes Mal auf die empfindliche Stelle zwischen seinem Schenkel und dem Schwanz. Er zuckt neben meinem Gesicht, und ich nehme ihn in eine Hand. Ich möchte ihn bewundern, so, wie er mich bewundert hat.

Ich versuche, geduldig zu sein und küsse ihn auf die Spitze, aber das Geräusch, das er dabei macht, macht meiner Geduld ein Ende. Ich nehme ihn in den Mund, und er kommt sofort. Nie hat sich mein Name besser angehört als jetzt, wo er ihn stöhnt, während er meinen Mund füllt.

Danach greift er nach meinen Schultern und zieht mich an sich. Ich schmiege die Wange an seine Brust, und mein Kopf bewegt sich bei jedem Heben und Senken seiner Brust mit. Seine Finger liebkosen mich, kitzeln meine Haut, als er mir über Arme und Hüfte und wieder zurück streicht.

Landons Hände sind stark und doch sanft auf meiner Haut, und ich kann mich nicht erinnern, wann mich zuletzt jemand auf diese Art gehalten hat. Es ist … na ja, mindestens zwei Jahre her. Nicht einmal, als ich mit ihm zusammen war, hat er mich so gehalten. Ruhe war in unserem Haus selten, und mir ist nie aufgefallen, wie selten, bis es zu spät war. Landons Finger wandern zu meinem Haar und reiben sanft über meine Kopfhaut. Ich lasse die Augen geschlossen und sauge die Berührung in mich auf.

Der scharfe Schmerz des Verlusts, der seit Jahren in mir gebrannt hat, scheint sich mit jedem Streicheln von Landons Fingern aufzulösen. Ich liebe es, wie sanft er ist, wie unverdorben seine Seele bleibt. Jemandem wie ihm bin ich noch nie begegnet, und ich kann nicht anders, als mir mehr von ihm zu wünschen. Mehr Zeit, mehr Küsse, mehr Finger, die ihre Zeichen auf meiner Haut hinterlassen. Dakota hat so ein Glück gehabt, weil sie so lange mit ihm zusammen war und so viele Erinnerungen an ihn hat. Ich werde nie begreifen, wie sie ihn für selbstverständlich halten konnte. Ich werde es einfach nie, niemals begreifen.

Ein lautes Krachen dringt aus dem Wohnzimmer, und wir fahren beide hoch. Ich springe aus dem Bett und suche nach etwas, womit ich mich bedecken kann. Landons Hüften sind schon von seiner grauen Jogginghose bedeckt, und er zieht sich ein T-Shirt der NYU über den Kopf.

Noch ein Krachen. Landon blickt mich an. »Du bleibst hier«, sagt er und wirkt leicht nervös, aber nicht ängstlich.

Als er die Tür öffnet, erfüllt das Geräusch splitternden Glases den Raum.

14

Landon

Ich renne auf den Flur hinaus und höre jemanden fluchen. Die Stimme ist anfangs zu leise, um sie zu erkennen, aber ich habe da so eine Ahnung …

Wenn Hardin in meinem Wohnzimmer etwas kaputt macht, kann er seinen Arsch gleich wieder dahin verfrachten, wo er herkommt. Mein Gehirn braucht ein paar Sekunden, um zu begreifen, was los ist, als ich endlich das Wohnzimmer sehe. Der Tisch meiner Grandma ist umgeworfen worden, ein Bein ist abgebrochen, und die Vase, die darauf stand, ist auf dem Boden verstreut. Sie liegt in Scherben um die Füße irgendeines Fremden. Hardin geht in die Knie, während er einen Arm um den Hals des Typen gelegt hat und sich ein bisschen Blut in seinem Mundwinkel sammelt.

Das Gesicht des Mannes ist rot; ein dickes Rinnsal Blut läuft ihm über das Gesicht und befleckt seinen Mund. Das Blut trägt zur Dramatik der ganzen Sache bei. Als ich genauer hinsehe, merke ich, dass er ziemlich klein ist, und wahrscheinlich pinkelt er sich gerade in die Hose, weil er glaubt, dass Hardin ihn umbringen wird.

Ich bleibe ungefähr zwei Meter von ihnen entfernt stehen. *Was zum Teufel ist hier los? Wer ist dieser Typ?*

Wieder blicke ich in sein Gesicht. Er kommt mir irgendwie bekannt vor, aber woher?

»Wenn du ihn nicht umbringen willst, solltest du ihn jetzt loslassen«, warne ich Hardin. Ins Gefängnis zu wandern, würde seiner Wiedervereinigung mit Tessa an diesem Wochenende eindeutig einen Strich durch die Rechnung machen.

Er blickt auf seinen neuen Freund hinunter und dann wieder zu mir hoch. »Okay«, sagt er und lässt den Mann los.

Keuchend fällt der Fremde auf die Seite und legt die Hände an die Kehle.

»Was ist hier eigentlich los?«, frage ich. Was auch immer hier passiert ist, ging schnell, wirklich sehr schnell. Ich habe nicht mal mitbekommen, dass Hardin die Wohnung betreten hat.

Hardin steht auf und lässt einen Stiefel über der Hand des Mannes schweben. »Rühr dich nicht!«, schnauzt er ihn an. Der Fremde hält sich mit einer Hand die Nase, die andere liegt auf dem Boden, mit der Handfläche nach oben.

Hardin lässt den Kerl nicht aus den Augen. »Als ich hergekommen bin, hat er an eurer Wohnungstür gelauscht. Ich weiß nicht, was zum Teufel er da hören wollte. Wahrscheinlich wollte er einbrechen oder so. Was weiß ich.«

»Und warum hast du ihn mit reingebracht?« Ich sehe wieder auf Grandmas zerstörten Tisch.

Hardin starrt mich an, als hätte ich ihn gefragt, warum der Himmel neongrün ist. »Weil er nicht gehen wollte«, sagt er und verdreht die Augen.

Der Kerl macht Anstalten, sich aufzusetzen, und Hardin tritt ihm mit dem Stiefel auf die Hand. »Ich habe gesagt, *nicht bewegen,* verdammt.« Wie beiläufig schiebt sich Hardin das Haar aus der Stirn. Den Schreien des Mannes, der auf dem Boden liegt und auf dessen Hand er steht, schenkt er keine Beachtung.

»Was wollen Sie hier?«, frage ich den Fremden.

Hardin zieht sein Handy aus der Hosentasche. Vermutlich ruft er die Polizei an. Ich komme mir vor wie in einem Film.

»Wenn er die Polizei ruft, landen Sie direkt im Knast«, stelle ich fest.

Als Hardin einen Schritt zur Seite gegangen ist, bewegt der Mann den Arm. Er umfasst seine Hand und kommt auf die Knie. Hardin nähert sich ihm wieder, und er verspricht, sich nicht zu rühren, und lehnt sich mit dem Rücken an die Wand. Je länger ich ihn ansehe, desto bekannter kommt er mir vor.

»Ich habe nach der Wohnung meines Freundes gesucht«, sagt er. »Das ist alles.«

Ich weiß nicht, ob ich ihm glauben soll. Vor einigen Wochen ist in meine Wohnung eingebrochen worden, also kann ich mir nicht sicher sein. Als ich seinen schwarzen Mantel bemerke, die dunklen Augen und die graue Jacke, blitzt in meinem Gehirn eine Erinnerung auf. Ich habe ihn schon mal hier im Hausflur gesehen.

»Ich glaube, er sagt die Wahrheit. Ich habe ihn schon mal hier gesehen«, sage ich zu Hardin.

Der Mann steht auf, und Hardin steckt das Handy wieder in die Tasche.

Die Tür zu meinem Schlafzimmer geht auf, und Nora kommt ins Wohnzimmer. Sie trägt einen Slip von mir und eins meiner weißen Unterhemden. Man kann ihre Nippel darunter erkennen. Ich merke, dass Hardin und der fremde Typ sie anstarren, und in meiner Brust lodert es.

»Du kannst wieder in mein Zimmer gehen«, befehle ich ihr. Hoffentlich hört sie mir auch zu. Ich hasse es, dass die beiden sie so sehen.

»Was zum Teufel …?« Sie mustert erst Hardin, dann den anderen Mann. »Cliff?«, fragt sie, und ihre Augen werden vor Argwohn ganz schmal. »Was zum Teufel hast du hier zu suchen?«

»Du kennst ihn?«, frage ich und blicke zwischen den beiden hin und her.

»Sie kennt ihn?«, fragt Hardin mich, obwohl er weiß, dass ich keine Ahnung habe, was zur Hölle hier vor sich geht.

Nora sieht mich an, antwortet aber nicht.

»Ich war auf der Suche nach der Wohnung eines Freundes. Er ist gerade in dieses Haus gezogen«, behauptet der Typ namens Cliff.

Nora starrt ihn mehrere Sekunden lang an, und ich sehe, wie sie sich ohne Worte verständigen.

Verdammt, wer ist dieser Typ?

»Er geht jetzt, es ist alles okay«, sagt Nora endlich und zeigt auf die Tür. Sie ist so ruhig und gelassen. So ruhig, dass es mich beunruhigt.

Cliff steht in der Tür und reibt sich den Nacken. Ohne ein weiteres Wort verschwindet er in den Hausflur.

Hardin dreht sich zu Nora um und hebt die Hände. »Du lässt ihn einfach gehen? Obwohl du immer noch nicht weißt, warum er eigentlich hier war?«

Ohne Hardin aus den Augen zu lassen, kommt Nora näher. »Doch, das weiß ich. Du hast gehört, warum er hier war.« Sie hat die Hände in die Hüften gestemmt, und ich überlege, zu ihr zu gehen und den Saum des Slips, den sie trägt, ein bisschen herunterzuziehen, um ihren üppigen Körper ein wenig mehr zu bedecken.

In unserem Wohnzimmer hat sich gerade eine Szene wie aus einem Teil von *The Fast and the Furious* abgespielt, und alles, worauf ich mich konzentrieren kann, ist die Rundung von Noras Schenkeln. Ich brauche Hilfe.

»Er hat gelogen!«, ruft Hardin.

Nora geht weiter auf ihn zu. »Erstens: Schrei mich nicht noch mal an«, stößt sie zwischen zusammengebissenen Zähnen hervor und blickt ihn herausfordernd an. »Und zweitens: Du weißt nicht, ob er lügt. Du kennst ihn nicht.«

Hardin wirft den Kopf zurück. »Oh, schon klar. Aber du kennst ihn. Dann erklär du uns doch, wer dieser Prachtkerl ist.«

»Leute, es reicht«, sage ich und trete zwischen die beiden. »Hardin, er ist weg. Nora, geh in mein Zimmer.« Ich komme mir vor wie der Vater von zwei jähzornigen Kindern. Nora dreht sich um und öffnet den Mund. Doch dann klappt sie den Mund wieder zu, geht an mir vorbei und verschwindet über den Flur. Ich hätte gedacht, dass sich wenigstens einer von ihnen mit mir streiten würde.

»Lass dir mal lieber von ihr erklären, wer das ist, verdammt«, verlangt Hardin.

Na also …

»Halt die Klappe und hol den Besen«, befehle ich ihm und zeige auf den Wandschrank neben der Tür zur Küche. »Das werde ich schon noch herausfinden. Räum du jetzt das Glas weg.«

Wütend starrt Hardin mich an. »Ich meine es ernst. Es geht hier nicht nur um dich. Tessa wohnt hier, und wenn ihr irgendwas passiert …«

In der Küche piept der Ofen, und Noras Cupcakes fallen mir wieder ein. Die hatte ich total vergessen. Sind wir wirklich erst vor zwanzig Minuten in mein Zimmer gegangen?

Ich steuere die Küche an, nehme mir einen Topflappen und ziehe die Form aus dem Ofen. Die kleinen Kuchen duften köstlich, und die Oberfläche ist perfekt gebräunt. Mir läuft das Wasser im Mund zusammen, als ich sie auf dem Herd abstelle und wieder zu Hardin ins Wohnzimmer gehe.

So viele Fragen rasen durch meinen Kopf. Ist der Eindringling Noras letzter Freund, über den sie nicht mit mir reden wollte? War das nur ein gewöhnlicher Einbrecher, derselbe, der schon mal in meine Wohnung eingestiegen ist? Was hätte er getan, wenn niemand zu Hause gewesen oder Hardin nicht aufgetaucht wäre?

Ich muss dafür sorgen, dass das Chaos aufgeräumt wird, damit ich wieder in mein Zimmer gehen und mit Nora reden kann. Hardin fegt alles zusammen, ohne sich zu beklagen, und ich fasse Grandmas Tisch an einer Seite und stelle ihn wieder aufrecht hin. Ich werde das reparieren müssen, bevor Mom mich das nächste Mal besuchen kommt. Es würde ihr das Herz brechen, den Tisch so zu sehen.

»Ich weiß«, antworte ich auf Hardins vorwurfsvolles Schweigen. Ich werde herausfinden, wer er ist und ob Nora wirklich glaubt, dass er nur auf der Suche nach seinem Freund war.

Hardin mault mich an, während er die restlichen Scherben auf das Kehrblech fegt. Als ich gerade die Tür zu meinem Schlafzimmer öffne, erklingt seine Stimme im Korridor: »Erzähl Tessa nichts davon. Sie hat schon genug um die Ohren.«

Ich lasse ihn in dem Glauben, dass mein Schweigen Zustimmung bedeutet, und gehe in mein Zimmer. Nora sitzt auf dem Bett, sie trägt noch immer meine Klamotten. Ich lehne mich mit dem Rücken an die Tür und warte, bis sie sich mit einem Klicken schließt. Um sicherzugehen, schließe ich hinter mir ab und gehe dann auf sie zu. Sie hat ihr Handy in der Hand, und als sie mich ansieht, blicken ihre Augen in meine, aber zwischen uns entsteht keine Verbindung. Sie hat sich schon zurückgezogen.

Meine Stimme klingt schüchtern, als ich sage: »Wir müssen darüber reden, wer dieser Typ ist.«

Nora senkt den Blick und verlagert das Gewicht, um die Beine an den Körper zu ziehen. »Ach wirklich?«

So lasse ich mich nicht abweisen. »Ja. Wirklich.«

Ich gehe zum Bett, setze mich neben sie und horche auf Geräusche aus dem Wohnzimmer. Es ist still. Entweder ist Hardin gegangen, oder er ist neugierig und belauscht unser Gespräch vom Flur aus, genau wie dieser Cliff.

»Ist er dein Exfreund?«, frage ich.

Meine Frage lässt sie zusammenzucken, und sie schüttelt den Kopf. »Nein. Nein, ist er nicht.«

Ich rutsche näher zu ihr und nehme ihre Hände in meine. »Wer ist er dann? Das hier ist keine Kleinigkeit, Nora.« Sanft drücke ich ihre Hände. »Der Typ hat an meiner Tür gelauscht. Kennst du ihn gut genug, um zu glauben, dass alles nur ein großes Missverständnis ist?« Ich blicke ihr in die Augen und bitte sie wortlos, mir die Wahrheit zu sagen.

Ich würde gern glauben, dass die letzte Stunde, die wir miteinander verbracht haben, uns auf eine neue Stufe des Vertrauens gebracht hat. Sie muss mir einfach genug vertrauen, um in dieser Sache ehrlich zu mir zu sein. Die Stimme in meinem Kopf warnt mich davor, ihr zu glauben, aber ich bleibe stumm.

»Ja«, sagt sie nur.

Ich streiche mir über die Stoppeln an meinem Kinn, und sie steht von meinem Bett auf. »Wo gehst du hin?«, frage ich.

Sie erreicht die Tür, bevor sie meine Frage beantwortet. »Ich hole mir meine Arbeitsklamotten und komme dann wieder. Ich muss morgen ganz früh zur Arbeit.«

Ich stehe ebenfalls auf, bleibe aber auf der anderen Seite des Zimmers. »Ich komme mit.« Doch Nora schüttelt den Kopf.

»Ich komme wieder. Versprochen. Ich komme wieder und bleibe über Nacht bei dir. In deinem Bett.« Ihre Stimme zittert, sie klingt unsicher.

Sie kommt auf mich zu und greift nach meinen Händen, und ich ziehe sie an mich.

»Ich komme wieder.« Nora drückt ihre Lippen auf meine. Ich

erwidere den Kuss und lege ihr die Arme um den Rücken, als sie mit mir verschmilzt.

Ihre Zunge fühlt sich so gut an meiner an, und ich genieße es still. Ich liebe es, wie sie mich küsst, langsam und intensiv. Voll vorsichtiger Leidenschaft, und sie vergräbt die Finger in meinem T-Shirt.

Einige Sekunden später löst sie sich aus meiner Umarmung. »Ich bin gleich wieder da«, sagt sie und küsst mich auf die Wange. »Ich beeile mich.« Ihre Worte klingen so sicher, und ich fühle mich wie in Trance.

Mit hängenden Armen stehe ich da und nicke. »Deine Klamotten sind in der Küche«, rufe ich ihr ins Gedächtnis.

Meine Wangen werden heiß, und sie zieht die Unterlippe zwischen die Zähne.

»Ich ziehe mich im Bad um.« Nora betrachtet mich argwöhnisch. »Das hier gefällt dir nicht an mir, stimmt's?« In ihren Augen funkelt eine Andeutung von Übermut.

»Es gefällt mir sogar ein bisschen zu gut an dir«, gestehe ich.

»Ich komme wieder«, verspricht sie, aber es klingt schrecklich beunruhigend.

Als sie das Zimmer verlässt, strecke ich mich auf dem Bett aus und schließe die Augen. Verdammt, worauf habe ich mich nur eingelassen?

15

Nora

Der Bürgersteig ist hart, und jeder Schritt bringt eine Erinnerung an Landon mit. Die Fältchen um seine Augen, wenn er so süß und schüchtern lächelt. Wie sich seine Hand auf mir anfühlt.

Ich habe so ein Chaos angerichtet. Warum richte ich nur überall so ein Chaos an?

In den letzten Wochen habe ich Dinge empfunden, die ich beinahe vergessen hatte. Ich war glücklich. Glücklich sein, das klingt leicht, aber für jemanden wie mich ist es eine Leistung. Ich habe mein Leben für andere gelebt, war in einem Gefängnis aus Sorgen und Rücksicht gefangen, und dabei habe ich vergessen, wie es sich anfühlt, einfach glücklich zu sein.

»Hey!«, ruft eine Frau hinter mir. Die vertraute Stimme kriecht in mich hinein, und meine Kopfhaut fängt an zu prickeln.

Ich drehe mich um und sehe Dakota vor dem Schaufenster eines Bastelladens stehen. Das lockige Haar hat sie zurückgebunden, und sie ist angezogen, als wollte sie zu einer Beerdigung. Ihr schwarzer Rock reicht bis knapp über die Knie, und der marineblaue Blazer ist zu groß für ihren kleinen Körper. Es ist seltsam, sie in diesen Klamotten zu sehen, denn normalerweise trägt sie Sport- oder Ballettsachen.

Ich habe keine Zeit, mich mit ihr abzugeben, nicht heute. Ich kann es mir nicht leisten, meine Energie an sie zu verschwenden.

»Ich muss los«, sage ich, als sie auf mich zukommt. Ich blicke an Landons Haus hoch, aber er ist mir bestimmt nicht gefolgt. Der idiotische Teil meines Herzens hat sich das gewünscht, obwohl es kein gutes Ende genommen hätte.

»Ich auch«, sagt Dakota. »Wir müssen reden.«

Ich schüttele den Kopf und dränge mich an ihr vorbei. Das müssen wir definitiv nicht. »Es gibt nichts zu bereden, Dakota.«

»Du weißt, dass das nicht stimmt.« Ihre Stimme hat einen bedrohlichen Unterton, und ich wirble herum und sehe sie an.

Frustriert hebe ich die Hände. »Was denn? Worüber willst du mit mir reden?«

»Du bist gerade aus Landons Wohnung gekommen. Ich dachte, wir hätten eine Vereinbarung.«

Ich verdrehe die Augen und lege den Kopf zurück. Das kann nicht ihr Ernst sein. Für dieses Drama einer unreifen Göre, die immer noch über das Spielzeug bestimmen will, das sie schon weggeworfen hat, bin ich zu alt.

»Willst du mich auf den Arm nehmen? Verdammt noch mal, Dakota, wir sind *erwachsen.* Ich bin fünfundzwanzig. Ich bin zu alt für solche Spielchen. Landon ist alt genug, um selbst zu entscheiden, was er will, im Leben und in der Liebe.« Das Wort Liebe hinterlässt einen sonderbaren Geschmack in meinem Mund.

Ich hätte einfach weggehen sollen, als ich sie gesehen habe, aber irgendwie konnte ich das nicht.

»Liebe?«, fragt sie mit erstickter Stimme. »Liebe? Du glaubst, dass Landon dich liebt?«

Ich schüttele den Kopf. Nein, das glaube ich nicht. Ich weiß, dass er mich nicht liebt. So weit werden wir nicht kommen, bevor mir alles um die Ohren fliegt.

»Gut. Das tut er nämlich nicht. Du kannst nicht einfach auftauchen und dich in sein Leben schleichen. Er ist zu gut für dich.« Dakota stützt eine Hand in ihre Hüfte.

Mit gleichgültiger Miene gehe ich einen Schritt auf sie zu. »Ist mir egal.«

Wenn sie mir das glaubt, geht sie dann vielleicht weg?

Dakota verzieht den Mund zu einem falschen Lächeln. Sie ist winzig, aber trotzdem macht sie mir manchmal ein bisschen Angst. Wie an dem Abend, als sie mit einer Alkoholfahne und wildem Blick in die Wohnung zurückkam. Immer wieder hat sie mich nach meinem Handy gefragt, weil sie ihren Bruder anrufen wollte. Sie hat gesagt, sie müsse ihn sehen. Sie hat sich mir gegenüber nie so weit geöffnet, dass sie mir erzählt hätte, wie er gestorben ist, aber an dem Abend wusste ich besser als sie, dass er den Anruf nicht annehmen würde. Sie war völlig neben der Spur, wie weggetreten. Sie hat sich in der Küche unter dem Tisch versteckt und nicht mehr aufgehört zu weinen. Als ich ihr ein Glas Wasser geben wollte, schrie sie mich an und warf das Glas durch die Küche. Als es an der Wand zerschellte, ist sie nicht einmal zusammengezuckt.

Am nächsten Morgen habe ich sie vom Boden aufgehoben, und Maggy half mir, sie in ihr Schlafzimmer zu bringen. Von diesem Tag an wusste ich, dass etwas in ihr zerbrochen war.

Dakota mustert mich, ihr Blick ist wild. »Gut. Er macht sich nämlich auch nichts aus dir. Er bringt einfach gern Leute und Dinge in Ordnung.« Ihre Augen wirken, als wollte sie mich mit ihrem Blick verschlingen. »Und er hat *dich* gesehen …«

»Schon kapiert. Jetzt lass mich in Ruhe.« Ich habe keine Zeit, mir von ihr aufzählen zu lassen, aus welchen Gründen ich gerettet werden muss.

Ich mache Anstalten wegzugehen, aber Dakota packt mich am Arm und reißt mich herum. Ich atme tief ein, schüttele sie ab und gehe weiter. Es juckt mich in den Fingern, am liebsten würde ich ihr eine kleben, aber ich halte mich zurück und gehe weiter.

Sie folgt mir. »Warum hast du das gemacht? Kannst du mir wenigstens sagen, warum du so getan hast, als wärst du meine Freundin, nur, um an meinen Freund heranzukommen?«

»So war das doch gar nicht. Ich habe nicht …«

»O doch, du *hast*. Hör auf zu lügen, Nora. Weiß Landon, dass du es die ganze Zeit gewusst hast?«

Ich beiße die Zähne zusammen. »Halt die Klappe.«

Es ist viel komplizierter. Die ganze Sache ist zu kompliziert, um sie hier auf dem Gehweg zu diskutieren. *Natürlich* weiß er es nicht. Ich habe ihn glauben lassen, dass Dakota nicht über ihre Gefühle für ihn gesprochen, ihn nicht mal erwähnt hat. Er weiß nichts, überhaupt nichts. Ich fühle mich ihm so nah, obwohl er absolut nichts weiß.

Dakota geht immer noch neben mir her, aber inzwischen habe ich fast die U-Bahnstation erreicht. Sie wird mir nicht bis Scarsdale folgen. So dreist ist sie nicht.

»Ich glaube, wenn er wüsste, wie berechnend du die ganze Zeit warst, würde er vor dir weglaufen. Er mag weder Lügner noch Stalker. Und ich nehme an, er hat keine Ahnung, was in Scarsdale ist.« Dakotas Worte treffen mich wie Peitschenhiebe. »Ich habe dir vertraut, Sophia. Ich dachte, wir wären Freundinnen. Wir haben dich bei uns wohnen lassen.«

Wütend starre ich sie an. Ich komme mit Drohungen nicht gut klar, was sie sehr bald spüren wird, wenn sie weiterhin so mit mir redet. »Ich habe eine Anzeige auf einer Website aufgegeben und bin schließlich bei euch eingezogen. Ihr habt mir keinen Gefallen getan.«

Dakota schiebt ihre Handtasche höher auf die Schulter.

Warum streite ich mich überhaupt mit ihr? Immer noch?

»Ja, und als wir uns kennengelernt haben, habe ich gesehen, wie du dieses Bild ein paar Sekunden zu lange in der Hand gehalten hast. Du hast die ganze Zeit gewusst, wer er ist.« Dakota blinzelt, und ihr Blick richtet sich auf das Gebäude neben uns. »Die ganzen Fragen, die du über ihn gestellt hast, über unsere Beziehung. Ich war nett zu dir, Sophia. Und Maggy auch.«

Maggy, die zwei Stunden in unserem kleinen Badezimmer verbringen konnte, um sich zu schminken, dabei aber die ganze Zeit freundlich mit mir geplaudert hat, war die Nettere von den beiden. Trotzdem habe ich vom ersten Tag in der Wohnung an die Kluft zwischen uns gespürt. Ich gegen die beiden.

»Was willst du von mir, Dakota?«, frage ich schließlich. Langsam steige ich die Treppe zur U-Bahn hinab, sie ist dicht hinter mir.

Mir schießt durch den Kopf, dass sie mich die Treppe hinunterstoßen könnte.

»Ich will wissen, was zwischen dir und Landon läuft, und ich will, dass du … okay, ich *bitte* dich, ihn in Ruhe zu lassen. Er ist alles, was ich habe.« Ihre Worte schweben um mich herum, hüllen mich ein. Ich wünschte, in dieser U-Bahnstation in Brooklyn wäre mehr los, dann könnte ich einfach in der Menschenmenge verschwinden.

Erst als wir am Ende der Treppe angekommen sind, antworte ich. Dakota will, dass ich mich von Landon fernhalte, und das kann ich nicht. Ich könnte es nicht mal, wenn ich es ernsthaft versuchen würde.

Sie hört nicht auf zu reden. »Hast du immer noch nicht genug? Deine reiche Familie, eure großen Häuser überall im Land. Das Geld, das du jeden Monat von …«

»Hör mal, Dakota«, setze ich an. Sie hat keine Ahnung, was sie da redet. Dass meine Familie Geld hat, hat nichts damit zu tun, dass ich Landon will. Die Tatsache, dass sie beides als gleichwertig betrachtet, sagt viel darüber aus, wie sie ihn sieht. Ich habe keine Ahnung, ob sie ihn als Objekt sieht oder als gleichbedeutend mit Reichtum.

»Ich weiß nicht, was ich dir sagen soll. Du hast dich vor Monaten von Landon getrennt, und du triffst dich mit …«

Dakota schüttelt energisch den Kopf. »Ich war *verwirrt.* Das weiß ich jetzt. Ich brauchte Aufmerksamkeit, und Landon war nicht da. Ich habe mich einsam gefühlt, und Maggy meinte, ich sollte in meinem ersten Kollegejahr besser Single sein. Das sagen alle. Auch in diesen blöden Filmen sagen sie es.«

Ich habe nie verstanden, warum man während der Zeit auf dem College Single bleiben soll. Ja, es ist wichtig, unabhängig zu sein, und wenn man auf dem College ist, findet man heraus, wer man ist und was man will. Aber wenn man schon einen tollen Mann hat, warum soll man sich das kaputt machen, nur um auf Partys zu gehen und irgendwelche Typen aufzureißen?

»Ich soll Landon also in Ruhe lassen, damit du wieder mit ihm zusammen sein kannst?«, frage ich.

»Wenn er mich noch mal nimmt, ja. Er hat von Anfang an mir gehört. Bevor er dich überhaupt kannte. Bevor du das Bild von ihm gesehen hast.«

»Ich kannte ihn vorher schon. Meine Eltern kennen seine, schon vergessen?«, verteidige ich mich. Dakota schafft es, dass ich mir verrückter vorkomme, als ich bin.

Sie nickt langsam. »Ja, ich weiß. Aber ich weiß auch noch, wie wir stundenlang über ihn geredet haben, wie oft ich dir gesagt habe, dass ich ihn liebe und ihn vermisse – und ich weiß noch, dass du mir ungefähr zu der Zeit gesagt hast, ich soll mit Aiden schlafen.«

»Ich wollte dir doch nur helfen, als deine Freundin. Du hast immer wieder gesagt, dass du in der großen Stadt was erleben willst!« Ich versuche, leise zu sprechen, aber es gelingt mir einfach nicht. »Du hast mir erzählt, wie heiß Aiden ist, und dass du mit ihm schlafen willst.« Ich blicke sie mit schmalen Augen an. »Du warst doch ohnehin schon dazu entschlossen. Ich habe dir nur noch einen kleinen Schubs gegeben, damit du nicht das Gefühl haben musstest, eine Schlampe zu sein, weil du mit ihm vögelst.«

Dakotas Nasenflügel beben, und für einen sehr kurzen Moment habe ich fast Angst vor ihr.

»Willst du mich verarschen? Ich war schon entschlossen? Für wen hältst du dich eigentlich, dass du glaubst, mich verurteilen zu können, *Kleine?«* Sie zieht das Wort übertrieben in die Länge.

Mein ganzer Körper fühlt sich jetzt an wie von kleinen Schnittwunden übersät. Mit jedem Wort komme ich mir mehr wie ein Monster vor. Genauso gut könnte sie mir Salzwasser in die Wunden reiben. So wirkt es auf mich, wenn Dakota sagt, dass sie Landon liebt. Und dass sie mir die Schuld an allem gibt – möglicherweise zu Recht –, macht es noch viel schlimmer.

»Kannst du bitte mal stehen bleiben und einfach mit mir reden?« Ihre Stimme ist leise, sogar ein bisschen traurig.

Ich sehe sie an. »Was soll ich tun, damit du zufrieden bist? Immer hundert Meter Abstand von ihm halten? Ich bin auch mit Tessa befreundet, und er wohnt mit ihr zusammen. Und Landon ist glücklich mit mir. Lass ihn doch einfach glücklich sein, Dakota.«

Ihre Lippen zittern, und sie schluckt. »Woher willst du wissen, dass er glücklich ist?«

Was für eine schwerwiegende Frage.

Weil ich es fühlen kann … würde ich am liebsten sagen, aber ich tue es nicht.

»Woher weißt du, dass er glücklich ist, Nora?«, fragt sie. Jetzt bin ich also wieder Nora …

Tränen brennen in meinen Augen. »Ich weiß es einfach. Vielleicht irre ich mich, ich kenne ihn nicht so gut wie du.«

Sie blickt mir in die Augen. »Genau, du kennst ihn nicht so gut.«

Ich seufze und sehe mich in der Station um. Ein Mann und eine Frau halten Händchen, während sie auf den Zug warten. Sie müssen mindestens sechzig sein, und als er sich über sie beugt und sie auf den grauen Scheitel küsst, wird mir schwer ums Herz.

Wie kann mein Herz so schwer sein, wenn es doch leer ist?

Dakota bleibt stehen und runzelt die Stirn. »Ich habe niemanden, Nora. Ich dachte, ich hätte dich, aber eine Freundin würde nicht tun, was du getan hast.«

Sie hat recht. Ich war nie ihre Freundin. Wollte es nie sein. Ich wollte immer nur *ihn.* Ich sollte mich schuldig fühlen, aber das fällt mir schwer, weil ich weiß, wie sie ihn behandelt: wie einen Schoßhund. Er ist kein verdammter Schoßhund. Er ist so viel mehr. Mehr, als wir beide verdient haben.

»Es tut mir leid, dass es so gelaufen ist«, sage ich zu ihr und meine es beinahe ernst. »Ich wollte dir nicht wehtun, es ist einfach passiert.«

Dakota mustert mich, und ich sehe, dass ihr eine Träne über die Wange rollt, bevor sie sie wegwischen kann. Ich weiß, es bringt sie um, dass ich ihre Verletzlichkeit gesehen habe, darum beschließe ich, keine Notiz davon zu nehmen.

»Das zwischen Landon und mir ist was Ernstes, Nora. Wir haben uns schon als Kinder geliebt. Er ist mit mir durch dick und dünn gegangen. Mein prügelnder Vater, der Tod meines Bruders … wir haben zusammen gelitten und Dinge durchgemacht, die du nie verstehen wirst. Er ist mein Herzensmensch, Nora. Er ist mein einziger Herzensmensch, und ich weiß, dass ich ihn nicht so gut behandelt habe, wie er es verdient. Aber ich war dumm, und das ist mir jetzt klar. Jetzt weiß ich, dass ich ihm zeigen muss, wie sehr ich ihn liebe und schätze.«

Ihre Worte lassen mich schaudern. Gleich muss ich kotzen, es kommt mir schon hoch. Magensäure brennt in meinem Hals. Ich ertrage es körperlich nicht, wenn sie so über ihn redet, wenn sie seinen Namen ausspricht oder die Tiefe ihrer Verbindung schildert.

Ich schweige, unfähig, irgendetwas zu sagen.

Sie fängt wieder an zu reden, und ich wünschte, ich könnte auf einen Knopf drücken und meine Ohren ausschalten.

»Für dich ist er nur eine Trophäe. Du willst nur deinen Spaß mit ihm haben, und er vergnügt sich mit dir. Spaß, das ist alles«, sagt sie sachlich. »Aber für mich ist er meine andere Hälfte. Er ist der einzige Mensch auf der Welt, auf den ich mich verlassen kann. Ich habe so viele Jahre mit ihm verbracht, und dagegen kommst du nicht an, auch wenn du das vielleicht glaubst.« Sie zögert, dann fügt sie hinzu: »Ich will dich nicht verletzen«, und aus irgendeinem Grund glaube ich ihr das.

Deswegen tut es aber nicht weniger weh.

»Ich habe meine Mom verloren und meinen Bruder, und mein Vater kann jeden Tag sterben. Ich kann nicht auch noch Landon verlieren.« Ihre Stimme bricht, sie fängt laut an zu schluchzen und bedeckt ihr Gesicht mit den Händen. Fremde starren uns im Vorübergehen an.

Seit wann bin ich so ein mieser Mensch?

»Bitte, Nora. Gib mir noch eine Chance, die zu sein, die er braucht.« Sie fährt sich mit der Hand über die Nase und blickt wieder zu mir hoch. Ihre Schultern beben, weil sie so schluchzt, und ich kann nicht anders, sie tut mir leid.

Wer bin ich, dass ich mich in ihr Leben einmische und die beiden auseinanderreiße? Vielleicht ist sie schrecklich, aber sie hat auch eine weiche Seite, und die fand ich immer schon anziehend. Ich hasse sie nicht, habe ich nie. Ich wusste nur, dass sie Landon nicht verdient hat. Aber jetzt, wo sie vor mir steht und in ihre zitternden Hände schluchzt … Wer bin ich, dass ich das entscheiden kann?

Sie hat recht, ich kenne ihn nicht.

Aber sie kennt ihn.

Ich liebe ihn nicht.

Sie liebt ihn.

Ich verdiene ihn nicht.

Und sie verdient ihn. Vielleicht.

»Okay.« Ich nehme ihre Hände und löse sie von ihrem Gesicht. Erneut reibt sie sich die Augen und sieht mich an. Ich weiß nicht, was ich noch sagen soll.

»Ich werde verschwinden«, sage ich und gehe los, verschmelze mit der Masse aus Fremden, bevor sie mich aufhalten kann.

16

Landon

Es ist zwei Stunden her, dass Nora gegangen ist, um ihre Arbeitsklamotten zu holen. Na ja, ihre Begründung war zumindest, dass sie die Sachen braucht, aber das Timing ist mir nicht entgangen. Ein Fremder taucht in meiner Wohnung auf, und Nora kennt zufällig seinen Namen? Und dann muss sie kurz weg, obwohl sie am nächsten Tag einfach ein bisschen früher aufstehen und ihre Sachen holen könnte.

Was für ein Tag! Nora hat mir eine Seite von sich gezeigt, die ich noch nicht gesehen hatte. Sie ist nicht nur wahnsinnig sexy, sondern hat es sogar geschafft, mit dem Klang ihrer Stimme all die anderen Stimmen in meinem Kopf abzuschalten. Ich habe mich wohlgefühlt, und, so dumm das klingen mag, trotz meiner Unerfahrenheit fühlte ich mich selbstsicher, weil sie mich geführt und mir gesagt hat, dass ich bei ihr der sein kann, der ich sein will. Komische Vorstellung, dass ich in der Lage sein könnte, eine komplett neue Version von mir selbst zu entwickeln. Bei ihr kann ich mehr sein als der nette Typ, mehr als nur ein bester Freund. Ich muss nicht die Probleme anderer lösen und meine eigenen vernachlässigen, wenn ich mit ihr zusammen bin.

In meinem Kopf pocht es, und das Wohnzimmer ist endlich

aufgeräumt. Hardin hat sich kurz mit mir gestritten, bevor er verschwunden ist, und zwanzig Minuten später kam er dann mit einem zusätzlichen Kettenschloss für die Tür an. Ich denke an das, was er über Tessa gesagt hat und wie nervös sie nach dem Einbruch damals war. Also gehe ich zum Wandschrank, hole meinen kleinen Werkzeugkasten heraus und bringe das Schloss an.

Ken hat mir diesen Werkzeugkasten geschenkt, als ich beschlossen hatte, nach New York zu ziehen. Er ist nichts Besonderes, aber ihm war er wichtig, und darum ist er mir auch wichtig. Ich konnte es in seinen Augen sehen, als er mir den kleinen roten Kasten überreichte, und ich habe bemerkt, wie verändert seine Stimme klang, als er mir die Funktion jedes Werkzeugs erklärte. Ich habe nicht durchblicken lassen, dass er mir Dinge erzählte, die ich schon wusste.

Ich habe ihm verschwiegen, dass ich mein ganzes Leben lang Sachen repariert habe, darin bin ich nämlich Experte. Stattdessen habe ich mir alles genau von ihm erklären lassen. Ich habe ihm sogar Fragen gestellt, zum Beispiel: *»Was ist der Unterschied zwischen einem Kreuzschlitz-Schraubenzieher und einem Schlitzschraubendreher?«*

Ich hatte das Gefühl, dass er diese einfachen Momente mit seinem Stiefsohn brauchte, um die verlorene Zeit mit seinem eigenen Sohn wiedergutzumachen.

Als das Schloss angebracht ist und fest sitzt, setze ich mich auf die Couch und schalte den Fernseher ein. Was kann ich mir ansehen, um mich davon abzuhalten, ständig auf die Uhr zu sehen? Ich gehe auf Netflix und scrolle.

Und scrolle.

Und scrolle weiter.

Nichts klingt spannend genug, um meine Gedanken von

Nora abzubringen. Während ich die Empfehlungen durchgehe, fluche ich, weil es so paradox ist.

Julie & Julia und *Chocolat* sind die beiden Topfilme: Filme, die mit Kochen zu tun haben, logisch. Bei der Auswahl muss ich an Nora in ihrer Arbeitsuniform denken, und das war's dann mit der Ablenkung. Möglicherweise werden die Filme wegen ihrer und Tessas Filmauswahl empfohlen, aber ich beschließe, es als Zeichen von irgendwoher zu betrachten. Ich scrolle weiter. Nora sollte in ihrem eigenen Film über eine schöne, intelligente und geheimnisvolle Frau die Hauptrolle spielen. Eine Frau, die zufällig auch noch grandios backen kann. Wenn unser Leben ein Film wäre, wäre es leichter, ihre Geheimnisse zu enträtseln.

Ich denke an die Filme, die ich mir mit meiner Mom immer auf Lifetime angesehen habe. Ich hasse es, das zuzugeben, aber ein paar von diesen Filmen waren verdammt gut. Die Handlung war immer bescheuert, verrücke Babysitter, die Ehemänner ausspannen wollten oder so, oder Ehemänner, die sich als Heiratsschwindler oder sogar als Mörder herausstellen. Als Star in einem Lifetime-Film könnte Nora eine Spionin sein, oder eine Auftragsmörderin. In meinem Kopf setze ich zusammen, was ich über sie weiß.

Mit diesen dubiosen Trips nach Scarsdale könnte sie tatsächlich beides sein. Google sagt über Scarsdale, dass es eine ziemlich wohlhabende Gegend mit überwiegend älterer Bevölkerung ist. Ihre Familie lebt in Washington, es muss also jemand anders sein. Auf dem Tisch vibriert mein Handy, und ich greife danach und lese den Namen auf dem Display.

Dakota.

Warum ruft sie mich an?

Und vor allem: Warum will ich nicht mit ihr sprechen?

Plötzlich fühle ich mich schuldig. Ich sollte sie nicht meiden.

Das hat sie nicht verdient. Aber ich kann nicht ewig auf diesem Seil zwischen den beiden balancieren – irgendwann werde ich ausrutschen und hinunterfallen.

Noras Stimme, die sagt: *»Ich komme zu dir zurück«*, erklingt in meinem Kopf. Ich denke daran, wie ihre Augen funkeln, wenn sie mich herausfordert, und daran, wie mein Name klingt, wenn er aus ihrem Mund kommt. Ich lege mir das Handy auf die Brust und lasse den Anruf auf Voicemail gehen, während ich mir weiterhin Handlungsstränge für den Film über Noras Leben ausdenke.

An dem Abend, als ich ihr gefolgt bin, hat sie sich umgezogen, bevor sie losgefahren ist. Wir können diesen Abend den Scarsdale-Abend nennen. Sie hat sich ein anderes Shirt angezogen und ihren Pferdeschwanz gelöst. Sie ist sich sogar mit den Fingern durch die zerzausten Strähnen gefahren, die ihr wippend über die Schultern fielen. Sie hat ihr Haar geschüttelt, und ich weiß noch, wie ich dachte, dass sie in einem Werbespot für Shampoo mitspielen sollte.

Aber genug von dem, was an ihr alles wippt … Ich muss mich wieder auf meine Verschwörungstheorie rund um dieses Mädchen konzentrieren. Ich hebe eine Hand, halte sie über mein Gesicht und balle die Faust. Ich strecke einen Finger aus. Erstens: willkürliche U-Bahn-Fahrten von über einer Stunde. Was sonst noch?

Als sie bei mir war, hat sie geheimnisvolle Anrufe bekommen, und dann hat sie meine Wohnung verlassen. Ich hebe noch einen Finger. Was ihr Verschwinden betrifft: So was hat sie schon öfter gebracht, und ich müsste ein Idiot sein, um die Warnsignale nicht zu bemerken. Ich hebe den dritten Finger. Wenn ich bei Fünf ankomme, begebe ich mich in ein Zeugenschutzprogramm und verstecke mich vor ihr.

Da wir gerade von Zeugenschutz sprechen, ist sie in so einem Programm? Sie hat zwei Namen …

War ihr Exfreund bei der Mafia oder so?

Hat sie im Augenblick einen Freund, und wenn ja, ist *er* bei der Mafia?

Ich weiß nicht, warum mir immer sofort die Frage einfällt, ob jemand bei der Mafia ist. Ich habe eindeutig zu viele Filme gesehen. Den *Paten* habe ich als Teenager geguckt. Mehr als einmal.

Es ist lustig, darüber nachzudenken, aber ich gehöre trotzdem nicht zu den Leuten, die einen Film für ihre Unfähigkeit verantwortlich machen, sich in die Gesellschaft einzufügen. Tessa hat sich neulich abends mit mir diesen Film angesehen, in dem eine Frau mit ihrer Mom zusammensitzt und ihr erzählt, dass sie für ihr Scheitern verantwortlich ist, weil sie ihr als Kind erlaubt hat, sich *Aschenputtel* anzusehen. Genau das ist mir auch passiert. Ich habe den *Paten* gesehen und rührselige Lifetime-Filme mit meiner Mom, und jetzt rede ich mir ein, dass meine Freundin eine Auftragsmörderin oder ein ehemaliges Mitglied der Mafia ist.

Vielleicht hat Nora ein Kind, von dem niemand etwas weiß? Sie ist älter als ich, und sie hat diese besänftigende Stimme. Ich kann sie mir super als Mutter vorstellen.

Vielleicht verbirgt sie etwas Größeres, zum Beispiel, dass sie Gatorade *doch* mag?

Ich würde lieber herausfinden, dass sie eine Mörderin ist, als dass sie zu Unrecht mein Lieblingsgetränk schlechtgemacht hat.

Ich werde hier gerade viel zu kreativ. Ich muss irgendwas tun.

Und zwar *schnell.*

Ich lege die Fernbedienung auf den Couchtisch und richte mich auf dem Sofa auf. Soll ich sie anrufen?

Sie hat versprochen, dass sie zurückkommt. Aber tut sie das wirklich?

Sie hat mir direkt in die Augen gesehen. Bin ich ein Idiot, weil ich glaube, dass ich es gemerkt hätte, wenn sie mich angelogen hätte? Kann ich darauf vertrauen, dass sie ein Versprechen wirklich hält?

Ich verspreche, nichts zu sagen, was ich später rückgängig machen möchte, hat sie gesagt.

Wir haben eine Abmachung. Diese Abmachung ist seit der ersten Sekunde in Stein gemeißelt, und ich erwarte von ihr, dass sie ihren Teil einhält.

Wenn sie heute zurückkommt, werde ich ihr künftig vertrauen. Wenn sie ihr Versprechen hält, halte ich meins. Ich werde ihr die Zeit geben, die sie braucht, um sich mir zu öffnen.

Um mich beschäftigt zu halten, gehe ich in die Küche und öffne den Kühlschrank. Ich hätte heute nach Tessa sehen und mich vergewissern sollen, dass es ihr gut geht. Als ich sie das letzte Mal gesehen habe, schien sie okay zu sein. Hardin auch, außer dass er sich mit diesem Typen in meinem Wohnzimmer angelegt hat. Ich suche die Küche ab und denke an Noras Geschmack auf meiner Zunge. Ihre Süße erfüllt wieder all meine Sinne, und ich schnappe mir einen Cupcake aus der Form, während ich mich weiter meinen Tagträumen hingebe. Die Art, wie sie die Theke umklammert hat, als ich meine Zunge über ihre Nässe gleiten ließ, hat sich für immer in mein Gedächtnis eingebrannt.

Das Geräusch, mit dem sie gekommen ist, löst ein animalisches Verlangen in mir aus. Ich konnte nur noch an sie denken, und daran hat sich bis jetzt nichts geändert. Sie wird zu einer Obsession, und ich glaube nicht, dass ich es verhindern könnte, selbst wenn ich es wollte. Noch vor wenigen Stunden waren Noras Klamotten überall in meiner Küche verteilt. Vor zwei Stunden und fünfzehn Minuten, um genau zu sein. Sie muss sie aufgehoben und sich auf dem Weg nach draußen umgezogen haben. Meine Sachen sahen wahnsinnig gut an ihr aus.

Zu gut.

Alles, was sie trägt, sieht gut an ihr aus. Sie hat einen Körper, an dem Oversize-T-Shirts und Jeansshorts erotischer aussehen als Dessous.

Als ich in den Cupcake beiße, knurrt mein Magen. Ich kann mich nicht mehr erinnern, wann ich das letzte Mal etwas gegessen habe. Das Einzige, woran ich mich erinnere, ist Nora, Nora, Nora. Wie kann ich etwas über sie herausfinden? Ich beiße eine andere Ecke des Zwiebel-Cupcakes ab und gehe in mein Zimmer, um meinen Laptop zu holen.

Als ich wieder auf der Couch sitze, habe ich einen weiteren Anruf von Dakota verpasst. Ich drehe das Handy um, damit die Benachrichtigung mich nicht ablenkt, und öffne meinen Laptop. Ich weiß nicht mal, wonach ich suche, aber mein Instinkt sagt mir, zuerst bei Facebook nachzusehen. Facebook ist eindeutig der beste Ausgangspunkt für jede Spurensuche im Internet. Ich klicke auf das Suchfeld und tippe ihren Namen ein. Nora … Moment mal, wie war noch ihr Nachname?

O Mann. Ich kenne nicht mal ihren Nachnamen.

Ich fahre mir durchs Haar und greife nach meinem Handy. Ich tippe auf den Namen meiner Mutter und schalte den Lautsprecher ein.

Beim dritten Klingeln meldet sie sich. »Ich habe gerade von dir gesprochen«, sagt sie. Ihren Worten höre ich an, dass sie lächelt.

Ich lache. »Nur Gutes, hoffe ich.«

»Natürlich. Wir sind hier zum Lunch drüben im South Fork, und da sind uns zufällig Sophias Eltern begegnet. Wir haben wirklich gerade von dir gesprochen, das ist ja merkwürdig.« Ihre Stimme ist leise, und ich versuche ebenfalls, leise zu sprechen, obwohl die Nervosität mir den Rücken hinaufkriecht.

Ich spähe auf den Laptop und sehe mich im Zimmer um. Ihre Eltern sind dort, genau jetzt, zusammen mit meinen. Ob das Zufall sein kann?

Wieder ein Zeichen.

»Ähm … g…grüß sie von mir, ja?«, stammele ich.

Vielleicht kommt das Gespräch zufällig auf ein Thema, bei dem sie ihren Nachnamen nennt, denn ich kann meine Mom schlecht danach fragen, wenn ich weiß, dass sie mit ihnen zusammen ist.

»Viele Grüße von Landon«, sagt meine Mom, und im Hintergrund höre ich gedämpfte Stimmen. Einige Sekunden vergehen. »Sie haben mir erzählt, dass Sophia wieder nach Scarsdale gezogen ist. Das wusste ich gar nicht, Liebling«, sagt meine Mom, und ich habe das Gefühl, sie hätte von mir erwartet, dass ich es ihr gegenüber erwähne.

Wenn es stimmen würde, hätte ich das auch getan.

Warum glauben Noras Eltern, dass sie umgezogen ist, und was soll das heißen, dass sie »wieder« nach Scarsdale gezogen ist? Wenn ich noch einmal Scarsdale höre, verliere ich den Verstand.

Vielleicht können ihre Eltern mir mehr sagen? Das würde mir helfen, das Geheimnis um sie zu lüften.

»Wann hat sie dort noch mal gewohnt?«, frage ich meine Mom, und dann höre ich, wie sie Noras Eltern fragt.

»Erst vor Kurzem. Ein paar Monate, bevor du nach Brooklyn gezogen bist«, sagt sie. »Ich soll dir beste Grüße von ihnen ausrichten, und sie hoffen, dass es dir in der neuen Stadt gefällt. Sie sind es gewöhnt, dass ihre Babys aus dem Haus gehen.« Dann neckt sie mich: »Ich aber nicht.«

»Sag den …« Ich zögere und hoffe, dass meine Mutter die Lücke füllen wird.

»Ich werden den Rahals sagen, dass du dich bedankst. Und ich rufe dich heute noch mal an, in Ordnung?«

Bingo.

Ich tippe Nora Rahal in das Suchfeld, und einige Seiten poppen auf, aber keine davon ist ihre.

»Landon?«

»Äh … ja. Klar. Danke, Mom. Ich liebe euch alle.« Ich lege auf und werfe das Handy neben mir auf das Sofa.

Ich tippe den Namen von Noras Schwester und hoffe, dass ich ihn richtig schreibe. Stausey Rahal erscheint nicht, dafür aber ein Profil unter dem Namen Stausey Tahan. Als ich es anklicke, ist Stauseys Gesicht zu sehen. Ich weiß sofort, dass sie es ist, ich erkenne es an ihren Zügen. Dunkle grünbraune Augen und hohe Wangenknochen. Sie ist ein bisschen dünner als Nora, ihr Gesicht ist schmaler, und ihre Lippen sind nicht ganz so voll. Ich scrolle durch ihr Profil und entnehme den Kommentaren, dass ihr Mann Chirurg ist. Ameen Tahan heißt er, und er scheint eine ziemlich beeindruckende Karriere hingelegt zu haben. Ich sehe die Fotos von Stausey und ihrem Ehemann durch. Auf einigen sind riesige Schilder und Diplome mit seinem Namen zu sehen.

Und ich arbeite in einem Coffeeshop …

Ich passe ja wirklich super in diese Familie.

Ich navigiere durch ihre Fotos und finde ein Album namens »Bandol«, das auf zwei Jahre zuvor datiert ist. Ich klicke den Ordner an. Mindestens fünfzig Fotos werden auf meinen Bildschirm geladen. Noras Schwester sollte ihre Sicherheitseinstellungen dringend überprüfen. So kann sich jeder Irre in wenigen Sekunden ein umfassendes Bild von ihr machen. Als Erstes fällt mir ein Bild von Stausey in einem winzigen roten Bikini und ihrem Ehemann mit ziemlich definierten Bauchmuskeln auf. Die beiden küssen sich unter dem Sternenhimmel.

Ich mache weiter, um Bilder von Nora zu finden. Ein gelber Bikini blitzt auf, und ich vergrößere das Bild. Ja, es ist Nora. Sie trägt einen gelben Bikini mit Schnüren, die die Rundung ihrer Hüften kaum bedecken. Neben ihr steht ein Mann mit dickem schwarzem Haar. Sie lacht, und er hat ihr einen Arm um die Taille gelegt und drückt sie an sich. Ich sehe die besitzergreifende Haltung seiner Schultern, und beim Anblick seines kräftigen Kiefers ahne ich, wie groß sein Ego ist. Im Ernst, der Typ könnte ein Steak damit schneiden. Ich fahre mir über meinen eigenen Kiefer. Ob ich wohl warme Butter schneiden könnte?

Ich starre so lange auf das Bild, bis es wehtut.

Wer ist das?

Ich ziehe die Maus über das Foto und hoffe, dass eines von ihnen getagged ist, aber ich habe kein Glück. Nervös klicke ich das nächste Bild an. Nora, mit den Füßen im Meer und einem Notebook auf dem Schoß. Wieder trägt sie den gelben Bikini, aber das hier ist nicht der Mann von dem anderen Foto. Ihr Haar ist zu zwei Zöpfen geflochten, und sie ist noch brauner als jetzt.

Gott, sie ist so schön.

Jemand klopft an die Tür. *Nora,* bitte, lass es Nora sein.

Ich wische mir die Handflächen an der Jogginghose ab und öffne die Tür.

Und überraschenderweise *ist* es Nora, in schwarzer Hose und rotem T-Shirt mit Wasserfall-Kragen. Ihre Lippen sind hellrot geschminkt, und ihre Augen mit dunklem Eyeliner eingerahmt.

»Hey«, sagt sie. Ihre Lippen sind so … so …

Ich kann keinen klaren Gedanken fassen. Ich bin einfach nur wahnsinnig erleichtert, sie hier in meiner Tür stehen zu sehen.

»Hey.« Ich halte ihr die Tür auf, und sie geht an mir vorbei. Ihre Schulter streift meine.

Als ich ihr in die Wohnung folge und die Tür schließe, packt sie mich am T-Shirt und drückt ihre Lippen auf meine.

17

Noras Lippen auf meinen sind mehr als willkommen, auch wenn das nicht das Erste war, woran ich gedacht habe, als ich sie an meiner Tür sah. Aber jetzt ist sie hier, drückt meine Schultern gegen die Tür, und ihr Atem streift heiß meinen Mund. Ihre Hände wandern unruhig umher, während sie sich an mich presst und ich versuche, Luft zu bekommen.

Ich lege die Hände an ihre Hüften, und mit den Zähnen zieht sie sanft an meiner Unterlippe. Eine Hand lasse ich zu ihrer Brust wandern und streiche über ihren harten Nippel. Sie trägt keinen BH.

Als sie zurückweicht, will ich sie festhalten. Mein Rücken lehnt flach an der Tür, und Nora tritt einen Schritt von mir weg. Rote Lippenstiftflecken lassen ihren vollen Mund leuchten, und ich lecke mir über die Lippen, um mir ihren Geschmack einzuprägen.

»Ich …«, setzt sie an, bricht sofort wieder ab und sucht nach den richtigen Worten. Sie blickt sich im Raum um und wieder zu mir. Dann öffnet sie den Mund, bleibt aber stumm.

Ich glaube nicht mal, dass ich hören will, was sie zu sagen hat. Sie ist gut darin, Gründe zu erfinden, weshalb wir das, was wir tun, nicht tun sollten, und im Moment will ich gar nicht wissen, was richtig oder falsch ist. Ich will einfach nur ihre Taille packen und sie an mich ziehen. Ihre Brüste sind voll und kaum verhüllt von dem tief ausgeschnittenen Shirt, das denselben leuchtenden Rotton hat wie ihr Lippenstift.

»Was hast du da an?«, frage ich. Das Top fasziniert mich.

Nora neigt den Kopf zur Seite und sieht mich an. Dann blickt sie an sich hinunter und zurück zu mir. »Zeug?«

Vor dem Reden denken ist definitiv etwas, woran ich arbeiten muss. Um den seltsamen Moment zu überspielen, greife ich nach Noras Arm und ziehe sie zu mir zurück. Sie hält mich nicht davon ab.

»Du hast mir gefehlt, als du weg warst«, sage ich, während wir uns leidenschaftlich umschlungen halten. Sie ist so warm. Ihr Körper fühlt sich an wie die Sommernächte in Michigan, wenn im Garten Glühwürmchen durch die Luft tanzen und die Schwüle einen so wohlig träge macht. Früher habe ich die Glühwürmchen in einem Glas eingefangen, ließ sie aber immer schnell wieder frei. Nora erinnert mich an ein Glühwürmchen, so bezaubernd und leuchtend, wie sie ist. Auch sie gehört nicht in ein Glas gesperrt. Sie würde nie zulassen, dass man sie gefangen hält.

Sie gibt einen Laut von sich, der wie ein Seufzen klingt, und ihre Hand berührt meinen Bauch. Von dort wandert sie tiefer und hebt mein Shirt hoch. Als ihre Finger über meine nackte Haut gleiten, steigt die Erinnerung an ihre erste Berührung in mir auf. Auch da waren ihre Finger über meinen Bauch nach unten gewandert, und ich hätte sie einfach beim Zopf packen und küssen sollen. Ich hätte ihre Lippen schmecken sollen, spüren sollen, wie ihr Körper mit meinem verschmilzt, genau wie jetzt. Aber das habe ich nicht, und trotzdem sind wir irgendwie hier gelandet.

Ihre Hand bewegt sich noch weiter nach unten und streicht über meinen Ständer. Sie hat meinen Körper vollkommen unter Kontrolle. Ihre Zunge spielt mit meiner, und ich ziehe am weichen Stoff ihres seidigen Tops, um ihre Brüste freizulegen.

Nora umfängt meinen Schwanz, und ich fühle ein vertrautes Ziehen unten im Bauch. Ich stöhne, und sie greift fester zu. Der Druck schmerzt fast, aber der Genuss übertönt den Schmerz, und ich greife nach unten, um meine Hose aufzuknöpfen. Sie hilft mir und zieht die Jeans nach unten.

»Sind wir allein?«, fragt sie leise.

Gegen das kurze Lachen, das mir entfährt, kann ich nichts tun, und ich blicke nach unten, wo sich die Hose an meinen Knöcheln knubbelt. »Das fragst du jetzt?«

Nora beißt sich auf die Unterlippe, lacht mit und sinkt auf die Knie. Ihre Hände sind ruhig, während sie meine Boxershorts herunterzieht, und ich bin neidisch, weil sie sich ihrer Sexualität so sicher ist. Ihre Hände zittern nicht, als sie mich auszieht, ihre Lippen beben nicht mal. Ich hingegen bin total nervös, zittere, stöhne komisch und könnte nicht mal sexy wirken, wenn ich mich anstrenge.

Vielleicht muss ich für eine Minute tun, als wäre ich jemand anders. Dann könnte es klappen. So wie diese Typen in Liebesromanen, bei denen allein der Klang der Stimme genügt, damit reihenweise die Slips fallen. Noras Hände streicheln mich, und ich kann mich unmöglich darauf konzentrieren, sexy zu sein, wenn sich das so unglaublich gut anfühlt.

Ich blicke auf diese wunderschöne und rätselhafte Frau hinunter und versuche, nicht so schnell zu kommen wie beim letzten Mal. Aber mit diesen roten Lippen und dem gierigen Blick macht sie es mir sehr, sehr schwer. Als sie meine Spitze feucht küsst, muss ich mich stöhnend am Türrahmen abstützen, um aufrecht zu bleiben.

»Mhm«, summt sie und küsst mich wieder. »Du schmeckst so gut.«

Der Schmerz steigt vom Bauch in meine Brust auf. »Nora …«

Ihr Name ist wie Zuckerwatte auf meiner Zunge. Wieder stöhne ich, und es interessiert mich einen Dreck, ob es sexy klingt oder nicht.

Nora öffnet den Mund und umschließt mich mit ihren Lippen. Sie sieht so toll aus mit meinem Schwanz in ihrem Mund. Ihre dunklen Augen sehen zu mir auf, und es fällt mir schwer, an irgendwas anderes zu denken als daran, in ihrem Mund zu kommen. Ich muss jetzt länger durchhalten, bitte, lass mich länger durchhalten als beim letzten Mal!

Während ich beobachte, wie sie mich kostet, denke ich daran, wie himmlisch sie schmeckt; besser als alle Ahornsirup-Ecken, die meine Mom je gebacken hat.

Okay, genug von meiner Mom, aber ich muss an Dinge denken, die nicht sexy sind, damit ich länger durchhalte. Als ihre warme Zunge sanft über meine Spitze streicht, zwinge ich mich, an die Uni zu denken.

Nächste Woche habe ich eine Prüfung.

Die Arbeit. Morgen muss ich arbeiten.

Als ich von Nora wegsehe, zieht sie sich zurück und blickt zu mir auf. »Was ist los?«

»Hä?« Ich blinzle verständnislos. »Nichts.«

Nora hockt sich auf die Fersen, stemmt die Hände auf ihre Oberschenkel und blickt mir direkt in die Augen. »Lügner.« Dann fügt sie freundlicher hinzu: »Rede mit mir.«

Ich atme tief ein. Was soll ich denn jetzt sagen? Entschuldige, ich versuche bloß, nicht wieder in unter fünf Sekunden zu kommen?

Auf keinen Fall!

»Ich denke bloß nach.«

Sie neigt den Kopf zur Seite. »Über was denkst du nach?« Ihre Wangen röten sich ein wenig, und, nein, ich will nicht, dass sie denkt, ich würde irgendwas Mieses denken … oder überhaupt an irgendwas anderes als diesen Moment denken, den wir miteinander haben.

»Über was?«, wiederholt sie und senkt den Kopf ein wenig. Dabei bewegt sie sich ein winziges Stück von mir weg, und die Distanz fühlt sich für mich an wie ein riesiges, klaffendes Loch in der Brust.

Ich strecke eine Hand nach unten, lege sie an ihre Wange und zwinge sie, mich anzusehen. »Über nichts Schlimmes«, verspreche ich. »Ich bin nur nervös. Ehrlich, das ist alles. Ich weiß auch nicht, warum.« Ich höre auf zu schwafeln, bevor ich mich erst recht zum Idioten mache.

»Nervös?«, fragt sie. »Weshalb?«

»Weiß ich nicht.« Ich streichle mit dem Daumen über ihre Wange, und ihre Lider schließen sich flatternd. »Ich versuche, cool und so zu sein, aber das letzte Mal …« Ich stocke. »Das letzte Mal war ich ein Idiot.«

Nora richtet sich wieder auf die Knie auf, sodass meine Hand von ihrer Wange rutscht. »Ein Idiot? Warum?«

Vor lauter Verlegenheit glüht mein Gesicht. »Ich bin so schnell gekommen, und …«

Nora steht auf, ehe ich meinen Satz beenden kann. »Beschimpf dich nie wieder in meiner Gegenwart.« Ihre Stimme klingt streng, und ihr Blick ist noch strenger. »Wenn du dich selbst einen Idioten nennst, widersprichst du meiner Meinung über dich und deutest im Grunde an, ich wäre mit einem Idioten zusammen.« Ihr Blick wandert durch das Zimmer, dann sieht sie wieder mich an. Offenbar ist sie noch lange nicht fertig. »Und dir muss das überhaupt nicht peinlich sein. Ich habe es genossen, und es ist nie schlecht, wenn jemand so scharf ist, dass er gar nicht schnell genug kommen kann.«

Erleichterung überkommt mich, meine Schultern lockern sich. »Es ist aber nicht besonders sexy.«

Sie sieht mich wütend an. »Du entscheidest nicht, was ich sexy finde.«

Sie stemmt die Hand in die Hüfte.

»Entschuldige«, sage ich.

»Und hör auf, dich für Sachen zu entschuldigen, die du nicht getan hast, Landon! Du hast nichts falsch gemacht. Und du entschuldigst dich zu oft.«

Wahrscheinlich stimmt das. Wenn ich darüber nachdenke, verbringe ich ungefähr mein halbes Leben damit, mich zu entschuldigen. Sogar dann, wenn ich gar nichts gemacht habe.

Ich fingere am Saum meines T-Shirts herum und versuche, zumindest einen Teil von mir zu bedecken.

»Wenn ich dich nicht sexy fände, wäre ich nicht hier und würde vor dir knien. Du musst nicht die Version von sexy sein, von der du glaubst, dass ich sie will. Sei einfach hier, bei mir. Willst du jetzt hier bei mir sein?«, fragt Nora.

Ich nicke.

»Ich brauche Worte, Landon.«

Natürlich. *Worte sind nicht real, bis du sie aussprichst.*

»Ja, ja, das will ich. Mehr als alles andere.«

»Okay«, sagt Nora und kniet sich wieder hin.

So sexy der Anblick auch ist, es kommt mir trotzdem falsch vor, dass sie vor mir kniet.

Ich sollte vor *ihr* knien.

Ich nehme ihre Hand und ziehe sie nach oben. Die Verwirrung ist ihr deutlich an den Augen abzulesen.

»Komm mit in mein Bett. Ich möchte dich in meinem Bett.«

»Ach ja?«, fragt sie mit einem vielsagenden Grinsen.

Ohne nachzudenken, hebe ich sie hoch und drehe mich zu meinem Zimmer um. Meine Hose hängt noch an meinen Knöcheln, also steige ich aus dem einen Hosenbein, was das Gehen immer noch schwierig macht. Aber lieber verbringe ich ein Jahr in Askaban, als Nora fallen zu lassen oder sie wieder absetzen zu müssen. Nora vergräbt das Gesicht an meinem Hals, und ich liebe es, wie sie sich in meinen Armen anfühlt.

In dem kleinen Flur streife ich den Rest meiner Hose ab, und Nora kichert an meinem Hals. Ich versuche, meine Zimmertür einhändig zu öffnen, und als Nora mitbekommt, dass ich es nicht hinkriege, macht sie die Tür auf.

»Autsch!«, ruft sie, als ich über die Schwelle trete, und ich höre, wie ihr Fuß gegen den Holzrahmen knallt.

Scheiße!

»Entschuldige!« Hastig mache ich zwei Schritte vorwärts und lasse sie aufs Bett fallen, während sie die Arme von meinem Hals löst.

»Ich glaube, mein Fuß ist gebrochen!« Sie lacht und hält die Hand über die Rötung an ihrem Fuß.

Ich erinnere mich nicht mal, dass sie ihre Schuhe ausgezogen hatte. Andererseits ist meine Aufmerksamkeit für Details in ihrer Nähe immer erbärmlich.

»Siehst du, *deshalb* bin ich nervös«, sage ich. Ich gehe zum Bett und setze mich neben sie. Nora streckte die Beine aus. Als ich sie ansehe, werde ich wieder von dem verdammten Shirt abgelenkt.

Nora lehnt den Kopf an meine Schulter. »Du hast mir auch gefehlt, als ich weg war«, sagt sie. Endlich antwortet sie auf das, was ich vor Minuten gesagt hatte.

Einen Moment lang schweige ich, ehe ich frage: »Wo warst du?«

Sie sieht mich an und schüttelt den Kopf.

»Betrügst du mich?«, frage ich scherzhaft. Aber sie versteift sich sofort, und die Atmosphäre zwischen uns verändert sich.

Nora lächelt, aber es wirkt künstlicher als bei einer Plastikpuppe. »Mir war nicht bewusst, dass ich in der Position bin, dich zu betrügen.«

Jetzt ist der Spieß umgedreht. Sie ist nervös; das spüre ich. Und da ist noch was. Auf einmal kann ich einen großen Schmerz in ihr fühlen.

Ich setze mich auf und sehe sie an. »Wärst du das gern?«

Ihre Lippen beben, und sie öffnet den Mund, schließt ihn aber gleich wieder.

Wohl nicht.

»Sieh mich nicht so an«, murmelt sie. »Ich überlege.«

»Du überlegst dauernd«, sage ich und ignoriere den nagenden Schmerz in meiner Brust, als mir der Gedanke kommt, dass sie möglicherweise nicht mehr mit mir zusammen sein will.

Nach längerem Schweigen bricht ihre Stimme die Stille, ist aber so leise und zart, dass ich sie fast nicht wiedererkenne. »Nichts wünsche ich mir mehr, als dir zu gehören …«

Ich lasse ihr keine Chance, mehr zu sagen oder irgendwas zurückzunehmen. Stattdessen wende ich mich ihr zu und erobere ihren Mund. Ich lege die Hände an ihre Wangen, streichle über ihren Hals, während ich meine Zunge zwischen ihre Lippen schiebe.

Sie stöhnt an meinem Mund. Ihre Schenkel spreizen sich für mich, und ich schiebe mich zwischen sie, küsse Nora. Ich küsse sie länger, intensiver, tiefer. Mein Mund wird gieriger, meine Hände packen ungeduldiger zu, und in mir verflüssigt sich alles zu einem heißen Strom. Ich hebe kurz den Kopf, um ihr Gesicht zu bewundern. Ich mustere es Zentimeter für Zentimeter, denn genauso sollte sie bewundert werden. Ich könnte Nora hundert Jahre lang anstarren, und es wäre nicht genug. Mit einer Hand streiche ich über ihr Haar und lasse sie an ihrer Halsbeuge verharren. Sie beobachtet mich, die Arme regungslos an den Seiten ausgestreckt.

Ihre Mundwinkel sind nach oben gebogen, aber es ist kein richtiges Lächeln.

Nun bin ich über ihr, sodass ihr Gesicht nur Zentimeter von meinem entfernt ist. Ich beuge mich vor und streife ihre Nasenspitze mit meiner. Nora kneift die Augen zu, ein kurzer Laut dringt aus ihrer Kehle.

»Denkst du immer noch nach?«, fragt sie.

»Nur über eins.«

Sie sieht mich wieder an und hält unsicher meinen Blick. »Und was ist das?«

Anstatt zu antworten, beuge ich mich weiter nach unten und presse meine Lippen auf ihre. Ich greife mit einer Hand in ihr langes Haar und balle sie zur Faust, während ich einen Arm unter ihren Rücken schiebe, sie anhebe und fester an mich drücke. Es ist, als könnte ich ihr gar nicht nah genug sein, und der Drang, sie immer noch näher an mir zu fühlen, ist überwältigend.

Ich erinnere mich nicht, schon mal so für jemanden empfunden zu haben, jemandem nah genug sein zu wollen, damit wir eins werden.

Mit einer Hand umfasse ich ihren Nacken und bewege die andere nach unten zu ihrem Hintern, um die weiche Wölbung zu streicheln. Ihr Stöhnen füllt meine Ohren aus, mein kleines Zimmer, meine Wohnung, meinen Häuserblock, meine Stadt, meine Welt.

Ihr Körper ist für mich geschaffen worden. Sie ist wie für mich geschaffen.

Ihre warme Hand umfängt meine und führt sie wieder nach vorn, zwischen ihre Schenkel. Ihre schwarze Hose ist ganz eng, der Stoff dünn. Als ich sie berühre, kann ich spüren, dass sie feucht ist. Mein Gott, diese Frau bringt mich noch um.

»Hör nicht auf, Landon, bitte.«

Ihre Worte sind wie ein Funkenschlag in einem vertrockneten Wald, und ich bin gar nicht mehr wirklich in diesem Zimmer. Vielmehr schwebe ich über ihm, beobachte alles vom Himmel aus und staune, wie ich solches Glück haben kann, mit ihr zusammen zu sein.

Meine Finger bewegen sich zu ihrem Hosenbund, hastig knöpfe ich ihn auf. Sie biegt den Rücken durch, um mir zu helfen, und ich begehe den Fehler, sie anzusehen. Beim Anblick ihres seidigen, tief ausgeschnittenen roten Tops, aus dem ihre Brüste fast herausquellen, und ihres roten Slips hämmert mein Herz gegen meinen Brustkorb, als wollte es ihn sprengen.

Und ich erkenne ihren Blick. Noch immer kann ich nicht fassen, dass ich würdig bin, von ihren wunderschönen Augen betrachtet zu werden. Sie atmet schwer mit leicht geöffnetem Mund und starrt mich an. Dann hebt sie einen zitternden Finger an mein Gesicht und malt meine Lippen nach. Ich küsse ihren Finger, und sie stöhnt, während sie weiter meine feuchten Lippen streichelt. Ich nehme ihre Fingerspitze in den Mund und beiße sanft darauf. Ihre Hüften heben sich vom Bett.

»Landon«, haucht sie meinen Namen, so zart wie eine dünne Wolke.

»Nora«, erwidere ich, und sie streift ihren verdammten roten Slip ab, bevor sie mich zwischen ihre Schenkel führt.

»Hast du eins?«

Habe ich was? »Ein …?«

»Kondom.«

Oh, Mist. »Ähm.« Bestimmt habe ich hier irgendwo eins. Aber wo? Wäre ich ein Kondom, wo wäre ich dann …

In Nora, ganz klar.

»Ich nehme die Pille«, sagt sie und sieht ein bisschen unsicher aus.

Ich steige aus dem Bett und laufe zu meiner Kommode. Hastig wühle ich zwischen gefalteten Unterhosen und Socken herum, bis ich eine kleine Plastikpackung ertaste. *Bingo!*

»Bingo?«, fragt Nora mit einem fast kindischen Kichern.

Mein blöder Mund wartet nie auf meine Erlaubnis, bevor er irgendwas ausspuckt. Ich versuche gar nicht erst, mich zu rechtfertigen, sondern lache mit Nora und steige zurück zu ihr ins Bett. Mit ruhigen Händen hilft sie mir, und wieder führt sie mich zu sich. Ich neige den Kopf und küsse sie auf die Lippen, die Wange, das Kinn, sogar auf die geschlossenen Lider.

Seufzend schlingt sie die Arme um mich und zieht mich an sich, sodass ich in sie hineingleite. Fuck, sie fühlt sich an wie … wie nichts, was ich je empfunden habe. Vielleicht ist sie wirklich einfach perfekt für mich. Ihr Körper unter mir ist noch weich und ruhig, und er besteht ganz aus Kurven und hellbrauner Haut. Ich hatte ihr das Shirt nicht ausgezogen, kann aber das meiste von ihren Brüsten sehen. Sie ertappt mich dabei, wie ich sie anschaue, zieht den Stoff nach unten und hebt sie aus dem Top. Ich beuge mich nach unten, um einen der weichen dunklen Nippel in den Mund zu nehmen. Sanft knabbere ich daran, was ein scharfes Wimmern bei ihr auslöst.

Wieder schlingt sie ihre Arme um mich und zieht mich näher heran. »Alles okay, Landon?«

Ich stoße langsam in sie hinein, genieße das köstliche Gefühl ihres Körpers, der meinen in sich aufnimmt. Ich nicke und hebe meinen Mund zu ihrem. Langsam bewege ich mich rein und raus. Rein und raus. Dabei berühre ich sie zärtlich, nehme sie in Besitz.

Sie küsst mich, bis ich ihren Herzschlag an meiner Brust fühlen kann und wie ihr Körper sich mit meinem aufheizt. Ihre Beine werden ganz steif, und sie flüstert, fleht mich an, nicht aufzuhören. Und das tue ich auch nicht, bis es mich in zwei Hälften zerreißt und ich mit ihr in einem Rausch aus Seufzen und schwerem Atmen versinke.

Ich rolle von ihrem warmen Körper und neben sie. »Das war …« Ich ringe nach Luft.

»Perfekt«, beendet Nora den Satz für mich.

18

Noras Oberkörper ist auf mir, liegt quer über meiner Brust. Ihr Kinn ruht direkt unter meinem Schlüsselbein, ihre Finger spielen mit meinem Brusthaar. Sie lässt ihren Zeigefinger darin kreisen, und ich beobachte sie schweigend. Im Hintergrund brummt die Klimaanlage, und im Geiste spiele ich die letzten Minuten immer wieder durch. Noras Wangen sind noch gerötet, und sie sieht geradezu schmerzlich schön aus. Inzwischen hat sie ihr Top ausgezogen, und nichts verhüllt mehr etwas. Da sind nur noch ihre wunderschönen Augen, ihr Schmollmund und das Löwenzahn-Tattoo auf ihrer Schulter.

»Übrigens hatte ich noch nie einen Lover, der so sanft zu mir war«, sagt Nora, ohne mich anzusehen. Sie blickt auf meine Brust, wo mich ihre Finger weiterstreicheln.

Übrigens hat mich noch nie jemand Lover genannt, will ich sagen, entscheide mich aber dagegen.

»Ist das gut?«, frage ich unsicher, denn ich denke an die Peitschen und Ketten, auf die die Leute heutzutage anscheinend stehen. Bin ich zu sanft? Dakota findet das jedenfalls, auch wenn ich daran jetzt eigentlich gar nicht mehr denken will …

Nora strahlt. »Ja, das ist sehr gut.« Ihre Stimme wird zu einem Flüstern, obwohl wir allein sind. »Allerdings«, sagt sie leise und sieht mich nachdenklich an, »werde ich auch mal wollen, dass du grob zu mir bist.«

Ihre Worte haben eine überraschende Wirkung auf mich, und gleichzeitig bin ich begeistert, dass sie das alles wiederholen will. Mein Körper erholt sich zwar noch, sehnt sich aber schon danach, wieder in ihr zu sein.

»Wie grob?«

Sie legt eine Hand auf meine und führt sie zu ihrem Haar. Dort wickelt sie meine Finger um ein Büschel dunkler Strähnen und zieht daran. Mein Schwanz pocht.

»Grob genug«, sagt sie. Dabei lächelt sie mich reizend und verschmitzt an.

Sie reibt sich an mir, und es ist, als wäre ihr Körper vollkommen auf meinen eingestimmt.

»Klingt das wie etwas, das dir gefallen würde?«, fragt Nora mit rauchiger Stimme. Sie neigt den Kopf meiner Brust entgegen und streicht mit der Zunge über meinen Nippel. Ihre Zähne schaben darüber, dann lässt sie ihre Zunge über der harten Spitze flattern. Das Gefühl schießt mir direkt in die Lenden. Niemand hat mich dort je so berührt, geschweige denn mit dem Mund.

Ich nicke ein bisschen verspätet, und sie presst ihre Lippen auf meine Brust. Dazu summt sie kehlig. »Ich liebe deinen Körper.«

Sie bewegt ihre Hände zu meinem Hals. Ihre Finger gleiten über meine klamme Haut, und von ihrem Kompliment werden meine Wangen ganz heiß. Ihre Hände streichen über meine Schultern und wieder nach unten zu meiner Brust. Es kostet mich alle Kraft, mich nicht unter ihr zu winden.

»Du bist einer von den Glücklichen, die nicht trainieren müssen, um einen fantastischen Körper zu haben, was?« Nora lächelt mich verschwörerisch an. »Nein, antworte nicht darauf. Ich möchte mir vorstellen, dass du zweimal täglich trainierst, um so auszusehen.« Ihre Finger wandern meinen Bauch hinunter. Lange Fingernägel schaben über die Muskeln.

Ich bewege meine Hand zu ihrem nackten Hintern. »Ich liebe deinen Körper«, sage ich, packe ihren runden Arsch fester, und sie schnurrt. Es ist tatsächlich ein Schnurren, ausgelöst durch meine Berührung, und ich will das unbedingt wieder hören. »Du hast die Sorte Körper, vor der sich Männer schon seit Urzeiten verneigen.« Ich denke an all die antiken Schönheiten und wie sie Männer in ihren Bann gezogen haben. Trotz meiner Liebe zu allem Historischen fällt mir in diesem Moment, in dem ich nackt neben ihr liege, kein einziger Name ein.

»Wohl kaum«, schnaubt sie. »Ich mag meinen Körper«, erklärt sie selbstbewusst, »aber bis dahin war es ein verflucht weiter Weg. Meine Teenager-Jahre waren schrecklich, weil alle Mädchen im Fernsehen Size Zero trugen und totretuschiert waren. Sogar die Mädchen an meiner Schule – ich war auf einer Privatschule, und alle waren winzige Blondinen mit reichen Vätern. In den Zeitschriften, in den Filmen, auf den Schulfluren … nirgends gab es welche, die so aussahen wie ich.«

Diese Seite an ihr, der unsichere Teenager, rührt mich total. Aus meiner Zeit mit Dakota, die dunkelhäutiger ist als Nora, erinnere ich mich an diese Probleme. Wenn die Gesellschaft uns sagt, dass alle Frauen ein bestimmtes, klar definiertes Aussehen haben müssen, an wem sollen sich dann junge Mädchen wie Nora, die zwei Ethnien in sich vereinen, orientieren?

Ich versuche, mir Nora als Teenager auszumalen, und muss grinsen. »Wie warst du als Teenager? Da hätte ich dich gern gekannt.«

Sie lacht kurz. »O nein, hättest du nicht! Ich war krass drauf. Viel zu krass für dich.«

Zu krass für mich? Wieder mal werde ich daran erinnert, dass ich kein Kracher bin. Seit wann ist es so schlimm, harmlos zu sein? Warum wollen alle Mädchen und Frauen Drama und wilde

Nächte? Warum sind illegale Straßenrennen, aggressive Streitereien und entsetzliche Angst spaßiger, als Arm in Arm auf der Couch zu liegen und Netflix zu gucken? Was sagen noch alle immer?

Netflix und chillen?

Ja, das ist es. Warum können Frauen nicht einfach mit Netflix und chillen glücklich sein? Gerade bei den ganzen guten Serien und Filmen.

»Ich habe mich in eine Menge Schwierigkeiten gebracht, in der Schule und zu Hause. Zu behaupten, ich wäre meinen Eltern peinlich gewesen, wäre die Untertreibung des Jahrhunderts.«

Ich betrachte diese wilde, feurige Frau und streiche mit den Fingern über ihren nackten Rücken. Sogar ihr Rücken ist sexy. Die sanften Erhebungen ihrer Wirbelsäule gehen in den runden Hintern über, und ich gleite mit den Fingern darüber, bevor ich ihn erneut fester packe. »Jeder hat seine Art, nach Aufmerksamkeit zu schreien.«

Ihr Blick verändert sich, und ich sehe, wie sich Gewitterwolken in ihren grünen Augen zusammenbrauen. »Ich weiß nicht, ob es das war, was ich wollte.«

Jetzt habe ich sie beleidigt.

Grandios.

»Ich wollte dich nicht beleidigen«, erkläre ich sofort und male kleine Kreise auf ihre Haut. Gleichzeitig hoffe ich, dass sie nicht aufsteht oder von mir wegrückt. Ich mag es, wenn ihr Körper an meinen gepresst ist. Es ist schön, von ihrer Wärme umhüllt zu sein.

Sie seufzt, dann leckt sie sich über die Lippen. »Ist schon gut. Ich meine …« Nachdenklich starrt sie an die Zimmerdecke. »Ich schätze, wenn ich genau darüber nachdenke, wollte ich wohl doch Aufmerksamkeit. Meine Schwester Stausey war für meine Eltern immer der Mittelpunkt des Universums und ich bloß ein kleiner Fleck in der Unendlichkeit, nicht mal hell genug für einen Stern.«

Nicht mal ein Stern? Ich betrachte sie genauer, und der sehnsüchtige Unterton in ihrer Stimme entgeht mir nicht. Ich präge mir Noras Gesicht ein, die kleinen Sommersprossen auf ihrer Stirn und die winzige Narbe an ihrem Kinn. Sie ist so klein, dass ich sie vorher nie richtig bemerkt habe. Ich streiche mit dem Daumen darüber und frage mich, woher sie kommt. Dann wandert mein Blick zu ihren Augen und zurück zu ihrem Mund.

Ich denke an ihr helles Lachen. An ihr ungezähmtes Temperament. Ihr unglaubliches Selbstbewusstsein. Sie ist definitiv ein Stern. Wenn Menschen Sterne wären, wäre sie der Nordstern.

»Und was ist mit dir?« Nora schmiegt sich dichter an mich. »Wie warst du als Teenager? Ein wilder Stier?« Sie kichert, und ich schüttle den Kopf.

»Gar nicht. Ich habe viel gelesen und einfach mit Freunden rumgehangen.«

Noras Hände auf mir fühlen sich so gut an. »Hattest du viele Freunde?«

»Nein. Eher zwei.«

»Tja, an deiner Schule müssen sie zu blöd gewesen sein, wenn sie nicht erkannt haben, was für ein toller Freund du bist«, sagt sie, als sei das eine feststehende Tatsache.

Ich lache. »So kann man es auch sehen.«

Noras Finger wandern meinen Hals hinauf zu meinem Kinn. »Nur so kann man es sehen. Hätte ich an der Highschool einen Freund wie dich gehabt, wäre mein Leben leichter gewesen. Dabei fällt mir ein …« Sie sieht mich an, während sie über meinen Bart streicht. »Du warst die letzten Monate echt ein Fels in der Brandung für Tessa. Ich bin so froh, dass sie dich hat.«

Als ich vor Verlegenheit wegsehe, zwingt sie mich, sie wieder anzuschauen.

»Im Ernst, du bist ein außergewöhnlicher Mensch. Ich glaube, dir ist gar nicht klar, wie besonders du bist. Es klingt blöd und komisch und schmalzig, aber ›besonders‹ trifft es noch nicht mal.«

Meine Wangen glühen. »Für Tessa würde ich so gut wie alles tun.«

»Ja, das weiß ich.« Diesmal sieht Nora weg. »Wie auch immer. Was für Bücher hast du gelesen?«

Zurück zu oberflächlichen Themen. Das ist okay für mich. Ich kann nur ein begrenztes Maß an Komplimenten und Sex pro Stunde verkraften.

»Meistens Fantasy. Ich habe alle Herr-der-Ringe-Bücher geliebt, und Harry Potter. Einige Dystopien habe ich auch gern gelesen. Eigentlich lese ich so ziemlich alles.«

»Ich *hasse* Dystopien«, sagt Nora stöhnend.

Sanft boxe ich gegen ihre Schulter. »Was? Wie kannst du?« Ich grinse, aber sie verdreht die Augen und stützt sich auf die Ellbogen.

Sie streicht ihr Haar hinters Ohr und leckt sich die Lippen. »Tja, ich verrate dir, warum. In fast jeder gibt es irgendein Kriegerküken, das aussieht wie fünfzehn und fantastische Freunde hat, mit denen zusammen sie natürlich stark genug ist, die Welt zu retten. Und ich kann nur sagen, dass ich mit fünfzehn nicht den blassesten Schimmer hatte, wer ich bin, und ganz bestimmt hätte ich nicht die Welt retten können.«

»Da muss ich widersprechen«, unterbreche ich sie. »Du könntest auf jeden Fall die Welt retten.«

Sie nickt. »Ja, klar, *jetzt* könnte ich das. Aber als Teenie? Da war ich schwach und verwirrt. Und manchmal habe ich einfach Mist gemacht. Und wo findet man diese Bücher?«

Ihre wilde Leidenschaft bewirkt, dass ich sie noch mehr mag.

»Weiß ich nicht. Aber vielleicht solltest du mal eins schreiben.«

Sie lächelt mich an, und mir stockt der Atem. »Ja, sollte ich. Ich wette, das wäre ein Knaller.«

Das bezweifle ich nicht. Ich würde alles lesen, was sie schreibt. Schon sehr oft habe ich darüber nachgedacht, selbst zu schreiben, aber ich bin nicht sicher, ob mein Leben genug dafür hergibt.

»Hast du Hunger?« Nora setzt sich auf, und mein Blick folgt ihr.

Gott, sie ist so verdammt heiß. Ich kann kaum glauben, dass ich gerade Sex mit ihr hatte.

»Ich habe immer Hunger.«

Sie packt meine Hand und will mich hochziehen. »Dann los. Ich mache uns was zu essen.«

»Ich würde lieber was anderes machen«, erkläre ich, weil ich mich gerade ziemlich mutig fühle.

Verwundert zieht Nora die Brauen hoch. »Die Nacht ist noch nicht vorbei. Wir können beides tun«, antwortet sie mit einem anzüglichen Grinsen und zieht mich aus dem Bett.

19

Wir sind halbwegs bekleidet. Nora trägt keinen BH, aber eins meiner WCU-T-Shirts über einer Boxershorts von mir. Ich habe eine dünne Baumwollhose übergestreift, aber als ich mir ein T-Shirt anziehen will, reißt Nora es mir aus der Hand und schleudert es weg.

Kopfschüttelnd nimmt sie meine Hand und zieht mich aus dem Zimmer. Hand in Hand gehen wir in die Küche. Nora hält mich fest. Ihre Hände sind immer warm. In der Küche geht sie geradewegs zum Kühlschrank. Ich lehne mich an den Tresen, während sie loslegt.

Sie streckt den Kopf an der offenen Kühlschranktür vorbei. »Magst du Kohl?«

Ich zucke zusammen. »Mag den irgendwer?« Von den Kohlrouladen meiner Mom stank das ganze Haus früher immer noch mindestens zwei Tage. Es war furchtbar.

Ein Lächeln huscht über ihr Gesicht. »Hast du in letzter Zeit mal welchen gegessen?«

Ich schüttle den Kopf.

Sie nickt und schließt den Kühlschrank. »Möchtest du ihn mal auf meine Art probieren? Wenn nicht, mache ich Pizza.«

Ich kann ungefähr dreißig Sachen aufzählen, die ich lieber tun würde, als Kohl zu essen. Neunundzwanzig davon haben mit Noras nacktem Körper zu tun … Oder darf ich vielleicht Kohl von ihm runteressen?

Ich frage mich, wie schwer es wäre, sie dazu zu überreden.

Nora kommt mit einem Kohlkopf in der Hand auf mich zu. Ich weiche grinsend zurück, doch sie kommt immer näher, und ihr Grinsen ist noch breiter als meins.

»Wie wäre es damit?«, beginnt sie und lässt den Kohl hinter ihrem Rücken verschwinden. »Wenn du versprichst, zwei Bissen zu probieren, mache ich auch noch Kekse.«

Sie leckt sich die Lippen, und ich verrate ihr nicht, dass ich für sie und diesen Mund sehr, sehr vieles tun würde.

»Hmm.« Ich presse die Finger ans Kinn und tue so, als würde ich überlegen. Na ja, eigentlich überlege ich auch, aber ich mache es um ein Vielfaches dramatischer. »Und fütterst du mich dann mit den Keksen?«, frage ich.

Strahlend nickt sie. »Ich füttere dich auch mit dem Kohl.«

Ich gehe zu ihr und lehne mich an sie, bis ihr Rücken gegen den Kühlschrank stößt und ich den Mund an ihr Ohr neige. »Dann ist es abgemacht, Kleines.«

Als ich wieder zurücktrete, ist sie kurzatmig.

Wenige Minuten später, als der Ofen vorheizt und Nora schon den Kohlkopf halbiert und die Blätter auseinandergepflückt hat, beschließe ich, ein paar weitere Teile des Puzzles zusammenzufügen, das sie immer noch für mich ist.

Ich fange mit einfachen Fragen an. »Bist du in Washington aufgewachsen?«

Sie schüttelt den Kopf. »Nein, als ich klein war, haben wir eine Zeit lang in Kalifornien gelebt. Dann sind wir nach Las Vegas gezogen und von dort nach Washington.«

»Wow.« Ich erinnere mich an den Umzug von Michigan nach Washington. Der war für mich, als hätte man meine kleine Welt auf den Kopf gestellt. Die ersten zwei Monate habe ich mein Haus, meine Schule, meine Freundin vermisst. Na ja, ich habe Dakota die ganze Zeit vermisst, bis heute. Irgendwo in mir regen sich Schuldgefühle. Manchmal fehlt sie mir immer noch.

In Kalifornien oder Las Vegas war ich noch nie. »Wie war Las Vegas? Hast du da deine krasse Zeit gehabt?«, scherze ich.

Anstatt zu antworten, bittet sie mich, ihr das Olivenöl zu geben, und ich gehe zum Schrank, um danach zu suchen. Ich habe nicht mal gewusst, dass wir Olivenöl besitzen.

Als ich es finde, greift sie danach, doch ich halte es hoch, außer Reichweite von Nora. »Warst du in Las Vegas krass drauf?«, wiederhole ich die Frage.

Sie blickt zu mir auf, dann zu der Flasche und wieder zu mir. Offenbar findet sie es witzig und ist überrascht von meinem Spiel. »Ja und nein. Ich war sechzehn.« Sie kommt näher, bis ihr Körper meinen streift, während sie versucht, an die Flasche zu kommen.

»Erzähl mir von dem ›Ja‹-Teil.«

Sie drückt sich fester an mich. Ihre Brüste drücken sich gegen meinen Bauch, und allmählich kostet es mich einige Anstrengung, meine Hand in der Luft zu behalten. Ich fühle, wie ihre Finger sanft über meine Hose streichen, und sobald sie die Hand um meinen anschwellenden Schwanz legt, kann ich das Stöhnen nicht mehr unterdrücken.

Sie bewegt ihre Hand über dem Stoff auf und ab, auf und ab. Meine Sicht verschwimmt, und mir schwirrt der Kopf, als sie das Gesicht an meinen Hals lehnt und mich ihr heißer Atem streichelt.

»Hab sie«, sagt sie, und ich brauche einen Moment, ehe ich begreife, was sie meint.

Dann sehe ich die Olivenölflasche in ihrer Hand. »Du hast geschummelt!« Ich greife nach ihren Armen und ziehe sie zurück zu mir. »Das ist unfair!«

Ihr Haar riecht nach Kokosnuss und ist weich an meinen Lippen. Ich küsse sie auf den Kopf, und sie sinkt gegen mich. Während ich sie dicht an mir festhalte, hebe ich ihr Kinn mit Daumen und Zeigefinger an, bis sie mir in die Augen sieht.

»Keiner hat behauptet, dass ich fair spiele«, sagt sie mit einem gefährlichen Lächeln.

Ich beuge mich nach unten, um meine Lippen auf ihre zu pressen, doch sie duckt sich weg. Kaum ist sie wieder am Herd, dreht sie den Kopf und zwinkert mir zu. Sie zwinkert! Ich liebe es, wie verrucht sie ist.

Während sie spricht, versuche ich, meine Hände bei mir zu behalten. Sie erzählt mir von ihren Eltern, ihrem großen Haus in Las Vegas, dem Sommer, in dem sie Klavierspielen lernte. Klavierunterricht, ein großer Pool und die heiße Sonne Nevadas – das hört sich himmlisch an.

Sie bepinselt die Kohlblätter mit Olivenöl und erzählt mir, wie ihre Schwester ihr früher Streiche gespielt hat, und von dem Winter in Südkalifornien, der eigentlich gar kein Winter ist. Sie spricht über Palmblätter und entsetzlichen Verkehr. Nora freundete sich mit Pedra an, und ihre Schwester Stausey lernte im Winter ihren Mann kennen, Pedras Bruder. Das muss der Arzt-Ehemann sein, den ich online gesehen habe. Sein breites blendend weißes Lächeln und die Zillionen Urkunden hinter ihm an der Wand fallen mir wieder ein. Noras Gesicht bekommt einen gequälten Ausdruck, als sie sich an den Winter erinnert, und mir fällt wieder die Ken-Puppe von dem Facebook-Foto ein.

»Hattest du da einen festen Freund?«, frage ich neugierig.

Nora dreht sich nicht zu mir um, als sie antwortet: »So was in der Art.«

Warum ist sie so verschlossen? Das macht mich irre.

»Wie war er?« Ich weiß, dass sie nicht über ihn reden will.

Aber ich will.

Bevor sie antwortet, öffnet Nora den Ofen und schiebt das Blech mit den grünen Kohlblättern hinein. Dann stellt sie den Timer ein, und jetzt endlich dreht sie sich zu mir um.

»Bist du sicher, dass du dich darauf einlassen willst?«, fragt sie und sieht mich direkt an. »Wenn wir erst mal diese Richtung einschlagen, gibt es kein Zurück mehr. Das solltest du wissen, ehe wir weiterreden.«

Will ich die Richtung einschlagen? Welche Richtung ist das genau?

Ich möchte so viel über sie wissen, wie ich nur kann, aber was ist, wenn ich es dann doch nicht wissen will, nachdem alles auf dem Tisch ist? Was ist, wenn die Wirklichkeit schlimmer ist als dieses Fantasieland, in dem wir uns bewegen?

Kann ich nicht noch ein bisschen länger hierbleiben? Was ist so schlimm daran, keine Ahnung zu haben? Ich beschließe, dass der Spruch »Was ich nicht weiß, macht mich nicht heiß« für Momente wie diesen erfunden wurde.

Ich sehe sie an. Sie hat die Hände vor ihrem Körper verschränkt und sieht mir weiter in die Augen. Und ich beschließe, dass ich noch ein klein wenig in seliger Ahnungslosigkeit leben will.

»Was ist dein Lieblingsessen?«, frage ich und ignoriere den kalten Schauer, der mir über den Rücken läuft, weil sie ein bisschen erleichterter aussieht, als sie aussehen sollte.

20

Natürlich hatte Nora recht. Ihr Kohl war köstlich. Er schmeckte überhaupt nicht wie die stinkenden Rouladen, die meine Mom daraus gemacht hätte. Nora hockte auf dem Tresen und fütterte mich mit einem Happen nach dem anderen. Der Kohl schmeckte nach Knoblauch und Salz, und da sie mich nach jedem Bissen auf den Mund geküsst hat, habe ich am Ende alles aufgegessen.

»Ich habe dir doch gesagt, dass er lecker ist«, sagt sie und spritzt Spülmittel auf das Backblech. Ich beobachte, wie sie alles abspült, und frage mich, ob ich ihr meine Hilfe anbieten soll.

Wahrscheinlich. »Kann ich dir helfen?«

Nora blickt sich zu mir um. Dabei lächelt sie halb und sieht halb verwundert aus, als hätte ich ihr eben einen flauschigen weißen Welpen angeboten. »Damit ich das richtig verstehe.« Sie leckt sich die Lippen, und ich gehe näher zu ihr. »Du hast nicht nur die Zunge eines Heiligen, den Körper eines Gottes und den Verstand eines Philosophen, sondern du hilfst auch noch beim Abwasch?«

Mit jedem Wort, das ihr über die Lippen kommt, zieht etwas in meiner Brust.

Ihre Miene wirkt amüsiert, und ich liebe es, wie das offene Lächeln ihre Lippen umspielt. Genauso, wie ich es liebe, dass meine Boxershorts tief auf ihren Hüften hängen. Mein Shirt verschluckt sie nicht. Der Stoff spannt sich sogar über ihren Brüsten und

Hüften, ist aber an den Armen locker. Jetzt wird es nach ihr riechen, und ich werde es nie wieder waschen. Okay, vielleicht nicht nie wieder, aber nicht sehr bald. Ich wasche sowieso selten.

Ich stehe hinter ihr, als sie vorgibt, immer noch das Blech zu schrubben, das sie schon seit zwei Minuten in den Händen hat. Wovon träumt sie? Dass ich ihr beim Abwasch helfe? Ist es so einfach, ihr Herz zu erobern?

Schließlich sage ich: »Genau das tue ich, Kleines.«

Sie tunkt den Schwamm mit ihren langen Fingern zurück ins Seifenwasser. »Wieder mal ›Kleines‹?«

Sie neigt den Kopf leicht, sodass sie mir ihren Nacken entblößt. Ich weiß nicht, ob sie absichtlich mein Verlangen nach ihr befeuert, oder ob ihr Körper mich unabsichtlich lockt. So oder so, ich bin ein verdammter Glückspilz.

»Ich bin älter als du«, sagt sie.

Ich lache leise und sehe, wie sich eine Gänsehaut in ihrem Nacken bildet. Bin ich der Grund dafür? Ach du Scheiße, ich glaube, das war ich! Ich lege die Arme um ihre Taille, und sie lehnt sich an mich. Ihr entblößter Nacken schreit nach mir. Ich küsse Nora dort und direkt über der Halsbeuge.

»Und ich bin größer als du.« Wieder küsse ich ihren Nacken. Meine Zunge streicht über die warme Haut. Nora stöhnt atemlos. Meine Hände wandern zu ihren Hüften, und ich drücke sie leicht.

»Ach ja? Größer?« Ihre Stimme ist leise und rauchig, und sie schiebt das Becken nach hinten, sodass ihr Hintern an mich gepresst ist.

»Bin ich.« Meine Hände gleiten zu ihren Brüsten, die ich sanft reibe und zärtlich streichle. Als meine Finger ihre Nippel erreichen, die nur von meinem dünnen T-Shirt verhüllt sind, ziehe ich an ihnen, und sie verhärten sich unter meinen Daumen. Ich kneife sie, wobei ich mit jedem Mal etwas fester zudrücke. Ihr Stöhnen wird zu kleinen Wimmerlauten, und ihre erstickten Schreie bewirken, dass ich vor Verlangen nach ihr poche.

Ihre Hände sind noch im Spülwasser, und ich lege eine Hand auf ihren Bauch, lasse sie dort, weil ich nicht sicher bin, wie weit ich gehen darf. Als könnte sie meine Gedanken hören, sieht sie mich über die Schulter an. »Du darfst sein, wer du willst, schon vergessen?«

Bei ihr darf ich sein, wer ich will. Kein Druck, keine Sorge, ob ich cool oder lahm, stark oder schwach klinge. Ich muss mich nicht durch ein Gewirr aus Zweifeln in meinem Kopf wühlen, muss nicht alles infrage stellen, was ich sage oder tue. Bei ihr findet mein Denken eine ganz neue Ruhe.

»Was möchtest du, Landon? Sag es mir.« Nora bewegt die Hüften, reibt ihren Hintern an mir. »Hab keine Angst. Ich will dich.« Ihre Hand umfasst mich durch die dünne Hose. »Ich brauche dich.«

»Dreh dich um«, raune ich und erkenne meine eigene Stimme fast nicht wieder.

Nora zögert nicht. Sie dreht sich zu mir um, und ihr unsicherer Blick ist ganz ungewohnt. Sie wirkt scheu und atemlos, und ihre Schüchternheit ist neu für mich, aber wahnsinnig heiß.

»Soll ich dir erzählen, was ich möchte?«, frage ich. Meine Stimme klingt viel klarer, als die Worte noch eben in meinem Kopf waren. Im Kopf bin ich nämlich nervös. Da hüpfe ich vor lauter Vorfreude auf ihre Berührung auf und ab. Aber draußen, in der Wirklichkeit, stehe ich ruhig da, verschlinge sie mit den Augen und kann nicht fassen, dass ich so ein verdammtes Glück habe.

Sie nickt, und ihr Blick geht direkt durch mich hindurch.

»Ich möchte, dass du dich auf diesen Stuhl setzt.« Ich greife nach dem nächsten Stuhl und ziehe Nora von der Spüle weg. Ihre Hände tropfen noch vom Spülwasser, und meine Hose ist vorn durchnässt. Nora setzt sich auf den Stuhl und faltet die Hände im Schoß.

»Steh wieder auf«, befehle ich.

Als sie gehorcht, ziehe ich die Boxershorts über ihre Schenkel nach unten. Ich hebe das Shirt über ihren Kopf und sehe sie an, bezaubert von ihren schweren, vollen Brüsten, von ihren harten, bereiten Nippeln. Ihr Körper ist sagenhaft anzusehen, und ich sinke auf die Knie, um ihn anzubeten.

»Setz dich«, sage ich, als meine Knie den Fußboden berühren.

Sie setzt sich, und ich streiche mit den Fingern ihre Beine hinauf bis zum oberen Ende ihrer Schenkel. Ein Schauer durchfährt sie, und sie beobachtet mich. Jedes Mal, wenn sich unsere Blicke begegnen, stockt ihr Atem. Sanft spreize ich ihre Beine und beuge mich vor, um sie zu küssen. Noras Finger versenken sich in mein Haar, und sie streichelt meinen Kopf, während ich mich ganz ihrem Körper widme. Meine Finger necken sie, gleiten über ihre Muschi, und ich dringe mit einem Finger in sie ein. Ich beobachte ihr Gesicht, während sie die Augen verdreht und vor Ekstase den Mund öffnet.

Langsam bewege ich meine Finger und necke sie mit meinen Lippen, indem ich nur sanft mit dem Mund über ihre Öffnung gleite. Sie stöhnt bei jeder Bewegung meines Fingers. Ich liebe es, dass sie ihren Genuss so deutlich zeigt. Das ist wie ein Kick für mein Ego.

Nach einigen Sekunden Qual erlöse ich sie aus ihrem Elend, indem ich mit der Zunge über ihre feuchte Öffnung wische.

»O Gott«, stöhnt sie, und ich wiederhole die Zungenbewegung. Sie schmeckt wie honigüberzogener Zucker, und ich hatte schon immer eine Schwäche für Süßes.

Als sich ihre Beine auf dem Stuhl versteifen, schlinge ich die Arme um ihre Schenkel und hebe sie weit genug an, um sie zu stützen, während sie kommt. Ich presse meinen Mund fest auf sie.

Sie stöhnt meinen Namen.

Sie sagt, wie süß ich bin.

Du bist so gut, Landon. So unglaublich gut!

Ich schmecke sie, als sie kommt, und halte ihre Beine, während sie sich wieder erholt. Sie ist vollkommen nackt, sitzt auf dem Stuhl, atmet schwer, und ich will nicht, dass es aufhört. Ich fühle ihr Pochen auf meiner Zunge, das Pulsieren des Orgasmus, den sie gerade hatte.

Ich bin noch nicht fertig. Sie hat mir gesagt, ich soll tun, was ich will, soll sein, wer ich will. Und so will ich sein. Jemand, der ihren Körper anbetet und sich an ihrem Vergnügen erfreut.

Als sie zum dritten Mal kommt, erschlafft ihr Körper vollständig. Sie sackt nach hinten, erschöpft und befriedigt, und ich ziehe sie in meine Arme. Sie sinkt an mich, und ich streichle ihren Rücken, bis ich wenige Minuten später denke, dass sie eingeschlafen ist.

»Ich sage dir, dass du mit mir machen sollst, was du willst, und du lässt mich dreimal kommen«, flüstert sie. Sie vergräbt das Gesicht in meiner Brust. Ihre Arme umschlingen mich noch fester, und ich finde es so befriedigend, sie hier auf meinem Küchenfußboden festzuhalten.

Ich berühre ihre Wange und streiche ihr das Haar aus dem Gesicht. »Das war genau das, was ich tun wollte.«

Nora setzt sich so weit auf, dass sie mich ansehen kann, ihre Schenkel umschließen zu beiden Seiten meine Hüften, ihre Brüste sind in meinem Gesicht. Ihre nackten Brüste. Es kostet mich meine gesamte Selbstbeherrschung, sie nicht zu lecken.

»Darf ich dich behalten?« Sie grinst mich verwegen an.

Ich beschließe, sie zu lecken. Als ich es tue, schlingt sie eine Hand um meinen Nacken und drückt mein Gesicht an ihre Brüste. Hier könnte ich leben, vergraben in ihrer Schönheit, denke ich lahm. Ich könnte einfach den ganzen Tag und die ganze Nacht hier sitzen und mein Gesicht in ihren Busen vergraben. Benutzt heute noch jemand das Wort Busen? Wahrscheinlich nicht.

Als ich sie beiße, kichert sie. »Ist das ein Ja?«

Ich nicke und reibe mein Gesicht an ihren Brüsten.

Nachdem sie mich einige Minuten gelassen hat, zieht sie mich vom Fußboden hoch, und ich mache den Abwasch fertig, während sie den Teig für die Kekse anrührt, die ich mir mit dem Kohlessen verdient habe. Würde Nora mir versprechen, mich täglich mit Gemüse zu füttern, ich würde in Nullkommanichts zum Pflanzenfresser. Wir könnten den ganzen Tag Kohl-Smoothies trinken und körnige Flocken essen, solange Nora sie gemacht hat.

Als ich fertig abgetrocknet habe, gehe ich zu ihr und beobachte, wie sie Kugeln aus dem Teig formt. In der Teigmasse stecken weiße Krümel und etwas, das nach Beeren aussieht.

»Was für Kekse sind das?«

»Weiße Schokolade und Himbeere.«

Während die Kekse backen, füllt sich meine Wohnung mit dem vertrauten süßen Geruch, und für mich steht fest, dass Nora jeden Tag herkommen sollte. Damit wäre ich sehr, sehr glücklich.

Wo wohnt sie gerade? Ich hatte fast vergessen, dass sie mit beiden Händen voller Sachen hier angekommen war.

»Bist du wieder in deinem Apartment?«, frage ich, als sie sich auf die Arbeitsplatte hockt und ich mich zwischen ihre Beine stelle.

»Nein«, antwortet sie.

Und das ist alles. Nur »nein«.

»Wo wohnst du denn? Willst du hierbleiben?«, frage ich sie.

»Nein.« Diesmal lächelt sie, und ich reibe meine Nasenspitze an ihrer. »Meine Schwester kommt morgen, und sie lässt mich in ihrer Wohnung auf der anderen Seite der Brücke wohnen.«

»In Manhattan? Das ist aber weit weg von deiner Arbeit.«

»Nicht zu weit.«

»Du kannst hierbleiben.«

Sie legt die Arme um meinen Hals und zieht mich zu sich. »Nein, kann ich nicht.«

»Warum nicht?«

Doch Nora schüttelt den Kopf.

»Also, wenn deine Schwester morgen kommt, heißt das, ich sehe dich nicht?«

Sie nickt.

»Ich würde sie gern kennenlernen«, sage ich.

Noras Rücken versteift sich ein bisschen, und wieder schüttelt sie den Kopf. »Meine Schwester kennenlernen? O nein, das ist eine furchtbare Idee!« Sie lächelt mich an, aber ich erwidere es nicht. Wieder mal setzt sie ihr wunderschönes Gesicht als Schutzschild gegen mich ein.

Eine furchtbare Idee? Warum soll das eine furchtbare Idee sein? Wenn wir versuchen, uns besser kennenzulernen, warum soll ich dann ihre Schwester nicht sehen? Es ist ja nicht so, als hätte ich sie gebeten, mich zu heiraten. Ich will bloß jemanden aus ihrer Familie kennenlernen.

»Und warum?«, frage ich und hoffe, dass sie mir nicht anhört, wie unsicher ich bin.

Nora weicht zurück und lehnt sich an die Küchenschränke. »Meine Schwester … Meine Schwester ist niemand, den man einfach so trifft. Es wäre eine richtige Inszenierung. Wir müssten das sehr viel gründlicher planen. Ich meine, sie und Ameen sind keine Leute, die einfach so Leute treffen.«

Während sie redet, wird ihre Stimme immer panischer, völlig anders als eben noch. Wovor hat sie solche Angst? Warum wäre es so ein großes Ding, wenn ich ihrer Schwester begegne?

Ich blicke mich in der kleinen Küche und dem schmalen Flur um. Dann denke ich an meinen Kontostand und meine Jogginghosen. Ich erinnere mich gut, wie ihre Schwester auf den ganzen Facebook-Fotos angezogen war: geglättetes Haar, stark geschminkt, perfekt weiße Zähne und makellos weißes Kleid. Auf einem Bild waren ihre Handgelenke von Diamanten bedeckt, die genauso glitzerten wie ihre Zähne, als sie eine Seite der Preistrophäe ihres Mannes hielt. Tja, einen von den Preisen, denn wir reden hier über eine Auszeichnung nach der anderen, gefolgt von der nächsten …

Diesmal bin ich es, der zurückweicht. »Okay, also lerne ich sie nicht kennen.«

Ich erkläre nicht, was mich plötzlich umgestimmt hat, und sie fragt auch nicht nach.

21

Ich stelle mit Freude fest, dass mein Bett ideal für zwei ist. Es hat genau die richtige Größe, damit sich Nora dicht an mich schmiegen muss. Ihr Körper ist warm, wie immer. Sie liegt in meiner Armbeuge und sieht mit diesen verführerischen Augen zu mir auf. Der Glanz in ihnen ist regelrecht provozierend, und glücklich zu sein, steht ihr verdammt gut.

»Hardin und Tessa sind schrecklich laut.« Sie lacht, und ich lache mit ihr.

»Ach, das ist noch gar nichts. Warte ab, bis du sie streiten hörst. Das kriegen die Leute in Jersey mit.« Ich habe es schon oft erlebt. Es gibt keine Mauern, die dick genug sind, um die beiden zu dämpfen.

»Immerhin hat er in ihr eine ebenbürtige Partnerin gefunden. Tessa ist kein Mensch, der auf sich herumtrampeln lässt«, sagt Nora, und die Bewunderung trieft förmlich aus ihren Worten.

»Ja, das stimmt.« Ich sage nicht, wie viele Tränen es sie gekostet hat, an diesen Punkt zu kommen. Es gab Momente, da dachte ich, ich müsste sie beide umbringen. Sie sind aber auch starrköpfig ohne Ende.

Mein Telefon klingelt, und ich greife danach. Dakotas Name leuchtet auf dem Display auf, schreit geradezu ins dunkle Zimmer hinein.

Nora beugt sich über mich und sieht hin. »Dakota.«

Mir tut die Brust weh. Ich hasse diesen Teil von dem, was ich hier gerade mache, obwohl ich nicht mal genau weiß, was das überhaupt ist.

»Geh ran.«

Ich schüttle den Kopf und ignoriere den Anruf.

Nora stützt sich auf einen Ellbogen auf. »Warum gehst du nicht ran?«

Warum? Äh, weil es vielleicht unglaublich schräg wäre, vor dir mit ihr zu reden? Weil sie meine Ex ist und wir ein seltsames Verhältnis haben, aber ihr beide ein noch viel seltsameres?

»Würde es dir nichts ausmachen?«, frage ich, total unsicher, wie ich mit der Situation umgehen soll.

Nora setzt sich hin. »Wenn da immer noch was zwischen euch läuft, dann doch. Aber wenn es keinen Grund gibt, dass ich nicht hören soll, worüber ihr redet, dann nein, es macht mir nichts aus. Lügen stören mich. Ehrlichkeit nicht.«

Und das ausgerechnet von dir, will ich schon sagen. Aber sie lügt ja nicht. Sie ist nur die Königin der Auslassung und behält die Wahrheit für sich.

»Ich glaube nicht, dass ich irgendwas zu verbergen habe. Ich will bloß nicht, dass es schräg wird. Und ich weiß doch, dass ihr mal befreundet wart ...«

Nora schnaubt. »Wir waren *nie* befreundet!«

»Na ja, Mitbewohnerinnen. Das ist trotzdem noch heikles Terrain. Ich weiß nicht, was zwischen euch war, dass alles so heftig wurde, abgesehen von mir. War ich der einzige Grund?«

»Ja.«

Mehr als ein Ja bekomme ich nicht. Die Frau macht mich wahnsinnig ...

»Warum willst du nicht, dass ich deine Schwester sehe?«, frage ich auf einmal. Wenn sie den Fragen über sie und Dakota ausweichen will, schwenke ich eben zu etwas anderem über.

Ich sehe sie an, und sie streicht sich das zerzauste Haar hinters Ohr.

»Ist es, weil ich ein armer Student bin?«

Sie zuckt zusammen und wirkt beleidigt. »Nein! Was ist das denn für eine Frage?«

Eine logische Frage, Miss. »Ich war schon überall und habe einen Arzt in der Familie.«

»Eine faire«, antworte ich, als sie mich wütend ansieht.

»Die ist überhaupt nicht fair!«, kontert sie.

Wie erkläre ich ihr, dass ich der Stalker schlechthin war und die Facebook-Seite ihrer Schwester gefunden habe? Soll ich ihr das überhaupt sagen? Ja, muss ich, denn ich verlange Ehrlichkeit von ihr. Es ist nur fair, und ihr geht es dauernd um Fairness. Also sollte ich etwas sagen … Aber sie wird wahnsinnig wütend sein.

Wie wichtig ist Fairness eigentlich? Manchmal ist es besser, Sachen auszulassen, oder? Ich meine, wenn ich ein hässliches Shirt trage und Nora frage, ob es hässlich ist, soll sie dann lügen? Ja! Vor meinem geistigen Auge tauchen Bilder von mir auf, wie ich eines der Ferien-Dad-Hemden mit Blumen drauf trage. Urgs. Ich schwöre mir, niemals so ein Dad zu werden. Ich möchte ein cooler Dad sein, und wenn Nora weiter lügt, was meine Hemden angeht, kann ich das nicht.

Also, nein, vielleicht ist Auslassen genauso schlimm wie Lügen.

»Ich habe die Facebook-Seite deiner Schwester gefunden und hab sie mir angesehen«, sage ich. »Ich habe ihren Mann mit den Zillionen Urkunden und Preisen gesehen. Ich habe eure Strandurlaube gesehen und deinen gelben Bikini.«

Nora wird sehr blass und sitzt stumm da.

»Ich habe ihr großes Haus gesehen und das funkelnagelneue

Auto, das er ihr gekauft hat. Und ich habe den Typen gesehen, der seine Arme um dich geschlungen hatte.«

Noras Atem stockt. Ich habe sie echt geschockt, und nach ein paar Sekunden, in denen sie mich nur fassungslos anstarrt, bringt sie heraus: »Wa-warum hast du das gemacht?«

»Was gemacht? Es ist Facebook. Das ist öffentlich!«, verteidige ich mein Stalking mit der lahmsten Ausrede, die ich zustande bringe. Das ist eine schreckliche Antwort und eine erbärmliche Entschuldigung dafür, dass ich ein Perversling bin.

Nora schüttelt den Kopf und rückt weiter von mir weg. »Wie lange ist das her?«

»Erst heute, während ich darauf gewartet habe, dass du zurückkommst.« War das wirklich erst heute? Die Zeit scheint nicht mehr zu funktionieren, seit ich dieser Frau begegnet bin.

»Was hast du noch gefunden?« Ihre Hände zittern ein bisschen.

Ich sehe hin, und sofort faltet sie ihre Hände, um es zu kaschieren.

»Nichts. Du selbst scheinst nicht wirklich bei Facebook unterwegs zu sein.«

Sie nickt, sieht mich aber nicht an.

»Was genau hast du denn zu finden gehofft?«, fragt sie. Ihr Blick ist auf ihre gefalteten Hände gerichtet, und sie rückt noch weiter von mir weg.

Nicht so schnell … Ich packe ihre Arme und ziehe sie zu mir zurück. Sie bremst mich nicht, setzt sich aber auf, und ihre Schenkel umrahmen meine Hüften.

Sind Beziehungen immer so? Ist da immer dieses beklemmende Gefühl, dass, ganz gleich, was passiert, ständig irgendwas Verborgenes hinter der Ecke lauert, um einem die glücklichsten Momente zu zerstören, sie einem wegzunehmen, sodass man vernichtet zurückbleibt?

»Was versteckst du?«, frage ich. Meine Stimme ist ruhig, was man von meinen Gedanken nicht behaupten kann.

Nora schüttelt den Kopf. »Warum glaubst du, dass ich etwas verstecke?«

Ich verdrehe die Augen und winkle einen Arm unter meinem Kopf an, damit ich Nora auf meinem Schoß besser sehen kann. Meine andere Hand liegt auf ihrem Bein. Es fühlt sich an wie die einzige Verbindung zwischen uns, wie ein rissiges Band, das uns zusammenhält. »Vielleicht, weil du es tust. Du willst nicht, dass ich deine Schwester kennenlerne. Du hast eine geheime Facebook-Seite. Du willst nicht über deinen Exfreund reden oder überhaupt über frühere Beziehungen, und du schließt mich aus, wenn ich zu verstehen versuche, warum du so vieles vor mir versteckst.«

Seufzend richte ich mich auf und lehne mich gegen das Kopfteil des Betts.

Nora holt tief Luft und lächelt mich gekünstelt an. »Weißt du was? Wenn du unbedingt meine Schwester kennenlernen willst, meinetwegen. Du kannst sie morgen sehen, nach meiner Schicht. Bis wann arbeitest du morgen?«

»Bis zwei«, antworte ich.

Sie nickt. »Gut. Dann also abgemacht. Und jetzt hör auf, in meinem Dreck herumzuwühlen, es sei denn, du willst, dass ich deinen aufwühle.«

Stirnrunzelnd sehe ich sie an. »Meinen Dreck? Ich habe gar keinen Dreck, den jemand aufwühlen könnte.«

Nora lacht. »O doch, hast du.«

Ich umfasse ihre Hüften und ziehe sie nach vorn, sodass ihr Hintern unten auf meinem Bauch ist. Dann lege ich die Arme um sie und ziehe sie auf meine Brust. »Und welchen?« Ich küsse die Stelle unter ihrem Ohr.

»Du und Dakota. Ich würde sagen, da gibt es garantiert etwas.

Du versteckst eure Beziehung oder was immer von ihr übrig ist vor mir. Du nimmst ihre Anrufe nicht an, wenn ich dabei bin. Das ist ziemlich verdächtig für jemanden, der vorgibt, ein Heiliger zu sein.«

Die Frau ist total wahnsinnig. Ich drehe ihren Kopf, sodass ihr keine andere Wahl bleibt, als mich zu küssen. »Ich habe nichts vor dir zu verbergen, abgesehen von der Tatsache, dass Dakota und ich befreundet sind. Sie will mehr, glaube ich, aber das kann ich ihr nicht geben.« Nervös lege ich die Hände an Noras Wangen. »Dir gehört alles an mir. Es ist nichts mehr übrig, das ich ihr geben könnte. Alles gehört dir.«

Nora küsst mich sanft auf den Mundwinkel. Dann wird ihr Kuss stürmischer, und ihre Zunge malt Kreise auf meine. »Hm, das hört sich gut an«, flüstert sie in meinen Mund hinein.

»Du hörst dich gut an«, murmle ich und bin froh, dass sie es nicht zu merken oder es sie nicht zu interessieren scheint. Ihr Mund auf meinem ist heiß.

22

Nora

Mann, er ist echt gut darin, mich abzulenken. Ich ziehe mich ein wenig zurück, weil ich mich wieder konzentrieren will. Nur ein paar Zentimeter zwischen unseren Körpern, während mein Mund auf seinem bleibt. Seine Lippen sind so weich. Zu weich, als dass ich auf irgendwas anderes achten kann.

Ich muss mich irgendwie sammeln.

Ich öffne die Augen, während er mich küsst, und seine Hand verschwindet von meinem Oberschenkel, sodass ich ein wenig von meiner Selbstkontrolle wiederfinde.

Ich schaue mich in dem Zimmer um und versuche, einen Punkt zu fixieren. Da sehe ich das Hockey-Poster an der Wand. Zwei Reihen knopfäugiger, bulliger Männer, die mich angaffen. Jeder hält einen Hockey-Schläger in der Hand, und sie starren mich an, als hätte ich etwas getan, das diese strengen, aber erstaunlich heißen Blicke verdient.

Warum zur Hölle muss Landon das über seinem Bett hängen haben? Manchmal wird sein Alter so deutlich wie ein riesiges Neonschild über seinem Kopf, das mich anschreit. So wie jetzt, als ich hier in seinem Bett liege und den Spielplan eines Hockey-Teams lese. Er hat eindeutig selten Frauen hier, was dazu führt, dass ich das Poster noch ein bisschen lieber mag.

In anderen Momenten aber ist er ganz *Mann*. Dann wirkt er weiser, als er seinem Alter nach sein sollte. Es spiegelt sich in seinem Lächeln und in seinem großen Herzen. Er ist behutsam, und jede seiner Berührungen bedeutet etwas. Kein Blick, kein Kuss von ihm ist gedankenlos. Er drückt nicht einfach seinen Mund auf meinen, sondern legt seine ganze Seele hinein, und mit jedem Atemzug nimmt er sich einen Teil von mir.

Und sein Körper! Er hat den Körper eines Mannes. Seine Arme bestehen aus verwobenen Muskeln. Seine Wangen sind mit dichtem Haar bedeckt, und seine breiten Schultern tragen immer eine so große Last. Er ist der nachdenklichste Mensch, der mir jemals begegnet ist. Aber egal, wie sehr ich versuche, es zu rechtfertigen – er bleibt immer noch fünf Jahre jünger als ich. Wenn unser Alter angesprochen wird, wenn es in den Mittelpunkt rückt, verändern die Zahlen alles. Er fühlt sich jung, ich fühle mich oft alt.

Die Atmosphäre ändert sich, und die Energie zwischen uns pulsiert noch heftiger. Er ist erst in seinem zweiten College-Jahr. Was habe ich mit ihm gemeinsam?

Sein Mund bewegt sich meinen Hals hinab, und seine Zunge malt süße Wirbel auf meine Haut.

Vielleicht kann ich ein paar Sachen aufzählen, die wir gemeinsam haben …

Aber dann ist da Dakota. Sie hat ihn wieder angerufen. Wie soll ich damit umgehen? Mir fehlt die Kraft für diesen Highschool-Liebesdreieck-Unsinn. Für so was bin ich einfach zu alt. Das habe ich längst hinter mir. Ich habe mich genug mit Freundinnen um Typen gezankt und bei billigem Wein geflennt. Landon hatte nicht mal Zeit, über Dakota hinwegzukommen, bevor ich aufgekreuzt bin und ihn in die entgegengesetzte Richtung gezerrt habe.

Ein Teil von mir kann einfach nicht verstehen, was er in ihr sieht, abgesehen von ihrem Äußeren. Sie ist schön und arbeitet wirklich hart an ihrem Körper. Aber innerlich ist sie unfreundlich, kindisch, hat einen totalen Hang zum Drama …

O Gott, mache ich das gerade wirklich? Liege ich hier, in seinem Bett, mit seinem Mund auf mir, und stelle eine Liste von Gründen zusammen, warum seine Ex furchtbar ist? Bin ich so tief gesunken?

Ich gleite mit den Fingern über Landons Rücken, während er weiter über meinen Hals leckt. Noch nie habe ich mich bei einem Mann so wohlgefühlt, und vor allem ist mir noch keiner begegnet, dem ich die völlige Kontrolle über meinen Körper gebe und der sie nutzt, um mich mit dem Mund zu verwöhnen, bis ich zu einem seligen, total entkräfteten Wackelpudding auf seinem Schoß geworden bin.

Trotzdem hatte er noch keine Gelegenheit, richtige Erfahrungen mit Beziehungen zu sammeln. Er war ja noch nie mit einer anderen als *ihr* zusammen. Jetzt lebt er zum ersten Mal in seiner eigenen Mietwohnung, und ich habe schon die Hypothek auf eine Wohnung abbezahlt. Er hat das College noch vor sich, und ich habe es weit hinter mir, verkatert im Vorgarten von irgendwem aufzuwachen. Er war noch nie auf einer College-Party. Er hatte noch nie einen One-Night-Stand. Dakota verkörpert alles, was er über Frauen weiß.

Mit ihr hat er gemeinsame Wurzeln. Ihr gehört ein Teil von ihm, den ich ihr niemals wegnehmen kann. Dieser Teil von ihm, all seine ersten Erinnerungen, werden mir nie gehören. Aber brauche ich die? Meine gehören ihm ja auch nicht, denn die habe ich mit einem anderen geteilt. Warum macht es mir dann so viel aus? Ist es, weil mein Ex nicht über uns schwebt, weil er mich nicht anruft, wenn wir zusammen im Bett sind?

In Gedanken sehe ich eine Erinnerung vor mir: Der Ausdruck in Cliffs Gesicht, als Hardin ihn im Schwitzkasten hielt. Wie seine Knochen geknackt haben, als Hardins Stiefel sie auf den Boden gepresst hat. *Er* hatte Cliff hergeschickt, um nach mir zu sehen. Ich weiß, dass er es war, auch wenn mir der Mut fehlt, ihn zu fragen. Ich möchte meine schlimmsten Befürchtungen lieber nicht bestätigt haben.

Dakota hat mich direkt vor dieser Wohnung gebeten, mich von Landon fernzuhalten. Sie will eine zweite Chance, um zwischen ihnen alles wieder einzurenken. Wenn ich doch nur wüsste, was es war, das die beiden so fest zusammengeschweißt hat. Was ist da für eine Wunde zwischen ihnen, offen, blutig und unbehandelt?

Werde ich stark genug sein, Druck auf diese Wunde auszuüben, und den Mut haben, sie zu nähen?

Das kommt drauf an, was sie teilen. Klar ist, dass es einen Grund gibt, weshalb er noch nicht bereit ist, sie sich selbst zu überlassen. Und ich habe keinen Schimmer, was es sein könnte. Es geht nicht bloß darum, dass er ihr die Unschuld genommen hat. Da ist noch mehr.

Dennoch ist es nicht fair von mir, dass ich es wissen will, obwohl ich selbst nicht bereit bin, ihm von meiner Vergangenheit zu erzählen.

Warum lässt das Universum das zu? Warum erlaubt es, dass sich zwei Leute, die so eindeutig in ihren vorherigen Beziehungen festhängen, so ineinander verlieben?

Ich weiß nicht, wieso ich überhaupt zulasse, dass dieser Mist weitergeht. Ich hätte es gleich bei dem Flirt und der Freundschaft belassen sollen, aber das habe ich nicht. Vor allem nicht, weil er mir nicht aus dem Kopf geht, und auch, weil ich mich einfach nicht von ihm fernhalten konnte. Meine Gedanken an ihn sind schnell unkontrollierbar geworden, genau wie gerade sein Mund auf meinen Brüsten.

Ich halte seinen Nacken fest, treibe ihn an, noch gieriger zu sein.

Wahrscheinlich ist dies nicht der beste Moment, über all das nachzudenken, aber er ist der Einzige, den ich habe. Ich hatte Dakota versprochen, dass ich Schluss machen wollte, und das schlechte Gewissen ist immer noch da. Sie ist ja gar nicht so übel, wenn sie nicht gerade androht, alles über mich auszuplaudern oder mich aus einer Wohnung zu schmeißen, die mir ebenso gehört wie ihr. Sie kann witzig sein, und es macht auch Spaß, mit ihr abzuhängen. Als ich sie kennenlernte, hat sie mich gefragt, ob ich mit ihr tanzen gehe. Ich hatte gerade erst meine Kartons ausgepackt und wollte meine neuen Mitbewohnerinnen kennenlernen – sie und Maggy.

Dakota machte sich richtig schick, zog ein enges rotes Kleid und glänzende schwarze Stiefel an, glättete ihr lockiges Haar und ließ es offen über die Schultern fallen. Sie sah unglaublich heiß aus, bereit, die Welt im Sturm zu erobern, und sie erzählte mir, dass sie gerade eine Trennung durchgemacht hatte und einen klaren Kopf bekommen müsste. Ich schlug vor, dass sie mit Aiden tanzt, dem großen Blonden aus ihrer Tanz-Akademie. Hätte ich gewusst, was für eine Trennung sie gerade »durchlitten« hatte, hätte ich das nie vorgeschlagen.

Bis dahin kannte ich nur die üblichen Trennungen: Freunde meiner Freundinnen, die fremdgegangen waren, oder irgendwer beschloss, sich lieber auf seinen Job zu konzentrieren. Der Schmerz solcher Trennungen ließ sich normalerweise mit einem Mädchenabend lindern.

Hätte ich geahnt, dass die eine Hälfte von Dakotas Trennung Landon war, hätte ich sie nicht auf den Typen losgejagt. Aber zu der Zeit war Landon nur ein winziger Bildausschnitt aus einem Highschool-Abschlussball-Foto. Er war dieser College-Neuling, der auf der anderen Seite des Kontinents lebte. Erst als ich zum ersten Mal mit Tessa in New York unterwegs war, fügte ich alle Teile zusammen.

Da hatte ich schon angefangen, Landon zu bemerken, und wir hatten unseren kurzen Moment in seinem Badezimmer gehabt. Dakota benimmt sich, als hätte ich ihn bewusst gesucht und mich an ihn herangeschmissen, nur um ihr wehzutun. So niederträchtig bin ich nicht. Ich hätte mich zurückziehen können, als mir klar wurde, dass Tessas perfekter Mitbewohner, der Inbegriff von allem, was ich mir bei einem Mann wünschte, Dakotas Exfreund war.

Landon war der treuherzige Nerd aus Michigan, der sogar beim Ficken Angst hatte, einer Fliege was zu tun. Dakota hatte uns so viele Geschichten über Landon erzählt und seiner Furcht davor, Neues auszuprobieren. Einmal hatte sie ihn zu überreden versucht, sie von hinten zu nehmen, und er war schon fertig gewesen, bevor es richtig losging. Was, na ja, nicht gut ist.

Ich sehe zu Landon auf, zu dem Landon, der mir gehört und den ich behalten darf, zumindest, solange sein Körper unter meinem ist. Seine Hände umfassen meine Hüften. Sein Mund ist so besitzergreifend. Er sagt Dinge, die er sonst vor lauter Schüchternheit nie aussprechen würde. Ich liebe es, wie vollständig ich mich bei ihm fühle. Es ist schwer zu erklären, aber er gibt mir das Gefühl, umsorgt, zufrieden, wichtig und einfach *voller* Leben zu sein, voller Glück. Ich weiß nicht, warum, aber bei ihm empfinde ich ein Gefühl von Frieden.

Ich schabe mit den Fingernägeln über seinen Bauch, gerade fest genug, um dünne rote Streifen zu hinterlassen. Es sind Linien auf einem Schlachtfeld. *Er gehört mir*, will ich ihr zuschreien – aber vielleicht tut er das gar nicht. Vielleicht ist er zu gut für uns beide, und wir täten ihm einen riesigen Gefallen, ihn verdammt noch mal in Ruhe zu lassen.

Was Dakota allerdings nie täte. Sie würde sich nicht mal lange genug von ihrer Krücke fernhalten, damit er Luft bekommen kann, und ich möchte mir gern einreden, dass ich ihn durchatmen lasse. Bei mir soll er frei sein und ausnahmsweise mal seine Bedürfnisse an die erste Stelle setzen. Dakota scheint ihn in einer Kindheitsromanze festhalten zu wollen, die sie nicht hinter sich zu bringen wagt. Wenn ich wüsste, was zwischen den beiden los ist, würde ich mich sicherer fühlen.

Als sie mich seinetwegen zur Rede gestellt hat, wieder und wieder, hätte ich meine Lektion lernen sollen. Sie wird nicht kampflos aufgeben, und ich bin zu erschöpft, um ihr diesen Kampf zu liefern. Irgendwas ist zwischen den beiden passiert, das Landon dazu bringt, ihr Ritter in schimmernder Rüstung zu bleiben, und sie, weiterhin die perfekte verzweifelte Jungfrau zu mimen.

Aber was ist mit mir?

Wo zur Hölle bleibe ich dabei?

Ich brauche Landon nicht aus denselben Gründen wie sie, aber habe ich ihn etwa weniger verdient, weil ich ihn aufbauen und stärken will, wie er es verdient?

Anders als sie teile ich keine Vergangenheit mit ihm, aber ich kann ihm eine gute Zukunft schenken, wenn ich die Chance dazu bekomme.

Landon stöhnt, als ich meine Hüften an ihm reibe. Er ist hart. Hart für *mich*. Seine Hände sind überall auf meinem Körper, bearbeiten jeden Zentimeter von mir. Es ist eine verzweifelte Wildheit, und ich genieße es, ihn so kennenzulernen. Ich ziehe an seinem Haar und senke den Mund an sein Ohr.

»Du bist so gut, Landon. Du bist zu gut«, ermuntere ich ihn, und er keucht unter mir. Er gibt mir das Gefühl, eine Königin zu sein. Und für mich ist er nicht irgendein Bauer, sondern der bewunderte König. Mein König, neben dem ich gleichberechtigt herrsche. Ich will nicht in ein edles Kleid und hohe Schuhe gestopft und gezwungen werden, die Vorzeigefrau für irgendwen zu sein. Nicht wie Stausey.

Nein, das ist unfair. Ameen liebt sie. Ich weiß, dass er sie liebt, und ein Teil von mir ist sogar neidisch auf ihr Leben. Nicht dass ich Stauseys Leben wirklich haben möchte. Ich wünsche mir bloß einen Partner. Ich brauche kein großes Haus, keine zusammenpassenden Handtücher und kein Porzellanservice, sondern nur jemanden, der mit mir zusammen sein will. Ich hätte lieber jemanden, der mir zuhört, wenn ich über einen Film rede, als aufzuwachen und einen Mercedes mit einer großen roten Schleife zu bekommen.

Landons Hände wandern zu meinen Brüsten und streicheln sie. Er nimmt sie mit seinen starken Händen ein. Das hier würde ich allem Materiellen vorziehen. Ich könnte Stunden, Tage und Wochen so mit ihm verbringen. Aber meine Zeit läuft ab. Zeit ist ein Luxus, den ich nicht habe.

Dakota schon. Sie hat mir Jahre voraus, was ihre Beziehung zu Landon gewichtiger macht als irgendeine Kindergartenromanze. Damit könnte ich umgehen, wenn sie vorbei wäre. Dasselbe alte Muster von zwei Nachbarskindern, die gemeinsam aufwachsen und auf den Stufen ihrer Häuser zusammen Limonade trinken. Aber ihre Freundschaft hat sich in Liebe verwandelt, und der Rest ist Geschichte. Das hatte ich auch. Obwohl ich solche Klischees ein bisschen zu vorhersehbar finde, lässt sich nicht leugnen, dass sie sich schnell ergeben, weil sie so praktisch sind.

Aber ich meine etwas Tieferes, das sich bildet, wenn man eine Tragödie teilt. Das kenne ich aus eigener Erfahrung. Ich weiß noch, wie das Schlimmste in meiner Beziehung mit Ameens kleinem Bruder war, dass er mir sagte, meine Schwester sei hübsch. Ich war eifersüchtig und erst vierzehn Jahre alt. Aus meiner Eifersucht bin ich herausgewachsen, und nach unserer Trennung blieb ich mit ihm befreundet. Na ja, nach der ersten Trennung.

Seitdem haben wir unsere eigenen Erwachsenenprobleme herangezüchtet, und jetzt, da unsere Geschwister miteinander verheiratet sind, ist das Chaos zu groß geworden. Unsere Beziehung ist schon eine ganze Weile vorbei, egal, was im Kleingedruckten steht.

Und nun werden wir auch noch ein Baby teilen, unsere kleine Nichte. Den heiß geliebten kleinen Engel, von dem meine Eltern erwarten, dass er den Bruch zwischen den beiden Familien wieder kittet. Ich werde Tante sein, er Onkel. Aber wir werden nicht zusammen sein. Anstelle meiner Eltern würde ich mir keine Hoffnungen machen.

Ich weiß, dass Stausey und meine Eltern mir die Schuld an dem schlechten Verhältnis zu seinen Eltern geben, aber das tun sie nur, weil es einfacher ist, als die Wahrheit zuzugeben.

Was habe ich mir dabei gedacht, Landon zu sagen, dass er meine Schwester kennenlernen darf?

»Woran denkst du?« Landon küsst sich von meinem Hals hinunter bis zwischen meine Brüste. Dieser hinreißende Mann. Ich kann ihm nicht sagen, dass ich gerade jedes Detail unserer Beziehung analysiere und über unsere Zukunft entscheide, während er jeden Zentimeter Hals und meine Brüste küsst.

»Dass ich dich will.« Meine Lippen sind an seinem Kinn. Ich übersäe seine Wangen mit Küssen, bevor ich seinen Mund erobere. Gleichzeitig hebe ich ihm die Hüften entgegen, um ihm zu zeigen, was ich will. Und wie.

23

Landon

Die Uber-Fahrt zur Wohnung ihrer Schwester kommt mir länger vor als die siebenunddreißig Minuten, die sie angeblich dauert. Meine App sagt, dass wir in sechs Minuten bei dem Gebäude in der Vierunddreißigsten West sind. Ich wollte die U-Bahn nehmen, aber so fühlt es sich weniger chaotisch an. Als ich von der Arbeit kam, hatte Nora mir die Adresse ihrer Schwester getextet, wo ich sie um acht treffen soll. Mehr schrieb sie nicht. Nur die Adresse, die Uhrzeit und ein Smiley.

Als sie morgens ging, ist Nora sehr zurückhaltend gewesen. Sie hat mich geküsst und mir zugeflüstert, wie nett es mit mir war, aber Hardin und Tessa waren da, also sagte sie sonst nichts.

Ich habe das Gefühl, dass sie aus einem bestimmten Grund vor mir dort sein wollte. Vielleicht wollte sie sich erst allein mit ihrer Schwester unterhalten. Ich weiß nicht genau, worauf ich mich einlasse. Das werde ich erst erfahren, wenn ich die Wohnung in Manhattan betrete. Auf der Fahrt schreibe ich Tessa zweimal, doch sie antwortet nicht. Bestimmt hält Hardin sie anderweitig beschäftigt.

Ich sehe wieder auf mein Handy und schreibe kurz an Mom und Ken. Was ich heute Abend vorhabe, erwähne ich nicht. Ich muss nicht noch mehr Aufregung verursachen als sowieso schon, und erst recht will ich unseren Eltern nicht mehr Klatsch liefern, als sie bereits haben. Ich treffe Noras Schwester, also wird Mom es früher oder später auch so erfahren.

»Ist es hier?«, fragt mein Fahrer mit dem Zottelhaar. Er hat den Blinker schon an, und ich hoffe, diesmal ist es keine Einbahnstraße. Wahrscheinlich ist er eher an Brooklyn gewöhnt, nicht an Manhattan. Die Kreuzung ist sehr belebt, denn wir sind irgendwo zwischen der Neunten und Zehnten. Seit ich hergezogen bin, war ich nicht oft in Manhattan, und jetzt verstehe ich, warum die Einheimischen möglichst wenig Zeit in der Nähe der Touristenattraktionen verbringen.

Mein Fahrer wiederholt seine Frage und dreht endlich das Radio leiser. Anscheinend hört er gern Linkin Park. Ich hätte nicht gedacht, dass es noch jemanden gibt, der ihr Hybrid-Theory-Album hört, aber diese schicksalhafte Uber-Fahrt hat mich eines Besseren belehrt. Das Album kam heraus, als ich in der Grundschule war, aber Linkin Park zu mögen, war in meiner Jugend ein Ausweis für Coolness. Ich war nicht cool, auch wenn ich mir echte Mühe gab, als die weiten JNCO-Jeans in Mode kamen. Ich hatte sogar mein Portemonnaie an einer Kette befestigt.

O Mann, bin ich froh, dass es damals noch keine Social Media gab! Hätte ich zu der Zeit Facebook oder Twitter gehabt, gäbe es heute reichlich Beweise für meine Möchtegern-Grunge-Tage. Ich kann bis heute keinen Zitronenduft leiden, weil ich mir den Sommer über die Haarspitzen mit dem »Sun In« meiner Mom eingesprüht hatte. Und ich habe das Gefühl, dass mein Fahrer so seine eigene Beziehung zu dem Zeug hatte.

Ich sehe aus dem Fenster und lese die Aufschrift auf der schwarzen Markise des Hauses links von uns. »Ja, muss wohl.«

Vier-null-acht West Vierunddreißigste Straße steht da in großen weißen Buchstaben. Los geht's …

Ich steige aus dem Wagen und ziehe mein Hemd glatt. Ich habe mich für einen schlichten, harmlosen Look entschieden, ganz in Schwarz. Das Hemd ist ein bisschen enger, als mir lieb ist, aber das kommt dabei raus, wenn ich online kaufe und meine Größe nur rate. Zu eng ist es allerdings nicht, und ich schätze, dass es okay aussieht.

Na ja, jedenfalls hoffe ich es.

Als ich mich dem Portier nähere, winkt er mir mit einer Hand zu. Er wartet am Eingang, wo er auf einem Hocker sitzt, und kommt mir total bekannt vor – wie eine Comicfigur oder jemand aus einem Film. Als ich noch näher komme, fällt mir auf, wie klein er ist. Rundlich ist er auch, und seine winzige Knollennase ist rot von geplatzten Gefäßen.

Ich streife die sorgfältig gestutzten Büsche vor dem Gebäude mit den Fingern. Sogar von draußen sieht es hier teuer aus.

Der Portier und ich wechseln ein paar simple Höflichkeiten, dann fragt er mich, wen ich besuchen will. Während er bei Noras Schwester anruft, blicke ich mich in der Empfangshalle um, die mich an ein Krankenhaus erinnert. Saubere weiße Wände, glänzende Oberflächen und dieser Putzmittelgeruch nach künstlichen Aromen. Es ist nett, aber da die einzige Dekoration Kunstblumen sind, wirkt alles noch mehr wie in einem Krankenhaus.

Der Portier signalisiert mir, dass ich nach oben darf, und zeigt zu den Fahrstühlen. Ich war zu abgelenkt, um ihm richtig zuzuhören, als er das Stockwerk genannt hat, traue mich aber nicht, noch mal nachzufragen. Also gehe ich auf die Fahrstühle zu und hoffe, dass Nora aus dem Nichts erscheint und mich zur richtigen Wohnung bringt. In einem solchen Haus kann ich nicht einfach ziellos herumirren, ohne dass gleich die Polizei gerufen wird. Ich sehe den langen Flur hinunter und gehe zum Aufzug.

Und wie durch ein Wunder gleiten die Türen vor mir auf, und

Nora steht da. Ihr langes Haar ist geglättet und fällt ihr in schimmernden Bahnen über die Schultern. Es ist schön. Sie ist schön. Ihre Augen sind geschminkt, mit schwarzen Linien umrahmt, und ihre Brauen sind dunkler und klarer definiert. Sie sieht so anders aus, aber nicht im negativen Sinne. Ich habe sie nur noch nie so gesehen.

Ich kenne sie durchaus mit Make-up – der rote Lippenstift gestern war heiß –, aber heute sieht sie aus wie eine Frau. Ihre schwarze Bluse und die Hose schimmern genauso wie ihr dunkles Haar und die dunklen Augen. Das Grün ihrer Augen ist auffälliger, betont von dem schwarzen Eyeliner. Und ihr Outfit ist sexy. Die schwarze Bluse hängt lose herab, und der Ausschnitt fällt herzförmig auf ihre Brust. Es ist fast unangebracht, dass sie so gut aussieht, wenn ich mich vor ihrer Familie anständig benehmen soll.

»Dieser Fahrstuhl ist zu klein«, sage ich, als ich einsteige. Sie lächelt, doch es wirkt verlegen. Ich nehme ihre Hand und küsse die Innenfläche. Als die Türen zugleiten, drückt sie mit der freien Hand einen Knopf, und ich ziehe sie sanft zu mir.

»Wie war die Arbeit?« Ich küsse ihre Stirn, ihre Nase, dann ihren Mundwinkel. »Du hast mir gefehlt«, sage ich mit einem letzten Kuss auf ihr Haar.

Nora öffnet den Mund, lehnt sich an mich und lässt mich sie gegen die Kabinenwand drücken. »Gut.« Ihre Lippen schmecken nach Sirup-Gloss. »Hast du mich echt vermisst?«, fragt sie ganz leise.

Der Fahrstuhl geht auf, und ich sehe sie an, während sie zur Seite weicht.

»Ist der Himmel blau?«, frage ich und schenke ihr mein schönstes Lächeln. Ich neige sogar den Kopf zur Seite, um den Welpen-Look komplett zu machen. Ihr Gesicht erhellt sich, und sie schüttelt den Kopf.

Dann legt sie ihre langen Fingernägel ans Kinn und grinst. »Genau genommen ist der Himmel heute ein bisschen grau.«

Ich will nach ihrer Taille greifen, aber sie weicht im letzten Moment aus. »Geduld, Kleiner.«

Ich sehe an ihr vorbei und den Flur hinunter, und als sie auf den Trick reinfällt und sich umdreht, kann ich sie einfangen, meine Arme um sie legen und sie auf ihre Brust drücken. Während ich sie mit der rechten Hand halte, streiche ich ihr mit der linken das Haar aus dem Nacken und presse meine Lippen auf ihre duftende Haut.

»Ich glaube, du solltest noch mal hinsehen.« Vorsichtig bugsiere ich sie an die Flurwand. Hier ist niemand weit und breit. Sehr gut. »Der Himmel war ziemlich klar.«

Meine Fingerspitzen folgen der Wölbung ihrer vollen Brüste. Das ist die beste Bluse, die ich jemals gesehen habe. Noras Brust bewegt sich darunter auf und ab, immer wieder. Sie trägt ein enges schwarzes Band um den Hals. Bei dem Anblick will ich sie zurück in den Fahrstuhl schieben und den Stopp-Knopf drücken.

Nora leckt sich die Lippen, und ich spüre, wie ihre Hände hinten in meine Jeanstaschen tauchen. »Ich schätze, du hast recht. Er ist ziemlich klar.«

Sie knabbert an meiner Lippe, und ich drücke sie stöhnend dichter an die Wand. Eine Tür geht auf, und ich ziehe mich von Nora zurück, als ich das Klackern von Absätzen höre. Eine Frau, bei der ich sofort erkenne, dass es Noras Schwester Stausey sein muss, steht mit weit aufgerissenen Augen und einer Hand über dem Mund da. Sie nimmt die Hand runter, sobald sich unsere Blicke treffen, blinzelt aber nicht.

»Stausey …«, sagt Nora, und ich weiche noch weiter zurück, wobei ich mein Hemd nach unten ziehe. »Das ist Landon.«

Ich eile hin und reiche ihrer Schwester die Hand. Sie hält sie mir hin, und ich küsse ihren Handrücken. Stausey beugt sich vor, um mich auf die Wange zu küssen. Ich weiß nicht, in welche Richtung ich den Kopf drehen soll, und – zack – berühren ihre Lippen meine, und sie schreckt entsetzt zurück. Nora macht große Augen, wirkt aber amüsiert. Ihre Schwester – ihre sehr schwangere Schwester – lächelt ebenfalls und scheint zu verstehen, dass diese europäische Begrüßung für die meisten Amerikaner oder Leute, die neu in New York sind, verwirrend sein kann.

»Freut mich, dich kennenzulernen.« Stausey betrachtet mich, mustert meine Kleidung, mein Haar, meine Hände, einfach alles bis runter zu meinen Schuhen. Dann streicht sie über ihr Kleid und nestelt an der Schleife oberhalb ihrer Taille. Sie ist hochschwanger, und ihr Körper sieht viel zu winzig aus, um eine so große … richtig große Babykugel zu halten.

»Wie war die Fahrt? Lang, oder?«, fragt Stausey und führt uns zu der Tür, aus der sie eben gekommen ist. Drinnen sehe ich einen Mann, der hinter einer Bar in der Mitte des Raums steht. Das Wohnzimmer ist riesig, so groß wie meine ganze Wohnung, und Stauseys perfektes Exemplar von einem Ehemann schenkt Rotwein in langstielige Gläser.

»Es war nicht schlimm«, sage ich.

»Ich versuche, auf dieser Seite der Brücke zu bleiben, wenn wir in der Stadt sind. Brooklyn ist einfach zu weit weg«, erklärt Stausey.

Ihre Absätze klackern auf dem Boden, als wir hineingehen. Nora murmelt etwas von Miranda und *Sex and the City*, und Stausey bietet mir etwas zu trinken an.

Ich weiß nicht, was ich sagen soll, und ich könnte ein Glas gebrauchen, um etwas Mut zu fassen. Also nehme ich dankend an und folge Noras Schwester zur Bar.

24

»Das ist ein ziemlich guter Château Moulin de Roquette, Landon. Er kommt aus dem Bordeaux«, erklärt Stausey mit leichtem französischen Akzent.

Ich habe keine Ahnung, wovon sie redet. Erzählt sie mir, was für ein Wein das ist? Ich würde den Unterschied sowieso nicht erkennen.

Ich nicke und sage, das klingt super. Meinetwegen könnte es auch eine Sechs-Dollar-Flasche sein.

Stauseys Mann kommt hinter der Bar hervor und reicht mir die Hand. Er ist viel lässiger gekleidet als seine Frau. Seine dunkle Jeans ist verwaschen, und er ist barfuß. Sein schlichtes weißes Hemd verrät mir, dass er viel lockerer ist, als ich erwartet hatte.

»Hey, freut mich, dich kennenzulernen«, sagt er lächelnd. Seine Zähne sind verblüffend weiß. »Ich bin Ameen, aber du kannst Todd sagen.« Er zuckt mit den Schultern und sieht seine Frau an. »Oder Ameen.«

»Sophia hat uns viel von dir erzählt. Wie ich höre, wohnen deine Eltern ganz in der Nähe von unseren. Wie klein die Welt doch ist«, sagt Stausey und sieht ihre Schwester an.

»Ist sie«, bestätige ich, weil mir nichts anderes einfällt.

Die Welt ist klein, Stausey, aber du scheinst ganz oben zu leben.

Ich blicke mich um, betrachte den Flügel und die modernen

Möbel. Alles passt zusammen, von den Dekokissen auf der Couch bis hin zu den Bildern über dem Durchgang zur Diele.

»Komm«, sagt Stausey und nimmt meine Hand. »Das Dinner ist fast fertig.«

Sie führt mich ins Esszimmer und setzt mich auf den Platz ganz vorn am Tisch.

»Landon, komm her und setz dich zu mir.« Nora klopft auf das Polster des Stuhls neben ihr, während sie sich hinsetzt.

Ich nicke und gehe zu ihr. Schließlich sitzt Stausey mir gegenüber und Todd gegenüber von Nora.

»Todd ist einfach der beste Koch«, verkündet Stausey, als Nora mein Weinglas auffüllt. Das Essen sieht klasse aus: Brathähnchen mit Reis und jeder anderen Kohlehydrat-Beilage, die der Menschheit bekannt ist. Stausey küsst ihren Mann auf die Wange und sieht ihn voller Bewunderung an. »Stimmt's nicht?«

Ich sehe zu Nora, die auf ihren Teller starrt. Als sie zu mir aufblickt, grinst sie und beißt sich auf die Unterlippe, um nicht allzu breit zu lächeln. Sie nimmt eine Zange aus der Tischmitte und taucht sie in eine zweite Servierplatte, auf der sich Gemüse türmt.

»Also, Landon …«, beginnt Todd, der so nett ist, das Gespräch zu eröffnen, da wir anderen es anscheinend nicht hinkriegen – allerdings hätte ich mir gewünscht, dass er nicht ausgerechnet den Moment wählt, in dem ich mir eine Gabel Hähnchen in den Mund geschoben habe. »Sophia sagt, du studierst an der NYU? Wie gefällt es dir da? Ich habe eine Menge Freunde, die dort ihren Abschluss gemacht haben.«

Nora nimmt noch einen Bissen, und ich kaue hastig, damit ich antworten kann. »Ich finde es klasse. Mein Hauptfach ist Frühkindliche Pädagogik, also wird das letzte Studienjahr richtig spannend.«

Stausey verschluckt sich an ihrem Brot, und ich greife nach meinem Wasserglas, weil es sofort in meinem Hals zu kribbeln beginnt.

»Das letzte Studienjahr? Ich dachte, du bist schon im letzten Jahr an der New York University.«

Offenbar sind Abkürzungen wie NYU unter Stauseys Niveau.

»Nein, ich bin im zweiten Jahr. Ich habe schon ein paar Kurse mehr, aber ich bin gerade erst nach dem ersten Studienjahr von der Washington Central hierher gewechselt.«

Nora starrt mich mit einem Ausdruck an, den ich nicht deuten kann, und Stausey sieht sie verwirrt an. »Hmm«, sagt Stausey laut, und ich bemerke, wie sie auf mein Weinglas blickt. Ihr und ihrem Mann muss in diesem Moment klar geworden sein, dass ich gar nicht alt genug bin, um schon trinken zu dürfen. Jetzt haben sie nicht bloß einen College-Jungen aus Brooklyn in der Bude, sondern verstoßen sogar gegen das Gesetz.

»Das muss ich missverstanden haben.« Stausey wirft ihrer Schwester einen strengen Blick zu. »Ach, egal. Was hältst du von New York? Es ist eine wunderbare Stadt. Hier gibt es immer was zu tun, obwohl ich die Menschenmassen manchmal hasse. Wir wohnen abwechselnd hier und in Washington State, und ich mag es dort lieber.«

Nora erzählt mir, dass ihre Schwester immer unterwegs ist, und Stausey sagt, was für ein Glück sie haben, dass ihr Mann so ein guter Chirurg und Immobilieninvestor ist. Wie nett. Ist das die Stelle, an der ich erwähnen sollte, dass ich so ziemlich jede Dialogzeile aus dem ersten *Herr-der-Ringe*-Film auswendig kann? Meine Qualifikationen und seine sind diametral entgegengesetzt, und eigentlich kann ich nichts zur Unterhaltung beitragen.

»Ich verstehe, dass es dir dort besser gefällt«, sage ich, weil ich beschließe, ihr grundsätzlich zuzustimmen, um es einfacher zu machen.

Noras Schwester redet über Weingüter, Benefizveranstaltungen und ein Symphoniekonzert, für das sie einen Monat auf Karten warten mussten. Ich nicke, und Nora fügt hier und da einige Worte hinzu. Stausey redet ziemlich gern. Ich leere meinen Teller und nehme mir nach. Auch die zweite Portion esse ich auf. Als ich fertig bin, fragt Nora mich, ob ich satt bin, und als ich nicke, steht Stausey auf und holt einen Kuchen. Es ist ein sehr guter Schokomarmorkuchen mit Marshmallow-Glasur.

Ich frage Nora, ob sie den gebacken hat, und sie nickt. »Das ist der beste Kuchen, den ich je gegessen habe«, sage ich nicht nur einmal, sondern zweimal.

»Sophia ist eine Spitzenbäckerin, nicht wahr? Früher dachte ich, dass sie verrückt ist, nicht Medizin zu studieren. Es ist so schwer, an einen Studienplatz zu kommen, und sie hatte ihn. Als sie gesagt hat, dass sie zur Konditorschule will, dachte ich, sie ist wahnsinnig.« Stauseys Ton könnte man schmeichelhaft mit passiv-aggressiv umschreiben. Sie teilt ihre Hiebe mit einem so süßen Lächeln aus, dass es einen eiskalt erwischt. Aber Nora kennt das schon und verdreht bloß die Augen.

»Wie es aussieht, kommt die Familie bestens mit einem Arzt weniger aus«, sagt sie. Ihr Teller ist leer, und sie ist beim dritten Glas Wein. Oder ist es das Vierte?

Ich will nicht, dass der Abend so schnell kippt. Mir wäre lieber, wenn sich alle so wohl wie möglich fühlen, und natürlich will ich, dass ihre Schwester und ihr Mann einen möglichst guten Eindruck von mir bekommen. Die Atmosphäre im Zimmer wirkt angespannt, und ich spüre, dass wir uns alle vier in einem Drahtseilakt befinden. Ein falscher Schritt, und wir stürzen ab.

»Sie ist richtig gut, ja.« Ich lasse mich von Leo als Gatsby inspirieren und hebe mein Glas in Richtung Nora. Sie sieht mich an und beißt auf ihre Unterlippe. »Es ist ziemlich eindrucksvoll, was sie alles kann. Meine Mitbewohnerin Tessa arbeitet mit ihr zusammen und hat mir erzählt, dass noch nie eine Konditorin so schnell befördert wurde.«

Während ich das Loblied auf sie singe, erinnere ich mich, dass sie wenig beeindruckt reagiert hat, als ich sie mal Bäckerin genannt habe.

Todd sagt als Erster was. »Das ist fantastisch, Soph! Ich wusste schon, als du noch ein Kind warst, dass du höllisch gut am Herd bist. Weißt du noch, wie du diesen kleinen Ofen hattest und den ganzen Tag Kuchen gebacken hast?« Er trinkt einen Schluck Rotwein und sieht von Nora zu mir. »Einmal hat sie mich dazu gebracht, ihr zwanzig Dollar zu bezahlen! Für einen Kuchen!«

Noras Schwager sieht sie mit einem gewissen Stolz an. Das ist gut. Er muss ein anständiger Kerl sein, wenn er zugibt, dass er von ihr beeindruckt ist – was er auch sein sollte.

»Ah, schon immer gerissen, hm?«, scherze ich und tippe ihr auf den Oberschenkel. Sie greift unter dem Tisch nach meiner Hand, und ich verschränke meine Finger mit ihren.

»Sie und mein Bruder haben früher alle möglichen Verkaufsstände aufgemacht«, fährt Todd fort. »Einmal haben sie mich gebeten, ihnen einen kleinen Wagen zu kaufen, aus dem sie ihre Sachen anbieten könnten.«

Todd kann sich an Dinge von Nora erinnern, die ich auch gern miterlebt hätte.

Ich trinke von meinem Wein, aber mir ist klar, dass ich nach dem einen Glas nicht um mehr zu bitten wage. »Wie lange kennst du Nora schon?«, frage ich Todd.

Stausey antwortet: »Seit sie zehn war. Wir waren schon in der Highschool verliebt.« Sie hält die Hände ihres Mannes fest, und er sieht mich an. Ich erinnere mich, dass Nora mir erzählt hat, seine kleine Schwester und sie wären befreundet gewesen. Hieß sie nicht

Pedra? Einen Bruder hatte sie nicht erwähnt, oder hatte ich sie falsch verstanden?

»Ja, aber wir haben eine Weile gebraucht, bis wir das begriffen haben«, ergänzt er, als wollte er sie daran erinnern, dass sie nicht perfekt sind, auch wenn Stausey anscheinend unbedingt so wahrgenommen werden will. Ich kenne sie kaum und weiß selbst nicht, warum ich die ganze Zeit über sie urteile. Wie würde ich von ihr denken, wenn ich ihre Facebook-Seite nicht gesehen hätte?

Noras Daumen malt Kreise in meine Hand, und ich wünschte, ich könnte ein paar Minuten mit ihr allein sein. Ich möchte sie fragen, wie ich mich schlage und wie es ihr geht.

»Wann wollt ihr zurück nach Washington?«, frage ich in die Runde.

Zu meiner Überraschung antwortet nicht Stausey. Sie ist in den letzten paar Minuten stiller als den ganzen Abend. »Am Dienstag«, sagt Todd. »Stausey bleibt hier, solange ich auf einer Konferenz in D.C. bin. Ich komme am Dienstag hier vorbei und hole sie ab, dann nehmen wir einen späten Flug zurück nach Washington. Am nächsten Abend haben wir eine Benefizveranstaltung; es wird verdammt viel in kurzer Zeit.« Er lächelt und sieht ein wenig besorgt aus, was ihn mir noch sympathischer macht. Und dass er sagt, er käme »vorbei«, um Stausey abzuholen, als würde er nur kurz mit der U-Bahn einen Umweg fahren, bringt mich fast zum Lachen.

Nora sieht mich an, aber ich kneife den Mund zusammen.

»Hast du Zeit, mit mir ein bisschen für das Baby shoppen zu gehen, Soph?«, fragt Stausey.

Es ist komisch, dass sie Sophia zu ihr sagen, erst recht »Soph«. Was würde passieren, wenn ich sie so nenne? Und warum haben hier alle Doppelnamen? Nora-Sophia und Todd-Ameen. Soll ich sie bitten, mich von jetzt an Matthew zu nennen? Das ist mein zweiter Vorname, und ich könnte tatsächlich anfangen, enge Freunde zu bitten, mich so zu nennen. Ich frage mich, ob es Nora genauso verwirren würde wie mich ihre Namenstauscherei.

Nora nickt ihrer Schwester zu und wirkt tatsächlich, als hätte sie Lust auf so eine Shopping-Tour. Egal, wie ihr Verhältnis auch sein mag, es wirkt sich eindeutig nicht auf Noras Vorfreude auf das Baby aus.

25

Nach einer weiteren halben Stunde Small Talk ist der Tisch abgeräumt. Die Schwestern sind in der Küche verschwunden, und ich sitze mit Todd in einem Meer aus Kissen auf der Couch. Auf einem der Kissen sind kleine Füchse verteilt, die anderen sind einfarbig. Braucht wirklich irgendwer so viele davon? Ich drücke meinen Ellbogen in das Fuchskissen, und sie versinken darin, also sind die Dinger vielleicht gemütlich …

»Alles okay?«, fragt Todd mit diesem Disney-Prinzenlächeln, das mich ein bisschen neidisch macht. Ich meine, er kennt Nora, seit sie ein Kind war, ist Arzt und Ehemann und hat eine Wohnung in New York City, nur falls er mal in die Stadt will. Ich teile mir ein winziges Apartment mit einer Freundin und fange gerade erst an zu begreifen, wie ich meine Sachen zum Waschen sortiere. Nora ist es gewöhnt, von solchen Leuten umgeben zu sein. Von Leuten, die ihr Leben schon auf der Reihe haben und alt genug sind für Hypotheken und Flugmeilen.

Ich setze mich weiter nach hinten, nehme das Fuchskissen auf den Schoß und nicke.

»Sie liebt ihre Kissen«, sagt er und zeigt auf das in meinem Schoß. »Ich glaube, das ist so ein Frauending. Meine Mom ist genauso.«

Meine Mom? Sitze ich wirklich in einer Wohnung im fünfzehnten Stock mit Blick auf Manhattan und rede von meiner Mom?

Der ganze Abend überfordert mich völlig. Ich denke an das alte Haus meiner Familie, in dem der Teppich nie sauber aussah. Mom lieh sich immer diese Reinigungsgeräte von Odd Lots und verbrachte Stunden damit, die Teppiche zu shampoonieren und abzusaugen, aber die uralten Flecken hielten sich hartnäckig.

Wie wäre es wohl gewesen, wenn Nora in meiner Heimatstadt gelebt hätte? Wäre sie zu strahlend gewesen für die wolkige Stadt im Mittelwesten? Ich blicke mich in dem geräumigen Wohnzimmer um und zähle die Kronleuchter, die von der hohen Decke hängen. Allein aus dem Augenwinkel sehe ich schon drei. Die Deko-Objekte auf dem Sims über dem elektrischen Kamin sind makellos arrangiert. Eine kleine Metallstatue, ein zu einem Dreieck geschnitztes Holzstück …

»Wahrscheinlich bleiben die noch eine Weile da drin.« Noras Schwager reibt sich mit einer Hand den Nacken. »Ich bin schon froh, dass sie überhaupt wieder miteinander reden.« Er seufzt und greift nach einer Flasche auf einem Teewagen neben der Couch. Dort stehen die unterschiedlichsten Getränke und Mixer. Es gibt auch geschnittene Limonen und Zitronen, und sogar kleine Strohhalme. So ist es wohl, erwachsen zu sein. Man hat eine Minibar zu Hause, und die Frau kauft alle komischen Kissen, die sie haben will.

Soll ich ihn fragen, warum sie nicht miteinander geredet haben? Oder würde das aussehen, als würde sie mir nichts erzählen? Halt, Moment! Tut sie ja nicht!

Ich bleibe lieber cool. »Ja, ich auch.«

Todd schenkt sich einen Drink ein; einen »Gimlet«, wie er sagt. Handbohrer? Ich verstehe echt nicht, warum die Leute so absurde Ausdrücke benutzen. Er bietet mir auch einen an, aber ich lehne ab.

»Stausey liebt sie wirklich. Ich weiß, dass sie das nicht immer zeigen kann und schon mal ein bisschen zu heftig rüberkommt.«

Er trinkt einen großen Schluck. »Aber sie sorgt sich bloß um ihre kleine Schwester. Sie schläft kaum noch, und das nicht nur, weil das Baby so groß ist wie eine verdammte Wassermelone.«

Todds grinst, und ich finde den Vergleich witzig. Seine Frau sieht tatsächlich aus, als würde sie eine Wassermelone unter ihrem Kleid schmuggeln.

Ich rette mich weiter durch das Gespräch. Die einzige Alternative wäre, Todd zu sagen, dass ich eigentlich keinen Schimmer habe, was zwischen den Schwestern los ist.

»Sicher weiß Nora ihre Sorge zu schätzen. Sie ist nur nicht so gut darin, mit Mitgefühl von anderen umzugehen. Du weißt ja, wie sie ist«, sage ich, obwohl ich keinen Schimmer habe, wie sie ist.

»Ja, das stimmt«, bestätigt er und lehnt sich auf der Couch zurück. Dann sieht er sich im Wohnzimmer um, als würde er nach etwas suchen. Ich blicke mich ebenfalls um und zu dem riesigen Ausdruck eines ihrer Hochzeitsbilder. Da ist Nora in einem wunderschönen pinken Kleid, ihr Haar gelockt und offen über den Schultern. Der Typ neben ihr kommt mir irgendwie bekannt vor, genauso wie der daneben. Vor lauter Unbehagen bilde ich mir inzwischen schon Sachen ein.

»Hör mal, mir ist klar, dass wir uns gerade erst kennengelernt haben, und ich überschreite hier sicher eine Grenze, aber wir hoffen alle, dass du gut für Nora bist. Seit dem Unfall hat sie keinen mehr mit zu uns gebracht, und wir haben schon geglaubt, dass sie sich nie wieder verabredet. Fast sah es so aus, als würde sie diese Papiere nie unterschreiben.«

Papiere? Unfall? Wovon zur Hölle redet er?

»Ähm.« Ich räuspere mich. Warum habe ich den Drink abgelehnt? »Das freut mich zu hören.«

Mein Hals brennt wie Feuer. Ich stütze mich auf und sehe in den Flur. Wo ist Nora?

»Wir sind auf ihrer Seite. Deshalb möchten wir, dass sie unterschreibt. Meine Familie regt sich darüber sehr auf.« Er wischt sich mit beiden Händen über den Bart, seine Augen wirken erschöpft.

Jetzt bin ich komplett ratlos. Jedes Vortäuschen hat seine Grenzen. Todd wird zu spezifisch, und ich habe absolut keinen Schimmer, worum es geht. Ich kann nicht fassen, dass Nora mich ohne jede Vorwarnung mit hier reingebracht hat. Sie hatte gesagt, dass es eine furchtbare Idee sei, ihre Schwester kennenzulernen, aber auf so was wie das hier wäre ich nie gekommen. Nicht auf ein Familiendrama, irgendwelche Papiere und einen mysteriösen Unfall.

»Ich kann mit ihr reden«, biete ich an, weil mir nichts anderes einfällt.

»Wirklich?« Seine Miene hellt sich auf. »Alles würde helfen. Wir verstehen einfach nicht, warum sie die Papiere nicht unterschreibt. Sie waren doch schon lange vorher getrennt. Das müsste alles nicht so unangenehm sein, und ehrlich«, er atmet tief durch, »ich hätte das sehr gern geklärt, bevor das Baby da ist.«

Ja, hätte ich auch gern. Ich hätte sehr gern einen kleinen Hinweis, was zur Hölle hier überhaupt los ist.

»Ja, das verstehe ich. Ich sehe mal, was ich tun kann.« Ich stehe auf, denn ich muss Nora finden, ehe mir noch der Schädel explodiert. »Kann ich vielleicht mal ins Bad?«

Er zeigt hin. »Klar, gleich da runter und links.«

Ich danke ihm, und die Worte versengen mir die Kehle. Er rührt sich nicht von der Couch, als ich das Zimmer verlasse.

Ich gehe ins Bad und spritze mir kaltes Wasser ins Gesicht. Wenn Leute das in Filmen machen, hilft es immer. Aber dann trockne ich mir das Gesicht mit einem Handtuch mit Monogramm ab und fühle mich erst recht völlig fremd.

Es ist zu viel. Nora, diese schicke Wohnung und die schicken Geheimnisse, die hier bewahrt werden.

Ich pinkle und wasche mir die Hände. Als ich in den Spiegel sehe, komme ich mir verändert vor. Liegt es an dem Licht, oder lassen mich die Lücken in meinem Bart jünger wirken?

Ich gehöre hier wirklich nicht hin, nicht zu diesen Leuten.

26

Als ich Nora in der Küche finde, füllt sie gerade Kartoffelwürfel in eine Frischhaltetüte. Stausey sitzt an einem kleinen runden Tisch in der Ecke. Ich kann beinahe hören, wie ihre Füße darum flehen, endlich aus den hohen Riemchensandalen befreit zu werden. Sie sind garantiert geschwollen.

»Nora, kann ich dich mal kurz sprechen?«, frage ich. Ich stehe da, sehe sie direkt an und beachte Stausey nicht. Die beiden sollen mich jetzt nicht ablenken. Ich muss mit Nora reden, und sie muss mir erklären, in was ich hier hereingeraten bin.

Sie sieht nur kurz zu mir auf und verpackt weiter Essensreste. »Klar, gib mir nur ein paar Minuten.«

Ich sollte nicken und weggehen. Ich sollte höflich sein und keine Szene machen, aber durch meinen Kopf ziehen immer wieder die Worte *Papiere, Unfall, bevor das Baby da ist.*

Also rühre ich mich nicht von der Küchentür weg. Meine Wangen sind ganz heiß, und meine Beine wollen losrennen, doch jetzt kann ich nicht mehr zurück. Ich muss wissen, was zur Hölle los ist.

»Es ist wichtig«, dränge ich.

Nora sieht mir in die Augen, und ich erkenne, dass sie versucht, die Situation einzuschätzen. Dann begreift sie und nickt, ehe sie den Beutel auf die Arbeitsplatte fallen lässt. Sie sagt Stausey, dass sie gleich wieder da ist, und geht voraus aufs Dach. Dort sind wir ungestört, sagt sie.

»Was ist los?«, fragt Nora, sobald wir draußen sind. Es ist eine Gemeinschafts-Dachterrasse, aber außer uns ist im Moment niemand hier. Das ist gut. Nora schlendert zu einer Couch neben dem größten Tisch, und ich folge ihr. Sie setzt sich hin, und ich nehme den Sessel ihr gegenüber. Ich will ihr nicht zu nah sein, denn ich weiß, wie es dann läuft. Sicher würde sie in dem Moment, in dem ich eine Erklärung verlange, alles tun, um mich davon abzubringen.

»Sag mir, was los ist.« Nachdem ich meine Forderung ausgesprochen habe, sehe ich sie an und warte.

Die Aussicht von hier oben ist unglaublich. Ich kann das Empire State Building sehen, und wäre ich nicht so wütend auf Nora, könnte ich diesen New-York-Moment richtig genießen. Ich hatte noch nicht viele, seit ich hier bin. Die meiste Zeit arbeite ich oder laufe zwischen den Kursen auf dem Campus herum. Die Lichter hier sind heller, die Stadt ist laut und lebendig, und das alles wäre unter anderen Umständen sehr viel netter.

Nora lehnt sich zurück. »Möchtest du mir erzählen, was passiert ist, oder soll ich raten?«, fragt sie ruhig, ja, richtig kühl.

»Das ist eine gute Frage«, beginne ich. »Ja, eine richtig gute Frage, Nora. Todd scheint zu denken, dass ich dich dazu bringen kann, irgendwelche Papiere zu unterschreiben, und er hat mir erzählt, dass du und deine Schwester in letzter Zeit nicht miteinander geredet habt. Außerdem hat er irgendeinen ›Unfall‹ erwähnt, der anscheinend für irgendwas ausschlaggebend ist.«

Noras Kopf liegt im Schatten, sodass ich ihr Gesicht nicht sehe. Sie bewegt sich nicht, keinen Zentimeter.

»Er hat was?«

Würde ich sie nicht besser kennen, könnte ich glatt glauben, dass sie überrascht ist.

»Mach mir nichts vor, Nora. Erzähl es mir einfach. Du hast mich hergebracht und gewusst, dass ich nichts über dein Verhältnis zu deiner Schwester weiß. Also erzähl es mir, oder lass es bleiben, aber spiel nicht solche Spielchen mit mir. Entweder willst du, dass ich zu deinem Leben gehöre, oder eben nicht.«

Nora beugt sich vor und starrt mich an. Sie sieht richtig entsetzt aus, und ich kann nicht fassen, dass sie die Nerven hat, mir das vorzumachen – oder ich die, sie zur Rede zu stellen. Ich rücke an die Kante meines Sessels und weiche ihrem bohrenden Blick nicht aus.

»Offensichtlich möchte ich, dass du zu meinem Leben gehörst«, sagt sie.

Und das war's.

Will sie mich verarschen? Ich erinnere mich nicht, wann ich das letzte Mal so wütend war. Ich komme mir vor wie eine Marionette und habe es satt, das hier immer wieder mit ihr durchzuspielen. Wie es aussieht, will sie sich mir nicht öffnen, und ich bin fertig damit, es zu versuchen.

»Wenn das die Wahrheit ist, dann verhalte dich auch so. Bisher bekomme ich von dir nur eine widersprüchliche Botschaft nach der anderen, und ich bin es leid, selbst raten zu müssen, was wahr ist und was nicht.«

Nora lehnt sich rüber und greift nach meinen Händen, aber ich ziehe sie weg. »Rede mit mir«, sage ich. »Wenn du mich anfassen willst, *sprich* mit mir.«

»Was hat Todd dir erzählt? Was willst du wissen?«, fragt sie. Das ist nur wieder ihre Art, mich nach wie vor zappeln zu lassen.

Vor lauter Frust springe ich auf. »Ist das dein Ernst? Sogar jetzt noch versuchst du, meinen Fragen auszuweichen?«

»Du hast mir keine Fragen *gestellt*«, kontert Nora.

Ich werfe die Hände in die Luft. »Jetzt komm mir nicht mit Semantik! Erzähl mir einfach, was Scheiße noch mal los ist. Warum hast du nicht mit Stausey geredet? Ich war mehr als bereit, dir Zeit zu geben, mir zu vertrauen und dich mir zu öffnen. Aber das hier ist zu viel. Todd benimmt sich, als würdest du eine beknackte Atombombe unter deiner Bluse verstecken, und ich würde davon wissen – was ich aber nicht tue.«

Nora seufzt, bleibt aber sitzen. »So weit würde ich nicht gehen. Hör mal, ich will dich nicht in mein Familiendrama mit reinziehen. Es ist ziemlicher Mist, und das schon seit Längerem. Meine Eltern reden so gut wie nicht mit mir, und meine Schwester hat sich entschieden, auf ihrer Seite zu stehen. Sie wollte nicht, dass irgendwer denkt, sie könnte eigenständig denken, also übernimmt sie ihre Meinung, und das ist ihre verdammte Entscheidung. Sie irrt sich, das ist alles. Todd hätte dir nicht mit seinem Mist kommen sollen. Er ist der Bessere von beiden, keine Frage, aber vertrau ihm nicht. Er hat die Gratwanderung zwischen seinen Eltern und meinen zur Kunstform erhoben.«

Ihre Erklärung macht alles noch vernebelter. Mein Handy bimmelt zum dritten Mal in der letzten Stunde. Ich hole es hervor, sehe Dakotas Namen und ignoriere den Anruf mal wieder.

»Würdest du bitte mal rangehen, *verdammt noch mal?*«, fährt Nora mich an.

»Nein. Jetzt erzähl mir von diesem Unfall. Wer war in den verwickelt? Du?«

Ich mache ein paar Schritte weg von ihr, damit ich frische Luft atmen kann. An der Brüstung stütze ich die Hände auf und sehe zur Straße unten. Auf den Straßen hier ist viel mehr los als in meiner Gegend. Die Taxis hupen lauter, und aus allen Richtungen wehen Musikfetzen heran.

Nora zeigt zu einem runden Gebäude, von dessen Spitze Lichtkegel gen Himmel schießen. »Madison Square Garden. Halsey tritt heute Abend da auf.«

»Warum bist du nicht hingegangen?«, frage ich, denn ich weiß, dass sie Fan von ihr ist.

»Weil ich hier bin.« Nora steht auf und kommt zu mir. »Jetzt hör auf, mit mir zu streiten, und lass mich dich anfassen.«

Sie streckt die Hand nach mir aus, und ihre Fingerspitzen streichen über meinen bedeckten Arm. »Landon.«

Sie sagt meinen Namen so sanft, dass ich nicht anders kann als zuzulassen, dass sie die Arme um mich schlingt und den Kopf an meiner Brust vergräbt.

27

»Können wir noch ein bisschen hier draußen bleiben?«, fragt Nora, die Lippen an meinem Hals. »Ich bin noch nicht so weit, wieder zu ihnen reinzugehen.«

»Okay. Lass uns doch noch mal spielen«, sage ich, weniger begeistert als beim letzten Mal. »Ich frage zuerst.«

Ich lasse ihr keine Chance, sich auszuklinken, führe sie zur Couch und sehe mich noch mal um, um mich zu vergewissern, dass wir immer noch allein sind. Der Wind ist stärker geworden, und das Haar weht ihr ins Gesicht. Ich sitze am gegenüberliegenden Ende der Couch und denke mir Fragen aus. Diesmal dauert es nicht lange.

»Warum habt ihr euch gestritten, deine Schwester und du? Was sind das für Papiere, die du unterschreiben sollst, und warum hast du mich hierher mitgenommen, obwohl du wusstest, dass ich keine Ahnung hatte? Und seit wann wusstest du schon, dass ich mit Dakota zusammen war?«

Nora stößt einen dramatischen Seufzer aus, hebt die Beine an und legt die Füße auf den Tisch, der vor uns steht. »Das sind vier Fragen. Aber ich lasse sie dir mal durchgehen.« Sie sieht mich an. »Ich habe mich mit meiner Schwester gestritten, weil sie mir in den letzten drei Jahren nicht mehr den Rücken freigehalten hat, und ich musste mich eine Weile von meiner Familie zurückziehen.

Die nächste Frage überspringe ich, und ich habe dich mitgenommen, weil ich dich glücklich machen wollte. Ich hatte gehofft, dass meine Schwester es schaffen würde, einen Abend lang kein Arschloch zu sein, und dass sie dich genauso lieben würde wie ich. Ich wusste es schon eine ganze Weile.«

Schulterzuckend beugt sich Nora vor und zieht sich die Schuhe aus.

Sie lässt die Sandalen auf das dunkel gebeizte Holz fallen, und ich sehe, wie sie sich mit den Fingern über den Ausschnitt ihres Shirts fährt. Nach wie vor sind wir allein hier oben, und einen Augenblick lang stelle ich mir vor, wie wir beide auf einer Dachterrasse roten Sekt trinken. Wir sind älter und haben keine schwere Last mehr auf den Schultern.

Der Augenblick endet, als das plärrende Gehupe irgendeines blöden Taxis ertönt. Ich werde nie verstehen, warum Taxifahrer immer hupen müssen, so als würde das irgendetwas nützen. Ich vermisse den Luxus eines eigenen Autos und die Freiheit, die es mit sich bringt.

»Jetzt ich«, sagt Nora und legt die Füße wieder auf den Tisch. Ich wünschte, ich hätte um ein weiteres Glas Wein gebeten. Nicht für mich, sondern für sie.

»Warum bist du heute Abend hergekommen? Was haben Dakota und du getan, dass du so eng mit ihr verbunden bist? Und …« Sie tippt sich mit ihren mandelförmigen Fingernägeln ans Kinn. »Und wenn ich deine Familie kennenlernen würde …« Wieder Zögern. »… wenn sie mich noch nie gesehen hätten, wie würdest du mich vorstellen?«

Nun ist es Nora, die auf die Skyline hinausstarrt. Es ist wirklich schön hier oben.

»Ich bin hergekommen, um dich ein bisschen besser kennenzulernen. Ich dachte, das geht, indem ich deine Schwester und ihren Mann kennenlerne. Aber es ist nicht gelaufen wie geplant …«

Ich zögere, aber mir ist klar, dass ich Noras Fragen beantworten muss. Wenn wir auf irgendeine Art Beziehung zusteuern, sollte ich keine auslassen. Das haben wir doch hinter uns, oder?

Dakota … Dakota, Dakota. Wo soll ich nur anfangen?

»Also, erstens ist sie ganz allein auf der Welt. Bis auf mich hat sie niemanden. Darum werde ich immer für sie da sein, egal, was zwischen uns passiert oder wie unvernünftig sie sich verhält. Wahrscheinlich kommt dir das ziemlich sinnlos vor.« Ich rücke näher zu ihr und strecke meine Beine auf dem Tisch aus, sodass sie zwanzig oder dreißig Zentimeter von ihren entfernt sind. »Aber sie gehört irgendwie zu meiner Familie. Ich kann sie einfach nicht ganz aufgeben.«

»Sie aufgeben?« Nora zieht die Brauen zusammen, kommt aber noch ein bisschen näher.

»Ich meine allein lassen«, erkläre ich. »Und zu deiner dritten Frage …« Um ihr zu zeigen, dass ich nicht kneife, sehe ich ihr ins Gesicht und setze mein breitestes Grinsen auf. »Wenn du meine Familie nicht kennen würdest, würde ich sagen: ›Mom, Ken, Hardin, das ist meine Freundin Nora.‹«

Ich wedele pathetisch in der Luft herum und tue so, als stellte ich sie der Familie Scott vor, die ich gerade vor mir sehe. Nora lacht und steckt sich einen Finger in den Mund. Sie saugt daran, und ich weiß nicht, ob sie das absichtlich tut, aber es sieht verdammt so aus, als wollte sie mich entwaffnen.

Nicht mit mir.

Na ja, jedenfalls nicht, wenn ich es verhindern kann.

Ich löse den Blick von ihrem verführerischen Mund und tue so, als würde sie keine ordinären – und erotischen – Andeutungen machen.

»Deine Freundin?«, wiederholt sie. In der Herbstluft klingt ihre Stimme hell und leicht. Der Wind ist ein bisschen abgeflaut, und das Haar fällt ihr über die Schultern. Die Spitzen sind nicht mehr ganz glatt, sondern fangen an, sich zu locken. Ich beuge mich zu ihr und berühre die Strähnen, fahre mit dem Daumen darüber. Nora blickt mir aufmerksam ins Gesicht. Ihre Haare sind so weich. Sie ist so weich.

»Ja. Ich glaube, das ist die passende Bezeichnung für eine Frau mit diesen Qualitäten«, sage ich, während ich ihr Haar streichle, das ihr über den Rücken fällt. Sanft fahre ich mit den Fingerspitzen über ihr Schulterblatt, und sie fängt an zu reden.

Ihre Brust hebt und senkt sich. »Und was für Qualitäten wären das?«

Leise summend liebkose ich ihre Haut. Sie ist wie ein Kätzchen, das den ganzen Tag spielen und sich streicheln lassen möchte. Plötzlich bin ich ein Katzenmensch. Ich weiß allerdings nicht, ob ich mit ausgewürgten Haarbällen oder einem Katzenklo in der Wohnung klarkommen würde. Ach, vergesst es: Katzen mag ich nur in Form von Nora.

»Also, da wäre die hier …« Ich fahre ihr mit dem Finger über die Lippen und hinauf bis zu den Augen. »Und die«, sage ich und berühre wieder ihren Mund. Meine Finger bahnen sich den Weg zu ihren Brüsten, und über dem Nippel halte ich an, beginne, ihn sanft zu umkreisen. »Und das.« Ich berühre ihre Herzgegend und kann es schlagen fühlen. »Das hier ist mein Lieblingsteil.« Dann lege ich meine Hand flach auf ihre Brust, und im selben Augenblick fällt sie über mich her.

Ich pralle mit den Schultern gegen die Lehne der Couch. Mein »Hu!« geht in ihrer Attacke unter. Sie ist auf meinem Schoß, küsst mich auf Wangen, Kiefer, Lippen, Lider. Sie fühlt sich so weich an in meinen Armen, und so warm. Sie ist wild, auf eine Art, wie ich sie noch nie erlebt habe. Ich mache weiter meine Mätzchen, um ihr klarzumachen, warum sie so einzigartig auf der Welt ist.

»Außerdem warst du auf dem College«, sage ich, als ihre Lippen meine Stirn berühren.

Sie lacht, und als sie meine Wangen berührt und mich küsst, muss ich die Augen öffnen, um zu glauben, dass das alles wirklich passiert. Ich habe so ein bohrendes Gefühl im Brustkorb, dass uns das Schlimmste noch bevorsteht, und das versetzt meinem ohnehin anfälligen Herz kleine Schläge. Ich habe so viele Bilder von uns im Kopf, und sie sind klar wie der helle Tag. Aber wenn ich mich auf eins konzentrieren will, verblasst es ganz schnell, und so verschwinden sie eins nach dem anderen. Mit ihr scheint nichts von Dauer zu sein – wie kommt das?

»Noch was?« Sie drückt ihre Hüften an mich und lässt sie kreisen.

Als ich sie festhalte, damit sie sich nicht mehr bewegen kann, sieht sie mich finster an. Ich hebe ihre Hüften an, jetzt berührt sie mich kaum noch. »Nicht so schnell. Wir sind noch mitten im Spiel.« Ich beuge mich vor und berühre ihre Brust mit meinem Gesicht. »Du hattest mich fast.«

Ich knabbere an ihren Brüsten, und sie schreit auf und klettert von meinem Schoß.

»Also gut«, sagt sie und versucht, wieder zu Atem zu kommen. Die funkelnden Lichter der Stadt lassen ihre Haut so schön aussehen. Der Mond ist hier in Manhattan deutlicher zu sehen, als ich gedacht hätte. Den Unterschied zwischen Brooklyn und der City finde ich immer noch total krass.

»Wer ist dran?«, fragt Nora. Sie rutscht auf dem Hintern ganz ans andere Ende der Couch, dreht sich so, dass sie mich ansehen kann, und setzt sich in den Schneidersitz.

Okay, wenn sie es nicht mehr weiß …

»Ich.«

»Lügner!«, ruft sie und lächelt.

Ich zucke mit den Schultern und spiele den Unschuldigen.

»Glaubst du, du könntest mit mir zusammen sein? Glaubst du, dass wir deswegen verrückt sind?« Sie zeigt mit dem Finger zwischen uns hin und her. »Und was ist dein größter Fehler?«

Mein größter Fehler? Könnte ich mit ihr zusammen sein? Sind wir verrückt?

Sind wir verrückt?

Ich lasse nicht zu, dass sich Zweifel in diesen Moment mit Nora hineinschleichen. Das hier passiert zwischen uns, und ich will keine anderen Stimmen, nur ihre.

»Ich bin hier mit dir zusammen«, sage ich.

Sie wendet den Blick ab, muss aber ein Lächeln unterdrücken.

»Mein größter Fehler ist, dass ich mich für alle um mich herum zu sehr verantwortlich fühle. Manchmal ist es schlimm.« Es ist wie ein Schuldeingeständnis, aber ich möchte ehrlich zu ihr sein. Eine Sekunde lang kreuzen sich unsere Blicke, dann sieht sie wieder hinaus auf die Stadt. »Und ja, ich glaube, dass wir verrückt sind.«

»Im guten oder im schlechten Sinn?«

Wir haben beide gute Gründe zu der Annahme, dass der andere ein bisschen … ich würde nicht sagen verrückt … eher neugierig ist. Wir sind beide sehr neugierige Menschen. Ich bin ihr über eine Stunde lang von ihrem Job bis sonst wohin gefolgt. Ich habe ihre Familie auf Facebook gestalkt, und sie wusste früher, wer ich war, als sie mir vorgegaukelt hat. Wir sind also beide ziemlich neugierig … vielleicht ist das der Grund, warum wir uns so gut verstehen?

»Ist das ein Unterschied? Normalerweise endet es doch immer gleich, oder?«, frage ich.

Sie atmet tief ein und denkt darüber nach. »Ja, das stimmt.«

Wir sehen uns nicht an, spielen aber weiter. Die Fragen sind neutraler und unpersönlicher. Fragen, die man einem guten Freund stellen könnte. *Welche Jahreszeit magst du am liebsten?* Sie den Sommer, ich den Winter.

Schnee oder Regen? Ich nehme Schnee, sie entscheidet sich für Regen und erzählt mir von der Party zu ihrem dreizehnten Geburtstag, zu der niemand kam. Aber ihre Schwester stieg mit ihr auf das Dach ihrer Villa, wo sie während eines Wolkenbruchs tanzten. Als die Mädchen klatschnass wieder ins Haus kamen und die frisch gewischten Böden ruinierten, waren ihre Eltern wütend. Stausey nahm die ganze Schuld auf sich und behauptete, die Katze sei hinausgelaufen.

Dass sie die Katze erwähnt, führt dazu, dass sie mir mehr über Tali erzählt, die Familienkatze, die ihrer Mutter einmal auf den Rücken gesprungen war, als sie die Treppe runterging. Nora ist fest davon überzeugt, dass die Katze das ihr zuliebe getan hat, weil sie gerade zu zwei Wochen Hausarrest verdonnert worden war. Sie kann die Geschichte nicht zu Ende erzählen, weil sie so sehr lachen muss, und ich beschließe, dass mir das hier wirklich das Liebste auf der Welt ist: Ich liebe ihre Art, eine Geschichte zu erzählen, und wie sie jedes Detail berücksichtigt. Sie liefert die ganze Vorgeschichte und dazu noch alle Einzelheiten. Vielleicht sollte sie Schriftstellerin werden. Sie erzählt mir, wie ihre Schwester ihr die Haare geflochten und ihr beigebracht hat, wie man Lippenstift benutzt. Dann erfahre ich, wie ihre Mutter sich im Laufe der Jahre verändert hat. Aus einer ständig abgebrannten Bedienung in einem Café in Bogotá wurde die prominente Ehefrau eines der angesehensten Chirurgen des Landes.

Nora scheint vom Lebensstil ihrer Mutter nicht beeindruckt zu sein. Ich habe keine Ahnung, warum.

»Was sonst noch? Ich will die wichtigen Dinge wissen, nicht, womit sie ihr Geld verdient. Ich will wissen, was du an ihr am meisten magst. Erinnerungen und so was.«

Nora kommt immer näher, und sie fängt an, meine Brust mit ihren Fingern zu liebkosen. Sie fährt mit dem Zeigefinger über die Haare. »Warum stellst du immer so schrecklich aufdringliche Fragen?«

»Die sind nur aufdringlich, wenn du nicht willst, dass ich es weiß«, sage ich, und meine Stimme klingt viel trauriger als beabsichtigt.

»Also gut. Meine Mutter ist … na ja, sie ist …« Nora sucht nach Worten. »Sie hat den besten Milchreis gemacht.«

»Ist das dein Lieblingsdessert?«

»Es ist das Einzige, das ich mag.«

Mir fällt die Kinnlade runter. Das Einzige? Ich muss mich verhört haben. »Das Einzige?«

»Ja, das Einzige.« Sie senkt die Stimme zu einem Flüstern: »Hier kommt mein Geständnis: Ich mag eigentlich nichts Süßes, ich stehe mehr auf salzige Sachen.«

»Was? Du Heuchlerin!« Mein Entsetzen ist nur zur Hälfte gespielt. »Aber du bist Bäckerin … ich meine, Konditorin!«

»Na und?« Noras Lächeln wird breiter, und ich mag die Art, wie ihre Augen unter den Lichtern der Stadt funkeln.

»Na und? Das ist so … ich weiß überhaupt nicht mehr, wer du eigentlich bist.« Ich lache, und sie streichelt noch immer meine Brust.

»Du zweifelst also an mir, wenn ich zugebe, dass ich keine süßen Sachen mag, aber nicht, wenn ich dir von dem Chaos in meinem Leben erzähle.« Ich höre den Schmerz in ihrer Stimme, die Scham, die an jedem Wort klebt.

»Na ja, hin und wieder vermasselt jeder mal was«, versuche ich sie zu trösten. »Aber ich glaube, mit diesem Chaos hier komme ich nicht klar.«

Ich mache Anstalten, mich von ihr zu lösen. Sie hält mich am Arm fest, aber ich gebe nicht nach.

»Das ist einfach zu viel für mich.« Ich tue so, als müsste ich weinen. Einen Augenblick lang komme ich mir auf dem Dach dieser noblen Wohnung, in die ich nicht hineinpasse, wie ein verdammter Langweiler vor, aber der Augenblick geht vorbei, und ich beschließe, dass es mir scheißegal ist.

»Dieser Verrat!« Ich vergrabe das Gesicht in den Händen, und Nora kreischt vor Lachen.

»Oh, hör auf«, kichert sie und versucht, mir die Hände vom Gesicht zu ziehen.

Ich höre nicht auf. Sie lacht, und ich liebe es.

Verzweifelt schüttle ich den Kopf, meine Hände verstecken das breite Grinsen in meinem Gesicht. »Und ich habe geglaubt, dich zu kennen«, heule ich, und sie kann einfach nicht aufhören zu lachen, während sie wieder versucht, mir die Hände vom Gesicht zu ziehen.

Als sie heftiger an mir zieht, leiste ich keinen Widerstand mehr, und unsere Arme fliegen hoch. Ich umfasse ihre Taille und lege sie auf die Couch. Freudige Überraschung lässt ihr Gesicht aufleuchten, und sie blickt mich mit großen Augen an. Der Ausschnitt ihres Shirts sitzt lächerlich tief, nachdem ich ihr perfektes Outfit zerknittert habe. Ich fahre ihr mit der Nase quer über die Brust, folge der sanften Rundung unter dem Stoff.

»Was soll ich nur mit dir machen?«, frage ich, und sie stöhnt unter meinen hitzigen Berührungen. Ich lecke ihr über die Haut, ziehe mich zurück und halte eine Armlänge Abstand zwischen ihrem Körper und mir, dabei stütze ich mich auf die Hände wie beim Liegestütz.

»Ich hätte da ein paar Ideen«, sagt sie, und ihr Mund ist nur wenige Zentimeter von meinem entfernt.

Wenn ich mit Sicherheit wüsste, dass keiner der Nachbarn ihrer Schwester hier oben auftaucht, würde ich ihr den Kopf zwischen die Schenkel stecken.

28

Nora

»Was meinst du, sollen wir wieder reingehen?«, fragt er mich nach zwei weiteren Runden. Inzwischen liebe ich dieses Spiel, und er hat noch immer keine Frage ausgelassen. Er glaubt, dass ich es nicht merke.

Aber ich bekomme alles von ihm mit. Jetzt liege ich mit dem Kopf in seinem Schoß, und seine Finger berühren meine Kopfhaut, reiben sanft darüber. So könnte ich einschlafen. Wenn du so lange darauf verzichten musst, vergisst du, wie wichtig es ist, von einem anderen Menschen angefasst zu werden. Das ist in unserem Gehirn so angelegt – vom ersten bis zum letzten Tag unseres Lebens brauchen wir die Berührung eines anderen.

»Noch eine Runde«, schlage ich vor. Die wichtigsten Fragen habe ich mir für den Schluss aufgespart.

Landon tätschelt mir sanft den Kopf. »Okay, eine noch.«

Ich schließe die Augen und bereite mich innerlich auf die Wendung vor, die das Gespräch jetzt nehmen wird.

»Hast du mir geglaubt, als ich dir erzählt habe, dass Dakota dich betrügt? Hast du das Gefühl, sie beschützen zu müssen, weil ihr Bruder verschwunden ist?« Landons Finger auf meinem Kopf erstarren. Ich zwinge mich, weiterzureden. »Und …«

»Ihr Bruder ist nicht verschwunden.« Er schiebt mir die Hände unter die Achseln und hebt mich von seinem Schoß hoch.

Das ist es. Da liegt der Hund begraben.

»Das ist alles, was ich weiß«, sage ich vorsichtig. Die Geschichte hat sie mir in der Nacht erzählt, als ich sie dabei erwischt habe, wie sie im Schlaf seinen Namen rief. Ich meine, könnte irgendwas schlimmer sein?

Landons Gesicht ist von mir abgewandt. Ich setze mich auf und sehe auf die Tür zum Treppenhaus hinter uns.

»Dann weißt du überhaupt nichts«, sagt er ausdruckslos.

»Na, dann erzähl es mir. Denn das ist wie eine Mauer zwischen uns. Du willst Antworten auf all deine Fragen, aber du willst mir nichts zurückgeben. Das könnte dir so passen. Denn genau das bindet dich so stark an sie.«

Er schüttelt den Kopf, sieht mich aber immer noch nicht an. »Das zu erzählen, steht mir nicht zu.«

»O doch. Schließlich warst du ein Teil davon, es ist auch deine Geschichte.« Allmählich bin ich frustriert – ich könnte mehr Verständnis für ihn aufbringen, wenn ich wüsste, was überhaupt passiert ist. »Landon, du kannst mir vertrauen. Ich möchte nur, dass du dich öffnest.«

Die Ironie darin entgeht mir nicht.

Landon scheint darüber nachzudenken. Er sieht aus, als würde er sich unbehaglich fühlen, und ich komme mir vor wie ein Miststück, weil ich ihn so bedränge. Ich habe selbst genug Geheimnisse, die meinen Ex betreffen, und weiche immer aus, wenn Landon der Sache auf den Grund gehen will. Eines Tages werde ich ihm alles erzählen … schon bald. Ich brauche nur noch ein bisschen mehr Zeit, um zu verstehen, was los ist. Ich dachte, ich hätte mich entschieden, aber Landon vernebelt alles, sodass ich unsicher bin, was mir die Zukunft bringt.

Seine Stimme ist leise, und ich halte den Mund und lasse meine Hand neben seiner liegen, falls er sie nehmen will. »Carter hatte eine schwere Phase in der Schule. In unserem Viertel hatten es viele auf ihn abgesehen, und sein Vater gehörte dazu. Unser Viertel war das schlimmste von allen, lauter Familien aus Kentucky und West Virginia, die an ihrer Engstirnigkeit und alten Sitten festgehalten haben. Es war eins dieser Viertel, in denen statt einer Gardine eine Südstaatenflagge im Fenster hängt. Die Arbeitslosenquote war unglaublich hoch, und die Leute hatten nichts Besseres zu tun, als darüber zu tratschen, was die Jugendlichen machten. Es gab das Gerücht, dass Carter und sein bester Freund Julian …« Er zögert und starrt ins Leere. »Es hieß, dass sich die beiden küssten.«

»Und, war das so?« Mein Magen verkrampft sich, und obwohl ich das gar nicht hören will, weiß ich, dass ich es muss. Ich wünschte, ich könnte zaubern wie Landon und ihm etwas von diesem Schmerz nehmen, so wie er es bei mir tut.

»Ja. Die Leute haben größtenteils darüber hinweggesehen, haben Witze gemacht, dass Carters Klamotten ein bisschen zu eng und seine Stimme für ihren Geschmack ein bisschen zu hoch wäre. Lauter blöde Witze, die nur gezeigt haben, wie dumm sie waren. Alles war in Ordnung, bis ein kleiner Junge aus ihrer Straße behauptet hat, Carter habe versucht, ihn anzufassen. Von da an sind alle auf ihn losgegangen.«

Das Herz sinkt mir in die Magengrube, und ich starre ihn mit offenem Mund an. Seine Worte hallen in meinem Kopf wider und erschüttern mich tief. Mein Innerstes ist solchen Aufruhr nicht gewöhnt. Es ist schon eine Weile her, dass ich mir meiner selbst so bewusst war, meiner Art, auf das zu reagieren, was um mich herum passiert. Seit Landon zu meinem Leben gehört, interessiert es mich viel mehr, was darin vor sich geht.

»Und hat er es getan?«, frage ich und kenne die Antwort irgendwie schon.

Landon schüttelt heftig den Kopf. »Nein. So was hätte er nie getan. Die Leute um uns herum waren einfach giftig, ekelhaft und niederträchtig, und sie waren zu einfach gestrickt, um auch nur zu merken, wie dumm sie waren. Die Sorte Leute, die behaupten, dass sie …« Er zeichnet Anführungsstriche in die Luft. »… kein Problem mit Schwulen haben, solange sie nicht von ihnen angemacht werden. Und wenn man sie fragt, ob sie Schwule hassen, sagen sie trotzdem Nein.«

Ich kenne solche Leute. Die meisten Barbies auf meiner Schule waren genauso. Sie haben mir die schlimmsten Beleidigungen ins Gesicht gesagt, aber in ihrem Fall vermute ich, dass sie genau wussten, was sie taten. Wegen meiner Hautfarbe hat mich ein Mädchen mal gefragt, welche Tankstelle meiner Familie gehört. Dabei hatte mein Dad den Arsch ihrer Mutter vor dem Hautkrebs gerettet, den sie sich geholt hatte, weil sie zu lange in der Sonne gelegen hatte.

»Und so wurde in dem Viertel aus der Witzfigur Carter der Schurke. Es war die reinste Hexenjagd. Wie viele von den kleinen Jungs waren in Carters Nähe gewesen? Wie viele von den Jungs, mit denen er mit dem Fahrrad unterwegs war, hat er anzufassen versucht? Wie vielen der Jungs, denen er im Laufe der Jahre bei den Hausaufgaben geholfen hatte, hat er Gewalt angetan? Obwohl sonst niemand was gegen Carter vorgebracht hat und der Junge, der ihn beschuldigt hatte, sogar zugegeben hat, dass er gelogen hatte – sein älterer Bruder hatte ihn dazu verleitet, weil Carter ›ihm unheimlich war‹ – trotz allem zeigten die Beschuldigungen Wirkung. Und mehr Gründe brauchte sein Vater nicht, um seine Wut an ihm auszulassen. Aus dem Getuschel wurden laute Rufe und aus den Rufen drei große schwarze Buchstaben – GAY – an der

Außenwand des Hauses, und dann hatte sein Dad genug. Dakota und ich mussten ihn an dem Abend gemeinsam von seinem Sohn wegziehen. Am nächsten Morgen kam er nicht zur Schule.«

Landons Stimme bricht, und ich setze mich wieder auf seinen Schoß. Er umarmt mich, hält mich fest, als würde ihn das irgendwie trösten. Ich wische mir die Tränen von den Wangen, ohne zu wissen, wann sie zu laufen begonnen haben. Landon zeichnet ein Bild in so grellen Farben, dass mein Verstand es einfach nicht verarbeiten kann. Ich muss an die Nacht denken, als Dakota sich unter dem Küchentisch versteckt hat. Mir dreht sich fast der Magen um. Armes Mädchen.

»Beim Nachhausekommen haben wir ihn gefunden. Sie wollte nicht rausgehen.« Er räuspert sich, und ich schlinge die Arme um ihn und drücke seinen Kopf an meine Brust. »Ich musste sie aus dem Zimmer zerren, Nora. Sie ist völlig durchgedreht, sie war überhaupt nicht mehr bei sich, als ich sie aus seinem Zimmer gezogen habe. Sie schrie und schrie und hat mich sogar gekratzt, damit ich sie loslasse und sie wieder reingehen konnte, bevor die Polizei kam und ihn herunterholte. Er hatte sich in der Nacht erhängt, schwer verletzt von den Schlägen seines Vaters.«

Er zittert am ganzen Körper, und ich schluchze in sein Haar. Ich kann mir ihren Schmerz und das Trauma, das ein solches Erlebnis für so junge Menschen bedeutet, nicht mal vorstellen. Kein Wunder, dass die beiden sind, wie sie sind. Wenn Dakota Landon nicht gehabt hätte, was wäre dann wohl aus ihr geworden?

»Es tut mir leid. Es tut mir so leid«, sage ich und streichle seinen Rücken. Ich hätte ihn nicht zwingen sollen, mir das zu erzählen. Mit so etwas habe ich nicht gerechnet, als ich mit diesem blöden Spielchen angefangen habe.

»Ich hätte dich nicht so ausquetschen dürfen«, entschuldige ich mich heftig. Die Vorstellung, dass ein Junge so mies behandelt wird, nur weil er andere Jungs küsst, bricht mir das Herz. Selbstmord ist immer schrecklich, aber sich mit dem Suizid eines Jugendlichen abzufinden, ist besonders schwer. Wenn man jung ist, scheint alles so wichtig zu sein – jede Krise stellt deine ganze Welt auf den Kopf, und du siehst einfach kein Licht am Ende des Tunnels. Und es gibt keinen Trost, wenn es um die leere Zukunft eines unschuldigen Kindes geht.

»Psst.« Seine Arme umfangen meinen Rücken, und er sagt noch mal: »Psst. Alles ist gut.«

Tröstet er mich gerade?

Ich lege ihm eine Hand unter das Kinn, hebe es an und sehe ihm ins Gesicht. »Ich könnte tausend Jahre leben und würde dich immer noch nicht verdienen.«

Die Wahrheit liegt mir schwer auf der Seele, als er mich an seine Brust zieht. Ich verliebe mich gerade in ihn, ohne dass er irgendetwas dafür tun muss. Ich verliebe mich in ihn, und er muss meine Liebe nicht mal erwidern.

29

Landon

Auf der Uber-Fahrt zurück in meine Wohnung schweigt Nora, und ich fühle mich unbeschwerter als vorher. Trotz des peinlichen Abschieds von Stausey und ihrem Mann geht es mir irgendwie besser. Das Gefühl der Erleichterung wuchs mit jedem Wort, das Nora und ich auf dem Dach gewechselt haben. Jetzt, wo wir einen Teil der Mauer zwischen uns abgetragen haben, gibt es nicht mehr so viel, was uns trennt. Die Mauer ist noch da, aber Beziehungen sind eben nicht einfach. Je besser ich Nora kennenlerne, desto klarer wird mir, dass die Beziehung zwischen Dakota und mir zu viel für unser Alter war. Wir haben uns in eine gegenseitige Abhängigkeit geflüchtet, weil sie uns beruhigt hat, aber egal, was passiert: Ich werde immer für sie da sein. Nora scheint das jetzt besser zu verstehen.

Seit ich ihr von dem schlimmsten Tag in meinem Leben erzählt habe, fühle ich mich ihr näher. Aber warum muss ich sie mit meinem Schmerz belasten, damit wir uns einander näher fühlen? Es sollte einem nicht besser gehen, weil man den Schmerz miteinander teilt. Man sollte doch gemeinsam damit fertigwerden, oder?

Verdammt, ich habe keine Ahnung. Obwohl ich häufig an jenen Tag denke, habe ich die ganze Qual, die damit verbunden war, schon lange nicht mehr durchlebt. Carters Tod hatte den größten Einfluss darauf, wie ich geworden bin. Er hat alles infrage gestellt, was ich über Verlust und Liebe und Schmerz zu wissen glaubte. Ich hatte keine Ahnung, was Schmerz oder Leid bedeutet, bis ich Dakotas wild zuckenden Körper auf dem kalten Linoleumboden festhielt, während die Sanitäter den Leichnam ihres Bruders aus seinem Zimmer schleppten.

Sie mussten ihr eine Spritze geben, damit ihr Körper zur Ruhe kam. In der Nacht schlief sie in meinem Bett, zusammengerollt an meine Brust gekuschelt, und ich spürte, wie es ihr jedes Mal das Herz brach, wenn sie aufwachte und ihr klar wurde, dass es nicht nur ein Albtraum war. Ihr Bruder war tot. Dakotas Vater war nirgendwo zu finden, obwohl ich weiß, dass wir ihn in einer Bar gefunden hätten, wenn wir nur gründlich genug gesucht hätten.

Nora bebt noch immer in meinen Armen, und ich weiß nicht, ob es eine gute Idee war, es ihr zu erzählen. Vermutlich hätte ich einige Details auslassen sollen. Ich wünschte, die Erinnerung an jenen Tag würde endlich verblassen. Darauf warte ich schon lange, aber bis jetzt ist es nicht passiert.

Je weiter wir uns von Manhattan entfernen, desto größer wird die Distanz zwischen Nora und mir. Was dort auf dem Dach passiert ist, hat uns einander zweifellos nähergebracht, aber ob das so bleibt, wenn es immer dunkler wird und wir die glitzernde City hinter uns lassen? Oder wird die Dunkelheit uns erlauben, uns voreinander zu verstecken?

»Tut mir leid wegen heute Abend«, sagt Nora schließlich, als wir vor meinem Haus ankommen. Sie löst ihre Glieder von meinen und steigt langsam aus dem Wagen. Die ruhige Nacht von Brooklyn hat unsere Manhattaner Seifenblase zerplatzen lassen.

»So schlimm war es auch nicht«, sage ich schulterzuckend, damit sie sich ein bisschen besser fühlt.

Ich sehe an ihrem Gesicht, dass sie mir das nicht abnimmt. Als wir auf dem Gehweg stehen, sagt sie kein Wort.

»Willst du mit raufkommen?«, frage ich.

Als sie nickt, greife ich nach ihrer Hand.

Ich höre einen abgehackten Atemzug, dann durchschneidet Dakotas Stimme die Dunkelheit. »Du hast den ganzen Tag nicht auf meine Anrufe reagiert.«

Nora lässt meine Hand los. Dakota erhebt sich von dem Mauerabsatz, auf dem sie gesessen hat. Sie hat ein Blatt von einem Baum in der Hand und zupft daran herum, lässt kleine Stückchen auf den Gehweg fallen.

»Was machst du hier, Dakota?«, frage ich mit ruhiger Stimme. Es wäre so schön, wenn wir drei in der Lage wären, hier auf dem Gehweg vor meinem Haus vernünftig miteinander zu reden. Eine Gruppe junger Typen betritt den Laden unter meiner Wohnung, und ich sehe ihnen nach.

Ellen hat Dienst, offenbar allein. Ich betrachte die Leute im Laden und gleichzeitig die beiden Frauen vor mir. Nora steht ein kleines Stück hinter mir und sieht Dakota nicht an. Dakota steht immer noch an derselben Stelle und zupft immer noch an dem Blatt herum. Ich frage mich, ob Nora Dakota jetzt in einem anderen Licht sieht oder vielleicht ein bisschen mehr Verständnis für sie hat.

Ich lasse beide auf mich wirken und ertappe mich dabei, dass sich meine Erinnerungen mit der Realität vermischen. Gerade war ich noch in der Vergangenheit mit einer gebrochenen, schluchzenden Dakota, und jetzt steht sie vor mir, Haare und Haltung so wild wie immer. Sie wirkt nicht mehr kaputt. Aber heißt das auch, dass sie es nicht mehr ist?

Bestimmt nicht: Tessa sieht auch nicht so aus, und doch fällt sie auseinander, wenn man an den Nähten zieht.

»Ich hab den ganzen Tag versucht, dich anzurufen.« Dakotas Stimme ist leise, aber laut genug, dass ich den scharfen Unterton heraushören kann. »Ich bin schon zum zweiten Mal hier. Wollte gerade wieder gehen.« Unverhohlen starrt sie Nora an. »Du solltest mir doch wegen Michigan Bescheid sagen.«

Michigan – wie konnte ich das nur vergessen?

»Wie geht es ihm?«, frage ich und versuche, mir irgendeine Antwort zurechtzulegen.

»Unverändert. Da du meine Anrufe ignoriert hast …« Dakota starrt auf den Boden und sieht aus, als täten ihr die Worte weh. »… nehme ich an, dass das Nein bedeutet. Das hättest du mir auch einfach sagen können.«

Und da sind sie wieder, die Schuldgefühle. Habe ich das verdient? Ich weiß es nicht.

Manchmal lässt sich nicht so eindeutig sagen, was schwarz ist und was weiß, sodass man sich nicht sofort für eine Antwort entscheiden und hoffen kann, dass die Grautöne nicht existieren. Das hier ist so ein Moment. Ich bin ein guter Typ, oder? Ich bin ein treuer Freund und anständiger Bürger. Ich helfe Frauen, ihre Einkaufstüten zu tragen, und habe sogar mal einen Umschlag voller Bargeld – vierzig Dollar, um genau zu sein – in Saginaw zur Polizei gebracht. Ich habe mich nie als jemanden gesehen, dem es Freude bereitet, wenn andere leiden. Ich musste noch nie an meinen Motiven zweifeln oder der Tatsache ins Auge sehen, dass ich vielleicht doch nicht so vollkommen bin.

Das ist ein schräger Gedanke. Die ganze Zeit habe ich die Typen um mich herum verurteilt, all die Jungs, die ihre Freundinnen betrügen und ihre Kumpel hintergehen, und ich habe sie immer für den letzten Abschaum gehalten. Aber bin ich tatsächlich so viel besser?

Ich habe Dakota wegen Nora ins Gesicht gelogen. Ich habe mit

Nora geschlafen, und ich glaube, ich habe nicht mal daran gedacht, es Dakota zu erzählen. Und wenn, dann habe ich gedacht, dass es sie nichts angeht – aber warum eigentlich nicht? Dakota ist ein großer Teil meines Lebens. Sie vertraut mir, und dennoch wollte ich ihr die Sache mit Nora verheimlichen. Und um es noch schlimmer zu machen, habe ich Nora gleichzeitig ein schlechtes Gewissen gemacht, weil sie mir nichts über *ihre* Vergangenheit erzählen wollte.

Ich bin nicht der Gute hier, der nette Typ. Ich bin zu jemandem geworden, der andere manipuliert. Ob es Absicht war oder nicht, ist unerheblich. Ich hätte einfach *Ja* oder *Nein* zu Dakota sagen können, statt den ganzen Tag ihre Anrufe zu ignorieren, während ihr Dad im Sterben liegt! Was ist eigentlich los mit mir? Ist das so, wenn man Dates hat? Verliert man dann auf Kosten anderer Menschen den Kontakt zur Realität?

Das ist irgendwie nicht fair.

Und die Mühe nicht wert.

»Es tut mir leid. Ich hätte mich melden sollen, als du angerufen hast …«, setze ich an, während ich nicht aufhören kann, von Nora zu Dakota und wieder zurück zu starren. »Es war eine lange Nacht.«

Erst als die Worte schon ein paar Sekunden in der kühlen Luft hängen, merke ich, wie unsensibel mein Kommentar war.

»Oh, tut mir leid, dass ich deine *lange Nacht* gestört habe.« Dakotas Zähne sind gebleckt. »Ich fliege morgen früh. Deine Tante Reese holt mich vom Flughafen ab und bringt mich zum Krankenhaus.«

Als sie Tante Reese erwähnt, schmerzt mir die Brust. Ich vermisse sie. Während meiner gesamten Kindheit war sie immer ein Hafen der Normalität für mich. Sie und mein Onkel Jeb gehören zu meinen Lieblingsmenschen. Okay, gehörten. Als Jeb noch lebte.

»Es tut mir leid, Dakota.« Ich gehe einen Schritt auf sie zu, aber ihre Stimme lässt mich innehalten.

»Geh mit ihr.«

Es ist Noras Stimme.

Ich drehe mich um und sehe ihr ins Gesicht. Ich muss mich verhört haben. Ihre Augen wirken traurig. »Geh mit ihr, Landon.«

»Was?«, flüstere ich und lege ihr die Hände auf die Arme, die sie vor der Brust verschränkt hat.

Nora nickt und wiederholt leise: »Geh mit ihr. Es ist das einzig Richtige.«

Fragend neige ich den Kopf. Offenbar verstehe ich nicht ganz, was hier gerade passiert.

»Ich meine es ernst. Mit ihr zu trauern, nimmt uns nichts von dem, was wir haben. Es ist richtig. Tu es.«

»Landon kann selbst sprechen«, sagt Dakota. Ihre Stimme klingt wie eine angespannte Saite, die bis in unsere Kindheit zurückreicht.

»Ich wollte dir nur *helfen*«, wagt Nora einen Vorstoß, und Dakota macht einen Schritt auf sie zu. Ich weiß nicht, ob ich heute Abend für Frieden sorgen kann. Mir fehlt die Kraft, einen Zickenkrieg zu verhindern.

»Hört auf, ihr beiden«, sage ich und strecke seitlich die Arme aus, um sie auf Distanz voneinander zu halten.

Dakota bleibt stehen, hält aber nicht den Mund. »Maggy versucht auch die ganze Zeit, dich zu erwischen.«

Dakota mustert Nora mit schmalen Augen, und Nora zuckt die Schultern. »Na und? Ich wohne nicht mehr bei euch, was gibt es da noch zu reden?«

Die Antwort scheint Dakota nicht zu gefallen. Ich werfe wieder einen Blick in den kleinen Laden, um nach Ellen zu sehen. Hinter dem Ladentisch kann ich sie nicht entdecken. Ich mache einen Schritt auf den Laden zu, und Nora hält mich am Ärmel fest.

»Lass mich los«, schnauze ich sie an. Dann murmele ich schnell eine Entschuldigung, aber wahrscheinlich hat sie sie gar nicht gehört.

Als ich die Tür aufziehe, bezahlen die Typen gerade. Sie sind laut, und die beiden Kleineren spielen mit einem Schokoriegel Fangen. Nur einer der Jungs bemerkt mich überhaupt. Er sieht mich an, aber es scheint ihm egal zu sein, dass ich da bin.

Als ich durch die Tür nach draußen spähe, sehe ich, dass Dakota und Nora nah beieinanderstehen und miteinander reden. Offenbar schreit keine von beiden, das ist schon mal ein guter Anfang.

»Wie viel kostet das?«, fragt einer der Jungen Ellen. Für einen Teenager ist seine Stimme ziemlich tief, und ich finde, sie waren jetzt lange genug hier drin. Ellen packt eine kleine Tüte Doritos ein, selbstvergessen und mit geschickten Bewegungen. Sie nimmt eine Zehndollarnote von einem der Jungs entgegen und gibt ihm das Wechselgeld.

Der Junge blickt auf den Fünfer in seiner Hand. »Ich habe Ihnen einen Zwanziger gegeben.« Er hat ein Mountain Dew gekauft und eine Tüte Chips.

»Du hast mir zehn gegeben«, erklärt Ellen mit ausdrucksloser Stimme. Sie dreht den Kopf, als versuche sie zu verstehen, was hier los ist, und ich sehe, dass sie an sich selbst zweifelt.

Zum Rücken des Jungen sage ich: »Du hast ihr zehn gegeben. Und jetzt verschwindet hier.«

Langsam (gut, dass das hier kein Computerspiel ist, denn sonst würden sie schon alle auf dem Boden liegen) drehen sie sich um und mustern mich von Kopf bis Fuß. Ich betrachte die Kids, und als ich gerade einzuschätzen versuche, ob sie aggressiv werden oder nicht, höre ich Dakotas Stimme hinter mir.

»*Verdammt noch mal, raus hier!*«, schreit sie. »Egal, was für eine Scheiße ihr euch gerade überlegt – wenn ihr es tut, wird es euer Leben für immer versauen. Und wenn ihr ein Leben haben wollt, dann *verschwindet jetzt.*«

Die Jungs, fast noch Kinder (der Älteste kann höchstens fünfzehn sein), verdrücken sich schnell. Als sie an uns vorbeigehen, murmeln sie irgendetwas Unverständliches. Dakota blickt keinen von ihnen an, sondern mich.

Ich weiß nicht, was ich tun soll. Es ist so lange her, dass wir uns tatsächlich ohne Worte verständigen konnten. Es gab Zeiten, da konnten wir auf diese Art ganze Gespräche führen. Ich überlege, wie sie früher war, aber es ist schwer, die jüngere Version von ihr mit der zu vergleichen, die mich jetzt anstarrt. Es ist verwirrend, jemanden so gut zu verstehen und gleichzeitig keinerlei Verbindung zu ihm zu spüren. Dakotas Miene wirkt verblüfft, als ich mich zwinge wegzusehen. Carter ist mir heute Abend ganz frisch im Gedächtnis, und Dakota anzublicken, schmerzt mich.

Ich gehe auf die Ladentheke und die verwirrte Ellen zu. Sie hat die Plastiktüten unter der Kasse wieder gerade ausgerichtet. »Du musst vorsichtig sein, wenn du in dieser Gegend so spät abends allein arbeitest. Hast du irgendetwas, womit du dich schützen kannst?« Ich spähe hinter die Theke. Kartons voller Zeitungen stapeln sich zu ihren Füßen, daneben ein offener Werkzeugkasten. Okay, ich schätze, sie hätte einen Hammer nehmen können, wenn es nötig gewesen wäre …

»Mir geht es gut – und ich bin die Einzige, die so spät arbeiten kann«, sagt sie ein bisschen schroff.

Ich wünschte, für sie wäre es so sicher wie für mich, spätabends zu arbeiten, aber so ist es eben nicht. Und ich möchte sie nicht noch mehr in Verlegenheit bringen, indem ich sie frage, *warum* sie die Einzige ist, die nachts hier sein kann. Ich zweifle nicht an dem, was sie sagt, und ich will nicht aufdringlich sein.

»Okay, aber sei vorsichtig, ja?«, sage ich. »Und ruf deinen Dad an, wenn das nächste Mal so eine Horde Jungs hier auftaucht.«

Ellen verdreht die Augen, aber ich glaube ihr, als sie sagt, dass sie es tun wird. Nachdem ich ihr eine gute Nacht gewünscht und vorgeschlagen habe, für heute Abend Schluss zu machen und abzuschließen, gehe ich wieder nach draußen.

Als ich über die Schwelle trete, steht Dakota vor mir. »Geht es ihr gut?«

Ich nicke und suche über Dakotas Kopf hinweg nach Nora.

»Landon, ich habe dich vor Nora gewarnt. Ich weiß, du glaubst mir nicht, aber sie hat dich von Anfang an belogen.« Dakotas Stimme klingt gehetzt, und ich spüre ihren Zorn. »Sie wusste, dass wir zusammen waren. Sie hat mich belogen, und dich auch. Sie ist ...«

»Es reicht«, sage ich kurz angebunden.

Ich sehe Nora an, die mit geöffneten Lippen und hochgezogenen Schultern allein auf dem Gehweg steht. Sie gibt sich große Mühe, gleichgültig zu wirken, aber ich sehe, dass sie innerlich alle möglichen Theorien über Dakota und mich ausbrütet. Um alles noch schlimmer zu machen, nimmt Dakota mich bei der Hand. Nora zuckt zusammen, sagt aber nichts.

»Ich kann einfach nicht glauben, dass du dich mit ihr triffst und sie in deine Wohnung mitnimmst, während ich dich den ganzen Tag zu erreichen versuche. Es wäre weniger verletzend gewesen, wenn du es mir einfach gesagt hättest. So musste ich raten und mich wie eine besessene Ex benehmen, weil ich von keinem von euch eine richtige Antwort bekomme. Ihr beide habt euch in ein so kompliziertes Netz verstrickt, dass ihr da nicht mehr rauskommt.«

»Dakota.« Meine Wut spricht aus jedem einzelnen Buchstaben. »Ich habe gesagt, es reicht.«

»Landon.« Sie drückt meine Hand, aber ich entziehe sie ihr. »Frag sie nach ihrer reichen Familie und nach ihrem noch reicheren Ehemann. Er …«

Dakota redet weiter, ihre Stimme geht bei mir zum einen Ohr rein und zum anderen wieder raus. Ich höre kein Wort von dem, was sie sagt.

Ehemann?

»Als wir sie rausgeworfen haben, hat sie so getan, als könnte sie nirgendwo hin. Aber das *stimmt nicht* – sie hat eine Villa außerhalb der Stadt. Ich habe sie gesehen.«

Scarsdale. Die Art, wie sie sich umgezogen hat. Wie sie nicht zugelassen hat, dass ich ihr folge.

Blablabla … Dakota redet weiter. Nora blickt zu mir herüber und zieht die Brauen zusammen. Ich spüre, wie sich mein Gesicht verändert. Ich sehe es an ihrem verwirrten Blick.

Sie ist *verheiratet?*

Natürlich ist sie das.

30

Wie ein Zombie dränge ich mich an Dakota vorbei und bleibe vor Nora stehen. »Ein Ehemann?« Meine Stimme ist schrill, überschlägt sich fast.

Sie blinzelt mich an, und ich höre, wie sich Dakota mir von hinten nähert. Nora seufzt. »Das ist eine lange Geschichte.«

Eine lange Geschichte?

Eine lange Geschichte fügt viele Details zu etwas hinzu. Eine lange Geschichte ist viel einfacher als ein verdammter heimlicher Ehemann. Das hier ist schlimmer, als wenn sie eine Agentin wäre. Viel schlimmer.

»Eine Geschichte, die du mir nicht erzählt hast«, sage ich leise. »Eine ziemlich wichtige Geschichte.«

Nora nickt, sie wirkt ruhig und gefasst, das genaue Gegenteil von mir im Moment. Ich komme mir vor, als wäre ich in einen Schrank gesperrt worden, aus dem ich unmöglich entkommen kann. Ist sie diesen ganzen Ärger wert?

Ich sehe sie an, versuche, in sie hineinzublicken. Währenddessen denke ich daran, was für große Fortschritte wir heute Abend gemacht haben. Die Erinnerung an ihr Lachen hallt in meinem Kopf wider. Die Art, wie ihre Finger meine Haut massieren, und wie süß ihr Mund schmeckt.

Und noch was kann ich nicht vergessen: Sie hat dafür gesorgt, dass ich mit mir selbst zufrieden bin. So stark. So normal. So okay so, wie ich bin.

»Ich werde nicht die ganze Nacht hier herumstehen und mich mit ihr streiten«, flüstert Nora mir zu, gerade leise genug, dass Dakota sie nicht hören kann. Aber Dakota hat eindeutig andere Pläne. »Du hast es ihm also *nicht* erzählt?«, ruft sie laut. »Ach, mach dir nichts draus, uns hat sie es auch nicht erzählt, bis wir eines Tages eine Rechnung für ihn bekamen.«

Ich bin wie betäubt und höre nicht mehr, was sie sonst noch sagt, aber Dakota macht immer weiter mit ihrer Leier, und ich weiß, dass irgendein Wort einen von uns ausrasten lassen wird. Es ist wie der pfeifende Wind kurz vor einem Sturm – du spürst, dass er kommt.

Nora explodiert sofort. »Das ging dich damals schon nichts an, Dakota, und das tut es auch jetzt nicht. Ich habe dir nichts über mein Leben erzählt, weil es dich nichts angeht. Du hast kein Recht zu erfahren, was außerhalb der Wohnung passiert. Das Einzige, was dich betrifft, ist die Frage, ob ich die Miete bezahlt habe oder nicht.«

Dakota klappt den Mund zu und wieder auf. »Du …«

»Hört auf! Beide! Wir werden nicht die ganze Nacht hier stehen und uns streiten.« Ich sehe die beiden Frauen an, die exakt den gleichen Gesichtsausdruck haben. *»Hört auf«,* wiederhole ich, und die beiden sehen total überrascht aus, weil ich sie zurechtweise.

Dakota spricht als Erste wieder. »Wir streiten uns nicht. Ich sage der Lügnerin nur …«

»Hör auf!«, sage ich laut.

Dakotas Augen werden groß. Nora schweigt, sieht mich nur ruhig an. Ich muss mit ihr reden, allein. Solange Dakota dabei ist, werden wir nichts klären. »Dakota. Geh nach Hause, ich hole dich morgen früh ab. Texte mir die Flugdaten, dann versuche ich, noch einen Platz zu bekommen. Aber jetzt musst du gehen.« Ich sehe ihr ins Gesicht, damit sie versteht, dass ich es ernst meine.

»Du ziehst sie mir vor?«, fragt Dakota, und mein Magen schmerzt. Ich weiß, was sie denkt: Nach all der Zeit und trotz allem, was wir miteinander erlebt haben, entscheide ich mich gegen sie und für eine Fremde. So ist es nicht, aber so wird sie es deuten.

»Das hier ist kein Wettkampf. Wenn du jetzt nicht gehst, begleite ich dich morgen auf keinen Fall.«

Dakota starrt mich an und wartet darauf, dass ich noch etwas sage. Was ich nicht tue. Ich drehe mich zu Nora um, die zusieht, wie Dakota hinter mir weggeht. Ich kann sie aus dem Augenwinkel sehen, und wenn sie noch ein einziges Wort sagt, verliere ich wahrscheinlich die Beherrschung. Ich koche vor Wut auf diese beiden unberechenbaren Frauen und mich selbst, weil ich das ganze Chaos in meinem Leben einfach nicht in den Griff bekomme.

Langsam hebt Nora den Blick und sieht mir in die Augen. »Ich …«

Mit erhobener Hand gebe ich ihr zu verstehen, dass ich jetzt was sagen werde. Lustig, auf einmal will sie mit mir reden.

Ich dämpfe meine Stimme und warte, bis ein Mann mit seinem Hund vorbeigegangen ist. Der Hund bleibt stehen und pinkelt gegen einen Müllsack auf dem Gehweg. Dabei zuzuhören, ist wirklich eine ganz reizende Art, noch ein paar angespannte Sekunden zu verbringen.

»Bevor du was sagst, sollst du wissen, dass ich keine Spielchen mehr spiele. Ich bin fertig mit dem Frage-und-Antwort-überspringen-Spiel. Wenn du zu meinem Leben gehören willst, musst du mich zu deinem gehören lassen. Denk darüber nach, bevor du antwortest. Ich meine es ernst, Nora.«

Ich weiß nicht, wo ich mich da hineinreite, aber ich weiß, dass es nichts Schlimmeres geben kann, als hier draußen zu stehen, verliebt in diese Frau, und weiterhin überhaupt nicht zu wissen, wer sie wirklich ist. Ich würde gern glauben, dass ich sie besser kenne, dass es irgendeine magische Erklärung für ihre Geheimnisse gibt, aber wenn ich sie jetzt so ansehe, bin ich mir da absolut nicht sicher. Ich wünschte, ich würde sie besser kennen, und mir fehlt unser Dach in Manhattan.

Noras Augen glänzen, während ich auf sie hinabblicke. »Kann ich mit raufkommen?«, fragt sie und greift nach meiner Hand.

Ich entziehe mich ihr, nehme sie aber mit ins Haus.

31

Nora

Ist der Fahrstuhl immer so laut? Von dem veränderten Luftdruck und den mechanischen Geräuschen wird mir schlecht.

Oder zerrt mir das unvermeidliche Gespräch, das ich gleich mit Landon führen werde, an den Eingeweiden? Als wir aus dem Fahrstuhl treten, wirkt sogar das Licht im Flur heller als sonst, und wir gehen besonders langsam. Ein Teil von mir möchte Landon sagen, dass ich verschwinden muss, und dann würde ich weglaufen, ohne mich noch einmal umzudrehen.

Ich könnte ihn genauso schnell aus meinem Leben streichen, wie er hineingekommen ist.

Er steckt den Schlüssel ins Schloss und hält mir die Tür auf. Ich gehe unter seinem Arm hindurch, und er knipst das Flurlicht an. Dadurch wirken seine Züge schärfer, fast eckig, und seine weichen Lippen liegen im Schatten.

So kann ich mir leichter vorstellen, von ihm wegzugehen. Wenn das Licht im Wohnzimmer brennt und ich seine angeborene Leichtigkeit sehe, ist es nicht mehr so einfach.

Seit heute Abend sehe ich Landon mit anderen Augen. Bevor Dakota aufgetaucht ist, hat er mir eine andere Seite von sich gezeigt. Ich habe seinen Schmerz und seine Schuldgefühle gespürt, und ich habe den Beschützer in ihm gesehen, den Mann, der in einer schwierigen Lage sein Bestes gibt.

»Willst du was trinken?«, fragt er.

Ich folge ihm in die Küche, denke aber: *Nein. Oder hast du eine Flasche Wodka, die ich auf ex trinken kann?*

Landon schaltet das Deckenlicht nicht ein, und ich lausche, ob Tessa da ist. In der Wohnung ist es still. Entweder sie schläft, oder sie ist nicht da. Es ist spät, ich weiß nicht mal, wie spät genau.

»Ein Wasser, bitte.«

Er nimmt ein Gatorade und ein Wasser aus dem Kühlschrank und knallt die Tür zu.

Ist er wütend?

Was für eine dumme Frage, natürlich ist er das.

Ich folge ihm in sein Zimmer, und er sagt, dass er schnell duschen geht. Ich weiß nicht, ob die weitere Verzögerung die Lage verbessert oder verschlechtert. Ich nicke, und er schaltet das Licht ein, nimmt Klamotten aus der Kommode und lässt mich allein im Zimmer zurück. Ich lege mich aufs Bett und starre an die Decke.

Landon wird also mit Dakota nach Michigan fliegen. Nur die beiden, ihre Erinnerungen und ihre Heimatstadt. Ich lache mich selbst aus und wische mir schnell die Tränen weg. Ihr Dad liegt im Sterben: Es ist unglaublich egoistisch von mir, in so einem Augenblick überhaupt an mich selbst zu denken. Die traurige Wahrheit über das Schicksal von Dakotas Bruder ist nur eine Schicht von dem, was sie gemeinsam erlebt haben. Ich hätte mich von Anfang an nicht zwischen die beiden drängen sollen. Ich versuche, auf andere Gedanken zu kommen, und jetzt hat jeder in meiner Nähe darunter zu leiden.

Landon verdient ein ruhiges Leben. Er verdient Frieden, Ruhe und eine stabile Liebesbeziehung. Er ist zuverlässig, der Typ Mann, der dafür sorgt, dass alles in Ordnung ist. Mit ihm müsste ich mir keine Sorgen machen. Aber die Kehrseite der Medaille ist, dass er selbst dabei zu kurz käme. Im Tausch gegen die Geborgenheit, die er mir geben könnte, würde er in das hektische Netz meines Lebens geraten. Er hat eine nette Familie, keine, die von Gier und der Sucht nach Prestige getrieben ist.

Tränen brennen mir in den Augen, und ich zwinge mich dazu, mich aufzusetzen und zusammenzureißen. Schluchzend auf seinem Bett zu sitzen und mir selbst leidzutun, bringt mich keinen Schritt weiter. Heute ist der letzte Abend, an dem er mir gehört, das letzte Mal, dass ich seine Hände auf mir spüren werde, wenn ich überhaupt so viel Glück habe.

Ich steige aus dem Bett und gehe ins Bad. Die Tür ist nicht abgeschlossen, Dampf wabert auf den Flur hinaus. Schnell drücke ich die Tür von innen zu und schließe ab. Ich lasse meine Kleider auf den Boden fallen, atme tief ein und steige dann in die Dusche. Landon steht unter dem Wasserstrahl, der Dampf hüllt seinen nackten Körper ein. Seine Augen sind geschlossen, und er hat das Kinn angehoben, sodass sein Gesicht direkt unter dem Wasserstrahl ist. Mit keiner Bewegung gibt er zu erkennen, ob er mich bemerkt hat, aber er zuckt nicht zusammen, als ich die Arme um ihn schlinge.

Ich lege die Wange an seinen nassen Rücken und halte ihn fest. So bleiben wir stehen, Minuten, Stunden, wer weiß schon, wie lange, und dann endlich dreht er sich zu mir um. Seine Hände umfassen meinen Rücken, und ich lehne mich an seine Brust. Sein Herz schlägt für mich, und meins sehnt sich schmerzlich nach ihm.

Als ich sein Kinn anhebe und ihn zu küssen versuche, dreht er den Kopf weg. Schmerz durchbohrt mich. An dieses Gefühl sollte ich mich besser gewöhnen. Wenn ich ihm alles erzählt habe und er Zeit allein mit Dakota verbracht hat, sind wir sowieso fertig miteinander. Seit ich ihn das erste Mal geküsst habe, wusste ich, dass dieser Tag kommen würde, aber ich habe nicht damit gerechnet, dass es mir so viel ausmachen würde. Die ganze Sache sollte einfach nur Spaß machen. Ich würde die ältere Frau sein, die er nur zum Spaß ein paar Wochen lang ficken könnte, und dann würden wir wieder getrennte Wege gehen. Aber als er sich jetzt von mir wegdreht, weiß ich nicht, wie es mit uns so weit kommen konnte. Wann haben wir die Grenze zwischen Freundschaft und dem hier überschritten?

Und was ist das hier überhaupt?

»Es tut mir leid, dass …«, fange ich an, mich zu entschuldigen. Ich weiß nicht mal, womit ich anfangen soll.

»Nicht. Lass uns reden, wenn wir …« Er blickt an mir hinunter. »Ziehen wir uns erst mal an.«

Ich stimme zu. Nicht, weil ich es möchte, sondern weil er es möchte. Im Moment will ich alles, was er will.

Als wir aus der Dusche steigen, greift er nach einem Handtuch und dreht sich dann zu mir um. Landon bückt sich und reibt mir mit dem Handtuch über die Füße, die Waden hinauf und trocknet mich ab. Er ist selbst tropfnass, aber er kniet zu meinen Füßen und quält sich damit herum, mich abzutrocknen.

Meine Kehle brennt vor lauter ungesagten Worten, aber ich kann sie nicht aussprechen. Ich ziehe an seinen Armen und bringe ihn dazu aufzustehen. Mit demselben Handtuch trockne ich jetzt ihn ab. Er hält mich nicht davon ab, schließt die Augen, und ich lasse mir Zeit, seine Haut von den Wassertröpfchen zu befreien. Ich bitte ihn, sich auf die Toilette zu setzen, damit ich an seine Haare herankomme, und er tut mir den Gefallen. Er hat Augen und Mund geschlossen, und ich wünschte, ich könnte zu dem Tag zurückspulen, an dem ich ihn kennengelernt habe, und alles noch mal von vorn tun. Wenn das hier einer der Fantasyromane wäre, die er so liebt, könnte ich einen Zauber wirken und die Zeit zurückdrehen. Ich würde irgendeinen Wahrheitstrank zusammenbrauen und ihn mir selbst verabreichen, sodass ich von Anfang an gezwungen wäre, ihm die Wahrheit zu sagen.

Ich greife nach seinen Klamotten, die auf dem Toilettendeckel liegen, und nehme den schwarzen Slip in die Hand. Ich bücke mich, berühre seinen Oberschenkel, und er lässt zu, dass ich ihn anziehe. Er ballt die Faust und öffnet sie, und das wiederholt er immer wieder, bis ich fertig bin. Sein grünes T-Shirt ist zerknittert und sein nasses Haar ein einziges Chaos. Sein Anblick tut mir weh.

Danach trockne ich mich zu Ende ab und hebe meine schwarze Hose vom Boden auf. Er zieht daran und nimmt sie mir ab. »Ich gebe dir was zum Anziehen«, sagt er und sammelt meine Klamotten vom Fußboden auf.

Ich wickle mich in das Handtuch und folge ihm in sein Zimmer. Als sich die Tür hinter uns schließt, lasse ich das Handtuch fallen. Landons Blick schweift über meinen nackten Körper, und ich erschauere. Er öffnet eine Schublade und reicht mir einen hellgrauen Slip und ein ärmelloses Shirt.

Als ich mich anziehe, sieht er mich nicht an, und ich fühle mich innerlich ganz leer. Ich weiß, es ist oberflächlich, sich zu wünschen, dass er sich nach meinem Körper sehnt, aber dass er bewusst wegsieht, verunsichert mich nur noch mehr.

Als ich angezogen bin und mich trotzdem verletzlicher fühle als vorher, setze ich mich auf den Bettrand. Er trinkt einen Schluck von seinem Gatorade und setzt sich neben mich. Er gibt mir mein Wasser.

Es hat keinen Sinn, es noch länger hinauszuzögern.

»Ich habe geheiratet, als ich neunzehn war«, sage ich.

Landon atmet tief ein und hält den Blick geradeaus auf die Wand gerichtet.

»Ich habe das aus mehreren Gründen getan. Um gegen meine Eltern zu rebellieren, um *seine* Eltern so richtig zu nerven und um ohne Studiengebühren aufs College zu gehen. Von meinen Eltern wollte ich dafür keinen Cent. Amir zu heiraten, war meine Art, das zu vermeiden. Sobald ich verheiratet war, war mein Einkommen nicht mehr an den Reichtum meiner Familie gebunden.«

Landon scheint das zu verarbeiten und dringt sofort zum Kern der Sache vor, wie immer. »Und wo ist dein Mann jetzt?«

Wenn es nur so einfach wäre.

»Mein Mann ist auf einem Feld irgendwo zwischen hier und Scarsdale.«

Jedenfalls ist seine Seele irgendwo dort.

Landon runzelt die Stirn und blickt zu mir herüber.

»Anfangs waren wir einfach nur Kids, die ein Papier unterschrieben hatten und dann plötzlich verheiratet waren. Wir hatten beide das Gefühl, uns aus dem eisernen Griff unserer Eltern zu befreien. Wir waren frisch verliebt, die Art von Verliebtheit, bei der alles großartig ist, bis ein echtes Problem auftaucht.« Ich halte inne.

Liebst du mich auch auf diese Art?, möchte ich ihn fragen.

»Und als dann echte Probleme aufgetaucht sind wie sein Trinken und sein Scheitern auf dem College …«

Ich hätte es aufschreiben sollen. Das wäre viel leichter gewesen, als eine so komplizierte Situation zu erklären.

»… seine Eltern haben mich dafür verantwortlich gemacht und gedroht, ihm den Geldhahn zuzudrehen. Aber ich konnte ihn nicht zur Vernunft bringen, ich erkannte ihn kaum wieder. Ich habe es versucht, und natürlich war er wütend auf mich. Aber er hat gesagt, seine Familie wolle, dass er etwas unterschreibt, damit sie Land verkaufen können, das sie in seinem Namen gekauft hatten. Den Grund dafür hat er mir nicht verraten, aber ich habe

Nachforschungen angestellt und herausgefunden, dass seine Eltern das Land zu Geld machen wollten. Natürlich haben sie sich um ihren Sohn gesorgt, aber sie hatten schon Jahre vor dem Unfall sein ganzes Leben für ihn durchgeplant. Und als ihr Vorhaben zu scheitern schien, kamen sie mit einem Plan B um die Ecke: Ich sollte ihnen Geld geben und das Land gleich dazu. So hätten sie ein weiteres Krankenhaus unter ihrem Namen eröffnen können. Sie wollten, dass er ihnen dieses Land schenkt, wie es sein treu ergebener Bruder getan hatte, aber Amir hat sich geweigert. Ich erinnere mich noch an den Tag, an dem ich ihn aus dem Büro seines Vaters zerren musste. Er war außer sich vor Wut, hat herumgebrüllt, sein Vater sei ein Lügner und Betrüger. Auf dem ganzen Heimweg hat er kein Wort gesagt, aber an dem Tag ist mir klargeworden, dass ich einen Freund geheiratet hatte und keinen Geliebten. Auf dem Papier war alles perfekt. Unsere Väter waren Geschäftspartner, unsere Geschwister verlobt, wir hatten beide die Welt bereist und kamen aus wohlhabenden Familien. Das Problem war, dass wir sonst nichts gemeinsam hatten. Ich liebte backen, während er es hasste. Er wollte mir weder dabei helfen noch wollte er die Sachen probieren, die ich machte. Er war die ganze Zeit mit Immobilien beschäftigt, was mich nicht interessiert hat. Unsere Familien waren durch Geld und ihre Egos verbunden, und wir spielten ihr Spiel einfach mit, ohne dass es uns klar war. Irgendwann überlegten wir uns dann, wie toll es wäre, wenn wir keine pompöse Hochzeit ausrichten würden. Damit konnten wir unsere Familien richtig wütend machen. Also taten wir uns zusammen. Aber eigentlich gab es keine tiefere Verbindung zwischen uns. Weder emotional noch körperlich.« Nachdem ich Landon all das gestanden habe, bin ich völlig außer Atem. Ich habe bisher mit niemand darüber gesprochen und alles was er darauf antwortet ist:

»Und was hat das mit deinem Leben heute zu tun? Seid ihr getrennt oder nicht?«

Landon ist jung. Zu jung, um sich über Trennungen und Ehen und notarielle Urkunden und Grundbesitz Gedanken zu machen. Er kennt nur seine Gefühle. Die Machtkämpfe in einer reichen Familie versteht er nicht. Er ist unverdorben, und dann komme ich und beschmutze ihn.

»Weil …« Ich atme tief ein und setze neu an. »Jetzt, wo er selbst nicht mehr unterschreiben kann, erwarten sie von mir, dass ich ihnen das Land einfach überlasse. Aber das werde ich nicht. Amir schuldet seiner Familie gar nichts, und ich auch nicht. Wenn ich nicht wäre, hätten sie die Maschinen schon längst abschalten und ihn sterben lassen.«

Landons Kopf fährt zu mir herum. Mühsam versucht er, zwei und zwei zusammenzuzählen.

Warum habe ich ihm das nicht einfach erzählt? Jetzt, wo es ausgesprochen ist, kommt es mir gar nicht mehr so schlimm vor. Ich wünschte, alles wäre ganz einfach. Wahrscheinlich klingt das alles nach den Problemen eines reichen Mädchens, aber deswegen spielen sie in meinem Leben trotzdem eine große Rolle.

»Wir waren nie glücklich verheiratet. Wir waren Freunde aus Kindertagen, die eine erwachsene Entscheidung getroffen haben, ohne wirklich bereit dafür zu sein. Es war leichter, verheiratet zu bleiben, aber haben uns auch mit anderen getroffen. Na ja, er jedenfalls.«

»Eins verstehe ich noch nicht.« Landon reibt sich den Nacken. »Wie lange ist er schon …«

»In Pflege?«, beende ich die Frage für ihn. »Ein häuslicher Pflegedienst kümmert sich um ihn. Er hat eine eigene Krankenschwester bei sich zu Hause.«

»Bei *dir* zu Hause«, stellt er richtig.

»Streng genommen schon, ja.«

»Was kommt denn da noch? Streng genommen bist du verheiratet und hast einen ganzen Teil deines Lebens vor mir verheimlicht, bis jemand anders dich gezwungen hat, die Wahrheit zu sagen. Warum hast du mir all das nicht einfach erzählt? Ich wäre damit klargekommen ... mit dir. Aber jetzt kommt mir alles an dir unecht und unehrlich vor, und ich weiß nicht, was ich glauben soll.«

Ich schlucke. »Ich weiß. Es tut mir leid, dass ich dich da hineingezogen habe.«

Mit einer raschen Bewegung dreht Landon sich zu mir. Sein Blick ist streng. »Nein, du hast mich nirgendwo hineingezogen. Du hast mich aus allem herausgehalten, bis es nicht mehr ging. Gott weiß, wie lange du mich noch im Unklaren gelassen hättest.«

Ich zucke mit den Schultern. Darauf habe ich keine Antwort.

»Hast du geglaubt, mir diese Sache nicht anvertrauen zu können? Das verstehe ich einfach nicht.«

»Es ist nicht so, dass ich dir nicht vertraut hätte. Aber das ist echt heftiger Scheiß. Du gehst aufs *College,* Landon.« Ich blicke auf seine zitternden Hände in seinem Schoß und dann wieder in seine Augen. »Du hast Prüfungen, auf die du dich vorbereiten musst, und du hast ein eigenes Leben. Du bist jung, du solltest dir über so einen Mist keine Gedanken machen müssen.«

Er kommt auf die Beine und wedelt mit den Armen, sodass er das hölzerne Kopfende des Bettes trifft. »Sag du mir nicht, worüber ich mir Gedanken machen soll!«

Ich komme ebenfalls auf die Füße. »Du solltest überhaupt nicht so in mein Leben verwickelt sein!«, schreie ich zurück.

»Okay, Nora. Mach nur so weiter und versuch, die Sache umzudrehen und so zu tun, als wäre es mein Fehler. Überleg es dir:

Entweder willst du mich, dann kommen wir gemeinsam damit klar. Oder du willst mich nicht.«

Ich blinzele ihn an. »Was?«

»Was?«, wiederholt er, beide Hände erhoben.

Ich fühle die Tränen über mein Gesicht laufen und kann sie nicht mehr aufhalten. »Ich kann einfach nicht glauben, dass du mich nach all dem immer noch zu akzeptieren versuchst … und mir noch eine Chance geben willst.«

Ich könnte tausend Jahre leben und würde ihn immer noch nicht verdienen.

Er schüttelt den Kopf und hört auf, im Zimmer auf und ab zu laufen. »Also, was willst du? Du entscheidest.«

»Was ist mit Dakota?«, frage ich.

Seine Augen schleudern Blitze. »Was soll mit ihr sein?«

»Du fliegst mit ihr nach Michigan. Ihr zwei werdet allein sein …«

»Willst du mich verarschen? Ist es *das*, was dich beunruhigt?« Er setzt sich auf das Bett und legt die Hände vor das Gesicht.

Ich hatte erwartet, dass dieses Gespräch anders verlaufen würde. Ich dachte, wir würden in sein Zimmer gehen und zu dem Schluss kommen, dass die ganze Sache einfach zu chaotisch ist … und dass er traurig sein würde, weil ich gehe, es ihm aber morgen wieder gut gehen würde. Mein Kopf dröhnt.

Vielleicht kann ich ja doch mit Dakota konkurrieren? Vielleicht entscheidet er sich ja doch für mich?

Die Geschichte mit ihrem Bruder verfolgt mich, verfolgt die beiden. Die Art, wie Dakota Landon in den Minimarkt gefolgt ist, während ich nur dort auf dem Gehweg stand. Ich habe gesehen, wie sie seine Hand genommen hat, und auch, dass er sie nicht weggezogen hat. Als sie endlich gegangen ist, hat sie in ihre Hände geschluchzt. Und das bedeutet, dass meine erste Liebe längst vorbei ist, ihre aber nicht.

»Berühr mich«, sage ich. Ich gehe zu ihm, stelle mich direkt vor ihn und bettele ihn an, mich anzufassen. Ich will eine letzte Nacht mit ihm. Seine Hand schwebt über meinem Gesicht, und ich schließe die Augen, als er mir mit dem Daumen über die Wange fährt.

»Es tut mir leid«, sage ich, während sein Finger über meine Lippen gleitet. Ich sage ihm nicht, was mir leidtut, aber bald wird er es verstehen. Und dann wird er mir dankbar sein, dass ich mich von ihm zurückgezogen habe. Besser spät als nie.

Ich weiß, wie ich das hier beenden kann, wie ich ihn überwältigen und ablenken kann, während ich es beende.

Meine Hände bewegen sich zu seinem Bauch, zu diesen harten Muskeln, und ich ziehe ihn an seinem Hemd näher heran. Sein weicher Mund berührt meine Lippen. Ich könnte ihn küssen und immer weiter küssen, ohne jemals genug zu bekommen. Ich stoße ihn auf das Bett zurück und klettere auf ihn. Ich nehme ihn ganz in mich auf und lasse die Hüften über ihm kreisen. Mein Haar fällt mir über den Rücken, nass und kalt, und Landons Hände wandern aufwärts, um meine Brüste zu liebkosen. Ich lasse mir Zeit, fahre ihm langsam mit den Fingernägeln über den straffen Bauch, während ich mich auf ihm bewege. Er seufzt und keucht und sagt meinen Namen. Ich sage ihm, dass ich nicht genug von ihm bekommen kann, und er sagt dasselbe zu mir und zieht mich an seine Brust, während er kommt. Ich fühle ihn vor Lust erschauern und versuche, nicht zu weinen.

Was ist mit mir passiert? Wer ist diese schwache Frau, die weinend auf einem Jungen sitzt, für den sie zu kompliziert ist, als dass er sie lieben könnte?

Ich lege den Kopf auf seine Brust und schließe die Augen, bevor die Tränen fallen können. Ich atme ein und aus und hoffe, dass er nicht merkt, was ich empfinde.

Als er einschläft, sammle ich meine Klamotten zusammen und lasse ihn in der Stille von Brooklyn allein.

* * *

Als ich das Tor des Hauses erreiche, sind meine Augen geschwollen und schmerzen. Meine Brust ist schwer, mein Körper schwach. Die Fahrt hierher war lang, und es war zu spät, um einen Fahrer zu rufen. Während der gesamten Zugfahrt habe ich den leeren Sitz gegenüber angestarrt und an den Abend gedacht, als Landon mir gefolgt war. Je mehr ich mich anstrenge, die Erinnerungen zu unterdrücken, desto heftiger drängen sie sich mir auf.

Ich gebe den Code für das große Eisentor ein, und das Taxi, in das ich am Bahnhof gestiegen bin, fährt weg. Quietschend öffnet sich das Tor, und ich gehe langsam die weite Auffahrt hinauf. Beschnittene Bäume und gepflegte Beete säumen den Weg, als gäbe es Leben auf diesem Grundstück. Ich blicke zu dem dunklen Haus auf dem Hügel hoch. Hier gibt es kein Leben.

Das Haus ist still bis auf das leise Blubbern des Aquariums und das Piepen der Maschinen, als ich mich dem großen Schlafzimmer nähere. Der Wagen der Krankenschwester steht draußen, also muss sie irgendwo hier sein. Jeder meiner Schritte hallt von den Wänden wider, und ich frage mich, ob ich dieses riesige Haus lieben würde, wenn die Dinge anders lägen.

Hätte ich meinen Mann lieben gelernt und in diesem Haus eine Familie gegründet? Ich blicke zu dem Kronleuchter auf, der sich ganz leicht über mir bewegt, und betrachte die teuren Kunstwerke an den Wänden. Einzigartige Gemälde und Kronleuchter für einen Mann, der sie nie sehen wird.

Die Schlafzimmertür ist nicht abgeschlossen, natürlich nicht. Ich stoße sie auf.

Amir sitzt in seinem Stuhl.

Seine Augen sind geschlossen.

Er ist frisch rasiert, sein weißes Baumwollhemd ist oben nicht zugeknöpft.

Er war so ein schöner Mann.

Er *ist* so ein schöner Mann.

Morgen früh werde ich Jennifer, seine Pflegerin, anschreien, weil sie ihn die ganze Nacht in seinem Rollstuhl sitzen lässt, aber jetzt lasse ich erst mal meine Tasche fallen und setze mich zu seinen Füßen. Ich hebe seinen schweren Arm an und lege den Kopf in seinen Schoß. Das Beatmungsgerät zischt, und ich entferne den Schlauch von meinen Füßen und lege mir seinen Arm um den Kopf.

Ich weine nicht, und zum ersten Mal seit langer Zeit kann ich mir vorstellen, hier zu leben, in diesem Zimmer, mit meinem schweigenden Ehemann, für den Rest meines Lebens.

32

Landon

Der Flug kommt mir viel länger vor als drei Stunden. Ich hatte Glück, so kurzfristig überhaupt noch einen Platz zu bekommen, aber an diesem Morgen fasziniert mich überhaupt nichts. Als ich allein in einem leeren Bett und mit einer Textnachricht von Dakota aufgewacht bin, war die Sonne noch nicht aufgegangen. Nora ist mitten in der Nacht gegangen und verunsichert mich damit mal wieder.

Ich fühle mich viel älter als zwanzig, und Dakota wirkt so viel düsterer als die tanzende Ballerina, die ich mal geliebt habe. Ihre Lider sind schwer, als wir landen, und immer noch geschwollen von den Tränen, die sie in der letzten Nacht geweint hat.

Ich sehe sie nicht lange genug an, um mich schuldig zu fühlen. Diese Tränen galten nicht mir. Sie galten ihr selbst.

Während Nora in meinem Bett lag, hat Dakota schluchzend in ihrem eigenen gelegen.

Als wir an der Gepäckausgabe stehen, starrt Dakota mit leerem Blick auf das kreisende Kofferlaufband, also sage ich ihr, dass sie sich hinsetzen soll. Sie nickt. Ich deute auf die leere Stuhlreihe neben ihr, und sie setzt sich.

Neben mir hält eine Frau ihr Baby im Arm, und ich stelle mir vor, wie Nora das Baby ihrer Schwester hält. Als ich eine Frau mit langen dunklen Haaren sehe, denke ich an Nora; sogar die Werbung für *Game of Thrones* auf dem Bildschirm im Flugzeug lässt mich an sie denken. Alles erinnert mich an sie, und ein kleiner Teil von mir hofft, dass sie auch nichts ansehen kann, ohne an mich zu denken.

Die Koffer kommen schnell, und ich nehme sie vom Förderband und gehe zu Dakota, die aussieht, als würde sie gleich einschlafen.

»Alles okay?«, frage ich.

Mit leeren braunen Augen blickt sie zu mir auf und nickt. »Mir geht's gut.«

Ich unterdrücke den Drang, weiter nachzufragen, und nicke, statt ihr zu sagen, dass ich das überhaupt nicht glaube.

Der gemietete Kia ist okay, aber trotz der Rauchverbotsaufkleber, die überall im Innenraum verteilt sind, riecht er nach Zigarettenrauch. Während der Fahrt schweigt Dakota, und ich bin so auf ihren Zustand konzentriert, dass ich eine Weile brauche, bis ich meine alte Stadt wiedererkenne, die jetzt vor der Windschutzscheibe auftaucht. Ich fahre schweigend, meine Hände umklammern das Lenkrad, während wir an dem alten Gebäude vorbeifahren, in dem der Blockbuster-Videoshop untergebracht war, zu dem meine Mutter mich am Freitagabend immer mitnahm. Jeden Freitagabend haben wir bei Pizza Hut bestellt und einen Film ausgeliehen. Jetzt wirkt das Gebäude so verlassen wie der eingestaubte alte Videorekorder auf dem Kaminsims im Wohnzimmer meiner Mutter in Washington. Ich spähe zu Dakota hinüber und frage mich, ob sie noch weiß, wie sie einmal Liebesperlen vorne aus der Ladentheke geklaut hat. Unbekümmert rannten wir die ganze Straße hinunter, während Carl, der kleine blonde Manager, uns jagte. In der Stadt kursierte das Gerücht, Carl sei gerade erst aus dem Gefängnis entlassen worden, und vielleicht stimmte das auch, aber er hat uns nie gekriegt. Danach habe ich meiner Mom erzählt, dass ich eher auf Fernsehen stehe als auf Leihvideos, und glücklicherweise hat sie mir das abgekauft.

Je weiter ich nach Saginaw hineinfahre, desto mehr ergreifen mich die Wurzeln der Stadt. Ich komme mir vor wie ein Fremder, ein Eindringling. Mit meinen zwanzig Jahren habe ich mehr von unserem Land gesehen als die meisten Leute in dieser Stadt. Als wir an einer roten Ampel an der Kreuzung zwischen *Woodman's* und *Airway Medical* anhalten, blicke ich wieder zu Dakota rüber.

»Sie haben den McDonald's abgerissen.« Wir hatten einen klassischen McDonald's genau dort an der Ecke, aber jetzt ist davon nur noch ein betoniertes Grundstück übrig.

Dakota sieht nicht mich an, sondern späht aus dem Fenster. »Es gibt einen neuen«, sagt sie und zeigt auf ein kastenförmiges Gebäude mit gelben Bögen an der Straße davor. Dann lässt sie die Hand wieder in den Schoß fallen.

Ich deute mit einem Nicken auf ein anderes Stück Beton. Früher war dort eine Bar, die im Ort sehr beliebt war. »Was ist mit *Dizzy's* passiert?« Erinnerungen daran, wie ich Dakotas Dad durch die Tür nach draußen zerre, überfluten mich, aber ich lasse mir nichts anmerken – kein Lächeln und kein Stirnrunzeln zeigen sich in meinem Gesicht.

Dakota zuckt mit den Schultern. »Es soll abgebrannt sein. Das überrascht mich nicht.«

Eine ferne Erinnerung bahnt sich ihren Weg in mein Gehirn und breitet sich vor meinem geistigen Auge aus.

Dale, Dakotas Dad, lehnt in der überfüllten Bar an der Wand. In einer Hand hält er ein Bier, die andere hat er einer kleinen Brünetten um die Taille gelegt. Der Körper der Frau ist stämmig und kompakt.

Das Haar liegt ihr in Locken um das Gesicht, und es ist klar, dass sie ihre beste Zeit in den Achtzigern hatte, denn sie versucht immer noch krampfhaft, den Stil beizubehalten.

Als Dakota sich durch die Menge schiebt, folge ich ihr dichtauf. Sie hat ihren Dad gefunden, er ist besoffen vom Alk und berauscht von dieser Frau. Bevor er sie überhaupt bemerkt, reißt Dakota ihm das Bier aus der Hand und wirft es in den Mülleimer neben seinen Füßen.

»Verdammt, was soll das?« Er blickt auf und sieht seine Tochter, die sich aufrichtet, tief einatmet und sich kampfbereit macht.

»Los, wir gehen«, zischt Dakota zwischen zusammengebissenen Zähnen.

Er blickt sie an und besitzt die Frechheit, zu lachen. Er lacht tatsächlich seiner einzigen Tochter ins Gesicht.

Die Frau mit der aufgeplusterten Frisur sieht von Dakota zu dieser armseligen Entschuldigung für einen Vater und dann zu mir. Ich werfe ihr einen warnenden Blick zu, aber sie rührt sich nicht von der Stelle. Stattdessen trinkt sie einen Schluck und strafft die Schultern.

Dakota zupft an Dales Hemd. »Los, wir gehen.«

Er runzelt die Stirn und blickt in seine leeren Hände. »Was ssum Teufel … machssu hier?«, lallt er.

Mir dreht sich fast der Magen um.

Die komische Farrah Fawcett für Arme macht einen Schritt nach vorn und legt ihre glibberige Hand um Dales Nacken. Im Dämmerlicht der Bar scheinen Dakotas braune Augen rot zu werden. Sie verabscheut die Vorstellung, dass ihr Vater etwas mit einer anderen Frau hat, obwohl sie weiß, dass ihre Mutter nicht aus Chicago zurückkommen wird.

Dakota nimmt die Frau ins Visier, und ich greife nach ihrem Shirt und ziehe sie zu mir zurück. »Komm, Dale, es ist spät. Morgen früh musst du arbeiten«, sage ich.

»Was habt ihr Kids … überhaupt hier in der Bar … ssu suchen.

Schafft eure Ä…ärsche nach Hause und … lasst uns in … Ruhe.« Seine Lippen berühren das Ohr der Frau, und Dakota macht abrupt einen Schritt nach vorn. Den ganzen Tag war sie erstaunlich stoisch für ein fünfzehnjähriges Mädchen, das am gleichen Morgen ihren Bruder beerdigt hat. Aber das ist jetzt vorbei. Jetzt ist sie wild und wie im Fieber, drängt sich an mir vorbei und stößt ihn gegen die Schultern, trommelt ihm mit ihren kleinen Händen auf die Brust.

Ich mache einen Satz nach vorn, umfasse sie an der Taille und ziehe sie zu mir. »Wenn er nicht mitkommen will, ist das sein Problem. Gehen wir.«

Wütend schüttelt sie den Kopf, kommt aber nicht mit. »Ich hasse dich!«, schreit sie, während ich sie von ihm wegzerre …

»Ich bin froh, dass dieser Scheißladen abgebrannt ist, er hat es absolut verdient.« Dakotas Stimme holt mich wieder in die Gegenwart zurück.

»Ich auch«, stimme ich ihr zu, und wir fahren weiter durch unsere Heimatstadt. Vor einer gefühlten Ewigkeit habe ich diesen Ort verlassen, und als ich nach links in den Colonel Glen Highway einbiege, fühle ich mich schuldig wegen des nagenden Unbehagens in meinem Bauch. Als wir bei unserem Hotel ankommen, steht eine Frau auf dem Parkplatz. Sie hat offene Wunden im Gesicht, ist nur spärlich bekleidet und schwankt vor und zurück.

»Willkommen in Saginaw, dem Land der heroinsüchtigen Prostituierten.« Dakota versucht, gleichgültig zu klingen, aber ich höre das leichte Zittern von Angst heraus.

Ich stelle den Motor ab und blicke an ihr vorbei auf den Parkplatz. »Ich glaube nicht, dass die auf Heroin ist.« Aber ich weiß nicht, ob ich das wirklich so meine.

Als wir einchecken, bitte ich die Frau hinter dem Tresen um ein Zimmer mit zwei Einzelbetten. Dakota versucht, ihre Kränkung zu verbergen, aber ich habe gesehen, dass sie zusammengezuckt ist. Sie weiß, dass wir als Freunde hier sind, Freunde fürs Leben – nicht mehr und nicht weniger.

Sharon, die Hotelangestellte, händigt mir zwei Schlüssel aus, und nach einem kurzen Spaziergang kommen wir bei unserem kleinen Zimmer an, das nach Mottenkugeln riecht und im Licht der Deckenlampe gelbstichig wirkt. Aber hier hat man eben nur die Wahl zwischen wenigen Hotels, und da wir erst in letzter Minute beschlossen haben herzukommen, musste ich nehmen, was ich kriegen konnte. Ich habe meiner Mutter nicht gesagt, dass ich kommen würde, darum konnte ich ihre Bonuspunkte für das einzige hübsche Hotel in dieser Stadt nicht nutzen.

Während ich die Wände nach einem weiteren Lichtschalter absuche, stellt Dakota ihre Tasche auf das Bett am Fenster und sagt, dass sie duschen geht. Eine Dusche könnte ich eindeutig auch gebrauchen. Ich checke mein Handy und lese Tessas Nachrichten: Wenn du irgendetwas brauchst, bin ich für dich da. Und: Pass gut auf dich auf, in jeder Hinsicht.

Ich antworte, dass ich auf jeden Fall auf mich aufpassen werde, und erinnere sie daran, Ken und meiner Mom nichts von meinem kleinen Abenteuer zu erzählen. Nicht dass ich nicht alt genug wäre, um selbst zu entscheiden, wo ich hinfahre, aber trotzdem will ich nicht, dass sie sich deswegen Sorgen machen. Und das würden sie.

Um kurz nach zehn kommt Dakota aus der Dusche. Ihre Augen sind gerötet und ihre Wangen angeschwollen. Die Vorstellung, dass sie allein unter der Dusche weint, raubt mir den Atem. Der Instinkt, das böse kleine Ding, lässt mich zusammenzucken, weil ich sie in die Arme nehmen und festhalten möchte, bis das Weiß ihrer Augen nicht mehr rot geädert, sondern wieder milchig weiß ist.

Stattdessen sage ich: »Ich bestelle uns was zu essen.« Dann drehe ich die kleine Broschüre auf dem Schreibtisch um und suche nach der Nummer für den Zimmerservice. Offenbar gibt es keinen. »Kein Zimmerservice«, murmele ich.

Dakota sagt, sie habe keinen Hunger. Ich blicke zu ihr auf, ihre zierliche, in ein weißes Handtuch gehüllte Gestalt und ihr lockiges, klatschnasses Haar, von dem ihr Tropfen auf die Brust und die nackten Schultern fallen.

»Du musst was essen. Ich bestelle bei *Cousin Peppy's* Pizza für uns«, sage ich, und sie muss beinahe lächeln. »Weißt du noch, als wir immer dort bestellt haben und die Fahrer alles an mein Zimmerfenster liefern ließen, damit Mom nicht aufwacht?« Ich nehme mein Handy vom Bett und suche nach der Nummer.

Dakota schweigt, während sie ihre Tasche durchwühlt. Ich bestelle eine Pizza, Knabbergebäck und eine Zwei-Liter-Flasche Limonade für uns beide. Wie in alten Zeiten, denke ich. Dann blicke ich zu Dakota hinüber, die ins Badezimmer geht, damit ich ihr nicht beim Anziehen zusehe, und mir fällt wieder ein, dass es doch überhaupt nicht wie in alten Zeiten ist.

Als sie aus dem Bad kommt, trägt sie ein Shirt in Übergröße, das ihr bis zur Mitte der Oberschenkel reicht. Ihre braune Haut glänzt, und ich kann die Bodylotion mit Kakaobutter von hier aus riechen. Als ich ihr sage, dass ich duschen gehe, nickt sie und legt sich aufs Bett. Sie ist so distanziert, fast wie ein Zombie, aber irgendwie noch schlimmer. Es wäre mir lieber, sie würde versuchen, mich zu fressen, anstatt so dort zu liegen, seitlich zusammengerollt, und aus dem Fenster zu starren.

Seufzend nehme ich mir eine saubere Unterhose und gehe ins Bad. Das Wasser ist heiß, aber der Wasserdruck nervt. Ich will, dass es auf mich herabprasselt, damit ich diese schmerzenden Knoten in meinen Schultern loswerde, die irgendwie nicht weggehen wollen.

Ich benutze Dakotas Bodylotion. Es ist dieselbe, die sie nimmt, solange ich denken kann. Ich liebe den Duft und kämpfe gegen den Drang meines Gehirns an, sich in Erinnerungen zu wälzen. Ich putze mir die Zähne, zweimal, obwohl ich bald essen werde, dann kämme ich mein Haar und meinen wachsenden Bart. Ich zögere es hinaus und weiß, dass ich Zeit schinde, aber ich weiß nicht, was ich sagen oder wie ich sie aus der Entfernung trösten soll. Ich kenne nur eine Art, sie zu trösten, und die ist nicht richtig für uns. Nicht mehr.

Nachdem ich mich noch ein paar Minuten wie ein Feigling aufgeführt habe, verlasse ich das Bad. Dakota liegt noch auf dem Bett, mit dem Rücken zu mir, die Beine an die Brust gezogen. Ich mache Anstalten, das Licht auszuschalten, da klopft es an der Tür.

Die Pizza! Natürlich, die Pizza. Ich gebe dem Collegestudenten, der nach Gras riecht, das Geld und schließe die Tür. Dann schließe ich ab – beide Schlösser –, und rufe nach Dakota. Sofort dreht sie sich um und setzt sich auf. Da ich mich nicht erinnere, auch Teller bestellt zu haben, und weil der Kiffer keine mitgebracht hat, nehme ich zwei Stücke Pizza und lege sie auf den Karton mit dem Knabbergebäck.

Als ich Dakota den Karton mit der Pizza zuschiebe, nimmt sie ihn schweigend an sich. Ich werde noch verrückt, wenn sie nicht bald was sagt. Ziemlich scheinheilig von mir, denn schließlich habe ich selbst kaum was gesagt, das nichts mit Pizza zu tun hat.

Wir essen, und das Schweigen ist so ohrenbetäubend, dass ich den Fernseher anstelle, um es zu brechen. Ich stelle die Lokalnachrichten ein und zucke zusammen, als sie über Politik zu reden beginnen. Genug davon. Ich zappe durch die Kanäle, bis ich auf Food Network lande. *Diners, Drive-ins and Dives* wird mir wahrscheinlich weniger Kopfzerbrechen bereiten als eine politische

Debatte. Ich kann nicht glauben, dass ich zwanzig Jahre lang darauf gewartet habe, wählen zu dürfen – und dann das.

Dakota isst nur ein Stück Pizza, dann stellt sie den Karton auf den Schreibtisch und geht wieder in ihr Bett.

»Iss noch was«, ermuntere ich sie.

»Ich bin müde«, sagt sie leise.

Ich stehe auf, öffne den Pizzakarton und gebe ihr noch ein Stück. »Iss. Danach kannst du ins Bett gehen.«

Sie seufzt, weicht meinem Blick aber aus und fängt auch keinen Streit an. Dakota isst schnell auf, kippt etwas zu trinken hinterher und legt sich wieder ins Bett. Sie dreht sich auf die Seite und gibt keinen Ton von sich.

Ich esse, bis mein Magen voll und aufgebläht ist, lege mich auf der Matratze zurück und starre an die Decke, bis mir vor Müdigkeit die Augen brennen.

33

Am nächsten Morgen ist es kalt, kälter, als ich erwartet hätte. Während Dakota noch schläft, verlasse ich das Hotel, um uns etwas von Starbucks zu holen. Nachdem ich hier weggezogen bin, haben sie einen mit einem Drive-thru draußen beim Einkaufszentrum gebaut. Seit ich in New York lebe, habe ich ganz vergessen, dass mir diese Drive-thru-Nummer ziemlich fehlt. Ich vermisse es, irgendwo durchfahren und mir Getränke, Süßigkeiten und Toilettenpapier kaufen zu können. Es ist bequem und Faulheit in Reinkultur, aber es gehört zu den wenigen Dingen im Mittleren Westen, die mir fehlen.

Ich bin unangenehm überrascht, als sich die Frau, die am Fenster mein Handy scannt, als Jessica Reyes entpuppt – ich bin mit ihr zur Highschool gegangen. Wenn ich genauer darüber nachdenke, war ich mit ihr auch auf der Grundschule, der Middle und der Junior. Sie sieht immer noch aus wie früher, nur ein bisschen weniger lebendig. Unter den Augen hat sie dunkle Ringe, und ihr Lächeln ist nicht so strahlend, wie ich es in Erinnerung hatte.

»O mein Gott! Landon Gibson!«, sagt sie gedehnt.

Ich lächle und weiß nicht, was ich sagen soll.

»Ich habe gehört, du lebst jetzt in New York City! Wie ist es da? Ich wette, es wimmelt überall nur so von Menschen, genau wie im Film, stimmt's?«

Ich nicke. »Ja, es ist ziemlich voll.« Ich versuche, das Gespräch möglichst von mir wegzulenken. »Wie geht es dir?«

Jessica Reyes lehnt sich ein bisschen weiter aus dem Fenster des Drive-thru. »Mir geht's gut. Ich habe diesen Job hier, und mein Junge und ich sind gut versichert. Mein Sohn ist ein Jahr alt. Ich habe ihn direkt nach dem Schulabschluss bekommen. Erinnerst du dich an Jimmy Skupes? Er ist der Vater, aber er unterstützt mich überhaupt nicht.« Angewidert verzieht sie das Gesicht, und ich versuche mir Jimmy Skupes mit seinen Baggy Jeans und dem matten, an den Spitzen gebleichten Haar als Vater vorzustellen.

Weil ich seit zwei Jahren unter Fremden lebe, habe ich inzwischen gemerkt, dass nicht jeder in einem harmlosen Alltagsgespräch die Einzelheiten seines Lebens ausbreitet. Es ist sehr merkwürdig, wieder an einen Ort zurückzukehren, an dem es normal ist, zu viel von sich preiszugeben. Wenn ich mich jetzt bei Facebook einloggen würde, könnte ich herausfinden, was Jessica heute Mittag gegessen hat oder warum sie und ihr Freund sich getrennt haben. Wie auf einer Leinwand könnte ich ihr ganzes Leben betrachten. Der Gedanke nervt mich.

»Freut mich, dass es dir gut geht«, sage ich. Ich sehe die Getränke, die ich bestellt habe, hinter ihr auf dem Tresen stehen, aber allmählich beschleicht mich das Gefühl, dass sie sie mir noch nicht geben wird.

Jessica sagt etwas zu einer Kollegin und wendet sich dann wieder mir zu. »Ich habe gehört, dass ihr euch getrennt habt, Dakota und du.« Ihre grünen Augen bekommen einen mitleidigen Ausdruck. »Du warst immer schon zu gut für sie. Ich konnte sie noch nie leiden. Ihr Bruder war viel netter. Mann, warum konnte sie nicht diejenige sein, die …«

»Jessica.« Ob sie Dakota mag oder nicht, sie hat kein Recht, so

etwas Ekelhaftes zu sagen. »Ich muss jetzt wirklich los«, sage ich und deute mit einem Kopfnicken auf meine Getränke hinter ihr.

Sie nickt ebenfalls und rät mir, stark zu bleiben. Nachdem ich die Drinks im Auto in die Getränkehalter gestellt habe, wünsche ich ihr einen guten Tag. Was ich in diesem Augenblick wirklich denke, möchte ich niemals zu einer Frau sagen. Ich umklammere das Lenkrad und fahre zurück zum Hotel. Als ich die Tür öffne, sehe ich, wie Dakota von einer Wand zur anderen tigert. Ihr zierlicher Körper sieht aus, als würde sie gleich stürzen.

»Landon, wo warst du?«

Ich stelle die Drinks neben dem Fernseher ab und drehe mich zu ihr. »Kaffee für uns holen. Ich dachte, wenn ich zurückkomme, schläfst du bestimmt noch. Ich wollte dich nicht wecken.«

Dakota nickt, und ich sehe, wie sich ihr Körper entspannt. »Ich dachte, du wärst weg.«

Ich zucke mit den Schultern. »Wo sollte ich denn hingehen?«

»Wieder nach Brooklyn«, sagt sie leise.

Ich klopfe meinen Strohhalm gegen den Tisch und entferne die Hülle. »Mach dich nicht lächerlich. Ich würde dich doch nicht einfach allein hier in Michigan zurücklassen.« Ich trinke einen Schluck von meinem Frappuccino, und Dakota nimmt sich ihren. Ich war versucht, einen Americano zu bestellen, aber irgendetwas an dem trostlosen Himmel über dieser Stadt hat mich davon abgehalten, meinen üblichen New Yorker Drink zu nehmen.

»Rate, wen ich gesehen habe.« Ich drehe mich zu Dakota, die jetzt im Schneidersitz auf ihrem Bett sitzt. Ich achte darauf, sie nicht zu lange anzusehen oder zu genau darüber nachzudenken, dass sie nur ein T-Shirt und ein pinkfarbenes Höschen trägt.

»Wen denn?«, fragt sie zwischen zwei Schlucken. Ihre Haare sind jetzt trocken und liegen in wilden Wellen um ihr Gesicht. Ich habe ihre Haare immer geliebt.

Ich liebte die Art, wie die Locken zurücksprangen, wenn ich sanft an ihnen gezogen hatte.

Ich liebte es, wie sie hüpften, wenn sie lachte. Den Duft, die Weichheit.

Hör auf, Landon.

Innerlich bringe ich mich wieder auf den richtigen Kurs. »Jessica Reyes. Sie arbeitet bei Starbucks. In dem neuen im Einkaufszentrum.«

Dakota erinnert sich sofort an sie. So ist das in dieser Stadt, du kannst schon vor Jahren weggezogen sein, aber vergessen wirst du sie nie.

»Sie hat gesagt, ich soll dich grüßen«, lüge ich.

Dakotas Finger bewegen den Strohhalm über die Schlagsahne; sie versucht, einen Klacks zu erwischen. »Hm. Ich mochte sie nie. Sie war immer so negativ.«

* * *

Nachdem Dakota mit ihrer Tante gesprochen hat, fahren wir endlich zum Krankenhaus, um ihren Dad zu besuchen. Er ist im Sion, der neuen Einrichtung, die letztes Jahr gebaut wurde. Weil die Einwohner über die schlechte Wirtschaftslage in dieser Gegend klagen, finde ich es äußerst sonderbar, dass überall Neubauten aus dem Boden schießen. Dass es einen neuen McDonald's und einen Starbucks gibt, leuchtet mir ein, aber das neue Einkaufszentrum mit hundert Geschäften, voller großer Kaufhäuser und teurer Restaurants – das leuchtet mir nicht ein. Wenn niemand in der Stadt Geld hat, wer kauft dann dort ein?

Wir gehen zum Empfangstresen, und ich nenne einer der Krankenschwestern Dales Name. Sie sagt, dass sie selbst in die Richtung muss, und so führt sie uns mit einem Lächeln und einem Klemmbrett unter dem Arm zu seinem Zimmer. Ich hasse den Geruch von Krankenhäusern. Sie lassen mich an Tod und Krankheit denken, und sie machen mir Angst.

Wir folgen der Schwester über einen langen Flur, und ich kann nicht anders, als in jeden Raum zu blicken, an dem wir vorbeikommen. Ich weiß, dass es unhöflich ist, aber ich kann einfach nichts dagegen tun, jeden Menschen, der hier auf dem Sterbebett liegt, eingehend zu betrachten. Genau das tun sie nämlich alle in diesen Zimmern – sie sterben. Der Gedanke macht mich ganz krank. Was, wenn ich der letzte Mensch bin, den sie sehen, bevor sie sterben?

Himmel, mein Verstand ist wirklich düster und makabrer geworden.

Endlich erreichen wir das Zimmer. Als wir eintreten, sitzt Dale mit geschlossenen Augen aufrecht im Krankenbett. Einige Sekunden später sind sie immer noch geschlossen, und mir läuft ein kalter Schauer den Rücken hinunter. Ist *er* tot?

Wenn er gestorben ist, während wir Kaffee von Starbucks getrunken haben …

»Mr. Thomas, Ihre Tochter und Ihr Schwiegersohn sind da«, sagt die Schwester. Sie hat eine beruhigende Stimme und dickes schwarzes Haar, das sie zu einem seidig glänzenden Pferdeschwanz zurückgebunden hat. Ihre dunklen Augen blicken ernst, und dass sie annimmt, Dakota und ich seien verheiratet, versetzt mir einen Stich. Aber irgendetwas an ihr gefällt mir. Vielleicht ist es der Mangel an Mitgefühl in ihren Augen, als sie Dale anblickt. Als sie Dakota ansieht … ja, da ist welches zu sehen, aber nicht, wenn sie das Monster vor uns betrachtet. Seine weiße Haut weist gelbe Flecken und dunkellila Blutergüsse auf, und die Augen sind tief in die Höhlen gesunken. Seine Jochbeine sind schräge Abhänge über hohlen Wangen.

Dales Augen öffnen sich kaum merklich, und er blickt sich um. Für einen sterbenden Mann ist sein Zimmer tadellos sauber … und leer. Keine Blumen, keine Karten, keine Anzeichen dafür, dass irgendjemand außer den Schwestern den Raum betreten hat. Ich hatte auch nicht gerade mit einer Willkommensparty gerechnet. Als er in unsere Richtung sieht, entdeckt er mich zuerst. Er mustert mich, als hätte er keine Ahnung, wer ich bin, dann blickt er seine Tochter an. Er hebt einen dünnen Arm und winkt sie zu sich.

»Ich …« Er räuspert sich. »Ich habe nicht mit dir gerechnet.« Seine Stimme ist heiser, und jeder seiner Atemzüge wird von einem Pfeifen begleitet. Seine Arme sehen aus wie dürre Zweige, die Knochen stehen hervor, als wären sie die steinigen Kanten einer Felswand.

Dakota setzt ein tapferes Gesicht auf. Wenn ich sie nicht besser kennen würde als sie sich selbst, würde ich nicht merken, wie entsetzt und todunglücklich sie ist. Sie reißt sich unglaublich zusammen, darum hebe ich eine Hand und streiche ihr über den Rücken.

»Ich habe auch nicht damit gerechnet herzukommen.« Dakota nähert sich dem Krankenbett. Ihr Dad hängt an mehr Maschinen, als ich mir vorstellen konnte. »Sie haben mir gesagt, dass du im Sterben liegst.«

Er blinzelt nicht mal. »Das haben sie mir auch erzählt.«

Ich lenke mich ab, indem ich die vielen Schilder an der Wand lese. Ein Schmerzdiagramm mit einer Skala von Null bis Zehn. Null ist ein lächelnder Smiley, zehn ein roter mit verzerrtem Gesicht. Ein lächelndes Symbol ist auf Dales Diagramm nicht zu sehen, und ich frage mich, wie stark seine Schmerzen sein mögen.

Und wenn der Wert größer ist als fünf, bedauert er dann, sein ganzes Leben versoffen zu haben?

Oder bedeutet das jemandem wie ihm überhaupt nichts? Ich wette, ihm ist nicht mal in den Sinn gekommen, dass seine Tochter nach seinem Tod allein auf dieser Welt sein wird. Zwar hat er sie nie besonders unterstützt, aber jetzt hat sie wirklich niemanden mehr und muss mit den Auswirkungen seiner Lebensentscheidungen fertigwerden. Sie ist eine Zwanzigjährige, die ihren Vater beerdigen muss.

Als er mich endlich erkennt, besitzt er tatsächlich die Frechheit zu fragen: »Warum ist er hier?«

»Weil du im Sterben liegst und er so nett war, mit mir aus New York hierherzukommen«, antwortet Dakota mit lauter, kalter Stimme. Ich hasse die Art, wie dieser Mann sie kleinmacht. Ihre Stimme verändert sich, ihre ganze Haltung ist anders, wenn dieses Arschloch in der Nähe ist. Und ob er im Sterben liegt oder nicht, noch nie habe ich jemanden mehr gehasst als diesen Mann.

Er mustert mich herablassend. »Wie nett von ihm.«

Ich grabe tief in meinem Inneren nach irgendeinem Grund, Mitleid mit ihm zu empfinden.

Dakota und ich überhören seinen Kommentar, und sie setzt sich auf das Bett. »Wie fühlst du dich?«, fragt sie.

»Als würde ich sterben.«

Dakota lächelt. Das Lächeln ist kaum zu sehen, aber es ist da.

Mit einem dürren Arm deutet er auf mich. »Vor ihm kann ich nicht mit dir reden. Schick ihn raus.«

»Dad«, sagt Dakota, ohne sich zu mir umzudrehen.

Ich will sowieso nicht hier drin sein. »Ist schon okay. Sicher will er nicht an den schlimmen Scheiß erinnert werden, den er verzapft hat. Ich gehe.«

Ich nähere mich dem Bett, und er zuckt zusammen. Na ja, soweit er das noch kann.

»Raus hier. Du hast die Stirn, hier aufzutauchen, nachdem du mir meine Tochter weggenommen hast. Du und deine Mutter …«

Er fängt an zu husten und ringt nach Luft, aber es ist mir egal. Ich schiebe mich an Dakota vorbei und beuge mich über ihn. Ich fühle mich sehr stark. Ich könnte unserem Elend mühelos ein Ende bereiten und …

»Landon!« Dakota zieht mich am Arm zurück.

Was zum Teufel tue ich hier gerade? Ich merke, dass meine Fäuste geballt sind. Ich bedrohe einen fast toten Mann, der nichts mehr zu verlieren hat. Ich hasse ihn schon ewig, und trotzdem kann ich kaum fassen, wie groß der Hass ist, der gerade in meinem Innern lodert.

Jetzt verstehe ich, warum Menschen, sogar die besten, durchdrehen können.

Ich atme aus und trete einen Schritt zurück. »Ich lasse dir den Wagen hier«, sage ich und verlasse das Zimmer.

Als ich einen letzten Blick auf das Monster werfe, nehme ich ihn als den schwachen, zerbrechlichen Menschen wahr, der er ist. Der Blick in sein eingefallenes Gesicht reicht beinahe, um nicht mehr vor mir zu sehen, wie er seinen Sohn zu Brei schlägt. Beinahe.

Um Atem ringend verlasse ich das Krankenhaus und setze mich eine halbe Stunde lang draußen auf eine Bank. Für einen einzigen Tag sehe ich hier zu vielen kranken Menschen in die Augen, und ich stehe auf. Ich weiß nicht, wo ich hingehen soll, aber hier kann ich nicht bleiben. Was habe ich mir überhaupt dabei gedacht herzukommen?

Ich lungere auf dem Parkplatz herum und zähle die Autos. Ich checke mein Handy. Ich zähle die Lastwagen. Wieder checke ich mein Handy. Schließlich rufe ich Tante Reese an. Nachdem sie mit mir geschimpft hat, weil ich ihr nicht erzählt habe, dass ich komme – ich war der Grund, warum sie Dakota doch nicht abholen musste –, treffen wir uns in dem neuen Starbucks. Jessica hat für heute Feierabend, und darüber bin ich verdammt froh.

Nachdem sie mich zur Begrüßung umarmt hat, setzt sich Tante Reese und merkt sofort, dass irgendwas nicht stimmt. »Also, was ist los, Lan?«

Sie bewegt den Kopf, aber ihr Haar bewegt sich nicht mit. Noch immer hat sie diese Frisur, die sie trägt, seit ich lebe, und ich frage mich, ob der Hersteller ihres Haarsprays ihr wohl eine Treueprämie zahlt.

Ich zucke mit den Schultern. »Dale liegt im Sterben. Mom bekommt bald ihr Baby, und bei meiner nächsten Prüfung werde ich durchfallen. Alles beim Alten.«

Reese kichert ironisch. »Nun, wenigstens hast du deinen Sinn für Humor nicht verloren. Wie geht es dir? Gefällt es dir in der großen Stadt? Ich vermisse dich, und deine Mom fehlt mir auch. Wie ist ihr neuer Mann so? Magst du ihn? Wie ist sein Sohn? Wie heißt er noch … Harding?«

»Hardin«, sage ich. »Und du redest doch dauernd mit Mom.« Ich trinke einen Schluck von meinem dritten Kaffee an diesem Tag.

»Das ist was anderes. Vielleicht lügt sie mich ja an. Aber sie ist glücklich dort, stimmt's?«

»Ja.« Ich nicke. »Sie ist glücklich. Sehr.«

»Bleibst du lange?«

Ich schüttle den Kopf. »Nein, nur zwei Tage.«

Drei Stunden lang sitze ich mit meiner Tante zusammen. Wir lachen, reden über alte und neue Zeiten, und ich bin viel unbeschwerter als heute Morgen. Nora habe ich kein einziges Mal erwähnt. Ich wüsste nicht, wie ich ihr das erklären sollte.

Als ich wieder ins Hotel gehe, liegt Dakota im Bett. Draußen ist es immer noch hell. Sie hat die Schuhe noch an, und ihre schmalen Schultern beben, als ich die Tür schließe. Und so erfahre ich auf diese Art, dass er tot ist. Er ist *endlich* weg.

Wie schrecklich, dass ich so was denke.

Und trotzdem ist es wahr.

Ich gehe zu ihr und setze mich neben dieses zerbrechliche Mädchen. Als ich sie vorsichtig an der Schulter berühre und sie ansehe, ist ihr Gesicht schmerzverzerrt.

Ich nehme sie in die Arme. Wie ein winzig kleiner Vogel findet sie genug Platz auf meinem Schoß.

»Es tut mir leid«, sage ich und streichle ihren Rücken, während sie an meiner Schulter weint. Sie umklammert meinen Nacken und schreit: »Mir nicht!«

Der Schmerz macht sie ehrlich, genau wie mich, und ich verurteile sie nicht dafür. Wenn ein schlechter Mensch stirbt, fällt das Trauern schwer, selbst um den eigenen Vater. Aber offenbar wird von den Leuten erwartet, so zu tun, als wäre der Verstorbene vollkommen gewesen, um bei der Beerdigung dann in den höchsten Tönen über ihn zu sprechen. Das ist unangenehm und moralisch fragwürdig.

Ich halte Dakota, bis ihre Tränen versiegen. Sie klettert von meinem Schoß, geht zur Toilette und kommt schnell zurück. Ich muss an den Tag denken, an dem wir ihren Bruder beerdigt haben, und die Erinnerungen überfluten mich. Sind wir bereit, die Vergangenheit Vergangenheit sein zu lassen, mit allem, was dazugehört? Die Tränen, ja, aber was ist mit den guten Zeiten? Mit all den Nächten, in denen wir Glühwürmchen gejagt haben, und den Tagen, an denen wir der Sonne hinterhergejagt sind? All die Dinge, die wir zum ersten, zweiten, dritten Mal getan haben? Diese Frau war ein so großer Teil meines Lebens – bin ich wirklich bereit, sie gehen zu lassen?

Sie neigt den Kopf, um zu fragen, ob sie sich wieder auf meinen Schoß setzen darf, und mit einem entschlossenen Seufzer öffne ich die Arme für sie.

34

Es ist still, Dakota schläft, und mein Laptop leuchtet hell in dem dunklen Hotelzimmer. Heute haben wir die Papiere für die Einäscherung von Dales Leichnam unterschrieben. Dakota wollte keine Beerdigung, und das kann ich ihr nicht verübeln.

Es ist vier Uhr morgens. Noch mal checke ich mein Handy. Nichts von Nora.

Ich hätte wissen müssen, dass sie sich entschließen würde, mich zu verlassen. Ich hätte es an den langsamen Bewegungen ihrer Hüften und den sanften Küssen auf meine Stirn erkennen müssen, als ich in ihr gekommen bin. Ich vermisse ihren Körper, ihr Lachen. Es ist, als hätte ich mich vor Monaten von ihr verabschiedet und nicht erst vor wenigen Tagen.

Ich gehe wieder auf Facebook. Ich weiß, dass das nicht gesund ist und ich auch diesmal nichts Neues finden werde, aber ich gebe trotzdem noch mal den Namen ihrer Schwester ein. Ich scrolle zu dem Strandfoto, auf dem Nora in ihrem gelben Bikini wie die Sonne selbst aussieht und der Mann neben ihr sie an der Taille umschlungen hält. Wenn er in der Lage wäre zu wählen, würde er sich für sie entscheiden?

Ich bin in der Lage zu wählen, aber bin ich auch fähig, mich für sie zu entscheiden?

Warum muss man sich immer für das eine oder andere entscheiden? Was, wenn ich alles will? Wenn ich meine Tage damit verbringen will, sie im Arm zu halten, und meine Nächte damit, sie zu lieben? Ich blicke zu Dakota hinüber. Denkt sie auf dieselbe Art an mich, wie ich an Nora denke?

Ist es fair von mir, an Nora zu denken, während Dakota trauert und ich eigentlich für sie da sein sollte?

Ich blicke wieder auf den Bildschirm und setze den Cursor auf Noras Gesicht. Ein Name ploppt hoch. Ihr Name. Ich klicke ihn an und lande auf einem Profil, das ich noch nie gesehen habe. Sie muss es mir verheimlicht haben. Ich weiß nicht, ob ich glücklich oder traurig darüber bin, dass sie nicht mehr das Bedürfnis hat, sich vor mir zu verstecken.

Sie hat nicht viele Postings auf ihrer Seite, meistens sind es nur Horoskope und Leute, die sie in irgendwelchen Kettenbriefen und Rezepten getaggt haben.

»Sie ist auf Instagram.« Dakotas Stimme lässt mich hochschrecken.

»Hä?« Meine Wangen brennen vor Verlegenheit und Schuldbewusstsein.

»Sie hat eine Seite bei Instagram.« Dakota nestelt in der Dunkelheit an etwas herum, und wenige Sekunden später reicht sie mir ihr Handy über die Lücke zwischen unseren Betten. Auf dem Display sind viele quadratische Bilder zu sehen. Es ist ein Profil. Noras Name steht in der Ecke, daneben ein X.

Ich blicke zu Dakota auf, aber sie dreht sich schon wieder um. Entweder will sie nicht in meine Intimsphäre eindringen, oder sie ist verletzt, weil ich das hier vor ihren Augen tue. Ich schalte den Fernseher an und stelle ihn auf stumm. Vielleicht denkt sie dann, ich wäre mit etwas anderem beschäftigt. Dann scrolle ich durch die Bilder.

Eine Menge Essen ist plötzlich auf dem Display zu sehen. Wunderschöne pastellfarbene Macarons und leckere Kekse. Ein Foto von einem Kuchen, der mit lila Blüten verziert ist, lässt mein Herz höher schlagen. Das nächste Bild ist von Nora und Tessa, sie haben die Arme umeinander geschlungen, und beide haben einen Klecks pinkfarbener Glasur auf ihrer Nase. Tessas Arm ist ausgestreckt, weil sie das Bild macht. Bei dem Gedanken, dass Tessa, die wirklich gar nichts mit Technik anfangen kann, versucht, würdevoll ein Selfie zu machen, muss ich lächeln. Ich scrolle weiter.

Mein Gesicht ist (auch) zu sehen, mehr als einmal. Es gibt ein Bild von uns vor Juliette's und eins von meinem zerknirschten Gesicht, während ich die Speisekarte zu lesen versuche. Es gibt Schnappschüsse von mir in der Küche, sogar einen mit Hardin zusammen, und darunter steht: *Hell & Dunkel.* Hardins dunkle Klamotten und sein gesenkter Kopf stehen in Kontrast zu mir. Ich stehe neben ihm, sehe ihn an und habe ein blödes Grinsen im Gesicht. Komisch, das zu sehen, aber das Foto selbst ist eigentlich total cool. Das gilt für alle Bilder. Die Überschriften sind kurz und poetisch. Manchmal ist es nur ein Hashtagsymbol ohne Buchstaben, zu anderen Bildern wiederum gehört ein Satz darüber, wie schön es ist, ein Kind zum ersten Mal lachen zu sehen. Es gibt ein Bild, auf dem Nora mit hellerem Haar und dunklerem Make-up in einem engen Kleid dasitzt. Es sieht aus, als wäre das Kleid nur aufgemalt und extra für die scharfen Kurven ihres üppigen Körpers entworfen. Vor ihr steht ein Cocktail, und sie hält sich ein kleines Stück Papier vor die geschminkten Lippen. Darauf steht: *Ich sehe Licht auf mich zukommen und tue alles, damit du dabei bist.*

Es gibt Fotos von ihrer Schwester mit und ohne runden Schwangerschaftsbauch. Sie sieht schön aus, geradezu majestätisch mit komplettem Make-up. Ein paarmal sehe ich noch mein eigenes Gesicht, und mein Herz überschlägt sich in meiner Brust, ich bin gleichzeitig verwirrt und voll Reue. Ich vermisse sie, aber ich bin auch wütend auf sie. Zu sagen, dass ich verwirrt bin, wäre die Untertreibung des Jahrtausends.

Da sind zwei Bilder von mir, auf denen ich den Blick von ihr abwende. Hinter mir scheint hell die Sonne. Die beiden Bilder sind fast identisch. Die Bildunterschriften unterscheiden sich allerdings. Die Erste lautet genauso wie die auf dem Zettel auf dem Bild mit dem Cocktail. Ich erinnere mich an den Abend, als ich herausfand, dass Dakota und Nora zusammenwohnten. Der Abend fing vielversprechend an, aber die Stimmung kippte ziemlich bald. Die Einzelheiten dieses Augenblicks mit ihr überfluten mein Gedächtnis.

Wenn ich so darüber nachdenke, habe ich auch vorher schon gemerkt, dass sie Fotos von irgendwelchen Sachen macht. Ich habe nur nicht weiter darüber nachgedacht. Seitdem Tessa in die Welt von Apple eingetreten ist, hängt sie dauernd am Handy. Ich bin selber ziemlich oft online, checke Spielergebnisse oder meinen Dienstplan. Im Netz gibt es immer irgendwas zu tun.

Die ganze Zeit hatte ich mich damit beschäftigt, dass sie nicht auf Facebook war oder ob sie mich angelogen hat, um sich vor mir zu verstecken. Aber hier und jetzt habe ich eine Collage ihres ganzen Lebens vor mir. Sogar Dakota taucht hin und wieder auf. Sie und Nora sitzen im Schneidersitz in ihrer Wohnung auf dem Fußboden, zwischen sich ein Brettspiel. Weinflaschen stehen neben ihren Füßen. Und als ich das pinke Handy sehe, fällt mir dieses Spiel wieder ein, das ich mit Dakota und Carter gespielt habe, als wir noch jünger waren. Meistens haben Carter und ich gespielt, während Dakota das Abendessen gekocht hat und ihr Dad auf der Couch schlief oder gar nicht zu Hause war.

Ich will nicht mehr an diese Zeit in meinem Leben denken. Das Loch, das der Verlust hinterlassen hat, den Dakota und ich zusammen erlitten haben, scheint den Sauerstoff aus jedem Zimmer zu ziehen, in dem wir zusammen sind. Der Verlust so vieler Menschen … Ihr Kummer beherrscht den Raum, obwohl sie versucht, ihn nicht zu zeigen. Sie raschelt auf dem Bett, zieht am Stoff ihres T-Shirts, und ich weiß, dass sie wach ist. Sie weiß, dass ich weiß, dass sie wach ist. Sie weiß, dass ich weiß, dass sie weiß … und so weiter bis in alle Ewigkeit.

Ich beschließe, ausnahmsweise mal egoistisch zu sein, und sehe wieder auf das kleine Display statt zu ihr. Unter dem zweiten Bild steht: *Du jagst dem Winter nach und ich dem Sommer. Und, mein Liebling, die beiden werden sich niemals begegnen.*

Ein Schauer läuft durch mich hindurch, und ich tippe das Display aus und werfe das Handy wieder auf Dakotas Bett.

Für die Dauer eines Atemzugs erfüllt grässliches Schweigen den Raum. Ihre Stimme ist leise in der Dunkelheit. »Landon?«

»Ja?«

Sie dreht sich nicht um, als sie fragt: »Liebst du sie?«

Ich denke über meine Antwort nach und darüber, wie sie sich wohl fühlt, wenn sie sie hört.

»Ja. Ja, ich glaube, ich liebe sie.«

Dakota seufzt. »Und wann hast du aufgehört, mich zu lieben?«

Was zum Teufel soll ich darauf antworten? Ich weiß nicht mal, ob es überhaupt eine Antwort gibt. Ich weiß nicht, ob ich je aufgehört habe, sie zu lieben. Ich blicke zu ihr rüber und denke daran, wie es sich anfühlte, als sie in meinen Armen schlief. Aber vor allem: Ist vier Uhr morgens, nachdem ich ihr gerade gesagt habe, dass ich eine andere liebe, wirklich der richtige Zeitpunkt für dieses Gespräch?

Andererseits kann ich auch nicht ewig davor weglaufen.

»Ich weiß nicht, ob ich jemals aufhören werde, dich zu lieben, Dakota.«

»Hör auf zu lügen.«

Ihre Stimme ist schneidend. Sie hat mir den Rücken zugedreht.

Ich brauche einen Moment, um mir eine Antwort zu überlegen. Ich bin zu müde, um mich mit ihr zu streiten, aber sie muss einfach begreifen, dass sie ein halbes Jahr lang aus meinem Leben verschwunden war. Ein halbes Jahr. In diesem Hotelzimmer mit zwei Betten und leeren Starbucks-Bechern im Papierkorb kommt es mir fast noch länger vor. Sie riecht genau wie früher, und ihr schlanker Körper hat sich zu einer athletischen, straffen Figur entwickelt. Sie arbeitet hart und sieht unglaublich gut aus. Es ist merkwürdig, über den Unterschied zwischen ihrem und Noras Körper nachzudenken – sie sind gleich schön und doch völlig verschieden, keine von beiden ist besser als die andere. Bei beiden wäre ich der hässlichere Teil des Paares. Aber der Unterschied geht tiefer als ihr Äußeres. Es ist die Energie, die Verbindung, die Erwartungen jeder der beiden Frauen.

Ich klinge, als würde ich das Formular einer Dating-App ausfüllen.

Ich warte ein paar Sekunden ab, ob Dakota etwas zu meinem Schweigen sagt. Sie liegt reglos da, mit dem Rücken zu mir, und der alte Fernseher spendet nur wenig Licht in diesem vampirmäßig dunklen Hotelzimmer. Auf dem Parkplatz bin ich auf eine benutzte Spritze getreten, das gehört also vielleicht einfach zum Paket dazu. Als ich jünger war, war es noch nicht so schlimm. Die Stadt war ziemlich cool, und ich habe eine Menge guter Erinnerungen an sie, aber weil die Wirtschaft im Mittleren Westen strauchelt, haben die Drogen die Oberhand gewonnen, und es gibt keine guten Jobs, die den Rückschlag abfangen könnten.

Obwohl sie mich nicht ansieht, schüttele ich den Kopf. »Ich lüge nicht. Ich habe keinen Grund, dich anzulügen.«

Dakota bewegt sich so schnell, dass ihr Körper in dem zuckerwatterosa T-Shirt nur ein unscharfer Fleck in der Dunkelheit ist. Der kleine Fernseher in dem Zimmer zeigt eine alte Folge von

Maury. Na ja, ich hoffe, dass es eine alte Folge ist und dass sich die Leute heutzutage nicht immer noch diesen Mist reinziehen. Meine Mom hat sie früher immer gesehen. Während ich Hausaufgaben machte, hörte ich den Satz: »Du bist *nicht* der Vater!« so oft, dass ich es nicht zählen konnte.

»Ach ja? Bist du dir da sicher, Landon? Mir kommt es nämlich so vor, als würdest du mich jetzt schon eine ganze Weile anlügen. Und jetzt sind wir hier in Saginaw und sehen zu, wie mein Vater stirbt, und du redest nicht mal mit mir.«

Im Zimmer ist es still, eine Frau springt auf und ab, zeigt auf das Gesicht von ihrem Ex und ruft irgendwas, das viel zu fröhlich klingt, um zu diesem tragischen Moment zwischen den beiden zu passen.

»Hast du mit ihr geschlafen?«, fragt Dakota, und bevor ich antworten kann, fügt sie hinzu: »Ich muss wissen, ob du mit ihr geschlafen hast.«

Passiert das hier gerade wirklich? Soll ich zu allem gute Miene machen, was sie sagt, und alles gestehen, was sie mir vorwirft? Oder sollte ich lieber den schwierigen Weg wählen, den komplizierteren, und ihr sagen, wie kindisch das alles ist? Wir – und sie vor allem – haben zu viel durchgestanden, um uns so zu benehmen.

Ich wappne mich und betrete das Schlachtfeld.

Sie steht in dem Gang zwischen unseren Betten, nur ungefähr einen Meter von mir entfernt.

»So weit sind wir also?« Ich setze mich auf den Bettrand, den Rücken so gerade wie möglich. Wenn sie näher kommt, wird sie meine Knie berühren. »Sind wir wirklich diese Leute«, korrigiere ich mich selbst, »diese Fremden, die sich aus Eifersucht über belanglose Dinge streiten? Oder sind wir zwei Menschen, die ihr halbes Leben miteinander verbracht haben und die anständig miteinander umgehen wollen?«

Sie mustert mich. »Beantworte einfach meine Frage.«

»Ja. Habe ich.« Ich sage die Wahrheit, weil ich einfach nicht lügen kann.

Dakota sitzt jetzt dicht neben mir auf dem Bett und bedeckt ihr Gesicht mit beiden Händen.

Ich weiß nicht, was ich zu ihr sagen soll oder ob Worte überhaupt etwas nützen. Ich kann mich nicht bei ihr entschuldigen, weil ich nichts bedauere. Ich kann ihr nicht erzählen, dass es nichts bedeutet, denn es bedeutet mir etwas.

Ich lasse sie weinen und starre auf den Fernseher. Jetzt ist da eine andere Frau zu sehen. Ihr Gesicht bleibt stoisch, während ein Mann um sie herumspringt. Er ist so glücklich, nicht der Vater ihres Babys zu sein, und die Welt da draußen ist traurig und beängstigend.

Nur durch den Fernseher merke ich, dass die Zeit vergeht, und die Werbepause ist gerade zu Ende, also muss wirklich etwas Zeit vergangen sein, als Dakota fragt: »Glaubst du, wir wären noch zusammen, wenn wir hiergeblieben wären?«

Ich nicke. »Ja, das glaube ich.«

Dakotas Hände in ihrem Schoß zittern, und sie hebt nicht den Kopf, um mich mit ihren traurigen Augen anzusehen. »Du bist so still. Du versuchst nicht mal, dich zu rechtfertigen.« Ihre Stimme klingt niedergeschlagen, und sie lässt die Schultern hängen. Sie sitzt da wie eine Puppe, ihr Gesicht so unbewegt, als wäre es versteinert.

»Es gibt nichts, wofür ich mich rechtfertigen müsste. Wir sind seit einem halben Jahr getrennt, Dakota.« Ich bleibe so ruhig wie möglich. Wenn ich ihr zeige, dass ich mich fühle, als würden tausend Nadeln mir die Brust durchbohren, bin ich erledigt. Wenn wir uns streiten, wenn ich laut werde und mich mit ihr streite, überschreite ich eine Grenze und befinde mich wieder auf Beziehungsgebiet.

»Wann hat das angefangen?«, fragt sie.

Ich blicke zu Dakota, und jetzt sieht sie mich an. Ihre Augen sind schon geschwollen vom Weinen, und ich zwinge mich, sie nicht zu berühren. Mit beiden Händen umklammere ich den Rand der Matratze und vermeide es, ihr ins Gesicht zu sehen.

»Vor einer Weile.«

»Bevor wir es … *versucht* haben, an dem einen Tag damals?« Ihr Blick huscht im Zimmer herum und kommt auf der Uhr auf dem winzigen Schreibtisch zur Ruhe.

Wir hätten beide wissen müssen, dass das hier nach der peinlichen Panne damals nicht funktionieren würde.

»Nein. Danach«, sage ich und hoffe, dass das ein bisschen weniger wehtut.

Ein leises Geräusch kommt aus Dakotas Kehle, aber sie sagt nichts.

Nach einer Weile unbehaglicher Stille dreht sie mir den Rücken zu und legt sich auf ihr Bett.

Als ich mich zum Schlafen hinlege, höre ich sie sagen: »Ich habe mit Aiden geschlafen.«

Die Worte strömen in mich hinein, und mein Verstand versucht eine Antwort für mein Herz zu formulieren, bevor mein Mund es mitbekommt und ich etwas sage, was ich nicht mehr zurücknehmen kann. Ich weiß nicht, was ich denken und schon gar nicht, was ich sagen soll. In meinem Inneren herrscht Chaos, und ich glaube, eigentlich sollte ich nicht traurig sein und mich nicht fühlen, als wäre in mir ein Vulkan ausgebrochen. Aber wie gesagt, ich bin nicht so stark, wie ich gerne wäre, und darum verletzt es mich mehr, als ich gedacht hätte. Schwer zu beschreiben, wie es sich anfühlt, dass sie mit einem Typ geschlafen hat, den ich kenne. Einem Typ, den ich verachte.

In dieser verdammten, riesigen Stadt gibt es so viele Männer, und sie muss ausgerechnet mit dem einen schlafen, den ich absolut nicht leiden kann. Von seinem arroganten Grinsen bis zu den pedantisch hochgekämmten weißblonden Haaren steht er für alles, was ich nicht ausstehen kann. *Warum er?*

Ich blicke auf Dakotas Seite des Zimmers, dann schließe ich die Augen. Ich denke an Noras Körper auf meinem Schoß, weich und erregt in meinen Armen. Ich denke an die Art, wie sie gestöhnt hat, als ich sie mit der Zunge berührt habe. Ihr zerzaustes Haar, der pralle hellrote Schmollmund, das knallrote Shirt und die sexy schwarze Hose. Ich denke daran, wie sie lacht, wenn ich den Nerd heraushängen lasse, und an die Art, wie sie Gänsehaut bekommt, wenn ich mit den Fingern über ihre Haut fahre. Ich bedauere keinen einzigen Moment mit ihr, und es ist nicht fair von mir, zu denken, dass Dakota solche Augenblicke nicht mit einem anderen erleben dürfte. Und egal, wie sehr ich mich anstrenge, um die perfekten Worte für sie zu finden – es gibt nichts, das ich zu Dakota sagen könnte und das diese Sache besser macht.

Vielleicht soll es für die erste Liebe einfach kein Happy End geben.

35

Seit einem Monat bin ich aus Michigan zurück, und es kommt mir vor wie eine Ewigkeit. Mein Leben hat sich total verändert. Letzte Woche hat meine Mom meine kleine Schwester zur Welt gebracht, und gerade komme ich von einem Wochenendtrip zu ihnen zurück. Abigail Scott ist das süßeste kleine Mädchen, das ich je gesehen habe. Wahnsinn, wie groß meine Familie in den letzten zwei Jahren geworden ist und wie sie sich verändert hat. Nie hätte ich gedacht, dass meine Mom sich wieder verlieben oder dass ich noch Geschwister bekommen würde, und schon gar nicht zwei. Mit dem winzigen Mädchen komme ich bestimmt besser klar als mit Hardin. Zwischen Tessa und Hardin ist in letzter Zeit so viel passiert, dass die beiden nicht mal mehr miteinander reden. Was mir als inoffiziellem Vermittler das Leben sogar noch schwerer macht.

Tessa hat angefangen, auf der Couch zu schlafen, und sie kann mal wieder keine Musik ertragen. Das erinnert mich an die Szene in *Twilight*, als Bella Swan mit bloßen Händen das Radio aus ihrem Pick-up reißt. Ich kann mir vorstellen, wie sie sich gefühlt hat, und ich würde es Tessa nicht übelnehmen, wenn sie ihre Kopfhörer zerfetzen würde. Ich habe bis zum Abwinken *Game of Thrones* geguckt, und am Ende jeder Folge denke ich an Nora und daran, wie unglaublich es wäre, sich das mit ihr anzusehen, unsere Theorien auszutauschen und uns über den neuesten Tod aufzuregen. Vor drei Wochen habe ich angefangen, und jetzt sind nur noch zwei Folgen übrig. Während der ersten Episoden habe ich mich immer, wenn ich Ned Stark sah, gefragt, was Boromir so weit weg vom Weißen Turm zu tun hatte. Ich habe einen Moment gebraucht, um mich in der Handlung wieder zurechtzufinden.

Nora hat sich nicht bei mir gemeldet und ich mich nicht bei ihr. Tessa sitzt schweigend zwischen uns – auf ihre Art auch eine Vermittlerin –, aber sie ist so in ihrem eigenen Schmerz gefangen, dass sie wahrscheinlich gar nicht weiß, was zwischen uns läuft. Na ja, jetzt läuft ja zwischen uns nichts mehr. Gar nichts.

Als ich zur Arbeit komme, steht Aiden hinter der Theke. Er gießt irgendetwas Kaltes in einen Becher voller Eis. Überraschenderweise ist meine Abneigung für ihn nach der Rückkehr aus Michigan nicht größer geworden. Ich habe versucht, mich auf seine angenehmen Charakterzüge zu konzentrieren, aber es hat sehr lange gedauert, sie zu erkennen. Obwohl er mit Dakota geschlafen hat, ist er mir gleichgültig, und ich will mir keine Gedanken über ihn machen.

»Hey, Bro«, sagt er, und ich frage mich, ob er überhaupt weiß, dass ich mit Dakota zusammen war. Mir kommt der Gedanke, dass er über ihre Vergangenheit möglicherweise gar nichts erfahren soll. Vielleicht waren sie sich auch gefühlsmäßig nicht so nahe, dass sie mit ihm darüber geredet hätte. Vielleicht hat sie einfach nur mit ihm geschlafen – so wie ich mit Nora.

In meinem Kopf geht der Bullshitalarm los. Ich habe nicht einfach nur mit Nora geschlafen. Ich habe mich in sie verliebt und konnte es absolut nicht verhindern. Sogar jetzt noch bin ich traurig, weil es sie nicht mehr in meinem Leben gibt. Ich vermisse sie jedes Mal, wenn ich Kekse rieche oder in meine Küche gehe. Die Stühle erinnern mich daran, wie sie rittlings auf mir gesessen hat, wie ich vor ihr kniete, und wenn ich die Theke anblicke, sehe ich die langen Haare, die ihr über den Rücken fallen, und das verführerische Lächeln um ihren Mund.

»Hey«, antworte ich Aiden endlich und steige über einen Stapel Kartons. Natürlich hat er sie nicht weggeräumt. Er hat gewartet, bis ich komme, weil er weiß, dass ich aufräumen werde. Natürlich packe ich die Kaffeebohnen aus und stelle die Strohhalme an ihren Platz. Und natürlich packe ich auch die Becher aus und stelle die Flaschen mit den Aromasirups weg.

Ich stemple mich ein und binde mir die Schürze um. Wenigstens wird Posey in einer halben Stunde hier sein.

Ich sehe auf der Uhr, wie die Minuten vergehen, und nach einer Stunde ist sie da. Der Eingangsbereich ist noch leer, und ich bin dabei, die Kartons auszupacken. Lila sitzt still in einer Nische und lässt ein kleines Auto auf dem Tisch herumfahren. Posey hört nickend einem Mann im Anzug zu, der erzählt, wie köstlich der Espresso in Europa ist. Heute ist nicht viel los, und heute Abend muss ich ein Referat zu Ende schreiben. Zur Belohnung sehe ich mir danach noch eine Folge auf dem Laptop an.

Ich fange an zu fegen, und als ein paar Minuten später ein Gast ins Café kommt, gehe ich zu Posey, um ihr zu helfen. Sie steht hinter der Kasse und ich an der Station, bereit, einen Becher zu nehmen und das Getränk zuzubereiten. Als ich die vertraute Stimme höre, richten sich die Härchen in meinem Nacken auf.

»Latte Macchiato Karamell mit Eis, bitte«, sagt Dakota. Sie wirft einen Blick um Posey herum, und ich frage mich, ob sie Aiden sucht. Ob ich ihr einfach erzähle, dass er nicht da ist?

Als ihr Blick auf mich fällt, lächelt sie. Nicht unfreundlich, aber es ist nicht das Lächeln, das ich von ihr gewohnt bin.

»Hey«, sage ich und suche mir schnell etwas, um meine Hände zu beschäftigen. Ich nehme Posey den Becher ab und stecke die kleine Schaufel in den Eisbehälter zurück.

Posey dreht sich zu mir, wirft mir einen wissenden Blick zu und geht in den Personalraum. Ich weiß nicht, ob ich ihr dankbar sein oder sie zurückholen soll.

»Wie geht's dir?«, fragt Dakota.

Ich blicke auf und schütte wieder etwas Eis in den Behälter. Ich habe überhaupt nicht aufgepasst und muss die Hälfte des Eises wieder aus dem Mixer kippen.

Wie es mir geht? Was für eine bedeutungsschwangere Frage.

Tessa geht es verdammt schlecht. In meinem Schulpsychologie-Kurs wäre ich fast durchgefallen. Ich vermisse Nora, und irgendwie fehlt mir auch Dakota. Dass wir keine gemeinsame Zukunft mehr haben, löscht meine Gefühle für sie nicht einfach aus. Ein Teil von mir wird sich immer um sie sorgen. In ein paar Jahren, wenn sie Verlobungsfotos postet, dann heiratet und schließlich eine Familie gründet, werde ich lächeln und erleichtert sein, weil sie ein gutes Leben hat, auch ohne mich.

Ich entscheide mich für die Kurzversion. »Gut. Und dir?«

Ich pumpe zwei Spritzer Karamellsirup für das Aroma hinein und stelle den Mixer an. Er ist laut, und wir sind beide still. Keiner von uns sagt etwas, bis ich ihr das Getränk gebe.

Sie trinkt einen großen Schluck. »Auch. Ich bin gerade für einen Werbespot engagiert worden.«

Ich sehe, wie aufgeregt sie innerlich ist, und ich lächle. »Gratuliere!«, sage ich und meine es auch so.

Dakota dreht sich zur Seite und ich betrachte sie. Ihr dunkles Haar ist glatt. Es ist ganz glatt und hinten auf dem Kopf zu einem kleinen strammen Knoten gebunden. Sie trägt kein Make-up, und sie sieht großartig aus.

Ich frage sie, in was für einer Art Werbespot sie mitspielt. Mit einem schüchternen Lächeln sagt sie, dass es für ein Fitnessstudio ist und dass sie sich mit dem Inhaber der Kette treffen wird, um vielleicht auch in einem Work-out-Video mitzumachen.

Sie lenkt das Gespräch von sich ab, nippt an ihrem Kaffee und fragt: »Kannst du dich einen Moment zu mir setzen?«

Nachdem ich mich vergewissert habe, dass der Gastraum nicht zu voll ist und zweimal gefragt habe, ob Posey alles unter Kontrolle hat, gehe ich mit Dakota zu einem Tisch im hinteren Bereich. Ich kann nicht aufhören, ihr auf die Haare zu starren, sie sehen so anders aus. Was hat sie damit gemacht? Ich senke den Blick und starre auf das Kätzchen auf ihrem Sweatshirt. Ein kleines weißes Fellknäuel, das eine Hipsterbrille trägt. Das ist eine gute Ablenkung.

»Nora war da, um den Rest von ihrem Zeug aus der Wohnung zu holen«, sagt sie.

Bitte sagt mir, dass sie nicht hier ist, um sich wieder über Nora zu streiten.

Ich blicke zur Tür, und sie macht den Mund auf, bevor ich es tue.

»Ich war mir sicher, dass ihr beiden inzwischen zusammen seid. Es hat mich überrascht, dass sie mit diesem Fahrer gekommen ist. Und ich weiß nicht, warum sie so weit außerhalb der Stadt wohnt.«

Ich konnte eigentlich nie aufhören, darüber nachzudenken, wo Nora den letzten Monat verbracht hat. Ich glaube, ich wusste irgendwie, dass sie wieder mehr Zeit in ihrer Villa in Scarsdale verbringen würde.

Ich habe festgestellt, dass die Tage umso länger werden, je mehr ich an sie denke.

»Ja, wo soll sie auch sonst hingehen?«

Ich frage mich, ob Nora einen Entschluss wegen ihres Mannes und seiner Familie gefasst hat. Hat Stausey inzwischen ihr Baby bekommen? Sitzt Nora mit ihm allein in einem großen, leeren

Haus? Ich bin nicht eifersüchtig, mir tun alle Beteiligten furchtbar leid. Die Situation ist echt kompliziert, und ich bewundere Nora aufrichtig für ihre Stärke. Ich habe mich selbst immer für stark gehalten, aber im Vergleich zu Nora, die aus Titan zu bestehen scheint, bin ich nur Aluminium.

»Gute Frage.« Dakota legt ein Bein auf den Stuhl. »Ich habe ziemlich viel an dich gedacht.«

Jetzt geht's los …

Ich lächle sie unverbindlich an. »Ist das so?«

Dakota schüttelt den Kopf. Ich bin es gewöhnt, dass ihr Kopf von aufspringenden Locken eingerahmt ist, und es ist irgendwie seltsam, sie mit geglättetem Haar zu sehen. »Nicht so.« Sie stupst mich an.

Als ich aufblicke, starrt Posey mich vom Tresen aus an. Unsere Blicke treffen sich, und sie sieht schnell weg. Ich werde sie vermissen, wenn sie Brooklyn verlässt. Als sie mir erzählt hat, dass sie umzieht, um näher bei ihrer Tante zu wohnen, war ich ziemlich deprimiert. Aber ich verstehe sie. Die Gesundheit ihrer Großmutter verschlechtert sich, und es muss schwer für sie sein, sich ganz allein um ein autistisches Kleinkind zu kümmern. Posey ist einfach ein durch und durch guter Mensch.

»Triffst du dich noch mit Aiden?«, frage ich, bevor Dakota genauer darauf eingehen kann, was sie in letzter Zeit über mich gedacht hat.

Sie lächelt und lehnt sich auf dem Stuhl zurück. »Irgendwie schon.«

»Hm …« Wenn ich nichts Nettes sagen kann, sollte ich lieber gar nichts sagen.

»Nora hat gesagt, du hast sie kein einziges Mal angerufen.«

Warum sitzt Dakota hier und redet mit mir über Nora? Ist das nicht so was wie ein Interessenkonflikt? Und außerdem ausgesprochen peinlich.

Aber vielleicht – nur vielleicht – können wir auf diese Art Freunde sein. Ich will nicht, dass wir zu den Paaren gehören, die sich trennen und zu Feinden werden. So soll es bei uns nicht laufen. Ich habe mich nicht ohne Grund in sie verliebt. Egal, wie die Lage heute ist, ich habe sie einmal geliebt. Ich werde nie diese Typen verstehen, die schlimme Sachen über ihre Exfreundinnen erzählen, über ihr Aussehen lästern oder sie dissen, obwohl sie dasselbe Mädchen wenige Tage zuvor noch »sexy« fanden und sie ihr *Wednesday Women Crush* auf Twitter war.

Oder heißt es *Woman Crush on Wednesday?*

»Landon, warum hast du sie nicht angerufen?«

Ein Kunde kommt zur Tür herein, und ich stehe auf. »Ich muss wieder an die Arbeit.«

Als ich die Schranke hebe und hinter die Theke gehe, höre ich Dakota sagen: »Ruf sie an.«

Das verwirrt mich total.

So laufen solche Sachen normalerweise nicht. Die wütende, schreckliche Ex versucht nicht, dir bei deinen Schwierigkeiten mit der Neuen zu helfen. Vor allem nicht, wenn sie die Neue *hasst.*

36

Nora

Das Mittagessen ist fast fertig; in der Küche klingelt der Timer, und ich schiebe Amir den Flur entlang. Jennifer ist wieder da, aber ich habe sie gebeten, oben zu bleiben. Ich versuche mich wieder daran zu gewöhnen, mit ihm allein zu sein. Das Haus kommt mir größer vor als sonst. Schwer vorstellbar, dass ich zu der Sorte Mensch gehören sollte, die so ein riesiges Haus braucht, um glücklich zu sein. Noch nie hat dieses Haus so groß gewirkt. Ich biege um die Ecke und schiebe seinen Rollstuhl die Rampe aus schönem dunklem Holz hinunter, die extra für ihn angebaut wurde.

Die Verzweiflung und Verleugnung in der Miene von Amirs Mutter jagt mir kalte Schauer über den Rücken. Ich hatte Mitgefühl mit ihr, mit Ameen und mit ihrer Schwester Pedra, mit der ich eng befreundet war. Aber ich habe mir nie die Zeit genommen, mit dem Verlust meines Mannes klarzukommen. Es fiel mir auch schwer zuzugeben, dass wir uns ohne den Unfall letzten Endes hätten scheiden lassen. Ich glaube, wir wären glücklich getrennte Wege gegangen und unser Leben lang Freunde geblieben. Ich hätte mich für ihn gefreut, wenn er geheiratet und Kinder bekommen hätte.

Der Gedanke an Kinder verursacht mir Magenschmerzen. Ich

denke nicht gern lange an all die Dinge, die ihm im Leben entgehen werden. Das ist weder gut für ihn noch für mich. Ich möchte gern glauben, dass er glücklicher ist, wenn ich öfter bei ihm bin.

Nach dem Unfall bin ich monatelang nicht von seiner Seite gewichen. Ich habe im Krankenhaus geschlafen, bis wir in unser Haus gezogen sind. Das Haus sollte ein Hochzeitsgeschenk von seiner Familie sein, obwohl wir schon zwei Jahre verheiratet waren.

»Ich habe Weißkohl und Brot gemacht«, sage ich und weiß wie immer nicht, ob er mich überhaupt hört. Jennifer behauptet, dass er sie hört, aber was weiß die schon? Ich glaube, es ist eher eine spirituelle Hoffnung und nicht die Realität.

Ich ziehe die Gardinen auf und öffne die Jalousien. Wann war er das letzte Mal draußen? Ich muss Jennifer danach fragen.

Ich schiebe den Ahornsirup-Kuchen in den Ofen, gebe mir Essen auf einen Teller und wünschte, er könnte mir beim Essen Gesellschaft leisten. Ich vermisse die Schwingungen, die er ausgestrahlt hat. Ich rede gern mit ihm über unsere Vergangenheit, wie wild wir als Teenager waren, und ich schwöre, einmal hat er gelächelt.

Seit ich Landon das letzte Mal gesehen habe, hatte ich viel Zeit, um über das hier nachzudenken. Manchmal gibt es einfach Menschen, an die man sein Leben lang gebunden ist. Landon hat Dakota, Stausey hat Ameen, Tessa hat Hardin, und Amir hat mich.

Der Duft nach Kohl erfüllt die Küche, und ich gebe mir große Mühe, nicht daran zu denken, wie Landon mich nach jedem Bissen von dem Kohl, den ich für ihn gekocht hatte, geküsst hat. Ich habe jeden einzelnen, verrückten Moment mit ihm geliebt. Er gab mir das Gefühl, ein besserer Mensch zu sein.

Er gab mir Hoffnung, obwohl ich nicht genau weiß, worauf ich gehofft habe.

Früher mal hat Amir mein Essen gehasst, was ich immer noch lustig finde, denn er mochte das grässliche Zeug, das seine Mutter kochte. Um Himmels willen, die Frau hat es geschafft, Käsetoast anbrennen zu lassen.

Als ich etwas von dem Kohl probiere, taucht Landons Bild in meinem Kopf auf. Er war so hinreißend, als er sich von mir mit Kohl füttern ließ.

Ich schiebe das Essen von meinem Teller in den Abfall.

»Komm, wir gehen raus«, sage ich zu Amir. Ich nehme mein Buch von der Küchentheke und schiebe den Rollstuhl langsam hinaus auf die Terrasse. Es ist kalt geworden, die letzte Oktoberwoche ist angebrochen. Morgen ist Halloween, und ich habe mich so lange verkrochen, dass ich überlege, ob ich dieses Haus auf dem Hügel jemals wieder verlassen werde.

Es ist still hier draußen, und in der näheren Umgebung gibt es keine Nachbarn. Das hat mir an dem Haus am besten gefallen. Damals, als mir überhaupt noch irgendwas gefallen hat.

Amir sieht mich mit ausdruckslosen Augen an. Hat er Schmerzen? Jennifer sagt, er hat keine, aber wie gesagt, was weiß die schon?

Ich schlage mein Buch auf und lese Amir ein Kapitel vor. Ich weiß nicht, ob er Harry Potter mochte, wir haben nie darüber geredet. Ich wusste eine ganze Menge über ihn, seine Familie, seine Lieblingssendungen. Aber ich wusste nicht halb so viel über ihn, wie ich über Landon weiß.

Ich lese schneller, um nicht mehr an Landon denken zu müssen.

»Sophia!«, erklingt Jennifers tiefe Stimme im Garten.

Welchen Teil von »Bleiben Sie bitte oben« hat diese Frau nicht verstanden?

Ihr rundlicher Körper bewegt sich von einem der Seiteneingänge aus schnell über den Rasen. »Ich habe die ganze Zeit nach Ihnen gerufen!« Sie wedelt mit ihren kurzen Armen in der Luft herum. »Sie haben Besuch. Ein Mann, und er will einfach nicht gehen.«

»Besuch für mich oder für ihn?«, frage ich und hoffe, dass Amirs Familie endlich kapiert hat, dass sie sich besser nicht mit mir anlegen sollten. Ich habe einen Anwalt, und als Amirs Ehefrau werde ich dieses Grundstück vor ihren gierigen Pfoten schützen.

»Für Sie, Mädchen. Ich habe ihm gesagt, dass Sie hier draußen sind, aber er bleibt einfach im Wohnzimmer sitzen!« Sie ist außer sich. Ich frage mich, wie sie mit Patienten klarkommt, wenn sie schon bei einem Paketboten oder wem auch immer dermaßen die Nerven verliert.

»Schon gut, ich komme. Behalten Sie ihn im Auge«, sage ich.

Jennifer wirft mir einen verärgerten Blick zu, als wollte sie sagen, dass sie natürlich immer aufpasst, und ich verdrehe hinter ihrem Rücken die Augen.

Während ich darüber nachdenke, ob Jennifer wirklich eine gute Wahl für diesen Job ist, jetzt, wo ich mich mehr um alles kümmere, schlendere ich ins Wohnzimmer.

Und da verschlägt es mir den Atem, denn ich sehe Landon auf der Couch sitzen. Er trägt ein schlichtes weißes Hemd, und obwohl ich ihn immer vor mir gesehen habe, sobald ich die Augen schloss, stimmte mein Bild von ihm nicht. Er ist schön, mit mehr Bartwuchs, als mir bewusst war.

Seine Arme sind kräftiger als zuvor.

Ist er größer geworden?

»Was willst du hier?«, frage ich.

Noch wichtiger: Wie hat er mich überhaupt gefunden?

Dann fallen mir die beiden Anrufe von Stausey wieder ein, die ich gestern verpasst habe. Bestimmt steckt sie dahinter.

»Jennifer hat gesagt, dass du draußen bist«, sagt er, ohne meine Frage zu beantworten.

»Tatsächlich?«

»Ja. Und sie hat mir ein Sandwich gemacht, als ich gewartet habe«, sagt er mit diesem Welpenlächeln, das ich so liebe.

Natürlich bringt Landon selbst die distanzierte Jennifer dazu, ihm ein Sandwich zuzubereiten. Landon wirkt hier, in diesem riesigen Haus, vollkommen fehl am Platz. Aber er sitzt dort so selbstverständlich, als wäre er schon hundert Mal hier gewesen. Warum ist er gekommen? Woher weiß er, wo er mich findet?

»Störe ich dich?«, fragt er, als ich zur Hintertür spähe. Als ich mich wieder umdrehe, nehme ich erneut seinen ganzen Körper wahr. Er wirkt zu groß für diese Couch. Seine Schultern hängen ein bisschen, und irgendwie sieht er älter aus, als wäre sein inneres Licht schwächer geworden. Er trägt ein weißes T-Shirt und darüber ein blaues Button-up-Hemd. Er sieht so gut aus, so vertraut. Sein Haar ist oben jetzt länger. Wie lange habe ich ihn nicht mehr gesehen? Monate? Jahre vielleicht?

»Nein. Ich habe nur mit Amir da draußen gesessen.«

Meine Gewohnheiten haben sich geändert, Landon. Heute gehe ich endlich raus. Bist du stolz auf mich?

Ich warte, dass Landon auf meine Worte reagiert, aber sein Gesichtsausdruck bleibt gleich. Nachdenklich sieht er mich an und fährt mit der Hand über seine dunklen Jeans.

»Wie läuft's denn so?«, fragt er.

Ich sehe, wie sein Blick den Raum absucht. Die Kunstwerke im Wohnzimmer sind nicht mehr da; das ganze Geld, das in ihnen steckte, kommt einer Stiftung zugute, die den Familien der Opfer von Trunkenheitsunfällen hilft. Ein einziges dieser teuren Bilder reicht aus, um die Arztrechnungen einer ganzen Familie zu bezahlen. Alle sechs Kunstwerke werden gerade geschätzt.

»Ich bin ziemlich beschäftigt«, sage ich und räuspere mich. »Und du bestimmt auch. Tessa hat mir erzählt, dass du im *Grind* befördert wurdest.«

Er nickt. »Ja.«

»Gratuliere, das ist echt cool. Du bist bestimmt der jüngste Filialleiter, den sie je hatten.«

Er blickt mich an, und ich überlege, wie meine Worte wohl auf ihn wirken.

»So habe ich es nicht gemeint.« Versuche ich zu retten, was zu retten ist.

Landon verzieht die Lippen zu einem halben Lächeln, und der Timer des Ofens klingelt. Ich weiß nicht, warum ich immer noch so viel backe; schließlich ist niemand mehr da, der es isst. Ich wohne nicht mehr mit Maggy und Dakota zusammen, ich bin nicht mehr jeden Abend in Landons Wohnung, und Jennifer isst nur glutenfreie Cupcakes. Sie stehen einfach da auf der Küchentheke aus Granit, köstlich und hübsch dekoriert, und warten darauf, gegessen zu werden. Und drei Tage später, wenn die Glasur hart wird, werfe ich sie weg.

»Ich nehme deine Entschuldigung an, wenn ich etwas von dem bekomme, das da im Ofen ist.«

Dieses Lächeln, nach dem meine Seele sich so sehr sehnt.

Ich nicke und beschließe, nicht zu erwähnen, dass ich das Rezept für den Ahornsirup-Kuchen, den ich gerade backe, von seiner Mom habe. Sie hat mir versprochen, ihrem Sohn nicht zu verraten, wie oft wir miteinander reden. Die Freundschaft mit seiner Mom ist mir sehr wichtig, und vor Kurzem war ich so weit mir den Traum zu erlauben, sie könnte ein fester Bestandteil meines Lebens werden. Warum sollte ich es leugnen? In dunklen Zeiten erlaube ich mir eben, von einem besseren, glücklicheren Leben zu träumen.

Ich habe Karen von Amir erzählt, bevor Landon es tun konnte. Ich wusste nicht, ob er überhaupt mit ihr darüber sprechen würde, aber ich wollte einfach nicht, dass es Geheimnisse zwischen uns dreien gibt. Karen ist so gut zu mir. Ken hat mir sogar geholfen, einen Anwalt zu finden, um mit dem Druck fertigzuwerden, den Amirs Familie auf mich ausübte. Ich will keinen Cent von seinem Geld. Ich will nur nicht mehr drangsaliert werden. Ich ziehe gern hier aus, teile mir wieder mit anderen eine Wohnung und schiebe Zusatzschichten im *Lookout,* wenn das sein muss.

Ich traue den Absichten seiner Familie nicht. Sogar meine reizende Schwester ist ihnen gegenüber loyal. Ich bin hier draußen ganz allein, habe nur die mürrische Jennifer auf meiner Seite, und ich bin mir nicht hundertprozentig sicher, dass Geld sie nicht dazu bringen könnte, gegen mich zu arbeiten. Ich stelle mir gern vor, dass ich Haus Stark bin und Amirs Familie Haus Lannister, aber wer weiß schon, wie der Krieg endet, wenn er erst mal angefangen hat.

»Abgemacht?«, hakt er nach, als mein Schweigen ein bisschen zu lange dauert.

Ich nicke. »Klar. Wie geht's dir?«

»Ich bin auch beschäftigt.«

Ich lasse den Blick durch den Raum schweifen und dann wieder zu Landons Stiefeln. Ich weiß nicht, ob wir es schaffen, bei belanglosem Small Talk zu bleiben. Ich beschließe, einen Vorstoß zu wagen. »Wie hast du mich gefunden?«

Er atmet tief ein und hebt eine Hand zum Mund. Sein Gesicht ist ausdruckslos, und ich vermisse es, ihn zu berühren. »Du bist nicht die Einzige, die gut im Stalken ist.«

Wir lachen beide gleichzeitig los, und das ist wohltuend und erinnert mich an alte Zeiten.

»Darf ich dich was fragen?«, fragt Landon.

Vermutlich sollte ich ihm besser nicht sagen, dass er mich fragen kann, was er will. Ich möchte einfach nur seine Stimme hören.

»Was immer du willst.« Ich fahre mir mit den Fingern über meinen halb aufgelösten Zopf. Wenn ich gewusst hätte, dass er kommt, hätte ich mich ein bisschen anders angezogen. Meine Leggings riechen nach Kohl und Sirup, und meine Bluse hat einen kleinen Rotweinfleck auf dem Kragen. Ob ihm das auffällt? Jetzt sieht er mich an, mustert mich aufmerksam. Sein Blick scheint dort zu verweilen, wo ich nackt bin, auf den Schultern, dem Gesicht.

»Wie oft warst du hier, als du noch in der Stadt gewohnt hast?«

Ich bekomme einen Kloß im Hals.

»Fast jeden Abend. Manchmal hatte ich einen Fahrer, und manchmal hat Cliff mich hergebracht.«

»Cliff?«, wiederholt er.

Der Name ist Landon vertraut, natürlich. Cliff, Amirs bester Freund, hat sich wie ein Idiot benommen und versucht, mich auszuspionieren, als ich bei Landon war. Als ich ihn zur Rede stellte, behauptete er, er würde auf mich aufpassen. Dieser verdammte Mitch, der an dem chaotischen Abend Barkeeper war, als ich mit Landon ausgegangen bin, hat ihm erzählt, dass ich mit einem Typen vom College abhänge.

Ich, Landon und Dakota in einem Raum. Es war das reinste Chaos, und als ich Mitch hinter der Theke entdeckte, war mir klar, dass Cliff davon erfahren würde. Trotzdem hatte er kein Recht, mir nachzuspionieren, und er hat es verdient, dass Hardin ihm mit seinem Stiefel die Hand gebrochen hat. Beim Gedanken an Hardin bin ich sofort auf hundertachtzig. Ich habe ihn unterstützt, und trotzdem hat er die Sache mit Tessa *wieder* vermasselt.

Landon hakt nicht nach, wer sich hinter diesem Namen verbirgt. Stattdessen fragt er mich was anderes.

»Warum hast du eigentlich geglaubt, dass ich dich verurteilen würde, wenn du mir von Amir erzählst? Warum hast du mir keine Chance gegeben, mir nicht vertraut?«

Warum stellt er mir immer Fragen, die so eindeutige Antworten verlangen? Außer Landon kenne ich niemanden, der einfach sagt, was er denkt. Es macht ihm nichts aus, darüber zu reden, was richtig und falsch ist und auch mal Fehler zuzugeben. Die Welt könnte mehr Landons gebrauchen.

»Ich wollte über keinen von uns etwas Schlechtes denken. Ich habe einfach nur mit dem Schlimmsten gerechnet. Ich wusste es ja nicht besser. Als ich dir begegnet bin, war ich an einem Punkt, an dem ich nichts anderes als Freundschaft gesucht habe. Auf meinen Schultern lastete so viel, so große Verantwortung. Ich konnte nicht einfach nur an mich denken, und darum konnte ich nicht bis drei Uhr nachts in irgendwelchen Bars herumhängen. Ich musste mit Problemen fertigwerden, die ich meinem schlimmsten Feind nicht wünschen würde. Und ich wollte das Richtige für meinen Mann und meine Familie tun. Ich hatte einfach keine Zeit, mich zu verlieben.«

Kaum wahrnehmbar zuckt Landon mit den Schultern, aber ich bemerke es trotzdem.

»Ich habe es dir von Anfang an gesagt, Nora …« Seine Stimme besänftigt mein Verlangen nach ihm ein kleines bisschen. Nie hätte ich geglaubt, dass ich ihn nach so kurzer Zeit so sehr vermissen würde. »Ich wollte, dass du offen zu mir bist. Ich hätte dich nicht verurteilt.«

Er dreht sein Gesicht zu mir, und was ich sehe, trifft mich wie ein Schlag in den Magen. Ein Gesicht wie seines ist einfach nicht für Traurigkeit gemacht. »Ich hätte dich tapfer gefunden.«

Ich ringe nach Luft. Ich sollte wegsehen, das sollte ich wirklich.

»Ich hätte gedacht, dass du selbstlos bist.«

Während seine Worte Gestalt annehmen, spüre ich, dass sie etwas in mir lösen. Meine Muskeln entspannen sich, und das Gewicht verschwindet von meinen Schultern.

Sein Blick lässt meinen nicht los, nicht mal für den Bruchteil einer Sekunde. »Ich hätte dich für eine unglaublich starke Frau gehalten. Ich hätte versucht, dir einen Teil der Last abzunehmen.«

»Ich glaube nicht, dass du noch mehr tragen kannst«, sage ich leise.

»Ich kann es versuchen.« Landon zuckt mit den Schultern, und ich versuche mir vorzustellen, wie das funktionieren soll.

Liebt er mich? Oder sind wir davon schon weit entfernt?

Gibt es in meinem Leben genug Platz für einen weiteren Menschen? Ist es fair, Landon in mein Leben zu lassen, bevor ich selbst genau weiß, wie ich damit fertigwerden soll?

»Ich würde ihn gern kennenlernen«, sagt Landon und steht auf.

In diesem Augenblick passiert so viel. Mein normaler, ruhiger Tagesablauf ist völlig auf den Kopf gestellt, weil dieser Typ unerwartet hier auftaucht. Sprachlos nicke ich und stehe auf. Ich habe Angst, dass ich mich nicht auf den Beinen halten kann, aber ich nehme all meine Kraft zusammen, straffe den Rücken und durchquere das Wohnzimmer, bis ich an der Terrassentür angekommen bin.

Ohne ein Wort folgt er mir durch die riesige Küche nach draußen. Er murmelt irgendwas über Kohl, aber ich drehe mich nicht um. Ich weiß nicht, was ich sagen soll, und auch nicht, warum er hier ist.

»Ich habe ihm vorgelesen«, erkläre ich leise, als wir uns Amir nähern und Jennifer eilig verschwindet.

In der Gegenwart dieser Männer wirkt der ausgedehnte Garten kleiner. Die beiden sind mir auf ganz unterschiedliche Art so wichtig. Die Blumen um uns herum duften noch intensiver, wirken sogar strahlender, seitdem Landon hier ist. Ich habe mir immer schon einen Garten gewünscht, und darum habe ich mich in der Stadt nie ganz wohl gefühlt. Ich liebe Blumen und Bäume und den Duft nach Blütenstaub und Natur, aber ich finde es auch toll, zu Fuß zu einem Café gehen zu können.

»Landon, das ist Amir.«

Ich winke meinen Freund zu meinem Ehemann und sehe, dass Landon weiterhin friedlich lächelt. Er blickt Amir unverwandt in die Augen und stellt sich ihm vor. Er scheint sich nicht im Geringsten unbehaglich zu fühlen.

Aufmerksam blicke ich ihm ins Gesicht. Ich sehe, wie er lächelt, sich bückt und das Buch aufhebt, das im weichen Gras liegt. Dann setzt er sich auf die Bank neben Amir und schlägt es an der Stelle auf, an der mein kleines Lesezeichen steckt.

Landon räuspert sich und fängt an zu lesen: »Viel mehr als unsere Fähigkeiten sind es unsere Entscheidungen, die zeigen, wer wir wirklich sind.«

Epilog

Landon

Einen Sommer und einen Winter später ...

Unsere Hochzeit kam so bald und war so schnell vorüber. Gerade waren wir ein verlobtes Paar, das mit dem Heiraten noch einige Jahre warten wollte und glaubte, alle Zeit der Welt zu haben, und plötzlich stecken wir in einem Wirbelsturm an Vorbereitungen.

Ich hatte mich schon an die Stimme meiner Mutter am anderen Ende der Leitung gewöhnt, die mich immer wieder fragte, wann wir endlich mit den Planungen beginnen würden. Aber eines Tages hat Tessa einfach ein Brautmodenmagazin mitgebracht, und das war's dann. Ich hatte kein Problem damit gehabt, zu warten. Und meine künftige Ehefrau auch nicht. Sie hatte das alles schon mal erlebt, und ich wollte sie nicht bedrängen. Aber als wir anfingen zu planen, ging plötzlich alles ab wie eine verdammte Rakete.

Es war ihre Idee. Sie war es, die darauf bestand, Locations zu besichtigen und Blumen passend zu den Cupcakes auszusuchen. Bei Hochzeiten muss man an viel mehr Details denken, als ich mir vorstellen konnte. Während die beiden Frauen den schönsten Tag meines Lebens planten, habe ich versucht, nicht dem Klischee des Mannes zu entsprechen, der einfach alles abnickt und dabei so tut, als hätte er den vollen Durchblick. Ich wollte, dass es dieses Mal perfekt für sie ist. Für *uns.*

Ich habe geholfen, die Geschmacksrichtung der Torte auszusuchen, und meine Braut hat meine Lieblingstorte gebacken und mit voller Absicht kleine lila Blumen aus Buttercreme hinzugefügt, etwas, dessen Bedeutung nur wir beide verstehen. Ich habe ihr so viel wie möglich geholfen, soweit es Tessa, die Hochzeitsplanerin-Schrägstrich-das-böse-Monster-das-in-meine-beste-Freundin-gefahren-ist, zugelassen hat.

Erst letzte Woche hat Tessa mich angeschrien, als sie gemerkt hat, dass der Schneider Hardins Maße nicht richtig genommen hat und seine neue Anzughose nur knapp bis zu den Fußknöcheln reichte. Sie hat geflucht und behauptet, dass er das wahrscheinlich absichtlich getan hat, und sie hat sogar in dem Laden in Chicago angerufen, um den Fehler zu korrigieren. Ich musste über die Bilder lachen, die er mir geschickt hat, aber sie hat nur geschnaubt und mir das Handy wieder zugeworfen. Ich bin ein bisschen nervös, weil ich nicht weiß, wie die beiden bei der Hochzeit miteinander klarkommen. Tessa geht Hardin regelrecht aus dem Weg, und er hört nicht auf, in seinen Interviews über sie zu reden. Als ich letztes Wochenende von der Schule nach Hause kam, erwischte ich Tessa dabei, dass sie Hardin den Stinkefinger zeigte. Allerdings war er im Fernsehen und gab während seiner Lesereise ein Interview, und Tessa war wütend und hatte vielleicht auch ein bisschen zu viel Wein getrunken.

Jetzt sitze ich hier mit lauter Menschen am Tisch, die ich liebe und bewundere – und *bin verheiratet.*

Ich gehe aufs College und bin verheiratet. Mit einer schönen, erfolgreichen, heißen und temperamentvollen Frau. Sie sitzt neben mir und redet mit meiner Mom über die Schlagsahne und irgendein glutenfreies Zeug.

Hardin sitzt auf meiner anderen Seite und blickt genau auf Tessa, die neben einem Tisch voller Hochzeitsgäste steht.

»Wie läuft's?«, frage ich ihn. Ich löse den Arm von Noras Rücken und nehme sie bei der Hand. Sie dreht sich zu mir und gibt mir einen Kuss auf die Wange, dann wendet sie sich wieder Mom zu.

Hardin blickt zu mir hoch und fummelt an seinen Haaren herum. »Weiß nicht«, sagt er mit einem halben Lächeln. »Und wie läuft's bei dir? Fühlst du dich jetzt irgendwie anders, wo du für den Rest deines Lebens an einen anderen Menschen gebunden bist … von einer Scheidung mal abgesehen?«

Ich verdrehe die Augen. »Unser kleiner Sonnenschein.«

Er lächelt mich an, und ich sehe, wie er in Panik gerät, weil er Tessa inmitten der Menge aus den Augen verloren hat. Er richtet sich auf dem Stuhl etwas auf und sucht den Raum ab.

»Sie ist da, neben der Tür«, sage ich.

Er entspannt sich und behält sie im Auge. Ken legt ihr Abby in den Arm, und Tessa kichert, als Abby sie an den Haaren zieht. Ich blicke zum nächsten Tisch und sehe Stausey, die ein Selfie mit Weinglas von sich macht. Todd und Amir sitzen rechts und links neben ihr. Amir trägt einen Anzug, und seine Krawatte hat die Farbe von Noras Augen. Ich frage mich, ob Nora ihm die Krawatte genau deshalb ausgesucht hat. Ich hoffe es.

Nach der Scheidung hat sich nach und nach alles geregelt. Sie verwaltet weiterhin sein Vermögen und kümmert sich um die rechtlichen und medizinischen Angelegenheiten in seinem Leben. Auch in meinem Leben spielt er eine ziemlich große Rolle, und durch Noras Geschichten über ihre gemeinsamen Abenteuer habe ich das Gefühl, ihn ebenfalls zu kennen. Seit ich mich mit ihr um

Amir kümmere, denke ich darüber nach, einen Master in Sonderpädagogik zu machen, wenn ich mit dem College fertig bin. Das würde ein längeres Studium und höhere Darlehensschulden bedeuten, aber ich habe das Gefühl, dass ich richtig gut darin wäre.

Stausey richtet Amirs Krawatte, und ich wende meine Aufmerksamkeit meinem Stiefbruder zu, der neben mir sitzt. »Was werdet ihr beiden jetzt tun?«

Hardin seufzt, und ich verstärke den Griff um die Hand meiner Braut. Meine Mom lacht, und Hardin berührt seinen Mund. Er zupft an seiner Unterlippe und sagt: »Heiraten.«

»Wirklich? Weiß *sie* schon davon?«, frage ich und runzle die Stirn.

Ich bin sicher, dass Tessa nichts von diesem Plan weiß. Bevor ich gestern Abend ins Bett ging, habe ich sie im Badezimmer proben hören, was sie zu ihm sagen würde. Ich fühle mich schlecht, weil sie überhaupt keine Privatsphäre mehr hat, seit wir zu dritt wohnen, aber den beiden Frauen scheint das Arrangement zu gefallen. Ich hatte meine Frau – ich kann immer noch nicht fassen, wie das klingt – gefragt, ob ich Tessa bitten soll auszuziehen, weil wir bald heiraten würden. Aber sie hat mir immer wieder versichert, dass sie es toll findet, dass Tessa da ist.

Irgendwie habe ich den Verdacht, wir beide wissen ganz genau, dass sie nirgendwo sonst hinkann.

»Ja. Warum nicht? Ihr zwei habt es getan, und ihr habt euch nicht mal so lange gekannt, wie ich Tessa kenne.«

Da hat er recht. »Ja. Aber ihr seid nicht mal zusammen. Ich glaube, du lässt da gerade einen Schritt aus.«

Ein verschwörerisches Grinsen breitet sich in Hardins Gesicht aus. »Die Reihenfolge der Schritte spielt keine Rolle. So oder so wird es bei uns auf dasselbe hinauslaufen.«

Er hebt sein Glas, und ich hebe meins.

Ein paar Sommer und Winter danach …

»Mommy!« Addys Stimme klingt immer ein bisschen schrill, wenn sie etwas will.

Meine Frau kommt mit großen Schritten in das Zimmer; sie hat die Hände voll. Ihr Gesicht ist gerötet, das Handy klebt ihr am Ohr, und wer auch immer am anderen Ende der Leitung ist – er tut mir leid. Aber als sie mit der kleineren Ausgabe von sich selbst spricht, klingt ihre Stimme nicht mehr gereizt, sondern tröstend. »Was ist, Mäuschen?«

Mein kleines Monster verschränkt die Arme vor der Brust. »Daddy hat gesagt, ich darf keinen Kuchen mehr essen.«

Nora blickt mich an und kann sich das Lachen nicht verkneifen.

»Wie viel hat Daddy dir gegeben? Du weißt, dass wir in zwei Stunden mit deiner Tante und deinem Onkel zu Abend essen, und du musst noch Hausaufgaben machen.«

»Hm«, sagt Addy und verzieht die vollen Lippen zu einem Lächeln. »Du solltest nicht so viel Kuchen backen, wenn ich ihn nicht essen darf.«

Ich breche in Gelächter aus und halte mir die Hand vor den Mund, als meine Frau mich wütend anblickt.

Und dann verpetzt der kleine Teufel mich auch noch. »Daddy hat das auch gesagt.«

»Habe ich nicht!«, lüge ich.

Beide Frauen ignorieren mich.

»Addy, kein Kuchen mehr«, sagt meine Frau in einem Ton, der keine weitere Diskussion erlaubt. »Putz dir die Zähne, und mach deine Hausaufgaben.«

Addy schlendert aus dem Zimmer und verschwindet im Flur, das lange, wellige braune Haar schwingt hin und her.

Als ich wieder meine Frau anblicke, sind ihre Hände leer, und sie greift nach mir. Ich ziehe sie auf meinen Schoß, und sie setzt sich rittlings auf mich.

»Hör auf, sie vor jeder Mahlzeit mit Zucker vollzustopfen«, ermahnt sie mich und küsst mich auf den Mund.

»Hör auf, so viel Kuchen zu backen, wenn wir ihn nicht essen dürfen«, sage ich schulterzuckend, und sie versetzt mir einen spielerischen Klaps gegen die Brust. Ihr Haar ist sehr lang, und es streift meine Beine, als sie den Kopf schüttelt.

Sie drückt ihre Lippen auf meinen Mund und umschlingt meinen Nacken. »Du hast mir heute gefehlt«, sagt sie. Das sagt sie mir jeden Tag im Schuljahr, an dem ich Unterricht habe.

»Irgendjemand muss unsere Ungläubigen ja erziehen«, sage ich in ihren Mund hinein. »Du hast mir auch gefehlt, Süße.«

Sie nimmt mein Gesicht in beide Hände. »Morgen werde ich wieder drehen. Sie haben mir gerade gesagt, dass sie noch ein paar Aufnahmen brauchen.«

Ich seufze und unterdrücke nur mit Mühe einen Fluch. In letzter Zeit arbeitet sie wahnsinnig viel, und ich habe das Gefühl, sie kaum noch zu Gesicht zu bekommen. »Was ist jetzt wieder passiert?«

Sie tippt mir mit dem Zeigefinger auf den Mund. »Jemand hat die Torte vor den letzten Szenen fallen gelassen. So was passiert, wenn man echte Torten für Werbefilme benutzt.«

»Ist das nicht gerade der Witz an der Sache?«, frage ich und denke an die unechten Cupcakes vom Wochenende zuvor. Die Hochzeitstorte war echt und das Pärchen auf dem Bildschirm auch. Aber als sie »Cut!« riefen und die Aufnahmen im Kasten waren, habe ich mir einen von diesen blöden Cupcakes genommen und hätte mir fast die Zähne daran ausgebissen. Der Regisseur wollte unbedingt, dass Nora die unechten Cupcakes dekoriert.

Andererseits bezahlen sie ihr für einen Drehtag mehr, als sie verdient, wenn sie zwei Hochzeiten beliefert.

»Eines Tages gebe ich meinen Job auf, und du unterrichtest all unsere Kinder zu Hause. Dann können wir das hier den ganzen Tag tun.« Sie reibt ihre Brüste an mir.

Sanft schiebe ich sie zurück. »Und was würden unsere Kinder dabei lernen?«, frage ich und reize mit der Zunge die zarte Haut an ihrem Kiefer. Wieder presst sie ihre Brüste an mich, fleht mich an, sie zu berühren.

»Noch nicht, Kleines«, flüstere ich ihr ins Ohr, und sie windet sich in meinen Armen.

»Die Kinder würden lernen, wie man seinen Partner liebt. Und wie man bäckt. Wir werden eine perfekte Armee von liebenden Küchenchefs hinter uns haben.« Ihre Augen leuchten vor Übermut, und ich fahre ihr mit den Fingern durch das lange, seidige Haar. »Genau, ich hab's! Wir werden durch das ganze Land reisen und backen und Unterricht geben. Dann müssten wir nie wieder in einem Büro arbeiten.«

Ich küsse ihren Nacken, stelle sie mir auf dem Land vor, um uns herum nur Acker und Wind. Irgendwie habe ich das Gefühl, dass sie noch nicht besonders gründlich darüber nachgedacht hat.

»Pst!« Ich gebe ihr einen Kuss auf die Wange. »Psst, mein Großstadtmädchen. Du würdest es keinen einzigen Tag aushalten da draußen im bürofreien Land des Getreides.«

Sie macht Anstalten, mich herauszufordern, aber in diesem Augenblick kommt unsere Tochter über den Flur gerannt, eine pinkfarbene Bürste steckt in ihrem Haar fest. »Mommy!«, schreit sie.

Nora springt von meinem Schoß. »Du bist dran«, sagt sie und knabbert an meiner Unterlippe, als unsere Tochter ins Zimmer gestürmt kommt. Mitten im Chaos, während mein Kind sich eine

Haarsträhne ausreißt und meine Frau verzweifelt versucht, nicht laut loszulachen, schwillt mir das Herz in der Brust, und ich bin der glücklichste Mistkerl auf dieser Welt.

Manchmal sind es Tragödien, die uns aneinander binden. Die Verbindung scheint unauflöslich, aber manchmal findet sich zwischen Tränen und dem Schmerz, der uns wie mit einem stumpfen Messer quälende Erinnerungen in die Seelen meißelt, ein Funken Licht. Und der winzigste Funken kann ein Feuer mit einer Spur Glück darin entzünden. Das Licht besiegt die Dunkelheit, und wenn nichts mehr übrig ist als Asche und Feuer, erlebst du eine neue Art der Verbindung. Und es ist eine, die heller leuchtet als die Sonne.

Danksagung

Alsooo, als ich meinen Lesern auf Wattpad das erste Mal erzählte, dass ich ein Buch über Landon (damals noch Liam) schreiben würde, hatte ich *After 3* auf Wattpad fast beendet. Ich schrieb Landons Hochzeitsszene, aber seine Braut hatte noch kein Gesicht. Es war echt seltsam. Sooft ich sie auch dazu zu bringen versuchte, ihr Gesicht zu zeigen, sie weigerte sich. Ich dachte dauernd darüber nach, wie er sie kennengelernt hat, wer sie war, wie sie so weit gekommen waren, aber sie hatte immer noch kein Gesicht. Allmählich nahmen alle Details Gestalt an, doch wer sie war, wusste ich immer noch nicht. Das machte mich verrückt, und ich wollte es endlich herausfinden. Doch als ich zu schreiben begann, wurde mein Bild von ihr immer undeutlicher. Als ich die Arbeit an *Nothing More* beendete, gab es immer noch keine Klarheit. Die Figuren hatten die Kontrolle über die Geschichte übernommen, das tun sie immer, und ich liebe das. Also, genau wie ihr wusste auch ich nicht, wer sie ist, bis ich die Worte eintippte. Ich danke euch allen, dass ihr Landon genauso sehr liebt wie ich.

Adam Wilson – dies ist unser siebtes … okay, unser achtes gemeinsames Buch, wenn wir *Imagines* mitzählen, und jedes Mal verblüffst und beeindruckst du mich wieder. Du hast so viel Geduld und bist immer bereit, Neues auszuprobieren und mich die

Dinge (ein Stück weit) auf meine Art tun zu lassen. Ich bin dir so dankbar, dass du mir geholfen hast herauszufinden, was fehlt – wie ich gesehen habe, war es Wattpad –, und du hast dich für mich eingesetzt und mir zugetraut, etwas anderes zu tun. Irgendwie klingen diese Danksagungen immer gleich, aber du solltest so etwas viel öfter zu lesen bekommen als nur hinten in einem Buch. Viel Glück weiterhin, und ich bin ganz aufgeregt wegen *Gallery 13* und all der anderen großartigen Dinge, die du auch weiterhin auf den Weg bringen wirst.

Kristin Dwyer – wow! Du bist die Beste, und ich bin dir wahnsinnig dankbar für alles, was du für mich tust. Du hältst mich auf Kurs und bringst mich zum Lachen. Ich habe dich sehr gern.

Ashleigh Gardner – danke, dass du mir hilfst, mich in der riesigen Welt der Verlage zurechtzufinden. Ich will immer noch keine Agentin, es sei denn, du bist es. ☺

Aron Levitz – mein Einhorn-Freund, ich freue mich, deine Bunny-Emoji-Freundin zu sein. Du bist fantastisch und originell, und wegen dir bin ich origineller als früher. Danke, dass du mein Freund bist und dafür sorgst, dass ich auf dem Teppich bleibe *eyeroll*. Und danke, dass du immer zum Brainstorming und Erobern neuer Gebiete bereit bist. Ich weiß, dass du mich nur benutzt, um an meinen Mann heranzukommen, aber das ist schon okay.

Paul O'Halloran – Paul! Ich weiß gar nicht, wo ich anfangen soll. Ich habe das Gefühl, dass du mehr für mich tust als ich selbst. Du leistest sooo viel, und ich bin wirklich froh, dass du praktisch immer gut drauf bist. Ohne dich würde ich mit all den Reisen, den Übersetzungen, einfach dem ganzen Wahnsinn nicht fertigwerden!

Chels, Lauren, Bri und Trev – ihr seid unverzichtbar für dieses Buch und für mein Leben überhaupt :-P. Ich habe solches Glück, dass ihr vier meine besten Freundinnen seid. Ihr bedeutet mir so viel, und ich liebe euch, weil ihr mir die Nick-Jonas.gifs geschickt habt.

Ursula – ich habe das Gefühl, es ist immer dasselbe. :-P Aber du bist und bleibst meine beste Freundin überhaupt, meine Assistentin und mein Gehirn. Wir haben dieses Jahr so viele fantastische Erfahrungen gesammelt. Ich warte ungeduldig darauf, dass es weitergeht. Danke, dass du nicht versucht hast, mir Miles zu klauen *lololol*.

Meine Leser sind mir das Allerwichtigste, und noch immer danke ich euch jeden Tag dafür, dass ihr mein Leben zu dem gemacht habt, was es jetzt ist. Nun weiß ich, wie es ist, wenn man seinen Traum leben kann, und ich möchte nie wieder damit aufhören.

Lektorat und Vertrieb – danke, dass ihr so hart arbeitet, um so enge Deadlines einzuhalten. Ich schulde euch allen einen Drink – oder auch neun.